KB252696

판차탄트라

Panchatantra

고대로부터 전해오는 지혜를 주는 다섯 묶음의 이야기

판차탄트라

배해수 엮음

지혜의나무

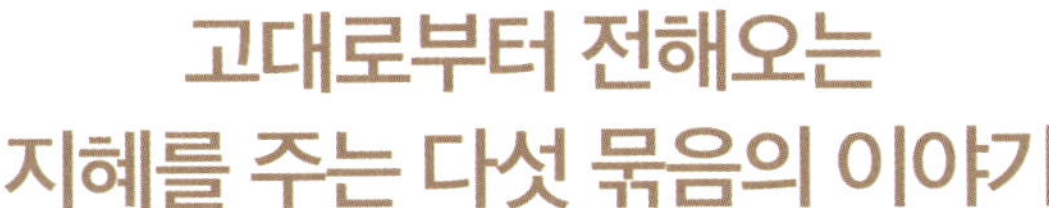

지혜를 담은 다섯 묶음의 이야기보따리

'판차탄트라(Panchatantra)'는 2천 년 이상 어린아이에서부터 어른들까지 대중들에게 끊임없이 회자되어온 인도의 오래된 이야기 모음집입니다. 어떤 이들은 이 이야기들이 인도의 성스러운 고대 문헌인 '리그베다(Rigveda)'만큼 오래되었다고 말합니다. 인도에서뿐만 아니라 전 세계적으로 널리 알려져 있는 판차탄트라는 다섯을 뜻하는 산스크리트어(Sanskrit; 梵語) '판차(Pancha)'와 지혜의 확장을 의미하는 '탄트라(Tantra)'가 조합된 이름입니다. 따라서 '다섯 묶음의 지혜로운 이야기들'이라고 번역할 수 있습니다.

이 책의 내용은 동물들과 일반적인 사람들, 그리고 수도승을 포함한 흥미롭고 교훈적인 이야기들이 우화 형식으로 구성되어 있습니다. 곤경에 처한 이웃을 도우며 함께 살아가는 세상을 배우고 위기를 극복하는 과정에서 기쁨을 함께 나누는 이야기입니다. 때로는 약삭빠름과 얄팍한 행동들이 좋지 않은 결과를 가져올 수도 있다는 충고도 포함하고 있습니다. 지혜로움과 자기 눈앞의 이익만을 추구하는 행동에 대한 분별력을 강조하고 있는 다섯 개의 묶음으로 여러 이야기들이 그림 속의 액자처럼 서로 연계되어 구성됩니다.

판차탄트라는 비슈누샤르마(Vishnu Sharma)라고 하는 브라만(Brahman) 학자가 왕의 아둔한 세 아들의 교육을 위해 들려준 우화들입니다. 최초의 산스크리트 원작은 현재 전해지지 않으나, 대략 BC 100~AD 500년 사이에 창작되었을 것으로 추정되고 있습니다. 이 우화들은 많은 나라에 번역되어 소개되었으며, 11세기경 유럽에 '비드파이의 우화들(The Fables of Bidpai)'이라는 제목으로도 알려져 있습니다. 이 제목은 내용을 낭송한 인물로 전해지는 '비디아파티'라는 인도 성자의 이름에서 유래된 것으로 알려져 있습니다. 또한 이 작품은 12세기 인도학자 나라야나(Narayana)가 편집하여 독창적으로 개작한 '훌륭한 충고(Hitopadesha)'라는 이름으로도 알려졌습니다.

판차탄트라는 비슈누샤르마(Vishnu Sharma)라는 학자의 구술로 시작된 인도 산스크리트 원본을 모태로 구성되었다고 볼 수 있습니다. 왕실로 초청된 80세의 학자가 세 아둔한 왕자들을 지혜의 길로 이끈 세계에서 가장 오래된 이야기들의 모음집이라 할 수 있습니다. 비슈누샤르마는 왕의 세 왕자들이 하나같이 아둔하였기에 이야기를 풀어내는 방식으로 그들에게 지혜를 전했습니다. 인간 세상과 마찬가지로 동물이 사람처럼 생각하고 말하는 우화의 형식으로 흥미를 높였습니다. 이 우화들은 갖가지 권모술수가 난무하는 세상을 지혜롭게 헤쳐나가며, 인생에서 부딪히는 난관을 통과할 수 있도록 현명한 방향을 제시하는 다섯 개의 큰 묶음으로 나뉘어 있습니다. 아울러 특정한 계층을 대상으로 하지 않고 남녀노소 구분 없이 읽고 들려줄 수 있는 내용들로 구성되어 있습니다. 이 책은 복잡한 세상사에서 생존과 선택의 기로에 서 있을 때, 지혜를 통해 당면문제를 극복하는 방법에 관한 이야기들입니다.

이야기의 형태는 우화라는 형식을 빌려서 많은 이들이 공감할 수 있는 통속적 흥밋거리를 제공하고 있습니다. 또한 아이들에게 흥미를 주는 교육적인 내용과 아울러 오랜 경험의 지혜가 녹아들어 있습니다. 이 이야기들에 내재되어 있는 크고 작은 반전들은 어른들의 삶에서도 다시 숙고해볼 의미를 제공합니다. 인간 본성에 바탕을 둔 이야기들은 누구나 관련되어 풀기 어려운 숙제가 되기도 합니다. 그 안에 담긴 교훈을 이해하는 어른들이 자녀들에게 구연으로 들려줄 수도 있을 것입니다. 영원한 정신세계를 추구하는 '인도'라는 토양에서 생겨난 재미있고 재치 넘치는 이 우화집을 어른들을 위한 동화로 소개하고자 하는 이유입니다.

문학세계에서는 판차탄트라를 가장 오래된 전통적인 민담들의 모음으로 우화의 원형이라고 주장하는 이들도 있습니다. 전 세계에서 널리 읽히는 이런 형식의 우화집은 다양한 작품들이 있으며, 이솝 우화집도 이 작품의 영향을 받은 것으로 알려져 있습니다. 판차탄트라는 여러 나라에 전해오는 민담과 설화의 유사성이 엿보이는 이야기들이 뒤섞여 있습니다. 한국의 전래동화 및 민담, 옛 이야기들에서도 판차탄트라의 내용과 매우 유사한 이야기들이 많습니다. 특히 꾀 많은 원숭이와 아둔한 악어의 이야기는 민담이 판소리로 만들어진 별주부전과 거의 흡사한 내용입니다.

판차탄트라는 세상을 살아가는 인간의 삶에서 도움이 되는 지혜에 관한 재미있는 이야기 모음입니다. 세속적 지혜에 관한 이야기들로 꾸며져 있지만 인도 특유의 독창적인 중의적 사상이 내용 전체에 담겨 있습니다. '판차(Pancha)'는 다섯을 의미하고, '탄트라(Tantra)'는 지혜의 확장을 뜻하며, 방법이나 전략 또는 원칙을 의미하기도 합니다. 따라서 어려운 난관을 극복하는 다섯 묶음의 지혜로운 전략들 또는 위기 극복의 방편들이라고 할 수 있습니다. 부족한 자식들을 위해 왕이 선생님에게 간청한 교육적 소재의 교훈적 내용들은 긴 시간 동안 이어져오며 전 세계적으로 널리 전해지고 있습니다.

지혜를 구하는 다섯 가지 이야기보따리의 큰 묶음을 살펴보면,

첫 번째, 이야기보따리는 '친구를 배신하지 않는 의리'에 관한 내용입니다.

두 번째, 이야기보따리는 서로 어울릴 것 같지 않은 '새로 사귄 친구와의 우정'입니다.

세 번째, 이야기보따리는 오랜 갈등에서 빚어진 '전쟁을 치르는 과정에서의 교훈'들입니다.

네 번째, 이야기보따리는 세상을 살아가며 겪는 '이익과 손해'에 관한 이야기입니다.

다섯 번째, 이야기보따리는 '경솔함으로 인한 갖가지 실수'에 관한 이야기입니다.

전 세계적으로 잘 알려진 '천일야화', 즉 아라비안나이트는 중동을 무대로 한 다양한 민담을 모아 놓은 작품입니다. 원본은 사실 어린이들이 읽을 수 없는 야설과 독설 그리고 잔혹한 내용들이 많습니다. 하지만 동화로 바꾸었을 때, 전 세계적으로 사랑받는 소재가 되고 꿈과 영감을 주는 모험담으로 꾸며지기도 했습니다. 마찬가지로 판차탄트라 또한 인도 대륙을 무대로 오랜 세월 삶의 다양한 이야기들이 구전된 민담들의 모음집이라고 할 수 있습니다. 우리나라에 어린이들을 위한 동화로 내용의 일부가 각색되어 소개되기도 했습니다. 다만 이 책에서는 '산스크리트어' 원본 내용을 토대로 하여 대화체의 형식을 독립된 장으로 재구성하였습니다. 이 책은 아이들을 대상으로 한 동화라기보다는 어른들을 위한 인도 우화 모음집입니다. 비록 오랜 옛날에 만들어진 우화집이지만 현대를 살아가는 이들에게도 어색하지 않을 만큼 인생길에 있어 숙고할 만한 깨우침을 줍니다. 때로는 무겁지 않게 자신을 되돌아볼 수 있는 재미있고 교훈적인 내용들이 다섯 묶음으로 담겨 있습니다. 어른들이 먼저 읽고 아이들에게 전해주는 동화책이 되기를 기대합니다.

판차 탄트라는 지혜를 확장하는 다섯의 의미이지만 상황과 대처하는 입장에 따라 지혜(智慧), 총명(聰明), 영특(英特), 영석(穎釋), 명석(明晳), 기만(欺瞞), 술책(術策), 방책(方策), 계책(計策), 책략(策略), 대책(對策), 책모(策謀), 음모(陰謀), 음흉(陰凶), 흉계(凶計), 간계(奸計), 전략

(戰略), 전술(戰術), 술수(術數), 묘수(妙手), 묘책(妙策), 묘계(妙計), 천재(天才)성, 영악(穎惡)함, 영민(穎敏)함, 영리(怜悧)함, 간사(奸詐)함, 교활(狡猾)함, 기민(機敏)함, 영활(穎猾)한, 간악(奸惡)함, 간특(奸慝)함, 엉큼함, 속임수, 꾀돌이, 꾀주머니, 약삭빠름, 약아빠짐, 슬기로움 등 바라보는 시선에 따라 선악이라는 상대성까지도 달라집니다.

세상을 살아가며 위기에 대처하는 모든 능력과 기술들은 그 상황을 바라보는 입장에 따라 다른 표현으로 불리기도 합니다. 이 책은 독자들에게 다양한 이야기 속에서 어떤 표현이 적절할지 판단해보는 재미를 제공할 것입니다.

　어떤 이야기의 전개가 다양하게 각색될지라도 원전이 담고 있는 본질에서 벗어나서는 안 됩니다. 이 책에서는 원본의 흐름을 변형하지 않고 읽기 쉽게 현대적인 언어와 느낌을 살리고자 했습니다. 다만, 고어와 경어체, 그리고 익숙하지 않은 긴 이름들은 독자들이 불편하지 않도록 생략 또는 임의적으로 배제하였습니다. 아울러 이 작품에 녹아 있는 지혜와 정신이 훼손되거나 왜곡되지 않고 내용이 변질되지 않는 범위에서 부분적인 편집과 의역이 있었음을 밝힙니다. 이 책이 한국에 소개되기까지 초벌 번역을 도와준 박신혁 님, 여러 나라의 버전들을 다듬고 감수해준 이지수 님께 감사드립니다. 삽화를 그려준 양다연 님, 출판 후원을 아끼지 않은 장우석 님, 지혜의 나무 출판사 이의성 님께 감사 인사를 전합니다.

목 차

첫 번째 이야기보따리

친구를 배신하지 않는 의리

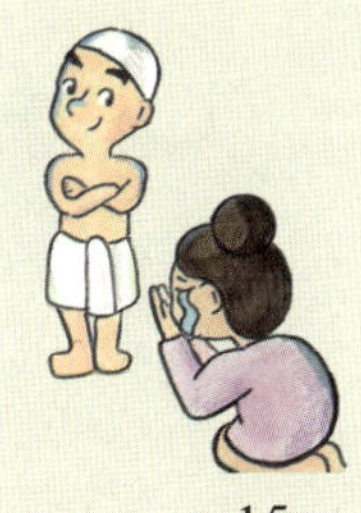

두 번째 이야기보따리

새로 사귄 친구와의 우정

위대한 다섯 묶음 이야기보따리
(Maha Panchatantra Tales)

아주 옛날 인도 남부를 통치하던 '아마라삭티(Amarasakti)' 왕에게는 세 명의 왕자가 있었습니다. 그는 배움에 전혀 관심이 없는 아들들 때문에 늘 근심에 싸여 있었습니다. 선악을 분별하는 지혜가 없어 세상을 살아가는 데 큰 어려움을 겪게 되지 않을까 하는 걱정이 마음을 떠나지 않았기 때문입니다.

왕은 공부에는 뜻이 없는 아들들을 어떻게 이끌어야 할지 오래 고민하다가, 학식이 깊은 학자들에게 조언을 구하기로 마음먹었습니다.

"여러분은 내 고민을 이미 알고 있을 것이오. 태어나지 않았거나 이미 세상을 떠난 아들보다도, 저 어리석은 아들들이 오히려 내게는 더 큰 불행이오. 젖소가 우유를 내지 못한다면 무슨 소용이 있겠소. 세 아들 모두 배움에 마음을 두지 않으니, 이는 아비된 나의 부덕이라 여길 수밖에 없소. 이대로라면 누구에게도 이 나라를 맡길 수 없을 듯하여 날마다 걱정이 깊어지오. 덕망 높은 선생들께서 부디 좋은 방도가 있다면 알려주시오."

왕의 고민을 잘 알고 있던 학자들은 서로 고개를 끄덕이며, 한 사람의 이름을 입에 올렸습니다.

"왕이시여, 왕자들의 어리석음은 타고난 성품의 문제이기도 하지만, 지금의 교육 방식이 맞지 않기 때문이기도 합니다. 학자들 사이에서 널리 존경받는 비슈누샤르마 님을 왕자들의 스승으로 모신다면 분명 변화가 있을 것입니다."

왕은 학자들의 권유를 받아들여 비슈누샤르마라는 바라문 학자를 왕성으로 초청했습니다.

"바라문이여, 모든 이들이 그대를 훌륭한 학자라 칭하며 내 아들들의 스승으로 추천했소. 부디 이 아이들이 세상을 살아갈 지혜를 깨우칠 수 있도록 가르쳐주시오. 그리하면 나는 그대에게 영토의 일부를 내어줄 것이오."

비슈누샤르마는 잠시 생각한 뒤 조용히 대답했습니다.

"왕이시여, 제 삶의 길은 나라를 다스리는 데 있지 않습니다. 학자는 다만 학문을 닦는 사람일 뿐이지요. 왕께서 제안하신 영토에는 욕심이 없습니다. 그러나 자식들을 걱정하는 그 마음만큼은 외면할 수 없겠군요. 오늘부터 반년 동안 왕자님들을 맡아 보겠습니다. 제 명예를 걸고, 아이들이 배움에 마음을 열고 지혜의 길로 들어서도록 힘써 보겠습니다."

왕은 곧바로 왕자들을 불러 비슈누샤르마에게 맡겼고, 그는 아이들을 데리고 수도원으로 들어가 다섯 묶음의 지혜, 곧 판차탄트라를 가르치기 시작했습니다. 반년이 흐르는 동안 왕자들은 더 이상 무지에 머물지 않고 배움의 길에 들어섰으며, 비슈누샤르마는 자신의 역할을 마쳤습니다. 그가 전한 교육의 방식은 삶의 여러 문제를 헤쳐 나가는 지혜를 담은 이야기로 전해지며, 훗날 널리 알려진 교육 교본이 되었습니다.

첫 번째 이야기보따리는 늙은 여우 '카라탁(Karataka)'과 젊은 여우 '다마낙(Damanaka)'이 나누는 대화로 시작됩니다. 이들은 전생에 사제였으나 교만으로 인해 실수를 저질러 동물로 다시 태어난 존재들입니다. 비록 여우의 몸을 하고 있지만 전생의 기억을 간직한 채, 세상을 살아가며 스스로의 과오를 돌아보고 겸손과 지혜를 배워가고 있었습니다.

이 이야기의 특징은 하나의 줄거리에 또 다른 이야기가 이어지면서도, 처음부터 끝까지 하나의 주제를 놓치지 않고 이어지는 액자 형식의 구성에 있습니다.

이제 다섯 묶음의 지혜 가운데 첫 번째, '친구를 배신하지 않는 의리'에 관한 이야기보따리를 펼칩니다.

친구를 배신하지 않는 의리

PANCHATANTRA

판차탄트라1

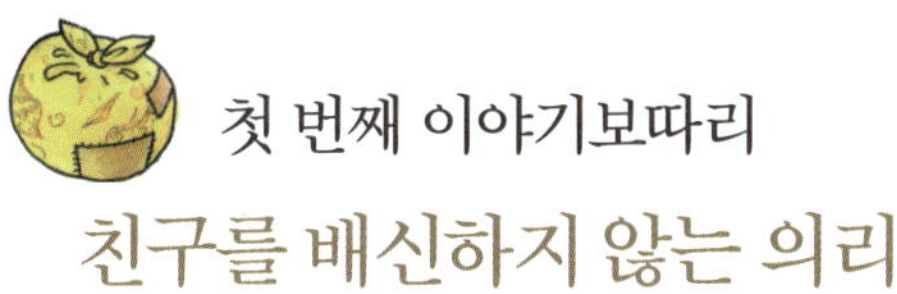

친구를 배신하지 않는 의리

늙은 여우 '카라탁(Karataka)'이 제자이자 동지인 젊은 여우 '다마낙(Damanaka)'에게 이야기를 시작했습니다.

"얼마 전, 저 숲 너머 마을에 '바르다만(Vardhaman)'이라는 한 가난한 사제가 살았네. 어느 날, 침대에 누워 자기도 언젠가는 돈을 많이 벌어 남부럽지 않게 살아야겠다고 결심했어. 부자가 되면 큰 힘을 갖게 되고, 그동안 자기를 미워하던 사람들까지도 친구 삼기를 원하며 찾아올 것이라고 생각했어. 재물이 많으면 늙지도 않고 젊음도 유지할 것이라는 상상을 하며 흐뭇해했지. 그래서 새로운 물건들을 찾아서 장사를 하면 돈을 많이 모아 큰 부자가 될 수 있을 것이라 상상했다네."

다마낙이 물었습니다.

"그래요? 그래서 어떻게 했는데요?"

카라탁은 고개를 끄덕이며 이야기를 이어갔습니다.

"응! 바르다만은 시장에 가서 장사할 만한 새로운 물건들을 이것 저것 샀다네. 그러다 보니 많아진 물건들을 가지고 가기 어려웠지. 그는 시장에서 소들을 발견하고는 가진 재산을 모두 털어서 두 마리 소를 샀다네. 물건도 팔고 소들도 잘 키운다면 많은 돈이 생길 것이라는 상상에 기분이 좋아서 집으로 돌아오고 있었어. 하지만 너무 많은 등짐을 지운 탓인지 황소 한마리가 강을 건너기 전 지쳐 쓰러지고 말았어.

바르다만은 황소가 기력을 회복하기를 기다렸지만, 황소는 좀처럼 기운을 차리지 못했어. 해가 지고 어두워지자 그는 할 수 없이 쓰러진 황소를 그곳에 버려두고 다른 소를 몰아 강을 건너 집으로 돌아갔다네. 바르다만이 떠나고 얼마 지난 후 들판에 지쳐 쓰러졌던 황소는 개울물을 마시고 부드러운 풀을 뜯어먹으며 기운을 되찾았지. 그리고 더 이상 사람들에게 묶이지 않고 무거운 등짐도 질 필요가 없어졌다는 생각에 황소는 자유를 만끽하며 큰 소리로 목청껏 울부짖었어. 전에는

들어본 적 없던 우렁찬 소 울음소리가 어두워진 사방에 메아리쳤고, 모든 동물들이 그 소리를 들었지.

　마침 근처의 숲에는 크고 힘이 센 사자가 있는데, 오른발을 들어 내리치면 누구도 당할 수 없는 숲의 제왕이었지. '오른발'이라는 이름을 가진 숲의 왕이 개울물을 마시다 지축을 흔드는 큰소리가 들려오자 놀라서 동굴로 들어가 숨었어. 이 무서운 소리가 대체 무엇인지 알 수 없어 왕은 두려운 마음에 부하들에게 알아보라고 말했지만 아무도 나서지 못했어. 힘센 왕조차 두려워서 동굴에 숨었는데 하물며 다른 동물들이 알아보겠다고 나설 수 없었던 거지.”

카라탁은 계속해서 이야기를 이어 나갔습니다.

"그렇게 이 숲의 왕 사자마저도 두려워 떠는 저 수상한 소리의 정체를 모두 궁금해했어."

그러자 다마낙이 말했습니다.

"이 숲의 주인은 알 수 없는 일에 왜 두려워할까요? 원인도 정체도 모르는 일에 두려워할 이유가 없다고 저는 생각해요. 스승님! 제가 어느 한심한 원숭이 이야기를 한번 해볼까요? 들어보시면 원숭이가 왜 호기심 때문에 망했는지 알 수 있을 텐데요."

카라탁이 웃으며 말했습니다.
"그래? 어떤 이야기인지 궁금하구만."

1. 호기심 많은 원숭이

한 상인이 자신의 정원 한복판에 새 건물을 지
으려고 많은 석공과 목수들을 불렀습니다. 그들은
매일 이른 아침부터 쉼 없이 일을 하다가 한낮이
되면 마을로 내려가 점심을 먹었습니다.

어느 날, 일꾼들이 점심을 먹으러 떠난 다음, 원숭이
한 마리가 일꾼들이 자리를 비운 공사장에 들어왔습니다. 그 원숭
이는 근처의 나무 위에서 며칠 동안 사람들이 건물 위를 오가며 나
무를 붙이고 두드리는 모습을 지켜보고 있었습니다. 마침 아무도 없
는 그곳에서 사람들이 하던 망치질 흉내를 내면서 혼자 놀았습니다.

그러던 중 통나무에 고정시킨 툭 튀어나온 쐐기가 무엇인
지 궁금해 이리저리 밀어보았습니다. 하지만 단단히 고
정된 쐐기가 빠지지 않자 참을 수 없는 호기심에 있

는 힘을 다해서 당겼습니다. 결국 쐐기가 빠지며 통나무가 굴러 원숭이는 그 틈 사이에 다리가 끼어 빠져나오지 못하고 죽고 말았답니다.

카라탁이 다마낙에게 말했습니다.
"우리는 많은 것들을 알고 있다지만 중요하지 않은 일에 목숨을 걸만큼 현명하지 못하네. 대부분 먹고사는 일에 충실하지도 못하면서 말이야. 호기심을 못 참은 원숭이처럼 괜한 일에 시간을 낭비하고 있지."

다마낙이 물었습니다.
"하지만 이 숲의 왕에게는 두려움에서 벗어나는 것이 가장 절실한 문제 아닌가요?"

카라탁이 대답했습니다.
"살기 위해 먹을 것을 구하는 수백 가지 방법들이 있지만, 어쩌면 더 중요한 것은 모르는 것을 알고자 하는 열정, 어려운 상황을 이겨내는 용기, 풍요로운 삶을 위한 노력 아닐까? 어떻게든 먹고 사는 것만이 능사는 아니지. 하물며 까마귀들도 죽은 사체들이 널려 있으니 먹을 것을 걱정할 필요가 없지 않나? 그런데도 우리가 사자왕의 두려움을 걱정하고 있단 말이야."

다마낙이 고개를 끄덕이며 말했습니다.
"맞습니다. 우리는 수도승도 왕의 참모도 아니니까요."

한참 동안 눈을 감고 생각하던 카라탁이 고개를 가로저으며 말했습니다.
"아니야. 꼭 그렇지만은 않네. 이 숲에 사는 모든 동물들은 사자 왕의 백성들 아닌가? 숲을 다스리는 왕에게 어려운 시련이 닥쳤는데, 신하 된 도리로 조언을 하는 것은 당연한 일이지. 그가 다스리는 숲에 남아 있다는 것은 왕에게 은혜를 갚아야 하는 의무도 있네. 그래서 우리는 어떤 직책 여부를 떠나 조언자로 왕에게 말해줘야 하네."

다마낙이 물었습니다.
"좋습니다. 그러면 스승님은 왕에게 무슨 조언과 도움을 주려 하십니까?

카라탁이 대답했습니다.
"우리는 지금 왕이 무엇을 두려워하고 있는지 알고 있네. 그 두려움의 원인이 어디에서 비롯되는지 왕에게 알려주려 하네. 나는 두

려움의 여섯 가지 변화에 대해 설명을 할 것이네.

다마낙이 물었습니다.
"두려움을 나타내는 여섯 가지 변화는 무엇인가요?"

카라탁이 대답했습니다.
"그것은 평소와는 다른 자세, 몸짓, 걸음걸이, 행동, 말투와 얼굴 표정의 변화같은 것들이지. 이런 변화는 마음의 움직임에서 비롯된다네. 나는 왕에게 가서 이 두려움을 극복할 수 있는 방법을 말해 주고자 하네."

다마낙이 다시 물었습니다.
"하지만 만약 왕이 우리의 진심을 몰라준다면 실망 아닌가요?"

카라탁이 대답했습니다.
"그것은 왕이 판단할 몫이겠지. 우리는 신하로서의 성의를 보여 주면 되는 것이네."

여우들은 동굴에서 좀처럼 나오지 못하고 숨어 있는 사자왕을 찾아갔습니다. 사자왕은 자신의 옛 신하들이 찾아오자 반가우면서도 시큰둥한 표정을 지었습니다.

여우들이 '오른발' 사자왕에게 고개를 숙이며 예의를 표하고 말했습니다.

"오랜만에 뵙습니다. 왕이시여! 잘 지내셨는지요?"

사자왕이 고개를 갸웃거리며 말했습니다.

"나는 자네들이 내 신하의 역할을 충실하게 했었는지 기억이 없네. 나는 그동안 현명하든 어리석는 각자에게 몫을 맡겨 주었는데 말이야."

카라탁이 말했습니다.

"죄송합니다. 저희는 그동안 숲에서 멀리 떠나 세상을 두루 여행하고 돌아오는 중이었습니다."

사자왕이 표정을 바꾸며 물었습니다.

"오! 그런가? 자네들이 여기저기 돌아다녔다고 하니 물어보겠네만, 세상이란 어떤 곳인가? 내 마음이 이토록 두렵고 심란한 이유를 자네들이 좀 알려줄 수 있겠나?"

카라탁이 말했습니다.

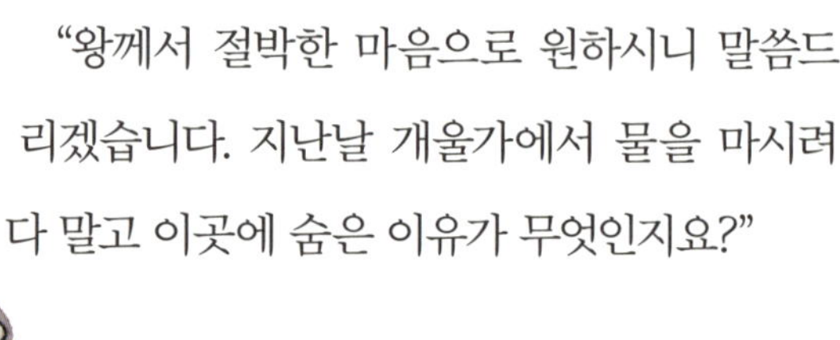

"왕께서 절박한 마음으로 원하시니 말씀드리겠습니다. 지난날 개울가에서 물을 마시려다 말고 이곳에 숨은 이유가 무엇인지요?"

사자왕은 다시 괴이 무시한 소리가 들리는 듯 몸을 한차례 흔들고 나서 말했습니다.

"그대들은 저 멀리 강가에서 숲을 뒤흔드는 무시무시한 소리를 듣지 못했나? 그렇게 큰 소리를 냈다는 것은 아마도 엄청나게 힘세고 무서운 괴물이겠지? 왕인 나조차도 그렇게 큰 소리를 내지 못하니 그 괴물을 이길 수 없을 것 같네. 그래서 왕의 자리를 내려놓고 이 숲을 떠날까 생각하는 중이네."

카라탁이 말했습니다.

"왕이시여! 소리는 여럿이 들었다 해도 착각이나 오해를 불러일으키는 경우가 많습니다. 두려움에서 벗어난 한 마리 여우 이야기를 들려드리겠습니다."

사자왕이 눈을 크게 뜨며 말했습니다.

"오! 그래? 그 여우 이야기를 빨리 해주게."

2. 여우와 북소리

배고픈 여우가 먹을 것을 찾아 여기저기를 떠돌던 중 어느 전쟁터에 도착했습니다. 그런데 어디선가 쿵쿵거리는 이상한 소리가 들려왔습니다.

여우는 사람들이 몰려오기 전에 뭔가 먹을 것을 찾아야 했지만 이상한 소리에 신경이 쓰였습니다. 그래서 그 알 수 없는 소리가 나는 곳을 찾아가 보니 둥근 북 하나가 보였습니다.

아무렇게나 뒹굴고 있는 북에는 바람이 불 때마다 부러진 나뭇가지가 스치며 '둥둥둥' 소리를 내고 있었습니다.

여우는 소리가 나는 북을 보면서 처음에는 꼬리를 말고 도망칠까 망설였습니다. 하지만 무척이나 배가 고픈 여우는 둥그런 북 안에 사

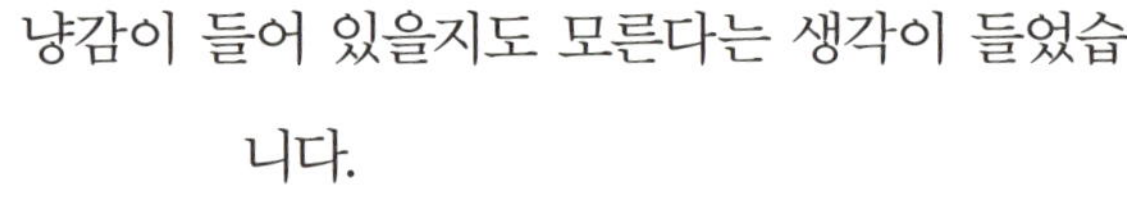

냥감이 들어 있을지도 모른다는 생각이 들었습
니다.

여우가 발로 북을 긁어대자 '둥둥
둥' 북소리가 다시 울렸지만, 배고픈 여
우는 멈추지 않았고 결국 그 북은 찢어
졌습니다.

하지만 북 안은 텅 비어 있어 먹을
것은 없었고, 여우는 실망했으나 소리에 대한 두려움만큼은 이미
사라져 있었습니다.

카라탁이 '오른발' 사자왕에게 말했습니다.
"왕이시여! 말씀드린 것처럼 소리는 착각을 불러일으킬 수 있습
니다. 그 원인을 알기 전까지는 그것을 두려워할 이유가 없습니다."

그때 다마낙이 앞으로 나서며 말했습니다.
"왕께서 허락하신다면, 제가 소리가 난다는 강변으로 가서 그 이
상한 소리를 내는 것이 무엇인지 확인해보겠습니다."

다마낙의 말에 오른발 사자왕이 벌떡 일어났습니다.

"오! 그대는 용기 있는 충성스런 신하이구만. 그래 자네가 한번 보고 오게. 하지만 그 괴물에게 잡아 먹힌다 해도 나를 원망하지는 말게나. 약한 이들은 살아남기 위해 지혜롭지만, 강한 이들은 오히려 교만하거나 어리석어 죽음을 재촉하기도 하지. 그대는 과연 어느 쪽인지 궁금하구만. 행운을 비네."

3. 검은황소와 여우

다마낙은 왕의 기대를 품고 무서운 소리를 내는 괴물이 있다는 강변으로 조심스럽게 다가갔습니다. 너른 들판에는 큰 검은황소 한 마리가 한가롭게 풀을 뜯고 있을 뿐이었습니다.

다마낙이 중얼거렸습니다.

'이상한 소리를 내는 무서운 괴물이라니, 저 검은황소뿐인데 말이야. 스승님이 해주셨던 그 이야기가 맞아. 우리들의 조언을 증명하려면 저 검은황소를 왕에게 안내해야겠다. 왜 높은 지위를 가진 이들은 왜 대부분 큰 위기나 고통에 빠지지 않는 한 다른 이들의 조언을 들으려 하지 않는 것일까? 건강한 이들에게 의사가 필요 없듯이 무소불위의 강한 왕은 신하들의 조언을 들으려 하지 않아. 그러니 직접 사실을 증명해야 해.'

다마낙은 눈이 빠지게 기다리고 있는 '오른발' 사자왕에게로 가서 검은황소에 대해 이야기를 했습니다.

"왕께서 두려워하던 그 소리를 내는 괴물은 들판에서 풀을 뜯는 검고 큰 황소였습니다."

오른발 사자가 물었습니다.

"뭐라고? 풀을 뜯는 검은황소였다고? 황소가 어찌 그런 무서운 소리를 낼 수 있단 말이냐? 내가 비록 너희들의 왕이지만 용기에 대해서는 약한 이늘도 강한 이늘도 똑같다고 생각한다. 분명 너의 말에 거짓이 없느냐? 왕에게 거짓을 말하면 가만두지 않겠다."

다마낙은 말했습니다.

"왕이시여! 제 말은 거짓이 아닙니다. 제 말을 믿을 수 없다면 저를 정식으로 사신에 임명하여 그에게 보내주십시오. 제가 가서 그를 설득하여 대왕님의 성실한 신하로 만들어보겠습니다."

사자왕의 승낙을 받은 다마낙이 다시 검은황소를 찾아가 말했습니다.

"털빛이 검게 빛나는 당신은 누구시오? 당신의 큰 목소리를 들으신 우리 왕께서 당신의 멋진 모습을 직접 보고 싶어 하십니다."

풀을 뜯고 있던 검은황소가 여우의 말에 고개를 돌리지도 않고 물었습니다.

"왕이라고? 나에게 왕이 있다니 금시초문이다."

다마낙이 짐짓 화가 난 목소리로 말했습니다.

"아니, 이 숲의 주인이신 우리 왕을 모른다니 말이 됩니까? 왕께서 당신의 목소리를 듣고 직접 만나보고 싶어 하십니다. 만약 당신이 우리 왕을 만나면 좋은 직책을 받게 될지도 모릅니다."

호기심에 여우를 따라나선 검은황소는 동굴 입구에 진을 치고 있는 여러 동물들에 가린 큰 사자를 보며 움츠러들었습니다. 하지만 사실 시커먼 동물이 다가오는 것을 보며 다른 동물들에게 입구를 막으라고 한 채 두려워하고 있는 것은 사자왕이었습니다.

검은황소가 여우에게 말했습니다.

"저기에 그대가 말하는 왕을 만나려고 다른 동물들이 순서를 기다리고 있는 것 같구먼. 나는 자네의 말을 믿고 여기까지 따라왔으니 자네가 가서 잘 말해주게나."

다마낙이 말했습니다.

"알았습니다. 그 대신 당신은 아무 말도 하지 말고 내가 말하는 것에 무조건 고개만 끄덕이면 됩니다."

사자왕 앞으로 다가간 다마낙이 고개를 숙여 예의를 갖춘 다음 말했습니다.

"왕이시여! 사신의 임무를 마치고 돌아왔습니다. 저 검은황소는 당신의 초청을 승낙하였으나, 그는 평범하지 않습니다. 저 황소는 위대한 '시바(Siva)'신이 타고 다니시는 검은황소 '난디(Nandhi)'입니다. 신께서 이곳의 부드럽고 신선한 풀을 먹도록 잠시 풀어두신 것이랍니다. 그러니 그에 걸맞은 대우를 해주셔야만 합니다. 그는 우리 손님이니 어디에서든 자유롭게 풀을 뜯을 수 있도록 해주신다면 아무런 해가 없을 것입니다."

그리고는 검은황소에게 다가가 조용히 말했습니다.

"당신은 우리 왕이 중요한 직책을 주려 하지만, 그것을 맡으시면 안 됩니다. 만약 그렇게 되면 당신의 위엄도 숲의 질서도 모두 무너지게 됩니다. 내가 당신을 신의 소유로 말했으니, 왕이 내

리겠다는 직책을 정중하게 사양하십시오. 그러면 모든 것이 평화로
울 것입니다. 만약 그렇지 않으면 신분의 차이도 역할도 모두 흩어
져 서로 존중하지 않게 되고, '단틸라(Dantila)'처럼 왕의 신임을 잃어
버릴 것입니다."

뚱한 표정으로 검은황소가 여우에게 말했습니다.
"알았네. 자네 말대로 하지. 그런데 '단틸라'는 어떤 얘기인가?"

4. 상인의 추락과 복귀

어느 왕국에 '단틸라(Dantila)'라는 이름의 돈 많은 상인이 살았습니다. 그는 왕과 왕비, 그리고 지위가 높은 귀족들과 부유하고 영향력 있는 사람들을 초대해서 잔치를 베풀기로 하였습니다. 그 잔치에는 왕궁의 시종장인 '고람바(Goramba)'도 있었는데, 후줄근한 시종 차림이라고 단틸라의 하인들에게 끌려나와 집 밖으로 쫓겨났습니다.

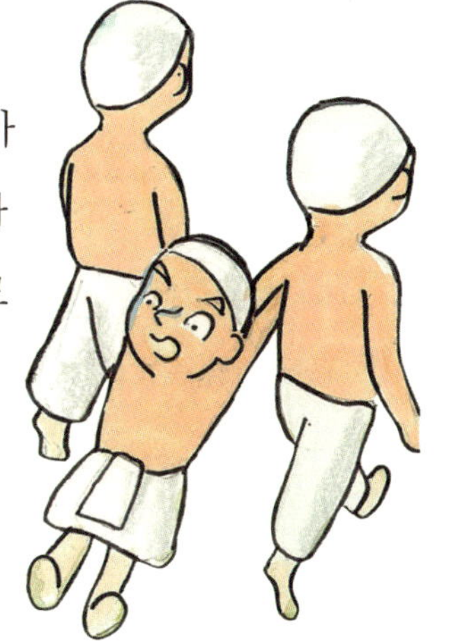

아무것도 먹지 못하고 모욕을 당한 고람바는 돌아오는 길에 혼자 중얼거렸습니다. '내가 비록 가난하고 낮은 시종장이라 해도 왕을 모시는 신하이거늘, 이렇게 무시를 당하다니. 단틸라가 돈 많은 사람이라 해도 사람을 이처럼 막 대할 수는 없어. 하지만 왕께서 호의를 가지고 그를 대하니 따질 수도 없고 그저

참아야 한단 말인가?'

그때 문득, 그에게 복수할 하나의 계획이 떠올랐습니다. '그래, 그러면 되겠구나. 어디 한번 당해봐라.'

어느 이른 아침, 왕의 침실을 청소하던 고람바는 왕에게 들리도록 중얼거렸습니다.

"아니! 단틸라. 당신은 얼마나 오만하기에 왕비를 껴안고 뺨을 부빌 수 있소?"

왕이 잠결에 일어나 고람바가 하는 말이 무엇인지 물었습니다.

"방금 뭐라고 했느냐? 단틸라가 왕비를 건드렸다고 하였느냐? 다시 한 번 똑바로 말해보거라."

고람바가 머리를 조아리며 말했습니다.

"폐하! 용서하십시오. 제가 지난밤 도박을 하다가 잠을 자지 못해서 꿈결에 헛소리를 한 모양입니다. 무슨 말을 웅얼거렸는지 기억나지 않습니다."

그러나 왕은 항상 왕족의 시중을 드는 그가 사람을 잘못보지 않았을 거라는 의심을 지울 수 없었습니다. 정숙한 왕비에게 무슨 일이 있었다면 상인을 아무 거리낌 없이 왕성 출입을 허락한 자신에게 있다고 생각했습니다. 그래서 그날부터 단틸라의 왕성 출입을 금지시켰습니다. 단틸라는 영문을 알지 못하고 왕의 호의에서 멀어지자 당황했습니다.

여느 때처럼 왕의 궁성에 들어서려던 단틸라를 경비병들이 밖으로 끌어내자 고람바가 다가와서 말했습니다.

"당신은 이전에 부하들을 시켜서 나를 당신의 집밖으로 끌어낸 것을 기억하십니까? 왕궁의 일원으로 함께 초대받았는데도 옷차림이 귀족이 아닌 시종이라면서 나를 내쫓았습니다. 당신이 당해보니 어떤 기분이 드나요?"

단틸라는 아무래도 이 시종장에게 실수했던 이유로 이런 상황이 된 것이라고 짐작을 했습니다. 그래서 그를 집으로 초대하여 비싼 옷을 선물하고 음식을 대접하면서 용서를 구했습니다.

"시종장! 교만해서 범한 내 실수를 용서해주오. 다시는 함부로 사람을 대하지 않겠다고 약속하겠소."

고람바는 그의 진심어린 사과를 받아들여 다시 왕의 궁성으로 출입할 수 있도록 도와주겠다고 했습니다.

다음 날, 고람바는 왕이 화장실에 있을 때 그 앞을 지나가며 지난번처럼 중얼거렸습니다.

"뭐 단틸라가 왕비를 건드렸다고? 무슨 소리를 하는 거야? 그는 지금 왕성 출입이 금지되었는데, 어떻게 왕성에 들어와 왕비님을 껴안았다는 것인가?"

밖으로 나온 왕이 고람바를 불러 세웠습니다.

"방금 뭐라고 했느냐? 왕비가 어떻다고?"

고람바가 머리를 조아리며 대답했습니다.

"아! 폐하 용서하십시오. 제가 지난밤에 도박을 해서 잠을 자지를 못했습니다. 잠결에 무슨 소리를 지껄였는지 기억나지 않습니다. 저는 잠이 부족하면 꿈을 꾸며 혼자 중얼거리는 버릇이 있습니다."

그 말을 들은 왕은 어이가 없어서 졸면서 꿈결에 지껄이는 시종장의 말에 단틸라를 의심하고 그를 배척한 것이라 생각하였습니다.

　나름대로 능력도 있고 왕국의 재정에 도움이 되는 유능한 상인을 잃을 수 없어서 단틸라를 다시 궁성으로 불렀습니다.

　"아! 단틸라. 그동안 내가 잠시 그대를 오해하고 있었다네. 오늘부터 자네는 예전과 다름없이 궁성을 자유롭게 오갈 수 있도록 허락할 것이니, 자주 들러주게."

　다마낙이 검은황소에게 말했습니다.

　"자만심은 그동안 쌓은 모든 결실을 잃게 만들기도 합니다. 서로의 관계는 미묘하기에 자신의 실수를 인정하고 반복하지 않으려 노력하는 태도야말로 지혜롭다고 할 수 있습니다."

　그의 말을 듣던 검은황소가 고개를 끄덕이며 말했습니다.

　"그대의 얘기를 잘 들었네. 나는 단틸라 상인처럼 누구를 구별해서 대하지 않을 것이니, 왕께 내 소개를 잘 부탁하네."

　왕은 여우 다마낙에게서 그동안 자신을 공포에 떨게 했던 괴물의 정체가 신이 타고 다니던 검은 황소였다는 말을 듣고 나서 두려움이 사라져 기뻤습니다.

　오른발 사자왕이 말했습니다.

　"아! 이제 내 근심은 사라졌네. 신이 타고 다녔다는 자네는 내 귀한 손님이네. 나는 자네를 친구로 대할 것이니 어디든지 자유롭게 지내게나. 그대들의 조언과 수고를 잘 알았으니 자네들은 특별히 내 참모로 삼겠네."

그렇게 오른발 사자왕이 검은황소를 친구로 삼은 이후, 숲속에는 여러 가지 변화가 생겼습니다. 두 여우는 사자왕이 왕의 권위를 포기하고 사냥도 하지 않은 채 검은황소와 어울려 다니는 것이 염려되었습니다.

카라탁이 다마낙에게 말했습니다.
"왕이 의무를 다하지 않고 있는데, 정작 참모인 우리는 무엇을 해야 하는지 잊고 있네. 왕이 우리의 조언을 듣지 않을지라도 그를 위해 충고를 해야만 하네. 그것이 참모의 역할 아니던가?"

다마낙이 대답했습니다.
"맞습니다. 어쩌면 제가 실수한 것인지도 모르지요. 얼빠진 수도승과 여우의 이야기처럼 말입니다."

카라탁이 물었습니다.
"그래? 그게 어떤 이야기인가?"

5. 어리석은 수도승과 사기꾼

　도시에서 조금 떨어진 수도원의 한 수도승은 제자들을 시켜 옷을 만들어 질사는 이들에게 팔아 많은 돈을 보았습니다. 그는 기분이 좋으면서도 이 많은 돈을 어떻게 보관할지 걱정이 되었습니다.

　사실 그에게는 제자들은 많았지만, 그 누구도 믿지 않았기에 모아둔 돈 전부를 큰 가방에 넣고 다녔습니다. 항상 큰 가방을 가지고 다니는 수도승은 누가 보아도 이상한 모습이었습니다. 보통 수도승이라 하면 한 벌의 옷에 지팡이, 그 이외에는 어떤 것도 지니지 않고 다녔기 때문입니다.

　늘 큰 가방을 들고 다니는 수도승을 유심히 지켜보던 한 사기꾼이 있었습니다.

　'아무래도 이상해. 저 가방에 무엇이 들었을까? 만약 무거운 책이라면 제자들에게 들고 다니라고 할 텐데 말이야. 아마도 소중한

물건이겠지? 내가 한번 확인해봐야지.'

어느 날, 사기꾼은 수도승에게로 다가가 그의 앞에 넙죽 엎드려 말했습니다.

"오! 수도승이시여! 저는 이 삶이 꿈처럼 덧없다는 것을 깨달았습니다. 젊음은 어느 새 늙어 병든 몸이 되었고, 돌봐줄 가족도 없습니다. 아직 제게 남아 있는 세상의 즐거움을 버려야 할까요? 저를 올바른 길로 인도해주십시오."

겸손하게 자신에게 가르침을 청하는 이를 본 수도승은 기분이 좋았습니다.

"이보게, 세상의 즐거움을 포기할 생각을 가졌다면 나의 축복을 받을 자격이 있네. 그대는 이미 나이가 들어 우리 수도원의 정식 문하생으로 받아들일 수는 없지만, 수도원 입구도 좋다면 그대를 내 수행 제자로 머물 수 있도록 하겠네."

이렇게 사기꾼은 가방을 든 수도승을 속여서 제자로 허락을 받은 후 열심히 그의 비위를 맞추었습니다. 허드렛일이나 청소, 무거운 짐을 옮기는 등 수도승의 눈에 드는 일을 찾아 하다 보니, 수도승은 매우 만족해 했습니다. 그래서 어딘가 외출할 때면 그를 수행비서처럼 데리고 다녔습니다. 사기꾼이 기회를 엿보며 무거워 보이는 가방을 대신 들어주려 몇 차례 시도했지만, 수도승은 여전히 누구에게도 가방을 맡기지 않았습니다.

그래서 더욱 몸이 달아오른 사기꾼은 어떻게 하면 그 가방을 빼돌릴까만을 궁리했습니다.

'저 가방을 손에서 놓지 않으려는 것이 정말 이상하단 말이야. 수도승이라면 무엇을 아끼거나 욕심이 없는 사람들인데 말이야. 아마도 분명 비싼 물건이나 보식이 들어 있을 거야. 그냥 저 가방을 빼앗아 달아날까? 아니야. 아무리 그래도 그럴 수는 없지.'

사기꾼이 몸이 달아 초조해하고 있을 무렵 기회가 찾아왔습니다.

어느 날, 마을 잔치에 초대받은 수도승이 사기꾼 제자를 데리고 그곳으로 가게 되었습니다. 뜨겁게 내리쬐는 한낮의 더위에 걷다보니 두 사람은 땀과 먼지에 범벅이 된 채로 마을에 도착했습니다. 수도승은 흙먼지에 더러워진 옷도 빨고 몸도 씻으려 근처 강에서 잠시 목욕을 하고 가기로 했습니다.

수도승은 옷을 벗어 가방에 밀어 넣고

는 사기꾼 제자에게 맡기며 말했습니다.

"이 가방은 신의 계시가 담긴 신성한 물건이니 잘 보관해라."

그리고 강에 들어가 목욕을 하고는 잠시 들판에 누워 낮잠을 청했습니다. 사기꾼이 그때를 틈타 수도승이 옷가지를 넣었던 가방을 열어보고 깜짝 놀랐습니다.

신의 계시가 담긴 신성한 물건이란 다름 아닌 큰돈이었던 것입니다. 사기꾼은 신이 내린 계시물들을 꺼내어 옷가지만 빈 가방에 밀어 넣고 큰 선물을 남겨준 수도승을 비웃으며 그 자리를 떠났습니다.

사기꾼 제자가 자신이 아끼던 돈을 가지고 도망친 줄도 모르고 수도승은 단잠에 빠져 꿈을 꾸고 있었습니다.

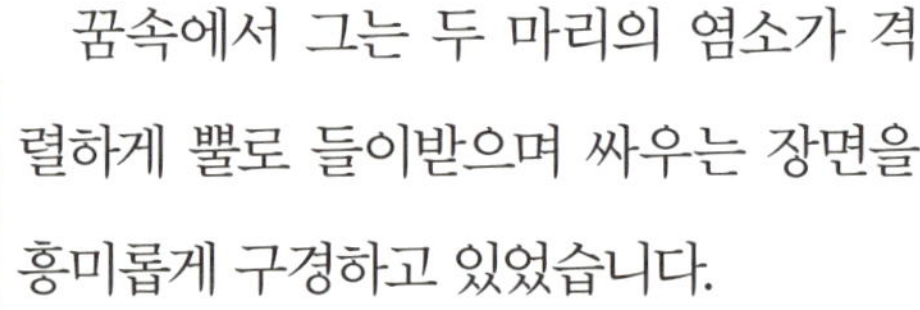

꿈속에서 그는 두 마리의 염소가 격렬하게 뿔로 들이받으며 싸우는 장면을 흥미롭게 구경하고 있었습니다.

그때, 어디선가 여우가 나타나 피를 흘리며 뒤엉켜 싸우는 염소들을 보며 입맛을 다시고 있었습니다.

"어이쿠! 저 염소들 이제 큰일났구나. 그만 싸워야 할 텐데 말이야. 자칫 저 여우의 밥이 될 수도 있겠어.”

수도승이 걱정한 대로 피를 흘리며 싸우다 지친 염소들을 여우는 어렵지 않게 사냥했습니다. ‘바보 같은 염소들, 내 저렇게 될 줄 알았어.’ 적이 나타난 줄도 모른 채 싸움에만 열중하던 염소들의 어리석음을 비웃으면서 수도승은 잠에서 깨었습니다.

수도승은 제자가 보이지 않자 옷가지를 넣어두었던 가방을 들추어 확인했습니다. 그 많던 돈이 모두 사라진 빈 가방을 바라보던 수도승이 외쳤습니다.

“이 사기꾼 놈, 내 돈을 다 털어갔구나. 아! 나는 이제 거렁뱅이 신세가 되었어. 이놈을 어디에서 찾아야 하나.”

수도승은 마을로 들어가 잔치집이며 시장까지 돌아다니며 사기꾼을 찾았지만, 이미 멀리 도망친 그를 찾을 수는 없었습니다.

여기저기 헤매다 보니 땀과 흙먼지로 범벅된 그는 다시 강으로 가서 옷을 빨고 몸을 씻으며 후회했습니다.

“아! 처음으로 돌아왔구나, 수도승에게 돈이라니, 낮에 꾸었던 염소

들과 여우의 꿈은 내 잘못을 깨우치라는 신의 계시였구나."

수도승은 터덜터덜 수도원으로 돌아가면서 더 이상 욕심을 부리
지 않고 남은 제자들과 수행에 힘쓰기로 결심했습니다.

다마낙이 카라탁에게 말했습니다.
"스승님은 이 이야기가 무엇을 뜻하는 것이라고 생각하시나요?"

카라탁이 대답했습니다.
"수도승이나 다투는 염소는 모두 앞을 보지 못하고 욕심만 부리
는 어리석음이고, 사기꾼과 여우는 그런 욕심의 허망함을 뜻하는
것으로 보이네만."

다마낙이 재차 카라탁에게 물었습니다.
"만약 우리가 비슷한 상황이라면 어떻게 해야 합니까?"

카라탁이 대답했습니다.
"아! 자네는 우리가 무엇을 해야 하느냐고 물었나?
지금 사자왕과 떠돌이 검은황소를 한자리에 두는 것은
마치 수도승이 재물을 모으는 것과 같은 거야. 그들은
서로 맞지 않는 관계인 거지. 그들이 원래의 자리로 돌아

가도록 떨어뜨려야 하네. 사자왕의 근심이 사라졌으니 더 이상 검은황소는 이 숲에서 사자왕의 친구가 될 필요가 없네.”

스승의 단호한 의견에 다마낙이 말했습니다.

“스승님은 너무 부정적인 면만을 보는 것은 아닌가요? 누군가에게 큰 피해 없이 서로 지금 친하게 지내고 있지 않습니까?”

카라탁이 대답했습니다.

“시간의 흐름이 밀 해줄 것이야. 현녕한 이늘은 잘못과 옳은 것의 분별을 아네. 우리의 왕이 그것을 결여했을 때 진정으로 조언을 하는 것이야말로 참모가 해야 할 일이 아닌가? 그대가 떠돌이 검은황소를 데려와 왕에게 그의 실체를 보여주어 근심을 덜어낸 것은 인정하네. 하지만 맞지 않는 결합을 지속한다는 것은 대자연의 섭리에는 맞지 않는 일이라네. 죽은 자보다는 살아 숨 쉬는 이들을 축복하는 풍요의 여신처럼 그대는 노력하고 설득해야만 하네. 성공하지 못한다 할지라도 누구도 비난하지는 못할 걸세. 누군가에게 부러움을 사는 성공이나, 자기 잘못으로 감당해야 하는 비난보다도 더 큰 것이 있다네. 생존을 위해 최선을 다하는 또 다른 이야기들이지. 한번 들어볼 텐가?”

다마낙이 물었습니다.

"어떤 것에 관한 이야기인지요?"

카라탁이 대답했습니다.
"교활한 황새에게 복수한 게와, 멍청한 사자와 꾀 많은 토끼 이야
기가 그것이네."

6. 교활한 황새와 게

어느 연못에 황새 한 마리가 살고 있었습니다. 연못에는 물고기들이 많아 황새는 배고플 일이 없었습니다. 그러나 세월이 흘러 황새는 늙고 쇠약해졌습니다. 이제는 예전처럼 재빠르지 못해 원하는 만큼 물고기를 먹을 수가 없었습니다.

황새는 이러다가 굶어죽지 않을까 걱정하다 한 가지 기막힌 방법을 떠올렸습니다. 어느 날, 황새는 연못가에 선 채 매우 슬픈 표정으

로 물고기들이 발밑으로 지나가는데도 잡으려 하지 않았습니다.

평소와 다른 황새의 이상한 모습에 연못의 물고기들과 개구리, 민물 게들이 궁금해서 몰려왔습니다. 민물 게 한 마리가 용기를 내어 물었습니다.

"황새 아저씨! 무슨 일 때문에 슬퍼하고 계시나요?"

여전히 슬픈 얼굴로 황새가 한숨을 내쉬며 말했습니다.

"내가 말이야. 너희도 알겠지만, 평생을 이 연못에서 살면서 언제나 행복했는데 이제 모든 게 변할 거야. 조금 있으면 이 연못에 있는 모든 물고기들이 다 죽게 될 거고, 그러면 나도 먹을 게 없겠지."

황새의 갑작스런 말에 민물 게가 물었습니다.

"황새 아저씨! 우리 모두 죽게 된다니 그게 무슨 말이지요?"

황새가 말했습니다.

"응! 그것은 말이야. 내가 오늘 아침에 마을 사람들이 얘기하는 것을 들었거든. 며칠 후에 사람들이 이 연못을 흙으로 메우고 그 위에다 농사를 지을 거라더군. 그러면 이 연못에는 더 이상 물고기들이 살 수 없게 될 거야."

　황새의 말을 들은 연못의 물고기들, 민물 게, 개구리들 모두가 깜짝 놀랐습니다.

　이 말이 사실이라면 정말 큰일이 아닐 수 없어 물고기 한 마리가 떨리는 목소리로 황새에게 말했습니다.

　"황새 아저씨, 정말 무서운 소식을 들으셨군요. 부디 지혜로우신 황새 아저씨께서 우리들이 이 위기를 어떻게 넘길 수 있을지 알려 주실 수 있나요?"

　눈을 빛내며 늙은 황새가 말했습니다.

　"나는 그냥 새일 뿐이지만 어쩌면 조금은 너희들을 도울 수도 있을지 모르겠다. 저쪽에 여기보다 더 크고 깊은 호수가 있지. 거기 는 사람들도 쉽게 메울 수 없을 테니, 혹시 너희들이 원한다면, 내 가 그리로 데려다 줄 수도 있지만…"

　물고기들이 기뻐하며 말했습니다.

　"아저씨가 우리들의 진정한 친구라면 외면하지 마시고 제발 우 리들을 그 호수로 데려다주세요."

　황새는 계획대로 일이 풀리자 속으로는 신 이 났지만 겉으로는 짐짓 곤란하다는 표정을 지으며 말했습니다.

"흠! 이거 참 쉽지 않은 일이네만 한번 해보자고."

그러자 연못에 있는 모든 물고기들이 아우성을 치며 서로 먼저 데려다 달라고 말했습니다.

"저요, 저 먼저요."

그 모습을 지켜보던 황새가 음흉한 미소를 지으며 말했습니다.

"어이 친구들! 기다려 봐, 나는 한 번에 조금씩만 데려갈 수 있단 말이야. 그러니 자네들이 순서를 정하면 여러 번 나눠서 데려다 주지. 나도 이제 늙어서 매번 왔다 갔다 할 때마다 조금씩은 쉬어야 한다는 것도 알아줘."

그리고 황새는 몇 마리의 물고기를 부리로 물고 저 멀리 날아갔습니다. 당연히 물고기들에게 약속한 다른 호수로 가지 않고 커다란 바위에 내려서 물고기들을 다 먹은 후 시치미를 떼고 다시 연못으로 돌아갔습니다.

배고프면 몇 마리 물고기를 물고 그 바위로 날아가서 편하게 꿀꺽하고, 배가 불러 기분이 좋아진 황새는 낮잠도 즐기며 행복했습니다.

이제 먹이 사냥할 걱정이 없어진 황새는 배고플 때마다 연못에 대기하고 있는 물고기들을 물고 날아가 바위에 내려서 편히 식사를 즐겼습니다. 매일 그러다 보니, 이제 연못에는 물고기와 개구리들이 씨가 마르고 덩치 큰 민물 게들만 남았습니다.

하지만 아무것도 모른 채 순서를 기다리던 민물 게들도 빨리 이곳을 떠나 목숨을 구하고 싶었습니다.
"황새 아저씨, 저희도 구해주세요."

황새는 계속 물고기와 개구리들만 먹다 보니 좀 싫증이 나던 참이어서 이번엔 민물 게를 한번 먹어보자 생각하며 입맛을 다셨습니다.
"너희들을 구하느라 지쳤지만 나는 너희들의 친구니 큰 호수로 데려다주지. 그런데 자네들은 덩치가 커서 부리로 물기가 곤란해."

민물 게들이 물었습니다.
"그럼 방법이 없단 말인가요?"

황새가 고민하는 척하다가 능청스레 말했습니다.
"자네들은 큰 집게발이 있으니 내 긴 목을 붙잡으면 어때? 자신 있지?"
민물 게들이 기뻐하며 일제히 대답했습니다.

“네! 할 수 있어요.”

민물 게는 황새목을 집게발로 붙잡고
하늘로 날아오르자 드디어 큰 호수에 가서 살 수
있다는 생각에 기뻤습니다. 앞으로 살게 될 호수를 보려
아래쪽을 살폈지만, 어디에도 물은 보이질 않았습니다.

잠시 후, 황새가 아래를 향해 내려가자 민물 게가 물었습니다.
“아저씨, 데려가 준다던 큰 호수는 어디 있나요?”
황새가 크게 웃었습니다.
“하하하! 바보 같으니라고. 너는 저기 아래 큰 바위가 안 보이냐?
너를 데려가려는 호수가 바로 저기지. 너보다 먼저 갔던 물고기들도
전부 다 저곳으로 갔어.”

황새의 말에 바위를 내려다보던 민물 게는 깜짝
놀랐습니다. 바위 위에는 수없이 많은 물
고기와 개구리 뼈 무더기가 보였습
니다. 민물 게는 황새가 저 바위에
내리면 다른 물고기들을 잡아먹은
것처럼 자기도 죽게 될 것을 알았습
니다.

　이제야 교활한 황새에게 속아 연못 친구들이 죽었다는 생각에 화가 난 민물 게가 힘센 집게발로 황새의 목을 꼬집었습니다. 민물 게의 집게발에 목이 졸린 황새는 숨을 쉬지 못하고 두 날개로 민물 게를 떼어내려고 몸부림쳤습니다. 그렇지만 민물 게는 황새의 목을 놓아줄 생각이 없어 힘껏 가느다란 황새의 목을 조였습니다. 마침 내 황새는 땅에 곤두박질쳐서 죽고 말았습니다.

　민물 게는 황새의 머리를 떼어 예전에 살던 연못으로 돌아갔습 니다.

　연못에 남아 있던 친구들이 다시 돌아온 그를 보며 놀라 물었습 니다.

　"어떻게 된 거야? 호수에 가지 않고 왜 다시 돌아온 거지? 황새 아저씨한테 무슨 일이라도 생긴 거야?"

　민물 게가 황새의 머리를 내려놓으며 말했습니다.

　"그 아저씨는 여기 있어, 머리뿐이지만."

　그리고 교활하고 늙은 황새가 어떻게 자신들을 속였고 자신이 어떻게 복수했는 지 모두에게 말해주었습니다.

카라탁이 다마낙에게 말했습니다.

"꾀를 부리는 것은 한 번쯤 위기를 넘길 수 있지. 하지만 계속해서 남을 속이는 짓은 자신도 누군가에게 속을 수 있다는 것을 잊고 말아. 지혜로운 이는 힘이 센 이들보다 강하다고 현자들이 말하지. 작은 토끼가 엄청나게 큰 사자를 퇴치하기도 하거든."

다마낙이 물었습니다.

"그게 어떻게 가능하지요?"

카라탁이 말했습니다.

"들어보게나."

7. 멍청한 사자와 꾀 많은 토끼

옛날, 넓은 정글에 큰 덩치를 믿고 사는 포악한 사자 한 마리가 있었습니다. 사자는 징글을 돌아다니면서 매일저럼 누엇을 닥치는 대로 마구 잡아먹었기 때문에 동물들은 언제나 두려움에 떨어야 했습니다. 이렇게 되면, 얼마 후에는 아무도 살아남지 못할 것이므로 동물들은 이 무자비한 살육을 막기 위한 방법을 찾아야만 했습니다.

어느 날 정글에 살고 있는 동물들이 모두 한자리에 모여 대책을 상의하고, 다음 날 사자를 찾아갔습니다. 몰려드는 동물들을 보면서 멍청한 사자는 애써 사냥을 하지 않아도 먹이들이 굴러들어 왔다고 생각하며 좋아했습니다.

그때, 동물들의 대표로 뽑힌 여우가 앞으로 나가 사자에게 말을 했습니다.

"위대한 사자 대왕이시여! 저희를 먹기 전에 우리의 애기를 먼저

들어주십시오. 사자님은 우리의 왕
이시고 우리는 사자님의 백성입니다.
하지만 대왕님이 지금처럼 우리들을
잡아먹는다면 아마도 오래지 않아
대왕님만 이 정글에 남을 것입니다.
만약 우리 모두가 죽어 이 정글에서
사라져버린다면, 대왕님도 더 이상
왕이 될 수 없을 겁니다. 백성 없는
왕이 어떻게 있겠습니까?”

여우의 말에 사자는 반박할 말을
찾지 못하자 화가 났습니다.

“네놈들이 왕인 나에게 지금 협박을 하는 것이냐?”

여우가 말했습니다.

“아닙니다. 대왕님! 영원히 우리를 지켜주시는 왕으로 남아주시
길 바라기 때문에 한 가지 제안을 말씀드리려고 합니다. 왕께서 힘
들게 사냥을 나서지 마시고 그냥 집에 계시면, 대신 우리가 대왕님
이 드실 동물을 뽑아서 매일 하나씩 바치겠습니다. 그러면 대왕님
은 어렵게 사냥을 하지 않고서도 항상 집에서 충분히 드실 수 있고,
저희들도 늘 쫓기는 두려움 없이 왕과 백성 모두 평화롭게 살 수 있

을 것입니다."

멍청한 사자지만 그 말을 듣고 보니 동물들의 제안도 나름대로 일리가 있다는 생각이 들었습니다.

"좋아! 일단 너희 말대로 하겠다. 그렇지만 하루라도 먹이를 보내지 않는다면, 나를 우습게 생각하는 것으로 알고 네놈들 모두 가만두지 않을 것이다."

동물들은 왕을 실망시키지 않겠노라고 약속한 그날부터 매일 한 마리씩 동물을 뽑아서 사자에게 보냈습니다. 산과 들에서 사냥을 나온 사자와 갑자기 마주칠 염려는 없었습니다. 그래도 언제든지 자기가 먹이로 바쳐질 차례가 될지 모르기 때문에 정작 바뀐 것은 없었습니다.

그렇게 몇 달이 지난 어느 날, 작은 토끼가 뽑혀 사자에게 보내지게 되었습니다. 모든 동물들이 다 마찬가지였지만 이 토끼도 사자에게 허무하게 잡아먹히고 싶지 않았습니다. 뭔가 자신의 목숨과 다른 동물들까지 구할 수 있는 방법을 궁리하며 걷다가 어느 우물가에서 한 가지 꾀가 떠올랐습니다.

토끼는 아침 일찍 사자에게 가야만 했지만, 하루종일 놀다가 해 질무렵이 다 되어서야 사자가 있는 굴에 도착했습니다. 아침부터 꼬박 아무것도 먹지 못하고 쫄쫄 굶은 사자는 배가 고파 미칠 지경이었는데, 작은 동물 하나가 다가오는 것을 보고는 어이가 없었습니다.

"누가 너를 이리로 보냈지? 너는 한 끼 식사로 먹기에는 너무 작은데다 아주 늦게 와서 나는 배고파 죽을 지경이다. 네놈들이 나를 우습게 알았단 말이지? 건방진 것들! 이렇게 나온다면 어떻게 되는지 똑똑히 보여주마."

화가 난 사자가 으르렁거렸습니다.

그러자 작은 토끼가 머리를 조아리며 말했습니다.

"힘센 왕이시여. 제발 노여움을 푸시고 저희의 사정을 좀 들어주십시오. 조금 전에 어떤 일이 있었는지 들어보시면 저나 다른 동물들을 그렇게 탓하실 수는 없을 것입니다. 우리 모두 토끼 한 마리는 당신의 식사로 너무 적다는 것을 잘 알고 있습니다. 그래서 여섯 마리 토끼를 보냈는데 이곳으로 오는 도중에 다른 사자가 나타나 저만 빼고 다섯 마리는 잡아먹히고 말았습니다."

이 말을 들은 멍청한 사자가 눈을 크게 뜨고 물었습니다.

"뭐? 다른 사자라고 했나? 어디에서 온 놈이고 지금 어디에 있느냐?"

떨리는 목소리로 토끼가 대답했습니다.

"대왕님 아주 큰 그 사자가 다섯 마리 토끼를 꿀꺽하고 저까지 잡아먹으려 해서 제가 급히 말했지요. '이보시오! 지금 당신이 무슨 짓을 저질렀는지 모르시오? 우리는 대왕님께 가고 있던 참이었는데, 당신이 우리 왕의 식사를 망쳐놓았으니 사죄하시오. 우리 힘센 사자 대왕님은 이런 짓을 그냥 내버려두실 분이 아니니 곧 달려와서 당신을 가만두지 않을 것이오.' 그러자 그 사자가 화를 벌컥 내면서 말했습니다. '흥! 네놈들의 왕이란 게 누구냐? 내가 이 정글에 온 지가 몇 달이 되었는데도 그 사자란 놈의 코빼기조차 본 적이 없다. 그 놈이 겁을 먹고 숨어 있는 모양인데, 이제부터는 내가 이 정글의 왕이니 나에게 와서 무릎을 꿇으면 살려줄 것이라면서 가서 그 겁쟁이에게 전해라.'고 말이지요."

작은 토끼의 말을 들은 멍청한 사자가 머리 꼭대기까지 화가 나으르렁대며 소리쳤습니다.

"지금 그 건방진 놈이 있는 곳이 어디라고? 그놈을 죽이지 않고는 못 참겠다."

느닷없이 정글을 뒤흔드는 사자의 포효소리에 온 정글의 동물들이 두려워 떨었습니다.

멍청한 사자가 화를 내는 것을 본 작은 토끼는 씩 웃으며, 사나운 사자의 성질에 더욱 부채질을 했습니다.

"위대하신 우리 대왕님을 몰라보는 그런 작자는 죽어 마땅합니다. 만약 제 몸집이 조금만 더 컸다면 제가 대왕님을 깔본 그놈을 물어 죽였을 것입니다."

사자가 씩씩거리며 말했습니다.

"그랬단 말이지? 내가 그놈에게 매운맛을 보여줄 것이니 냉큼 안내해라."

작은 토끼는 예전부터 보아두었던 정글 우물로 사자를 데리고 갔습니다.

깡충거리며 달려간 작은 토끼는 화가 난 사자에게 우물을 가리키며 작은 소리로 말했습니다.

"대왕님! 그 작자는 이곳에 살고 있는 것이 확실합니다. 제가 보기에는 여기 아래쪽에 숨어 있으면 누구도 쉽게 찾아낼 수 없는 동굴 같습니다."

멍청한 사자가 송곳니를 드러내며 큰 소리로 말했습니다.

"흥 동굴? 나한테는 어림도 없는 수작이지. 이 정글의 왕인 나를 피해 숨을 곳은 없어."

작은 토끼가 말했습니다.

"대왕님! 당연하신 말씀입니다. 힘센 대왕님의 왕국에서 누가 감히 숨을 수 있다는 말입니까? 아마도 그 작자는 대왕님이 오시는 것을 보고 이 동굴로 뛰어들어 숨어버린 모양입니다. 제가 그 작자가 있는지 한번 보겠습니다."

영리한 작은 토끼는 사자 몰래 돌멩이 하나를 우물에 던지고 아래를 내려다보면서 말했습니다.

"여기 보세요. 대왕님. 그 작자가 숨어 있는 것 같습니다."

멍청한 사자가 달려와 우물을 내려다보니 돌멩이 때문에 물결이 일어 잔뜩 일그러진 사자 얼굴이 보였습니다. 물에 비친 얼굴이 자기인 줄도 모르는 멍청한 사자가 우물에 대고 으르렁거렸습니다. 그

러자 우물 안에서 사자 소리가 크게 들려오는 것이었습니다. 우물에서는 소리가 메아리가 되어 더 크게 울리는 것이었는데, 멍청한 사자는 그것이 다른 사자가 도전하는 포효로 생각했습니다.

여기저기서 동물들이 무슨 일인가 하고 몰려들자, 멍청한 사자는 작은 토끼를 보면서 거만하게 말했습니다.

"건방진 저놈을 가만둘 수 없다. 당장 죽여 보일 테니 잘 보거라."

더 이상 머뭇거리다가는 왕의 체면이 아니라는 생각에 멍청한 사자는 우물로 뛰어들었습니다.

좁은 우물로 뛰어내리다 보니 머리가 벽에 부딪히면서 우물에 빠진 멍청한 사자는 아무런 도움도 받지 못한 채 죽고 말았습니다.

작은 토끼는 동물들에게 크고 사나운 사자를 어떻게 해치웠는지 말해주었고, 정글엔 평화가 찾아왔습니다.

카라탁이 이야기를 마치자 다마낙이 머리를 긁적거리며 말했습니다.

"스승님의 이야기를 듣다 보니 이렇게 서로 맞지 않는 조합들이 있다면 사자왕과 떠돌이 검은황소의 관계도 저의 실수라는 생각이 드는군요. 나쁜 의도가 없이 그저 모른 척하며 게으름을 피운 것이라면 어떻습니까? 그동안 사실을 말하지 않은 이유로 화가 난 사자왕이 우리를 해칠 수도 있지 않을까요?"

다마낙의 걱정스런 질문에 카라탁이 대답했습니다.

"그래. 만약 왕이 사실을 안다면 아마도 우리는 무사하지 못할 걸세. 왜냐하면 왕은 그만한 권위가 있어야 하는데도 참모인 우리가 그를 속인 것이 되었지 않은가? 왕이 두려움으로부터 벗어날 수 있도록 우리가 도와준 것이지만 그 일은 이미 과거가 되었네. 그럼에도 불구하고 어차피 참모가 해야 할 일이라면 사실을 말해야 하는 걸세."

다마낙이 시무룩한 목소리로 말했습니다.
"상황은 언제나 바뀌니 공존이 영원한 것은 아니군요."

그러자 카라탁이 다마낙에게 말했습니다.
"그래. 이제 알겠나? 적당함과 과함의 차이를 자네는 이제 알았으니, 자네의 지혜로 저들을 떼어 놓아 대자연의 섭리에 따르도록 해보게."

다음 날 사자왕이 혼자 있을 때, 두 여우가 다시 찾아갔습니다.

"오랜만에 대왕님을 뵙습니다. 잘 지내셨는지요?"

오른발 사자왕이 심드렁한 표정으로 말했습니다.

"응! 자네들이군. 자네들 덕분에 나는 평온하게 잘 지내고 있지만, 늘 배가 고프네. 오늘은 무슨 일로 왔는가?"

카라탁이 대답했습니다.

"예, 저희들은 당신의 참모인데도 사실을 제대로 알리지 못한 책임이 있습니다. 그래서 오늘은 대왕님께 사실을 알려드리려고 찾아왔습니다."

오른발 사자왕이 자세를 고쳐 앉으며 말했습니다.

"오호! 그래 말해보게. 무슨 말이든 들어주겠네."

카라탁이 앞으로 한발 나서며 말했습니다.

"숲의 왕은 예전의 위엄을 찾아야만 합니다. 왕께서 친구로 삼은 검은황소는 물론 적은 아니지만, 대왕님과는 어울리지 않습니다."

사자왕이 심드렁한 표정으로 물었습니다.

"그것이 내가 배가 고픈 것과 무슨 상관이라는 말인가?"

카라탁이 차분한 음성으로 대답했습니다.

"사자는 동물을 사냥해야 합니다. 먹고 살아야 하니까요. 그런데 대왕님은 풀을 뜯어먹는 검은황소와 친구가 되면서 더 이상 사냥을 하지 않습니다. 그래서 늘 배고픈 것이지요. 검은황소는 본래부터 풀을 먹고 살지만, 사자는 풀을 뜯어먹으며 살 수 없습니다. 그러다 보니 이 숲의 질서가 무너지고 있습니다."

사자왕이 말했습니다.

"그래. 자네들의 말을 들으니 내가 늘 배고픈 이유를 알겠네. 그러면 어찌해야 하지? 내 친구인 검은황소를 잡아먹어야 한다는 말인가?

카라탁이 여전히 차분한 음성으로 대답했습니다.

"예! 그것은 숲의 왕으로서 당신이 선택할 문제입니다."

사자왕이 힘이 빠진 목소리로 말했습니다.

"그래 알았네. 나는 검은황소처럼 엄청난 소리를 내고 싶어서 그와 친구를 삼고 행동을 같이해 왔지만, 자네들이 이제라도 좋은 방법을 알려준다면 내 그렇게 하지."

카라탁이 말했습니다.

"대왕님께서 친구인 검은황소를 해치고 싶지 않다면, 그를 자유롭게 다른 곳으로 떠나게 하십시오. 그는 원래 떠돌이 황소였으니까요."

다마낙이 눈을 감은 채 고민에 빠진 사자왕에게 말했습니다.

"왕이시여! 정확한 실체를 모른 채 친구가 되어서는 안 됩니다. 평화롭게 살았지만 친구를 잘못 삼아서 일족이 몰살을 당한 이야기도 있습니다."

사자왕이 흥미롭다는 얼굴로 다마낙을 바라보며 물었습니다.

"그런 이야기가 있단 말인가?"

다마낙이 말했습니다.

"그렇습니다. 교만한 빈대가 모기 한 마리 때문에 죽게 된 이야기인데 들어보시겠습니까?"

사자왕이 말했습니다.

"어디 이야기해보게."

8. 불행을 물고 온 손님

옛날 어느 왕국에 많은 자식과 손자들을 거느린 빈대가 살고 있었는데, 커다랗고 아름다운 침대가 집이었습니다. 그들이 사는 곳은 다름 아닌 왕의 침대여서 빈대 가족은 왕이 잠들어 있는 동안 만찬을 즐겼습니다.

그러던 어느 날, 모기 한 마리가 왕의 침실에 날아들었습니다. 모기는 왕의 침대를 보고는 그 위로 내려앉더니, 시끄럽게 떠들어댔습니다.

"와! 정말이지 엄청 부드러워. 여기에서 놀아야겠군."

빈대가 시끄러운 모기 소리를 듣고 밖으로 나왔습니다.

"너는 누구지? 어디 촌구석에서 와서 시끄럽게 떠드는 거야? 이건 왕의 침대야. 너 같은 촌놈은 여기 있으면 안 돼. 이 침대는 우리 빈대 가족의 집이니까 당장 꺼져!"

　빈대에게서 촌놈이라며 무시하는 말을 들은 모기는 화가 났습니다.

　"이보시오. 내가 떠돌이 나그네이긴 하지만, 그건 손님에게 할 만한 말이 아니지요. 적어도 이 침대가 당신의 집이라면 말이지요."

　빈대의 말에 기분이 나빠진 모기는 그동안 여기저기 떠돌아 다녀봤어도 이곳처럼 아늑한 곳을 처음 보았습니다. 그리고 수 많은 사람들의 피를 맛보았지만 단 한 번도 왕의 피는 맛보지 못했습니다. 빈대에게서 왕의 침대라는 말을 들은 모기는 꼭 왕의 피를 맛보고 싶었습니다. 그래서 모기는 화를 참으며 부드러운 목소리로 바꾸어 말했습니다.

　"빈대님! 저는 당신 집을 방문한 손님이니, 임금님 피를 맛보게 해주시지요. 아마 꿀처럼 달콤하겠지요?"

　빈대가 소리쳤습니다.

　"안 돼, 허락할 수 없어."

　모기가 되물었습니다.

　"왜 안 된다는 거지요?"

빈대가 거만하게 대답했습니다.

"왜냐하면, 너는 촌놈이라 왕궁의 법도를 모를 거야. 네가 시끄럽게 하면서 왕을 물면, 놀라서 우리 모두를 죽일 수도 있어. 그러니까 그냥 빨리 가란 말이야."

그렇지만 모기는 모처럼 왕의 피를 맛볼 기회를 잃고 싶지 않았습니다. 그래서 빈대의 발치에 엎드려 부탁했습니다.

"빈대님, 제발 딱 하루만 여기에 있게 해주세요. 저는 단지 왕의 피 맛이 어떤지 알고 싶은 것뿐입니다."

모기가 겸손하게 계속 부탁하는 모습을 보며 빈대는 하는 수 없이 허락했습니다.

"좋아. 오늘 하루만 이 침실에 머무르는 것을 허락하지. 그렇지만 기억해둬. 아무 때나 물거나 아무 곳이나 물면 안 돼."

모기가 기뻐하며 물었습니다.

"그렇다면 언제가 적당한 때인지 알려주세요. 그리고 적당한 자리는 어디지요?"

빈대가 거만한 목소리로 말했습니다.

"잘 들어. 적당한 때는 말이지, 왕이 저녁식사를 마치고 포도주를 다 마시고 난 후야. 그때가 되면 왕은 곯아떨어지거든. 그리고 적당한 자리는 바로 왕의 발이야. 왕이 깊이 잠들어 있을 때 거길 물면 눈치채지 못하거든.”

모기가 고개를 끄덕이며 말했습니다.
“아, 그렇군요. 알겠습니다.”

빈대는 침대 구석으로 돌아갔습니다. 왕이 들어오기만을 기다리다가 왕이 침대에 눕자 창문에 앉아 있던 모기는 조급해졌습니다.
“아! 왕의 피를 맛볼 수 있다니!”

모기는 흥분해서 빈대가 적당한 때와 자리를 말해주었던 것을 까맣게 잊고 말았습니다. 참을성 없는 모기는 앵앵거리며 날아가 이제 막 잠이 든 왕의 귀를 물었습니다. 시끄러운 소리가 귓전에 들리고 따끔한 아픔에 잠이 깬 왕이 자기 귀 쪽을 손으로 내리쳤습니다.

모기는 왱하며 도망을 쳤고, 왕은 잠결에 자신의 얼굴을 때렸으니 화가 났습니다. 얼얼한 얼굴을 감싸며 하인들을 불렀습니다.
“다들 들어와. 뭔가가 나를 물었다. 왕의 침실에 벌레가 있다니, 어서 찾아내 죽여라.”

왕이 소리치자, 하인들이 침실을 샅샅이 뒤졌습니다. 이미 왕의 피를 맛본 모기는 날아서 도망갔지만, 하인들은 침대의 주인이라며 거만하던 빈대 가족을 모두 찾아냈습니다.

빈대는 한숨을 내쉬며 중얼거렸습니다.
'아! 시끄러운 촌놈을 손님으로 허락하지 말았어야 했는데, 내 실수로 온 가족이 몰살당하게 되었구나.'

이야기를 마친 다마낙이 오른발 사자왕에게 말했습니다.
"이처럼 친구 사이는 서로 이해하는 범위에서 신뢰가 있어야 합니다."

이야기를 듣고 있던 오른발 사자왕이 말했습니다.
"그대들의 충언을 잘 알아들었네. 나를 두려움에서 벗어나게 해 주었고, 잘못된 길을 바로잡게 해준 그대들은 내 진정한 참모네. 하지만 사귄 친구를 쉽게 내칠 수도 없으니 내일까지 생각을 좀 해보겠네."

다음 날, 두 여우가 사자왕의 동굴로 찾아가니, 사자왕과 그의 친구 검은황소가 나란히 앉아 있었습니다. 다마낙이 예의를 갖추어 인사를 했습니다.

"대왕님 안녕하신지요. 오랜만에 뵙습니다. 신의 사자여."

검은황소가 거만한 목소리로 말했습니다.

"그래. 자네들도 오랜만이군. 그동안 뭐하고 있었나? 마침 적적하던 참일세. 내가 그대들을 도와줄 일이라도 있는가?"

그러자 카라탁이 정색을 하면서 말했습니다.

"당신이 이 숲의 왕인가요? 어찌하여 왕의 옆자리에 앉아 있는 것이오? 당신은 숲의 왕이 초청한 손님일 뿐, 그곳은 당신이 앉아 있을 곳이 아닙니다. 많은 이들이 부귀영화를 탐하여 진정한 자유를 잃고 있지요. 그들은 휴식도 모르고 귀한 음식 맛을 즐기지도 못하며, 신성한 것에도 거리낌이 없이 두려움조차 잊어버립니다. 하지만 그들은 그런 줄도 모른 채 살아가지요. 어떤 이는 하인의 삶이란 주인을 따르는 강아지와 같다고도 말했습니다."

대놓고 자기에게 좋지 않은 말을 하는 카라탁을 노려보며 검은황소가 소리를 질렀습니다.

"뭐라고? 그게 무슨 말인가? 지금 내게 하는 말인가? 이리 가까이 와서 다시 말해보게."

다마낙이 말했습니다.

"신의 사자여, 화내지 마시고 사자왕께서 허락하신다면, 그리고 당신이 우리를 여전히 믿고 있다면 잠시 조용히 우리를 따라오시지요."

사자왕이 아무 말 없이 눈짓으로 허락하자, 검은황소는 천천히 여우들을 따라 밖으로 나왔습니다.

다마낙이 황소에게 말했습니다.

"우리는 왕의 참모이기에 말씀드리는 것입니다. 참모는 쓰디쓴 조언도 해야만 하는 것입니다. 제가 처음부터 사실을 말하지 않고 왕께 신의 사자라고 했던 것은 당신의 체면과 안전을 위해서였습니다. 또한 우리가 자유롭게 풀을 뜯는 당신을 사자왕에게 모시고 온 책임도 있었기 때문입니다. 하지만 더 이상 당신의 가짜 권력 놀음은 무모한 일입니다."

카라탁이 제자인 다마낙의 말을 이어서 검은황소에게 차분한 음성으로 말했습니다.

"당신의 위치는 사자왕의 식객이 아니라 초원에서 풀을 뜯어먹는 자유로운 황소로 돌아가야만 합니다. 사실 사자왕은 이미 당신이 더는 두려운 괴물이 아니라 풀을 먹는 황소라는 것을 의심하고 있습니다. 그럼에도 불구하고 지금까지 친구로 여겼던 것은 한번 맺은 우정을 배신하지 않으려는 의지 때문입니다. 그렇다 할지라도 만약 사자왕이 너무 배가 고프면 당신은 친구가 아니라 잡아먹힐 수도 있는 대상입니다. 이제라도 지금 상황을 이해하시겠습니까?"

다마낙과 카라탁의 말을 듣고 있던 검은황소가 눈을 크게 뜨고 말했습니다.

"그대들은 어째서 그런 사실을 이제야 말하는 것인가? 그대들의 말이 사실이라면 크게 잘못된 것이 아닌가? 지금껏 아무것도 몰랐던 내가 문제인가? 아니면 이제야 사실을 알려주는 그대들이 더 잘못된 것인가?"

카라탁이 대답했습니다.

"세상에 모든 것을 일일이 조언해주는 친구가 어디 있을까요? 당신은 왕이 두려워하는 존재로서 그 모습을 보여주는 단 한 번의 기회가 있었을 뿐인데도 그것이 영원한 것처럼 착각하고 믿어온 것이지요. 좀 더 솔직하게 말하면, 당신도 사자왕이 두려웠을 것입니다. 당신은 풀을 먹지만, 사자왕은 풀을 뜯어 먹지 못하고 다른 동물들을 잡아먹으니까요. 아마 당신도 언젠가는 사자왕의 식사거리가 될지 모른다는 불안한 마음이 들었다면, 이곳에 남아 있을 이유가 없습니다. 당신의 역할은 끝났으니 다른 동물들이 당신의 정체를 알기 전에 이제라도 당신의 자리인 초원으로 돌아가십시오. 이것이 우리가 당신을 친구로 여기고 용기 내어 사실을 알리고 조언을 드리는 이유입니다."

카라타의 진심어린 설득에도 검은황소는 고개를 흔들며 말했습니다.

"선량하지 못한 부하들이 왕의 눈과 귀를 가렸군. 사악한 이들에 둘러싸인 왕은 불행하지만, 선한 의지가 결국 왕 자신을 구한 결과가 될 거네. 하지만 자네들이 내게 해준 조언은 고맙게 받아들이겠네."

다마낙이 머리를 가로저으며 말했습니다.

"지금껏 이야기해드린 모든 조언을 당신은 이해하지 못하는군요. 오히려 우리가 말하는 사실을 부정하고 비웃고 있다니요. 당신은 사자왕이 눈을 감고 있는 지금 떠나야 합니다. 그가 배고프지 않은 지금, 그가 사실을 알고 분노하지 않고 있는 지금이야말로 당신이 떠나야 할 가장 좋은 기회입니다."

그러자 검은황소가 퉁명스런 목소리로 되물었습니다.

"내가 알기로 사자왕이 두려워하는 유일한 것은 내가 울부짖는 소리라고 들었네. 그 소리를 내는 존재가 바로 나라면, 내가 사자왕과 싸워서 이길 수도 있지 않겠나? 나도 아직 내 힘을 모르거든."

카라탁이 긴 한숨을 내쉬며 말했습니다.

"아직도 당신은 자신을 과대평가하고 있군요. 당신의 그 호기심과 만용이 어디까지 갈 것 같습니까? 주인과 하인이 다툰 결과가 어떤 것인지 아시지 않습니까. 당신은 그저 풀을 뜯고 사는 채식주의자이고, 사자왕은 그런 채식동물들을 먹는 육식동물이란 것을 왜 모르시오? 그런 당신이 덩치와 큰 소리만 믿고 사자왕과 싸워서 이길 것 같소?"

검은황소가 눈을 굴리며 말했습니다.

"자네들이 나를 잘 모르듯 나도 내 힘을 잘 모른다네. 나는 힘이 세고 또 사자왕은 아무것도 먹지 못했으니 한번 싸워볼 만하지 않겠나?

카라탁이 자세를 고쳐 앉으며 말했습니다.

"친구는 서로 동일한 공통의 원칙이 있어야 합니다. 그런데 당신들은 자연의 원칙에서 벗어나 있지요. 원래의 위치로 돌아가는 것이 그렇게 힘든 일인가요? 당신은 힘이 세다고 자랑하지만, 상대의 힘을 과소평가하면 어떤 결과가 오는지 모릅니까? 마치 해변에 알을 낳은 무모한 새와 하늘에서 떨어진 거북이 이야기처럼 한심합니다."

그러나 검은황소는 여전히 고집스런 음성으로 말했습니다.

"해변에 알을 낳은 새라니? 또 거북이가 어떻게 하늘에서 떨어진다는 거지?"

카라탁이 말했습니다.

"이럴 시간이 있을지 모르지만, 당신은 사실을 들었으면서도 여전히 현실을 직시하지 못하고 사태의 심각성을 모르니 이야기하겠습니다."

9. 바닷가에 알을 낳은 메추라기

옛날, 메추라기 한 쌍이 처음으로 바다 근처까지 날아왔습니다. 그들은 처음 보는 확 트인 바다와 먹이까지 풍부한 해변을 보면서 매우 기뻐했습니다. 행복하게 지내던 어느 날, 암컷 메추라기가 수컷에게 알을 낳을 안전한 곳을 찾아달라고 말했습니다.

수컷이 말했습니다.

"여보, 이 해변은 멋진 곳이니 여기에 알을 낳도록 합시다."

하지만 암컷은 고개를 갸웃거리며 말했습니다.

"파도가 치면 코끼리도 못 버틸 것 같은데, 괜찮겠어요? 아무래도 위험하니 다른 곳을 찾아줘요."

불안해하는 암컷의 말에도 아랑곳없이 수컷이 말했습니다.

"당신의 걱정을 모르는 건 아니지만 바다는 우리에게 해가 될 일이 없소. 우리는 하늘을 날 수 있는 새란 말이오. 바보 같은 새나 불구덩이에 뛰어들지, 날다가 바다에 빠져죽는 새가 어디 있겠소. 자기가 죽으려고 애쓰는 새는 없으니 여기에 그냥 알을 낳으시오."

암컷은 불안해하면서 해변 둥지에 알을 낳았습니다. 어느 날, 메추라기 부부가 먹이를 찾으러 나갔다 돌아오니, 알 낳은 둥지가 파도에 휩쓸려 보이지 않았습니다.

메추라기 암컷이 슬퍼하면서 수컷에게 원망했습니다.
"당신은 참 고집불통에다가 어리석기까지 하군요. 결과가 보이는 일인데도 다른 이의 말에 귀를 기울이지 않는 것은 바보나 하는 짓입니다. 언제 어느 곳이든 일어나는 일들은 반드시 결과가 있게 마련입니다. 현명한 이들은 다가오는 위험을 예측하고 대비하지요. 당신처럼 막무가내로 위험한 상황을 무시하고 자기 생각만 고집한다면, 가족을 위험으로 몰아넣을 뿐입니다."

수컷 메추라기가 시무룩한 얼굴로 말했습니다.
"내가 잘못했소. 당신 말을 무시한 벌을 받은 것 같네."

암컷 메추라기가 말했습니다.

"당신이 스스로 잘못을 인정했으니, 다음에 기회가 있다면 아마도 똑같은 잘못을 범하지 않겠지요. 그러나 기회는 여러 번 있지 않아요. 단 한 번의 잘못된 판단이나 실수가 대부분 돌이킬 수 없지요. 어떤 일에서 문제점을 예견한 이들과 문제가 발생했을 때 슬기롭게 대처하는 이들은 성공을 하지요. 하지만 문제를 외면한 채 행운을 믿는 어리석은 이들은 반드시 실패하지요."

자신이 잘못을 인정했는데도 책망을 계속하는 암컷에게 수컷 메추라기가 화를 내면서 말했습니다.
"기다려봐. 내가 언젠가는 저 바닷물을 다 마셔버리고 내 날개로 다 말려서 복수할 테니까."

암컷 메추라기는 눈물을 떨구며 수컷메추라기를 바라보며 말했습니다.
"당신의 실수를 괜히 바다에게 화풀이하지 마세요. 잘못을 인정하기 바라면서 이야기를 했는데도 당신은 여전히 듣지 않는군요. 당신의 분노는 지금 상황에서 아무런 도움이 되지 않습니다. 그저 만용을 부리고 있어요. 힘없는 이들의 분노는 자기 자신을 나락으로 떨어뜨릴 뿐입니다."

수컷 메추라기가 눈을 부라리며 말했습니다.

"나를 무시하지 마시오. 자신감을 가진다면 더 강한 이들과도 얼마든지 맞설 수 있소. 작은 사자가 자기보다도 큰 코끼리를 물리치고, 작은 심지의 불꽃이 어둠을 물리치지 않소. 용기 있는 이는 강하오. 내가 바닷물을 모두 마셔서 마르게 하는 것을 보시오."

그러자 암컷 메추라기가 절망스런 얼굴로 말했습니다.

"바닷물을 모두 마시면 우리가 잃어버린 둥지와 알들이 돌아옵니까? 수백 개의 강들이 끊임없이 흘러드는 바닷물을 한 방울의 물처럼 마실만큼 메추라기 부리가 크다는 것이 놀랍군요. 이제는 고집스런 당신을 떠나렵니다. 당신이 만약 다른 이들과 함께 어떤 문제를 해결하고자 했

다면, 나는 당신을 기대했을 테지만 이제는 실망스럽기만 합니다. 부드러운 풀잎도 서로 묶으면 커다란 코끼리도 넘어지게 하지요. 당신은 참새, 딱따구리, 파리, 개구리가 성질 사나운 큰 코끼리를 어떻게 죽였는지 듣지 못했나요?"

수컷 메추라기가 말했습니다.

"좋소. 당신이 떠난다 할지라도 작은 동물들이 큰 코끼리를 어떻게 죽였는지 이야기해주시오."

10. 코끼리와 참새

한 쌍의 참새 부부가 오래된 반얀나무에 둥지를 짓고 알을 낳았습니다.

어느 날 오후, 타는 듯이 내리쬐는 햇볕을 피해 코끼리 한 마리가 참새 부부 둥지가 있는 반얀나무 그늘로 왔습니다. 그 코끼리는 성질이 사납기로 유명했는데 더위에 지친 나머지 나무에 화풀이를 했습니다. 머리로 나무를 들이받고 긴 코를 함부로 휘둘렀습니다. 참새 부부는 코끼리의 행패를 피해 달아났지만, 그만 알이 든 둥우리는 땅에 떨어져 부서지고 말았습니다. 참새 부부가 울면서 코끼리에게 항의했지만, 코웃음만을 들었을 뿐이었습니다.

코끼리는

"누가 너희들에게 낮은 가지에 둥지를 지으라고 했나? 나는 등과 코가 가려워 나무에 긁었을 뿐이야."

반얀나무를 떠나 한쪽에서 구슬프게 울고 있는 참새 암컷에게 친구인 딱따구리가 찾아와 말했습니다.

"친구의 불행을 나도 알고 있네. 하지만 이미 부서진 둥지와 깨져버린 알을 되찾을 수는 없네. 슬픔을 벗어날 방법은 시간밖에 없으니 지난 과거는 잊어야만 하네."

참새가 말했습니다.

"나쁜 코끼리가 내 알을 깨버리고도 자기 잘못이 아니라고 합니다. 아무리 작고 약한 우리지만 이렇게 당해야만 하니 너무 억울합니다. 당신이 내 진정한 친구라면 복수할 방법을 알려주십시오. 우리는 곤경에 처하거나 피해를 당하여 슬픔에 빠진 이를 조롱하는 자를 응징해야 합니다. 그래야만 차후로 같은 일이 반복되지 않을 것이기 때문입니다."

참새의 하소연을 들은 딱따구리가 말했습니다.

"친구의 얘기가 맞네. 친구라면 당연히 슬픔을 함께 나누고 곤경에 처했을 때는 서로 도와야 하지. 우리는 비록 몸집이 작지만 서로 친하게 지낸 친구들이 있으니 함께 대책을 상의해 보세나."

그래서 그동안 알고 지내던 파리와 개구리 친구들까지 한자리에 모였습니다.

딱따구리가 그동안 벌어진 일에 대해 설명하고 성질 사나운 코끼리를 혼내줄 계획을 말했습니다.

"먼저 내가 가서 코끼리의 눈을 내 부리로 쪼을테니 파리는 그곳에 알을 낳게나. 그리고 참새 부부는 코끼리 머리 위에서 이리저리 날며 울어주게. 마지막으로 개구리는 저 언덕 절벽 아래에서 울어주게나. 이게 내 계획이라네."

개구리가 말했습니다.

"아니 이게 무슨 계획이란 말인가? 나는 그저 울어주기만 하면 된다는 건가?"

딱따구리가 말했습니다.

"응! 이 계획대로만 된다면 그 나쁜 코끼리를 혼내줄 수 있을 것이네."

다음날 햇볕이 뜨거운 한낮에 딱따구리가 날아가 코끼리의 눈을 쪼아 상처를 내었습니다. 그러자 파리가 날아와 재빨리 상처에 알을 낳았습니다. 눈이 부어 앞이 보이지 않은 코끼리는 목이 말라 물가를 찾아야만 했습니다.

참새 부부가 이리저리 날며 시끄럽게 울어대니 귀찮아진 코끼리가 언덕 쪽으로 달려갔습니다. 그때 어디선가 개굴개굴 개구리 울음소리가 들려왔습니다. '아! 저곳에 물웅덩이가 있구나.'

앞이 보이지 않는 코끼리가 정신없이 달려가다가 절벽 아래로 떨어져 죽고 말았습니다.

힘없는 친구 넷이 힘을 합쳐서 흉폭한 거대 코끼리를 물리쳤다는 암컷 메추라기의 이야기를 들은 수컷 메추라기는 크게 느낀 바가 있었습니다.

"내가 심통을 부려서 미안하오. 그렇다면 우리도 응원군을 찾아서 알을 휩쓸고 간 바다에 항의해 봅시다."

메추라기 부부는 두루미, 공작새, 뻐꾸기 친구들을 초대하여 지난 일들을 말했습니다. 그들은 모두 화를 냈지만, 누구도 도와줄 수 없다는 것을 알고 있었습니다.

새들은 세상을 유지하는 비슈누(Visnu) 신을 태우고 하늘을 나는 불사조 가루다(Garuda)에게 찾아가 억울한 사연을 말하기로 했습니다.

11. 새들의 소망

가루다(Garuda)는 세상을 유지하는 비슈누 신을 태우고 하늘을 나는 불사조이지만, 과거에는 새들의 왕이었습니다.

어느 날, 한 떼의 새들이 그를 찾아와 엎드려 사정했습니다.

"신의 사자시여! 우리는 당신의 도움이 필요합니다. 바다가 메추라기 부부의 집과 알을 쓸어가 버렸습니다. 이것은 우리 새들의 운명과 관련된 심각한 일입니다. 만약 악한 의도라면 현명한 이의 개입이 필요합니다. 당신은 세상을 유지하는 신의 사자이지만, 과거에는 새들의 왕이셨으니 우리들의 처지를 이해하실 것입니다. 도와주십시오."

새들의 이야기를 들은 가루다가 대답했습니다.

"그대들의 말이 사실이라면 묵과할 수만은 없는 일이군. 하지만 바다는 끝도 없이 크고 넓은데, 어찌 일부러 그랬다고 할 수 있겠는가?"

그러자 새들이 울부짖으며 말했습니다.

"힘없이 나약한 이들은 강자의 횡포에 늘 당해야만 합니까? 만약 이를 무심히 지나버린다면 세상을 유지하는 질서는 어떻게 유지되는 건가요?"

새들의 말을 들은 가루다는 잠시 생각에 잠겼습니다. 그때, 유지의 신 비슈누가 부른다는 전갈을 가지고 바람이 찾아왔습니다. 하지만 가루다는 바람에게 말했습니다.

"중요하게 해결해야 할 일이 생겨서 지금 나는 갈 수 없다고 대신 주인께 전해주오."

바람이 말했습니다.

"그대는 그대의 주인에게 이처럼 따르지 않은 적이 단 한 번도 없었는데, 도대체 무슨 일인지 말해줄 수 있나요?"

그러자 가루다가 말했습니다.

"들어보시오. 내 주인의 소유인 바다가 새들의 집과 알들을 삼키고 생존을 위협했습니다. 그러니 주인께서 해결하지 않으신다면, 세상을 유지하고자 하시는 그분의 누가 될 것입니다. 그런데도 만약 외면하신다면 나는 그분의 명을 따르지 않겠습니다."

분노에 찬 가루다의 말에 바람은 깜짝 놀라며 비슈누 신에게 돌아가 사정을 말했습니다.

비슈누 신은 바람이 전하는 말을 듣고는 웃으며 말했습니다.

"그래. 그곳으로 가보도록 하자. 해결해야 할 곳에 내가 있어야 한다면 기꺼이 가보도록 하지. 누군가 나를 향해 원망을 한다는 것은 내가 용납할 수가 없다. 신하는 왕에게 목숨을 바쳐가며 충성하거늘, 하물며 내가 세들의 원망을 들을 수는 없다. 나는 내 피조물들의 진정어린 존경을 얻고 싶을 뿐이야."

비슈누 신을 만난 가루다는 그동안 일어난 일을 설명하였습니다.

"주인님의 소유인 바다가 작은 새의 알을 훔치고, 둥지를 삼켰습니다. 제 족속이 위협을 받고 모욕당했지만, 주인님의 소유이기 때문에 참을 수밖에 없었습니다. 아시겠지만, 많은 이들이 말했습니다. 신하의 잘못은 가끔 왕의 허물이 되기도 한다고 말입니다."

비슈누 신이 빙그레 웃으며 말했습니다.

"그래 너희들의 마음을 잘 알았다. 내가 바다에게 알들과 둥지를 돌려놓으라고 할 것이다."

비슈누 신이 바다에 가서 번개 원반을 던지며 말했습니다.

"너의 악행으로 무고한 생명들이 고통을 당하고 있으니, 메추라기의 알들을 돌려줘라. 그렇지 않으면 바다를 사막으로 만들 것이다."

바다가 두려움에 떨며 메추라기 부부의 둥지와 알들을 돌려주었습니다. 세상을 유지하는 비슈누 신의 직접적인 도움으로 모든 일이 다 잘 마무리된 후 메추라기 부부는 화해하고 행복하게 살게 되었습니다.

카라탁이 검은황소에게 말했습니다.

"당신은 이 이야기들에서 어떤 것을 느끼셨나요? 상대방의 힘을 모른 채 무시하는 것은 결국 자신에게 피해가 돌아올 수 있습니다."

검은황소가 말했습니다.

"그래. 자네의 이야기를 들어보니, 사자왕과 나의 우정에 대해서 다시 생각해볼 수 있었네. 그렇지만 우리는 서로에게 악의를 품지 않고 친하게 지내왔고 나는 그와 맞서고 싶지는 않네."

카라탁이 말했습니다.

"당신은 왜 지금까지의 우정과 친밀한 상황만을 생각하는지요? 만약 사자왕이 화를 냈다면 당신의 목숨은 이미 위험한 상황이었 겠지요? 당신 자신이 사자왕과 맞서느냐의 문제가 아니랍니다. 우 리가 당신께 드리는 마지막 조언입니다. 해가 지거든 서둘러 이 숲 을 떠나십시오. 왕의 신하들이 해야 할 역할은 공동체의 이익을 위 해 개인을 희생하고, 공익을 위해서는 자기의 위치나 작은 것들을 포기할 수밖에 없습니다. 재산을 늘리거나 가정을 위해서가 아니라 위기를 극복하고 전체의 안정을 생각해야만 합니다."

카라탁이 성의를 다해 검은황소에게 충고했습니다. 그리고는 검 은황소가 몸을 일으켜 자리에서 떠나자 제자 다마낙에게 말했습 니다.

"그대는 뜻을 이루었나? 나는 왕과 검은황소에게 성심껏 조언을 했지만 결과적으로 실패한 것 같네."

다마낙이 시무룩한 음성으로 대답했습니다.

"우리가 이토록 검은황소에게 충고하고 설득했는데도 무엇에 대 한 미련이 남아 떠나지 못하는지 저는 잘 모르겠습니다. 결국 친구 가 될 수 없는 이들을 제가 나서서 맺어준 셈인데, 이것이 신의 뜻일 까요? 이 숲속의 왕을 두려움에 떨게 했던 소리가 스승님께서 들려주셨던 학자 바르다만이 버려두고 간 황소의 울음소리인 것을 확인했습니다. 그 괴성은 자유를 찾은 황소가 내지른 기쁨의 울음소리인 것을 알았지만, 왕에게는 사실대로 말하지 못했지요. 또한 그를 데려와 왕의 두려움을 벗어나게 했지만 결과적으로 이 불화의 씨를 뿌린 셈이 되었습니다. 그들이 이제 각자의 길을 가야 하는 것은 당연한 순리겠지요? 그들을 돌이킬 수 없다는 것을 알고 있다면 선이 악으로 바뀔 수 없듯이 누군가는 희생을 당해야만 합니다. 모두 제 불찰이지요."

카라탁이 말했습니다.

"그래. 우리는 과거만을 돌아볼 수 있을 뿐 미래를 알지 못하기에 과오가 있을 수 있지. 우리를 갈라놓는 적에게 당해야만 한다면 우리의 결과는 질병에 걸린 것처럼 비참할 뿐이야. 왕이 검은황소를 친구로 삼아 그 두려움으로부터 벗어났으니 우리의 역할은 끝났지 않은가? 그럼에도 그대가 이토록 고민하는 이유는 무엇인가?"

다마낙이 말했습니다.

"잘 아시지 않습니까? 우리의 역할

은 끝나지 않았습니다. 우리는 왕의 신하로서 그에게 참다운 조언자로서의 역할을 해야 하는데도 우리는 왕을 떠나야만 했습니다. 사자왕이 검은황소를 배가 고파서 잡아먹게 된다면, 이제까지 우리의 모든 노력은 의미가 없어지겠지요. 왕이 검은황소가 먹잇감이라는 생각을 품기 전에 왕을 설득하기보다는 검은황소가 자기의 존재를 스스로 깨닫고 떠나기를 바랄 뿐입니다."

카라탁이 말했습니다.

"지네 말을 들으니 참모의 역할이 결코 쉽지 않다는 것을 알겠네. 우리의 과도한 충성심으로 벌어진 지금의 상황을 보니 사자와 늑대, 여우 그리고 사막의 낙타 이야기가 생각나는군. 한번 들어보겠나?"

12. 충성 경쟁

숲의 동물들이 몸이 크고 사나운 사자왕에게 선물을 가져왔지만 그는 만족하지 못했습니다. 그래서 방법을 떠올리다가 좀 더 위엄을 갖추려면 선물을 관리하는 부하가 있어야 한다는 생각이 들었습니다.

어느 날, 사자는 여우와 늑대, 그리고 까마귀를 따로 불러 임무를 주었습니다.

"여우는 지혜롭고 영리하다고 소문이 났으니, 너를 내 참모로 삼겠다. 늑대는 민첩하고 날쌔기로 소문이 났으니, 너를 나의 길잡이로 삼겠다. 까마귀는 높이 날 수 있으니, 내 전령을 맡아라."

사자가 동물들이 가져온 선물을 나눠주겠다

는 약속을 하자, 여우와 늑대 그리고 까마귀는 왕에게 서로 다투
듯 충성을 맹세했습니다. 한동안 사자의 부하들이 각자 일을 맡아
서 하다 보니, 먹을 것이 썩을 염려도 없고 편하게 지낼 수 있었습
니다. 그래서 항상 부하들을 거느린 위엄 있는 왕의 모습으로 숲을
돌아다니게 되었습니다.

충성스런 부하들은 왕이 가는 곳이라면 어디든지 따라다니면
서 왕을 위해 사냥감을 찾기도 했습니다. 사자왕은 배를 채우고 나
면 나머지를 그들에게 넘겨주었습니다. 그래서 부하들은 언제나
충분히 먹을 수가 있어 좋았습니다. 사자왕이 포효하면, 동물들이
두려워 떠는 모습에 따라다니는 자신들
까지도 으쓱해졌습니다.

어느 날, 항상 같은 먹잇감에 싫증이 난
사자가 부하들에게 물었습니다.
"무슨 특별한 사냥감이나 맛있는 것을
먹고 싶은데 너희들은 그런 것을 알고 있
느냐?"

까마귀가 왕에게 말했습니다.
"왕께서는 낙타고기를 드셔보셨는지요? 언젠가 제가 사

막에서 맛본 적이 있는데, 이게 참 맛이 좋습니다."

사자는 한 번도 낙타를 본 적이 없어 한번 먹어보고 싶다는 생각이 들었습니다.
"그 낙타가 어디 있다는 말이지?"

사자가 묻자, 까마귀가 대답했습니다.
"가깝지는 않습니다. 여기서 멀리 떨어진 곳에 사막이 있는데, 거기에서 살지요."

사자는 다른 두 부하들에게 물었습니다.
"너희들 생각은 어떠냐?"

여우와 늑대는 사막을 본 적이 없었지만 까마귀가 자신들보다 더 잘나 보이는 것이 싫어서 좋다고 말했습니다.

다음 날 아침, 사자와 그의 부하들은 사막을 향해 길을 떠났습니다. 까마귀가 먼저 날아가면서 일행에게 길을 안내했습니다. 그들은 숲을 떠나온 지 며칠이 지나서야 사막에 도착했습니다. 목마르고 배고픈데다 지쳐 있던 그들을 기다리는 것은 내리쬐는 햇볕에 달궈진 사막의 모래였습니다. 그늘 하나 없는 사막을 걷자니 더 이상 견딜 수가 없었습니다. 사나운 사자왕도 숲에서는 강하지만, 뜨거운 모래사막을 걷는 것은 고통이었습니다.

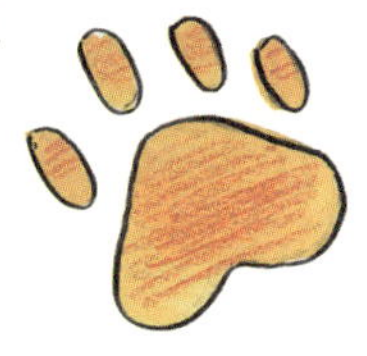

하늘을 날던 까마귀가 소리쳤습니다.

"조금만 더 가시면 됩니다. 낙타가 멀지 않은 곳에 있어요. 크고 살찐 녀석이었습니다."

하지만 사자는 주저앉고 말았습니다.

"됐다. 그만 숲으로 돌아가자. 낙타고기 같은 건 이제 먹고 싶지 않아. 그리고 나는 발바닥을 데어서 걸을 수가 없으니, 너희들이 나를 업고 가야되겠다." 사자의 말에 부하들은 덜컥 겁이 났습니다.

이 사막에서 멀리 떨어진 숲까지 덩치 큰 사자왕을 어떻게 업고 가야 할지 막막했기 때문입니다. 늑대와 여우는 도망치고 싶었지만 자기들도 뜨거운 모래사막에 발을 데어서 걸을 수가 없을 지경이었습니다.

그때, 영리한 여우가 까마귀에게 물었습니다.

"그 낙타가 어디 있다고? 나를 그 낙타가 있는 곳으로 안내해주게. 우리가 낙타를 찾으러 갈 필요 없이 내가 이곳으로 데려오겠네."

여우가 하늘을 나는 까마귀를 따라가다 보니 저만치 작은 오아시스 그늘에 서 있는 낙타가 보였습니다. 여우는 낙타에게 다가가 말했습니다.

"서두르게나, 친구. 우리들의 왕께서 지금 당장 자네를 보고 싶어 한다네."

낙타가 말했습니다.

"우리들의 왕이라고? 난 왕은 알지 못하고 관심도 없네. 나는 그저 사막에서 물건을 운반하는 주인님을 기다리고 있을 뿐이네."

그러자 여우가 재빨리 말했습니다.

"자네가 잘 몰라서 그러는군. 우리들의 왕은 바로 사자님이시네. 그분께서 자네의 주인을 죽였으니 여기서 더 이상 기다릴 필요가 없네. 이제 자네는 자유네. 사자님께서 자네를 숲에서 살도록 초대하셨으니 함께 가세나."

110

여우의 꼬드김에 속아 넘어간 낙타가 여우를 따라가 보니, 발바닥을 데어서 더 이상 걷기 힘든 사자왕과 늑대가 있었습니다.

여우가 사자왕에게 말했습니다.
"대왕님의 초청에 이 낙타가 숲으로 가겠다고 하니, 일단 낙타 등에 올라타시지요."

여우의 말에 상황을 짐작한 사자가 위엄 있는 목소리로 낙타에게 물었습니다.
"잘 생각했다. 우리를 태우고 이 사막을 나갈 수 있느냐?"

갈기털이 멋진 사자를 보며 왕은 뭔가 다르다고 생각하던 낙타가 대답했습니다.
"지금까지 제가 사막에서 했던 일이 물건을 나르는 일이었습니다. 이 사막을 벗어날 때까지 모두들 제 등에 타고 계시면 됩니다."
사자왕은 기뻐하며 낙타 등에 올라탔고, 늑대와 여우도 사자 뒤에 올라앉았습니다.

일행은 낙타 등에 올라 무사히 고통스럽던 사막을 벗어날 수 있었습니다. 숲으로 돌아가는 일행은 올 때처럼 까마귀를 길잡이 삼아 터덜터덜 걷고 있는데 무척이나 지치고 배가 고팠습니다. 여우와

늑대 그리고 까마귀가 한쪽에서 모의를 하고는 왕에게 낙타를 데
려갔습니다.

"대왕님, 시장하시지요? 이제 낙타고기 맛을 보시지요?"

사자왕은 부하들이 어떤 생각을 하고 있는지 알아차렸습니다.
지치고 배가 고팠지만, 은혜를 원수로 갚으려하는 부하들이 괘씸했
습니다.

"자네들한테 실망일세. 우리가 저 사막을 어떻게 건너왔는지 생
각해보게."

그리고 낙타를 돌아보며 이렇게 말했습니다.

"이보게, 친구. 내 목숨을 구해준 수고를 잊지 않고 있네. 자네가
원하면 언제까지라도 나와 함께 살 수 있도록 왕으로서 자네를 보
호할 것을 약속하지."

사자왕의 말에 부하들은 깜짝 놀라 항의했습니다.

"저희들은 대왕님께 낙타고기를 바치기 위해 고생하지 않았습니
까? 그런데 대왕님께서 낙타를 살려주려고 하시다니요."

부하들의 항의에 사자왕은 화가 폭발하여 으르렁거렸습니다.

"이놈들, 내 말을 듣고도 반성하지 않고 감히 거역하다니 죽고 싶

으냐?"

분노하는 왕 앞에서 부하들은 덜덜 떨었습니다. 사자왕이 소리 쳤습니다.

"당장 가서 먹을 것을 찾아와라."

여우, 늑대 그리고 까마귀 세 부하들은 먹을 것을 찾으러 숲으로 들어갔지만 사냥감을 찾지 못했습니다. 다시 한곳에 모여서 늑대가 먼저 말했습니다.

"어떻게 하지? 발도 아프고 어기는 먹을 것노 없어."

까마귀가 말했습니다.

"대왕님은 너무해. 우리가 낙타고기 맛을 보려고 얼마나 고생했 는데, 눈앞에 두고도 먹지 못하다니. 나는 낙타고기 맛을 잊을 수가 없어."

배고픈 여우도 입맛을 다시며 말했습니다.

"내 생각을 들어봐. 우리들이 낙타가 자기를 잡아 먹어달라고 왕에게 부탁하도록 만들면 돼."

여우가 자신의 계획을 늑대와 까마귀에게 들려 주자, 모두들 좋은 생각이라고 동의했습니다.

그리고 왕에게 돌아가서는 까마귀가 먼저 말했습니다.

"대왕님, 아무리 찾아봐도 먹을 것을 찾지 못했습니다. 하지만 대왕님께서 고통스럽게 계시는 걸 지켜볼 수 없으니, 보잘것없는 몸이지만 부디 저를 드시지요."

그러자 여우가 까마귀를 밀치며 말했습니다.

"제가 더 크니 저를 드십시오."

늑대가 엎드리며 말했습니다.

"제 몸이 더 큽니다. 드시지요."

이 모습을 지켜보던 낙타도 왕에게 자신의 충성심이 부족하지 않다는 것을 보여줘야겠다고 생각했습니다.

"대왕님, 제가 기꺼이 목숨을 바치겠습니다. 저 친구들은 대왕님께 저보다 더 필요한 부하들입니다. 저 부하들 대신에 저를 드시지요."

이 말을 듣고 싶었던 부하들은 여우의 계획이 성공했다고 생각하면서 낙타에게 달려들 준비를 했습니다.

사자왕은 이번에도 부하들의 음흉한 계획이란 것을 알아차렸습니다.

"너희들 모두 참으로 충성스럽구나. 자기 목숨까지 바치겠다는 너희들의 제안에 감동했다. 그래. 너희들의 뜻에 따라 순서대로 먹어주마."

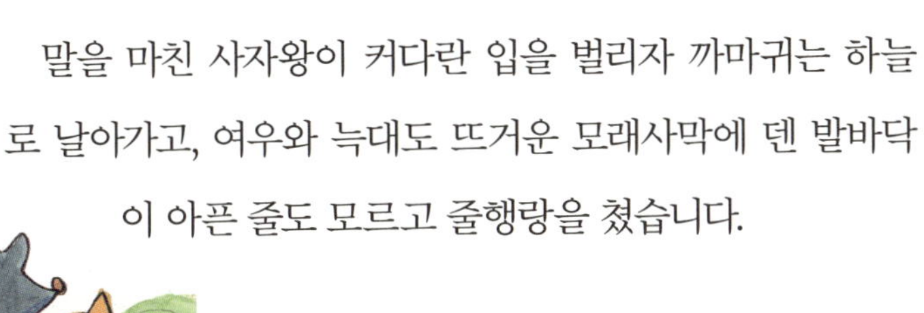

말을 마친 사자왕이 커다란 입을 벌리자 까마귀는 하늘로 날아가고, 여우와 늑대도 뜨거운 모래사막에 덴 발바닥이 아픈 줄도 모르고 줄행랑을 쳤습니다.

사자왕은 크게 한번 웃고는 낙타를 돌아보며 말했습니다.

"보게나, 내 부하들이 충성을 맹세했지만, 본마음은 아니었지. 자네는 선량한 친구네. 내 살아가는 동안 자네와 친구로 지내겠네."

사자왕의 말에 낙타는 행복했습니다.

"대왕님, 시장하실 텐데도 저를 잡아먹지 않고 친구로 대해주셔서 감사합니다. 사냥감이 나타날 때까지 제 등에 타십시오."

다시 낙타 등에 올라탄 사자는 혼자 중얼거렸습니다. '왕 노릇도 좋지만 친절한 것은 더욱 좋은 일이야.'

카라탁이 긴 이야기를 마치면서 검은황소에게 충고했습니다.

"당신은 이런 이야기들을 이해하셨나요? 지혜로운 이는 남을 괴롭히지 않으면서 자신의 이익과 목숨을 구할 방도를 찾는 것입니다."

하지만 검은황소는 고집스럽게 자신의 뜻을 굽히지
않았습니다.

"내가 왜 그런 이야기에 해당되는 거지? 나는
그저 풀을 먹으면서 조용히 살고 있을 뿐이
야. 남에게 피해를 주지 않지. 그런 나를 오른
발 사자왕이 인정하고 친구로 대우해 주고 있
지 않은가? 자네들의 걱정이 얼마나 쓸데없
는지, 내 위치가 왕에게 어떤 존재인지 오늘
보여주겠네."

검은황소가 여우들에게 큰소리를 치고는
사자굴에 다가갔습니다.

그날은 달도 없이 깜깜한 밤이었는데 그동안 사냥을 못해서 몹
시 배가 고픈 사자가 잠들지 못하고 있었습니다. 그때, 문밖에서 검
은 그림자가 들어와 서성거리자 굶주린 사자는 망설임 없이 달려들
어 검은황소의 목을 물어 잡아먹고 말았습니다.

멀리 동굴 안에서 사자왕에게 죽어가는 어리석은 검은황소를 지
켜보던 카라탁이 다마낙에게 말했습니다.

"그대가 얼마나 엉터리 인연을 만들었는지 잘 보았나? 어울리지
않은 친구 사이는 이처럼 비참한 결과를 가져올 수도 있다네."

116

다마낙이 씁쓸한 목소리로 말했습니다.

"스승님! 알고 계시듯이 저는 사자왕의 두려움을 해소하기 위해 검은황소를 숲으로 불러들였습니다. 그리고 균형이 깨진 숲의 평화를 위해 검은황소에게 수차례 충고하면서 사자왕의 곁을 떠나기를 설득하며 노력했습니다. 그럼에도 불구하고 사자왕은 자신의 위치를 잊고 풀을 먹는 황소를 신임하며 친구로 대했고, 오만해진 황소 역시 분수도 모르고 권력에 취해 있었습니다."

카라탁이 말했습니다.

"자네의 노고를 잘 알고 있네. 이번 일은 선한 의도가 나쁜 결과를 가져온 경우이지. 하지만 왕 없는 신하가 어디 있으며, 부하 없는 주인 또한 있을 수 없겠지. 자네와 나는 참모의 역할을 충실히 했지만 성공하지 못한 셈이 되고 말았네."

다마낙이 반박하듯 말했습니다.

"싸움을 원하는 곳에는 평화가 없습니다. 상대편 중 하나는 승리하고 한쪽은 패하게 됩니다. 누구도 결과를 예상할 수 없다면 선한 의도와 나쁜 의도의 차이는 무엇인지요?"

카라탁이 대답했습니다.

"선악의 구분은 현명한 이들도 구분하기 어렵네. 또한 선하거나

나쁜 의도가 어떤 결과를 가져올지 모른다는 것 또한 세상일에서는 비일비재하지. 그럼에도 불구하고 그대는 어떤 것을 선택할 것인가? 선한 의도가 때로는 나쁜 결과를 가져오는 경우도 있네. 하지만 나쁜 의도로 행한 일에서도 선한 결과를 가져올 수 있다는 그대의 생각은 어리석다네."

다마낙이 말했습니다.
"지금 하신 스승님의 말씀을 저는 이해하지 못했습니다. 그 다름의 차이를 다시 설명해주십시오.

카라탁이 말했습니다.
"자네가 과연 선한 의도를 가지고 아무런 사심 없이 검은황소와 사자왕을 대했던가 생각해보게. 그리고 누군가를 속여서 좋은 결과를 가지려 했던 마음은 없었는지 돌아보게나. 들으려고 준비가 되어있지 않은 이에게 하는 조언은 시간만 낭비할 뿐이라네. 고집스런 원숭이에게 참견했던 참새에게 어떤 일이 일어났는지 들어보겠나?"

13. 어리석은 고집불통 원숭이

한 여름 원숭이 무리가 산기슭 큰 나뭇가지에 집을 짓고 풍성한 열매들을 따먹으며 놀았습니다. 곧 겨울이 닥치고 찬바람과 진눈깨비까지 내려서 몹시도 추웠습니다.

늙은 원숭이는 인간들이 추울 때 빨간 꽃을 피워서 추위를 피하는 것을 지켜본 적이 있었기 때문에 다른 원숭이들과 함께 산비탈에 열린 빨간색 열매를 주워 모았습니다. 늙은 원숭이는 열매를 모아놓고 사람들이 불씨를 피울 때처럼 빨간 열매에 '후후'하며 입김을 불었습니다.

원숭이들의 엉터리같이 헛된 행동을 지켜보던 참새가 보다 못해 말했습니다.

“당신들은 지금 무슨 바보짓을 하시나요? 그것은 불씨가 아니라 색깔이 비슷한 빨간 열매일 뿐이라고요. 왜 당신들은 어이없는 일에 힘을 낭비합니까? 아무리 입으로 바람을 불어도 그 열매들이 당신들을 따듯하게 해주지 않을 것입니다. 불이 아니니까요. 헛수고하지 마시고 차라리 눈보라를 피할 수 있는 동굴이나 바위틈을 찾아보시지요.”

그러자 원숭이 무리 중 늙은 원숭이가 화를 내며 말했습니다.

“흥 너 따위 작은 새가 뭘 안다고 떠드느냐? 우리 일에 왈가왈부하지 말고 냉큼 저리 꺼져라.”

멍청한 헛수고를 하고 있는 원숭이들에게 조언을 했지만, 참견 말고 꺼지라는 말을 들은 참새가 어이없어하며 말했습니다.

“당신이 우두머리라면 올바른 길로 이끌어야 하지 않나요? 모두가 편안할 수 있도록 해야 하는데도 도박하듯이 괜한 헛수고를 하고 있다니요. 당신들이 지금 하는 것은 바보들 같은 짓이란 것을 왜 모릅니까?”

참새의 계속된 충고에 화가 난 늙은 원숭이가 달

려들었고, 그를 피하다가 다른 원숭이에게 잡혀 바위에 내동댕이쳐
진 참새는 죽고 말았습니다.

이야기를 들은 다마낙이 카라탁에게 따지듯 말했습니다.

"참새의 충언에 오히려 해악으로 되갚는 원숭이들을 보십시오.
그리고 참새는 자신의 안위도 모르면서 원숭이들을 걱정하지 않았
습니까?"

카라탁이 대답했습니다.

"그렇다네. 낙타가 물을 먹으면 사막을 건너기 위해 저장하지만,
뱀이 물을 먹으면 독을 저장하듯이 조언이란
것 또한 모든 이들에게 똑같을 수 없네. 조언
은 들을 준비가 되고 받아들일 수 있는 자세
가 갖춰진 이에게 해야 한다는 것이네."

다마낙이 되물었습니다.

"그렇다면 어려움에 빠진 이들을 보아도
그냥 지나쳐야 합니까?"

카라탁이 대답했습니다.

"만약 그대가 어리석은 사람과 대화를

한다면 그를 자극하지 말고, 그가 화를 낸다면 진정시켜야 하네. 그렇지 않으면 충고나 조언도 보류하고 논쟁하지 않고 그 자리를 피하는 것이 현명하다네.

다마낙이 고개를 끄덕이며 말했습니다.

"이제 선한 의지가 나쁜 결과를 가져올 수도 있다는 스승님이 말씀을 이해했습니다."

카라탁이 조용한 목소리로 말했습니다.

"그렇다네. 내가 수차례 자네에게 말했던 것처럼 들을 준비가 되지 않은 사람을 설득한다는 것은 어렵네. 선함과 악함은 누구에게나 반반씩 가지고 있네. 이 세상이 균형을 이루는 것은 아마도 언제나 해가 뜨면 어둠이 물러가고 해가 지면 어둠이 찾아오듯이 어느 한쪽에 치우치지 않지. 그렇다 해도 악한 의도는 선한 마음을 이길 수 없네. 교활한 친구를 사귄 '다르마(Dharma)' 이야기처럼 말이야."

14. 교활한 아들과 어리석은 아버지

어느 마을에 '다르마(Dharma)'와 '파르파(Parpa)'라는 친구가 살고 있었습니다. 어느 날, 욕심 많은 파르파는 다르마에게 세상에 나가 큰돈을 한번 벌어보자고 꼬드겼습니다.

그는 내심 조금 모자란 친구인 다르마를 실컷 이용하고 그가 모은 돈까지 뺏을 계획이었습니다.

"친구! 나이가 들면 일을 찾기 어려우니 지금 넓은 세상으로 나가서 큰돈을 벌어 보지 않겠나?"

다르마가 자신 없는 표정을 짓자 파르파가 더욱 목소리를 높였습니다.

"걱정하지 말게. 나와 같이하면 되네. 어른들이 말하지 않던가? 여러 나라를 돌아보며 그 나라의 말을 배우지 않고는 큰 사업을 하지 못한다고 말했지? 그러니까 우리는 여러 나라를 여행하면서 다양한 물건들을 구경하고 싸게 사서 비싸게 팔아보세. 아마도 큰돈을 모으게 될 거야."

다르마는 친구 파르파의 꼬임에 빠져 고개를 끄덕였습니다. 며칠 후 그들은 마을을 떠나 먼 곳으로 여행을 떠났습니다. 어느덧 세월이 흘러 그들은 물건이 많은 곳에서 싸게 산 것들을 물건이 귀한 곳에 가져가 비싼 값에 팔아 많은 돈을 모았습니다.

어느 날, 파르파가 다르마에게 이제 많은 돈을 모았으니 타향살이는 그만하고 집으로 돌아가자고 했습니다. 다르마도 모은 돈으로 결혼도 하고 집으로 돌아가고 싶어서 동의했습니다.

그들이 고향 마을 어귀에 다다랐을 즈음, 파르파가 다르마에게 말했습니다.

"이보게! 만약 우리가 큰돈을 가지고 간다면, 친척들과 가난한 이웃들이 나눠 달라며 몰려들 걸세. 돈은 많은 사람들이 군침을 흘리는 요물 아닌가. 돈을 집으로 가져가는 것은 좋은 생각이 아니니 자네와 나만 아는 숲의 비밀장소에 숨겨두고 가세나. 그리고 필요할 때 와서 꺼내서 쓰면 되지 않겠나?"

떠날 때부터 다르마의 몫까지 빼앗으려는 파르파의 검은 속셈을 전혀 모르는 다르마는 의심 없이 고개를 끄덕였습니다.

"친구의 생각대로 하세나."

다르마는 파르파의 교활한 계획을 까맣게 모른 채 숲으로 들어 갔습니다. 그들은 큰 나무 아래 함께 구덩이를 파고 돈을 묻어둔 채 집으로 돌아갔습니다. 그날 밤, 파르파는 몰래 혼자 숲속에 돌아와 묻어두었던 논을 모두 꺼내 가지고 가버렸습니다.

다음 날 아침, 파르파는 다르마를 찾아가 돈이 필요하니 숲에 함께 가자고 했습니다. 두 사람이 돈을 묻어두었던 숲의 비밀장소에 도착해서 구덩이를 파보니 텅 비어 있었습니다.

갑자기 파르파가 큰 소리로 외쳤습니다.

"이봐 친구! 나는 자네를 믿고 전 재산을 같이 묻었는데, 자네가 배신하고 훔쳐간 거지? 이 장소는 자네와 나 말고는 모르는 곳 아닌가? 여기 묻은 절반은 내 것인데도 자네가 몽땅 털어가다니 이럴 수 있단 말인가?

파르파는 자기가 저지른 일을 그대로 다르마에게 도리어 덮어씌우면서 큰 소리를 쳤습니다.

다르마는 어리둥절하면서도 어이가 없었습니다.

"이보게! 나는 그런 일을 하지 않았네. 누구보다 자네가 나를 잘 알지 않은가?"

곤란한 표정의 다르마의 말에도 파르파는 더욱 길길이 날뛰며 말했습니다.

"그래. 그래. 돈은 요물이라더니 자네가 그런 욕심을 부릴 줄은 몰랐네. 자네가 사실대로 실토하지 않으니 하는 수 없이 재판정에서 도둑질한 죄를 따지도록 하겠네."

결국 친구 사이였던 이들은 법의 심판을 받기 위해 재판정으로 가게 되었습니다. 판사가 그들에게 거짓을 말하지 않고 진실만을 말하겠다는 서약을 신에게 하라고 했습니다. 그러나 신에게까지 맹세하며 거짓말을 하기가 곤란했던 파르파가 잔꾀를 내어 말했습니다.

"판사님들, 제 말을 들어보십시오. 우리는 그동안 여러 나라를 돌아보면서 장사를 해서 별별 고약한 일을 당하거나, 손해를 많이 보기도 했습니다. 그중에는 그 나라 글을 잘못 읽고서 계약하는 바람에 큰 손해를 본 일도 많습니다. 증거가 없는 이 일은 아마도 돈을 묻어두었던 숲의 신이 직접 말해주리라 생각합니다. 그러니 내일 숲에서 재판을 받게 해주십시오.”

파르파의 그럴듯한 말에 속아 넘어간 판사들이 다음 날 숲에서 재판을 열기로 했습니다. 파르파는 자신의 계획대로 일이 착착 진행되어 가니 기분이 좋았습니다.

이제 마지막 역할을 맡아줄 아버지에게 자신의 계획을 얘기했습니다.

“바보 같은 다르마에게 고생하면서 모은 돈을 절반이나 줄 수는 없어서 제가 다 가져왔으니 우리는 큰 부자입니다. 내일 재판만 이기면 우리는 그 돈까지 모두 차지할 수 있습니다. 그러니 아버지가 꼭 도와주셔야 합니다.”

잘못된 아들의 행위를 꾸짖어야 하는데도 큰 부자가 된다는 말에 욕심이 생긴 어리석은 아버지가 물었습니다.

“그래! 그래서 내가 무엇을 어찌 도와줄 수 있다는 말이냐?”

욕심 많고 교활한 아들이 어리석은 아버지에게 속삭였습니다.

"제가 숲에서 큰 나무 아래 있는 구덩이를 봐두었습니다. 내일 재판이 열리기 전, 아침 일찍 아버지가 그 구덩이에 숨어 계십시오. 판사들과 청중들이 모여서 우리에게 진실을 말하도록 요구할 것입니다. 그러면 제가 숲의 신에게 맹세를 할 것입니다. 그때 아버지가 숲의 신으로 속여서 다르마가 범인이라고 말해주시면 모든 일이 다 끝납니다."

숲에서 벌어지는 진귀한 재판에 많은 구경꾼들이 몰려들었습니다. 판사가 재판을 시작하는 선언을 하고 파르파와 다르마에게 신에게 진실을 말하겠다는 맹세를 요구했습니다.

파르파는 아버지가 숨어 있는 큰 나무 근처에서 큰 소리로 외쳤습니다.
"신들이시여! 이 재판에 증인이 되어 주십시오. 모든 것을 다 지켜보신 숲의 신께서 우리 중에 누가 도둑놈인지 말해주십시오."
비좁은 나무 구덩이에서 힘겹게 숨어 있던 아버지가 말했습니다.
"물어볼 것도 없다. 돈을 훔쳐 가져간 것은 다르마니까."

판사들과 청중들이 모두 그 말을 들었고, 진실을 증언해준 숲의 신에게 감사의 절을 했습니다. 누군가가 나쁜 다르마에게 화형에 처해야 한다고 외쳤습니다. 사람들은 건초와 기름을 가져와 다

르마를 묶고는 움푹 파인 구덩이에 꿇어앉
히고 불을 붙였습니다. 그때, 돌풍이
혹 하고 불어와 불붙은 건초 더미가
큰 나무 아래 구덩이로 날아갔습니
다. 그러자 연기에 질식할 것 같은 파
르파의 아버지가 캑캑거리면서 좁은 구덩이에
서 뛰쳐나오다가 옷에 불이 붙고 말았습니다.

숲에 모여 있던 사람들이 갑자기 벌어진 이 해
괴한 광경에 어리둥절하고 있을 때, 파르파의 아
버지가 죽어가며 말했습니다.

"이 모두가 사악한 내 아들 파르파의 음모요. 아버지로서 아들
의 잘못된 행동을 나무라지 못하고 오히려 신의 이름으로 악행을
도왔으니 벌을 받게 된 거요. 다르마는 죄가 없소"

파르파의 어리석은 아버지가 뉘우치며 진실을 말하고 죽자, 모든
것을 지켜보던 재판장이 몹시 화를 내며 말했습니다.

"파르파. 이 악랄한 놈! 네놈이 친구를 배신하고 돈을 훔친 것으
로도 모자라 누명까지 씌워 죽이려 했구나. 신성한 법정을 모독하
고 청중들을 속였으며, 인륜을 버리고 아버지까지 네놈의 범죄에
끼워 넣었으니 도저히 용서할 수가 없다. 더구나 감히 신에게까지

거짓맹세를 했으니, 신을 대신해서 우리가 네놈
을 숲의 신에게로 보내주겠다."

사람들이 달려들어 파르파의 손발을 묶어 거꾸
로 나뭇가지에 매달고 돌아갔습니다.

이야기를 마친 카라탁이 다마낙에게 말
했습니다.

"꾀가 많다고 해서 좋은 결과를 만드는
것은 아니야. 선한 의도와 그 과정 또한 올
바르게 행위해야 하는 것이지. 파르파가 아
무리 영악해도 악한 의지가 만들어낸 결과가
좋을 수 없지 않겠나? 그래서 좋은 친구를 사귀는 것 또한 세상사
는 일에서 정말 중요한 일이야.

다마낙이 말했습니다.

"스승님께서 해주신 이야기를 들어보니 참새의 선한 의도가 나
쁜 결과를 가져온 것과, 파르파의 악한 의도가 보여준 결과의 차이
를 여전히 이해하기 어렵습니다."

카라탁이 다마낙에게 말했습니다.

"어떤 의도와 결과는 항상 일치하지 않고, 선한 의도인지 나쁜 의도인지 알기는 쉽지 않는 일이야. 현명한 이들은 전체를 바라봐야지 감정에 치우쳐서는 상대방의 표적에서 벗어날 수 없다네. 더구나 왕의 참모 역할을 맡은 신하라면 더욱 상대의 의중까지 파악해야 한단 말일세. 개인의 문제가 아니라 전체 무리들의 생존과 존망이 걸릴 문제일 경우가 있을 테니까 말이야."

다마낙이 되물었습니다.
"누가 세상일들을 다 알 수 있나요? 예견된 미래라는 것은 불가능한 일 아닌가요?"

카라탁이 빙그레 웃으며 대답했습니다.
"조금만 생각해보면 알 수 있는데도 욕심이 눈을 가리면 바보가 되는 경우도 많지. 그대는 생쥐가 쇠저울을 갉아먹고 매가 아이를 채서 하늘을 난다면 믿겠나?"

다마낙이 놀라며 말했습니다.
"어찌 그런 일이 있을 수 있나요? 바보가 아니라면 그 말을 믿겠는지요?"

15. 쇠를 먹은 생쥐

어느 큰 도시에 '나둑(Naduka)'이라는 이름의 부유한 상인이 살고 있었는데, 사업이 잘못되어 큰돈을 잃었을 뿐만 아니라 빚까지 지게 되었습니다.

시름에 빠진 '나둑'은 더 버틴다 해도 뾰족한 방법이 떠오르지 않아 일단 도시를 떠나기로 했습니다. 어디로든 가서 자신의 남은 운명을 시험해보기로 마음먹었습니다. 그래서 가진 것 전부를 팔아서 빚을 갚고 나니 남은 것이 없었습니다.

가득했던 창고가 텅 비어버린 상황인지라 마음도 비어버린 것처럼 허전했습니다. 남은 것이라고는 그동안 자신이 물건을 사고팔 때 사용했던 그다지 값어치가 없는 무거운 쇠저울 하나만이 벽에 걸려 있었습니다.

길을 떠나기 전에 '나둑'은 그 쇠저울을 들고 절친한 친구 '락슈만(Rakshman)'을 보러 갔습니다. 친구인 '락슈만'은 사업이 실패한 '나둑'의 불운을 위로하면서 친구가 어디론가 떠난다니 서운한 표정으로 말했습니다.

"친구, 내가 뭐라도 해줄 수 있는 게 없겠나?"

'락슈만'이 소심스럽게 묻자, '나둑'이 대답했습니다.

"고맙네. 이제 내게는 그동안 돈을 벌어준 이 쇠저울 하나가 남아 있네만, 이걸 자네에게 맡기고 가고 싶군 그래. 내가 돌아올 때까지 좀 맡아주겠나?"

'락슈만'이 말했습니다.

"그게 전부야? 물론 내가 안전하게 맡아두고 언제라도 자네가 달라고 하면 돌려주기로 약속하겠네."

'나둑'은 친구에게 고맙다고 인사하고는 도시를 떠나 장사를 하며 방방곡곡을 돌아다녔습니다. 여러 해가 지나 열심히 노력하고 운도 좋아서 그는 재기에 성공하여 다시금 부자가 되었습니다. 그래서 많은 돈을 가지고 고향으로 돌아와 새 집을 사고 다시 장사를 크게 시작했습니다.

얼마 후, 그는 친구 '락슈만'을 찾아가서 그동안 고생한 여행담과 장사에 성공한 얘기를 나누었습니다. '락슈만'은 '나둑'의 이야기를 듣다보니 사업이 실패했을 때는 안타까웠지만, 다시 큰 사업가가 되었다는 말에는 부러웠습니다.

'나둑'이 떠날 때가 되자 말했습니다.

"아참! 친구, 이제 내가 돌아왔으니 전에 자네에게 맡겼던 내 쇠저울을 돌려받고 싶네만?"

그 말을 듣자 '락슈만'은 갑자기 쇠저울을 돌려주고 싶지 않았습니다. 이미 큰 부자가 된 친구가 그까짓 쇠저울을 잊지 않고 돌려달라고 하니 서운하고 미운 마음이 들었기 때문입니다.

그래서 '락슈만'은 자기도 모르게 거짓말을 했습니다.

"이걸 어쩌나! 친구, 어떻게 말해야 할지 모르겠네 그려. 안 좋은 일이 있었다네. 그 저울을 내 창고 안에 잘 넣어두었는데 말이지. 나중에 보니 아 글쎄, 생쥐란 놈이 갉아먹어 버렸지 뭔가. 정말 미안하네. 그런 쇠저울은 구하기가 쉽지 않을 텐데 말이야. 정히 필요하면 내가 자네에게 다른 걸로 하나 사주겠네.”

‘나둑’은 ‘락슈만’의 뻔한 거짓말에 어이가 없었지만, 꾹 참고 아무렇지도 않은 듯 말했습니다.

“아닐세, 친구에게 부탁한 내 잘못이니 마음에 두지 말게나. 생쥐가 내 쇠저울을 갉아먹었다면 자네 책임은 아니지 않은가. 영원한 것은 아무것도 없다는 걸 보여주는 게 아니겠나.”

그렇게 말을 하면서도 ‘나둑’은 뻔뻔한 친구가 괘씸하여 집을 나서면서 방금 생각이 난 것처럼 말했습니다.

“아! 그런데 말야, ‘락슈만’. 내가 여행 중에 자네를 위해 선물 하나를 샀다네. 자네 아들을 불러 나와 함께 가도록 해주게. 아들에게 선물을 보낼 테니 말일세.”

자기는 배 아픈 마음에 거짓말을 했는데도 ‘나둑’은 자기를 믿어주고 선물까지 준비했다는 말에 ‘락슈만’은 죄책감이 들었습니다. 그런데 한편으로는 부자가 된 친구가 자기에게 주겠다고 준비한 선물이 뭔지 궁금했습니다. 그래서 아들을 불러 ‘나둑’을 따라가도록 했습니다.

‘나둑’은 아이를 데리고 집으로 돌아와서 방으로 들어가라고 하고는 문을 잠그고 일하러 나가버렸습니다. 저녁이 되도록 아들이 돌아오지 않자, ‘락슈만’은 걱정이 되어 ‘나둑’을 찾아가 아이의 행방을 물었습니다.

그러자 ‘나둑’이 아무렇지도 않은 표정으로 말했습니다.

“그게 말일세. 여기 오는 도중에 끔찍한 일이 일어났다네. 하늘에서 매 한 마리가 날아와서는 자네 아들을 낚아채가지 않았겠나. 내가 미처 손 쓸 틈도 없이 말일세.”

‘락슈만’이 큰소리로 외쳤습니다.

“말도 안 되는 거짓말 말게. 어떻게 매가 열다섯 살 아이를 낚아채갈 수 있단 말인가?”

그러면서 친구였던 ‘나둑’과 ‘락슈만’ 사이에 싸움이 벌어져 서로에게 고함을 질렀습니다. 큰 소리로 싸우는 두 사람 주위로 수많은 사람들이 몰려들었고, 결국 재판정에까지 가게 되었습니다.

재판정에 들어서자마자 ‘락슈만’이 소리쳤습니다.

“재판관님, 이 친구가 제 아들을 유괴했습니다. 부디 아들을 돌려달라고 해주십시오.”

　재판관은 그렇게 하라고 명령했지만 '나둑'은 심드렁하게 말했습니다.

　"재판관님, 매가 아이를 낚아채간 것을 제가 어떻게 돌려준단 말입니까?"

　재판관이 화가 나서 '나둑'에게 호통을 쳤습니다.

　"그대는 엉터리 거짓말쟁이다. 어떻게 매가 아이를 채갈 수 있단 말이냐?"

'나둑'이 씩 웃으며 말했습니다.

"그래요? 그렇다면 어떻게 '락슈만'의 창고에서는 생쥐가 쇠저울을 먹어치울 수가 있단 말입니까? 그게 사실이면 분명 매도 아이를 채갈 수 있을 테지요."

재판관은 친구라는 둘 사이에 대체 무슨 일이 있었던 것인지 궁금했습니다. '나둑'이 그동안에 벌어진 자초지종을 말하자 재판정 안은 웃음바다가 되었습니다.

재판관은 부끄러워 얼굴이 빨개진 '락슈만'에게 '나둑'의 쇠저울을 돌려주고, 또 '나둑'에게는 친구 '락슈만'의 과오를 용서하고 아들을 돌려주도록 했습니다.

이야기를 마친 카라탁이 다마낙에게 말했습니다.

"그대는 사자왕과 검은황소라는 어울리지 않는 인연의 조합을 이었으니, 참모의 역할을 다하지 못한 것이야. 어리석은 이들은 배우는 것을 싫어하고, 가난한 이들은 부자들을 비난하지. 그렇다 해도 누구든 직접 조롱을 받는다면 그를 좋아할 수는 없어. 사악한 이들에게서 덕망을 기대할 수 없듯이 그대의 노력은 헛된 것이 되었을 뿐이지."

다마낙이 시무룩한 음성으로 말했습니다.

“저는 나쁜 결과를 바라지 않았는데도 도움의 의미가 없어지고 말았습니다.”

카라탁이 미소를 지으며 말했습니다.

“그래! 자네는 의도하지 않았지만, 결과가 나쁜데도 다 좋은 것이라 말할 수는 없지 않겠나? 그래서 왕의 참모는 사리판단이 정확해야 한다네.”

다마낙이 불만스런 목소리로 물었습니다.

“그렇다면 세상에 어떤 일도 하지 말아야 합니까? 저는 왕의 부하로서 사자왕이 두려움에서 벗어나도록 그 실체를 보여주려 한 것뿐입니다. 검은황소가 자기 자신의 본분을 망각하지만 않았더라면 이런 불행한 결과는 없었겠지요.”

카라탁이 말했습니다.

“그래. 자네 말이 맞네. 선한 의도가 안 좋은 결과를 가져온 것뿐이지. 하지만 자네의 질문에 답하자면 세상을 방관자로만 살아가야 한다는 의미는 아니네. 자신의 판단이 옳은지 아닌지 먼저 판단을 해야 한다는 뜻이야. 나쁜 의도가 선한 결과를 가져온 이야기를 들어볼 텐가?”

16. 늙은 도둑의 희생

친한 세 명의 젊은 친구들은 모두 부유한 집안의 아들이었습니다. 세 친구들은 항상 함께 다녔지만 공부를 하거나, 다른 일도 하지 않고 그저 놀러 다니기만 했습니다.

아무것도 하지 않으면서 그저 허송세월을 하고 있는 아들에게 아버지가 말했습니다.

"시간만 축내는 네가 한심하다. 살아가는 방식을 고치지 않으려면 집에서 나가라."

평소처럼 세 친구가 모였습니다. 한 친구가 말했습니다.

"아버지께서 내가 살아가는 방식을 고치지 않으면 내쫓겠다고 하시더군."

그러자 다른 친구들도 이구동성으로 말했습니다.

"우리 아버지 말씀과 똑같군. 나한테도 그러셨거든. 우리가 특별히 잘못한 것도 없는데 너무하지 않나? 집안에서 무시당하고 이렇게 모욕을 받으면서 살고 싶지는 않네. 우리 다같이 집을 떠나서 세상구경이나 하세. 어떤가?"

한 친구가 제안을 하자 다른 친구들도 좋은 생각이라고 하면서 길을 나섰습니다.

"그런데 여행경비가 있어야 하지 않나? 우리는 돈이 하나도 없어."

그러자 한 친구가 말했습니다.

"여기서 그리 멀지 않은 곳에 산이 하나 있는데, 그 산꼭대기에서 값비싼 보석이 가끔 발견된다는 말을 들었네. 우리가 운이 좋으면 그 보석을 찾아서 여행경비로 쓸 수 있을 거야."

세 친구는 넓은 강을 건너고 어둑한 숲을 지나 마침내 산에 도착했습니다. 그들은 쉬지 않고 산꼭대기에 올라 보석을 찾기 시작했는데, 다행히 세 친구 모두 귀한 보석을 하나씩 찾아냈습니다.

"이제 우리는 마음 편히 여행할 수 있겠어."

산에 보석을 찾으러 가자고 말했던 친구가 걱정스런 표정으로 말했습니다.

"내가 깜빡하고 말을 못했는데, 사실은 보석을 찾아 산을 내려오는 사람들을 터는 무서운 산적들이 있다는 얘기도 들었어."

다른 친구가 어두운 표정이 되어 말했습니다.

"그러면 걱정 아닌가? 애써 찾은 보석을 뺏기면 우리는 거렁뱅이 처지로 여행을 해야 해."

또 다른 친구가 말했습니다.

"그보다 산적들이 보석을 빼앗고 우리를 죽일지도 몰라."

모두들 풀죽은 모습으로 산에서 내려왔을 때 한 친구가 두 사람을 불렀습니다.

"이렇게 하면 어떤가? 보석들을 삼키는 거야. 아무도 뱃속에 보석이 있다고는 생각지 못할 거야. 그러면 산적들에게 붙잡혀도 옷가지에 아무것도 없으니 들키지 않고 안전하게 가져갈 수 있을 거야."

다른 친구들도 좋은 생각이라며

보석을 삼켰습니다. 그런데 늙은 도둑 하나가 세 친구의 말을 들었고 보석을 삼키는 모습을 훔쳐보고 있었습니다.

기회를 봐서 보석을 훔치기로 마음먹은 늙은 도둑이 세 친구에게 다가가 친절한 목소리로 말했습니다.

"이보게! 젊은이들, 저 앞엔 어두운 숲이 있는데 나 혼자서 저곳을 지나자니 겁이 나서 가지 못하고 있네. 자네들을 따라가면 어떨까 하는데 부탁 좀 하세나."

세 친구들은 동행이 있다고 해서 나쁠 것 없다고 생각하며 늙은 도둑과 함께 숲을 지나기로 했습니다. 불행하게도 숲에 들어선 일행에게 무서운 산적들이 나타났습니다. 산적 두목에게는 앵무새 한 마리가 있었는데, 이 앵무새는 언제나 진실을 말하는 새였습니다.

산적 어깨에 앉아 있던 앵무새가 소리쳤습니다.
"이놈들이 보석을 가졌다네. 이놈들이 보석을 가졌다네."
산적 두목은 좋아서 입이 커졌습니다.
"이놈들이 보석을 가지고 있다 하니 뒤져라."
하지만 아무리 뒤져도 보석은커녕 부스러기 하나 보이지 않았습니다.

젊은 친구 중 하나가 말했습니다.

"산적님들, 우리는 그저 가난한 여행자들입니다. 여기저기 구걸하면서 다니고 있지요. 우리들한테 보석은 당치도 않습니다."

산적 두목은 그의 말을 믿을 수밖에 없었습니다.

"이번에는 내 앵무새가 실수를 했나보군. 가거라."

산적 두목은 실망한 얼굴로 일행을 놓아주었습니다. 그런데 그들이 그곳을 떠나자마자, 앵무새가 또다시 소리쳤습니다.

"바보, 저놈들이 보석을 가졌다네! 저놈들이 보석을 가졌다네!"

산적 두목은 고개를 갸웃거리면서 말했습니다.

"아무래도 이상해. 이 앵무새는 틀린 적이 없었는데 말이야. 아무래도 이제 늙은 모양이로군. 그래도 혹시 모르니 한 번 더 확인해 봐야겠다. 다시 그놈들을 붙잡아라."

산적 두목이 부하들에게 명령하여 안심하고 산길을 가던 네 사람을 다시 산적들이 붙잡았습니다.

"이놈들아, 너희들이 보석을 숨기고도 무사히 지나갈 줄 알았더냐? 보석을 썩 내놓지 않으면 모두 죽여버리겠다."

친구들이 무서워 벌벌 떨면서 간신히 말했습니다.

"산적님들! 조금 전에 이미 확인하지 않았습니까? 저희에게 보석은 없습니다."

산적 두목이 콧방귀를 뀌면서 말했습니다.

"흥! 내 앵무새의 말은 한 번도 틀린 적이 없어. 네놈들이 아마도 뱃속에 감춘 것이 분명해. 네놈들의 배를 갈라보면 알겠지. 저놈들의 배를 갈라라."

산적 두목이 부하들에게 명령을 하자, 부하들이 일행의 옷을 벗겼습니다.

그때, 늙은 도둑이 말했습니다.

"이보시오. 산적 두목님! 세상에 틀린 적이 없는 것은 없소. 당신의 앵무새가 틀렸다면 어쩌겠소?"

그러자 산적 두목이 껄껄대며 웃더니 말했습니다.

"당신 말도 일리는 있지만 내 앵무새는 지금까지 다 맞추었단 말이야. 그러니 네놈들의 배를 갈라보면 알겠지."

그러자 늙은 도둑이 다급하게 말했습니다.

"만약에 말이오. 우리 일행의 배를 갈라서 보석이 나오지 않으면 어떻게 하겠소? 앵무새의 말만 믿고 죄 없는 사람을 해치겠다니 말이오.”

늙은 도둑의 논리적인 말에 산적 두목은 말문이 막혔습니다.
“그래 좋다. 네놈들 중 한 놈의 배를 갈라서 보석이 없다면, 살려주겠다.”

늙은 도둑은 생각했습니다. ‘내가 비록 이제껏 도둑으로 살았지만, 나 같은 도둑에게 친절하게 대해준 사람들도 없었지. 그런 친구들의 보석을 탐냈으니 나 하나 희생한다면 저 젊은이들은 살릴 수 있어.’

그렇게 결심한 늙은 도둑이 산적 두목에게 말했습니다.
“우리들 배를 갈라서 보석이 있나 없나 꼭 확인하겠다면, 내 배를 먼저 갈라보시오. 만약 없으면 나머지는 살려주시오. 그리고 저 거짓말쟁이 앵무새의 배도 가르시오.”

산적 두목은 늙은 도둑에게 그러겠다고 약속했습니다. 늙은 도둑의 뱃속에서 보석이 없다는 것을 확인한 산적 두목이 불같이 화를 냈습니다.
“이런! 내가 이놈의 앵무새 말만 믿고 애꿎은 사람을 죽였으니,

이 쓸모없는 거짓말쟁이 앵무새도 약속대로 배를 갈라라.”

늙은 도둑의 희생으로 세 친구는 살아났지만, 한 번도 틀린 적이 없었다는 앵무새는 죽었습니다. 산적들에게서 풀려난 세 친구는 더 이상 세상을 여행할 마음이 없어져 집으로 돌아가기로 했습니다.

보석들을 팔아 부자가 된 그들은 그동안의 게으른 태도를 반성하며 성실하게 살았습니다. 그리고 그들을 구하기 위해 자기를 희생한 늙은 도둑을 결코 잊지 않았습니다.

오른발 사자왕은 친하게 지내던 검은황소를 배고픈 탓에 사냥감으로 착각하고 죽인 것에 대해서 괴로워하고 있었습니다. 그때, 카라탁과 다마낙이 오른발 사자왕을 찾아왔습니다.

카라탁이 물었습니다.
“왕이시여! 무엇 때문에 이토록 상심하고 계십니까?”

사자왕이 한숨을 쉬면서 대답했습니다.

"그동안 늘 같이 다니던 친구를 해치고 말았으니 마음이 아프네. 나의 잘못된 판단으로 나를 믿었던 친구를 죽이고 말았으니 말이야."

카라탁이 말했습니다.

"왕이시여! 친한 친구를 배신하거나 해치는 것은 물론 잘못된 일입니다. 그러나 왕께서는 배가 고픈 상태로 어둠속에서 판별이 어려워 그를 죽였을 뿐입니다. 그러니 왕의 실수는 그토록 괴로워할 이유는 아닙니다. 왜냐하면 왕께서는 또 다른 부하들을 선택할 수 있습니다. 물론 또 다른 친구를 만들 수도 있습니다. 부하들이 왕을 친구로 삼을 수는 없지 않습니까? 이곳은 당신의 왕국입니다."

카라탁의 말을 들은 오른발 사자왕의 표정이 밝아졌습니다.
"그래, 고맙네. 그대의 말을 들으니 나의 마음이 한결 편해졌네. 그렇다면 친구를 죽인 나의 실수는 죄가 안 된다는 것인가?"

카라탁이 오른발 사자왕에게서 물러나며 말했습니다.
"풀을 먹는 동물을 잡아먹는 것은 사자인 왕에게는 당연한 일입니다. 당신은 그를 친구로 대하셨지만 분명 그는 자기의 처지를 알고 물러나야 했건만 떠나야 할 기회를 놓친 것입니다."

다마낙이 앞으로 나서며 말했습니다.

"왕이시여! 세상 어느 왕국에서든지 반역죄는 가장 큰 죄로 친구이건 가족일지라도 가차없이 처형을 합니다. 그것은 왕국의 존망과 관련되기 때문이지요. 검은황소는 대왕님의 친구지만 손님일 뿐인데도 분수를 모르고 왕처럼 지위와 권력을 누렸습니다. 그것은 옳지 않은 일이지요. 왕국을 다스리는 왕의 위치라면 부하들이 부도덕하거나, 배은망덕한 불경스런 행동을 한다면 가까이 두어서는 안 됩니다. 왕께서는 지금 그와 같은 행동을 했던 그 때문에 고심할 필요가 없습니다."

다마낙의 충고에 조금 불쾌한 마음이 든 오른발 사자왕이 말했습니다.

"그대들은 내가 그토록 어리석다고 생각하는 것인가? 나는 단지 실수로 내가 해친 친구를 애도하는 것뿐이네."

카라탁이 차분한 음성으로 말했습니다.

"왕이시여! 애도는 가치가 있는 대상에게 하는 것입니다. 그렇다면 당신은 그동안 잡아먹은 모든 동물들을 애도할 것입니까? 그도 단지 풀을 뜯어먹는 당신의 사냥감일 뿐이었습니다. 현명한 이들은 과거를 끌어안지 않으며 죽음에 대해서도 초연하답니다. 이제 그만 괴로움을 털어내십시오."

오른발 사자왕이 한바탕 크게 웃더니 말했습니다.

"그대들의 말이 모두 옳도다. 내가 왕이라는 생각을 잠시 잊고 있었네. 내가 어리석은 판단으로 실수를 반복하지 않도록 그대들이 내 옆에서 계속 조언을 해주기 바라네."

사자왕은 사려 깊은 카라탁과 지혜로운 다마낙을 참모로 재임명하고 평화롭게 숲의 왕국을 다스렸습니다.

이로써 첫 번째 묶음 '친구를 배신하지 않는 의리'에 관한 이야기 보따리를 마칩니다.

새로 사귄 친구와의 우정

PANCHATANTRA
판차탄트라2

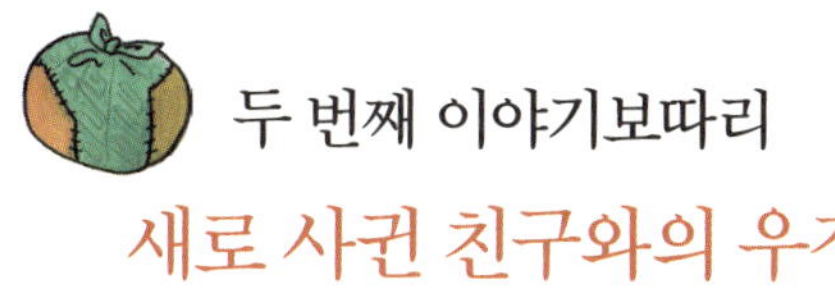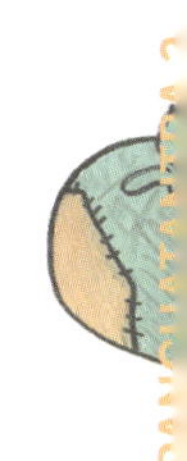

두 번째 이야기보따리
새로 사귄 친구와의 우정

이 장은 새로운 친구를 얻는 방법에 관한 이야기들입니다. 원하는 것을 얻으려면 자신보다 부족하거나 약한 이들에게서도 배워야 할 점이 많습니다. 그것은 서로 어울릴 것 같지 않은 동물들의 조합에서도 마찬가지입니다.

첫 번째 이야기보따리는 '카라탁(Karataka)'과 '다마낙(Damanaka)'이라는 이름을 가진 여우들의 대화를 통해 친구를 배신하지 않는 의리에 관한 다양한 이야기들로 꾸며졌습니다.

두 번째 이야기보따리는 까마귀 '라구파(Laghupa)'와 생쥐 '히란냐(Hiranya)'의 논쟁으로부터 시작되어 많은 동물들이 등장합니다. 이들의 대화내용은 꼬리에 꼬리를 물고 이어지며 어울리지 않을 것 같은 조합의 새로운 친구들의 우정에 관한 이야기로 전개됩니다.

이제 다섯 묶음의 지혜 중에서 두 번째 묶음인 '새로 사귄 친구와의 우정'이라는 이야기보따리를 펼칩니다.

1. 작은 비둘기와 작은 생쥐

어느 해, 지독한 가뭄으로 사람들은 물론 동물들도 먹을 것이 없어 고통스러운 시절이었습니다. 한 무리 비둘기들이 먹이를 찾아 살던 곳을 떠나기로 했습니다. 아주 멀리 날고 또 날아갔지만, 어디에도 먹을 것을 찾을 수가 없었습니다.

지친 비둘기들이 어느 숲 위를 날고 있을 때, 무리 중 가장 작은 비둘기가 왕에게 말했습니다.

"너무나 지쳐 날기가 힘들어요. 제발 조금만 쉬면 안 될까요?"

하지만 모두가 굶어 죽을지도 모르기 때문에 왕은 쉴 여유가 없었습니다.

"작은 비둘기야. 이 숲을 지나면 분명히 조금이라도 먹을 걸 찾게 될지 모르니 조금만 더 힘을 내자."

왕의 말에 작은 비둘기는 날개를 열심히 퍼덕였지만 힘이 다해 무리에서 뒤처져 큰 반얀나무에 내려앉고 말았습니다. 작은 비둘기가 나무 아래를 내려다 보니 먹을 것들이 보였습니다. 그때, 비둘기 무리는 작은 비둘기가 보이지 않는 것을 확인하고 다시 날아오고 있었습니다.

작은 비둘기가 소리쳤습니다.

"이쪽으로 빨리 오세요. 여기에 먹을 것이 있어요."

비둘기들이 나무 아래로 내려와 먹을 것을 확인하고는 칭찬했습니다.

"작은 비둘기가 우리 모두를 살렸구나."

비둘기들이 나무 아래 흩어져 먹이에 정신이 팔려있을 때, 갑자기 커다란 그물이 비둘기들을 덮쳤습니다. 먹을 것이 부족한 사냥꾼이 새를 잡으려 나무 아래 낟알들을 뿌려 놓았던 것입니다. 새들이 그물에 갇혀 파닥거리는 소리에 근처에 있던 사냥꾼이 몽둥이를 들고 다가오고 있었습니다.

비둘기들이 그물에서 빠져나가려고 안간힘을 쓰며 서로 살겠다고 위로 날아올랐습니다. 하지만 그물이 더 뒤엉키자 작은 비둘기를 원망하며 울부짖었습니다.

"저 작은 비둘기 때문에 우리들 모두 덫에 걸려 죽게 생겼어."

그때 비둘기 왕이 큰 소리로 말했습니다.

"너희는 방금 전까지 작은 비둘기 때문에 모두가 살았다고 고마워했지 않았나? 그런데 이제는 원망을 하다니, 이러고도 우리가 한 무리라고 말할 수 있는가? 우리는 살아있을 때나 죽을 때도 한 무리임을 잊지들 말게."

비둘기들도 왕의 말을 이해 못하는 것은 아니지만 사냥꾼이 다가오자 다급해졌습니다.

"저 사냥꾼이 우리를 다 죽이기 전에 어서 빨리 뭔가를 해야 해! 어떻게 해야 살 수 있을지 누가 좀 말해줘요."

그때 자기 탓에 무리를 위험에 빠뜨렸다는 자책감에 가만히 고개만 숙이고 있던 작은 비둘기가 말했습니다.

"여러분, 저 때문에 정말 미안하게 되었습니다. 제가 무리와 함께 하지 못해서 벌어진 일이니 이번에는 우리 모두가 함께 힘을 모은다면 살 수 있을지 모릅니다. 모두 함께 그물을 물고 한꺼번에 날아오르는 겁니다."

작은 비둘기의 지혜로운 말에 비둘기 왕은 기뻤습니다.

"아주 좋은 생각이야. 우리는 함께 단결해서 행동해야 돼. 자 모두 그물코를 입에 물고 함께 날아오르는 거야."

아우성치던 비둘기들이 제각기 부리로 그물코를 물고서 일제히 하늘로 날아올랐습니다.

사냥꾼은 자기가 쳐놓은 그물에 많은 새들이 잡혀 있는 것을 보며 기분이 좋게 다가가는데 갑자기 그물이 통째로 하늘로 올라 가 버렸습니다.

사냥꾼은 비둘기들이 도망치려고 이렇게 단결한 것은 난생처음 보는 일이라 깜짝 놀랐습니다. 하지만 곧 그물과 비둘기들이 곧 땅에 떨어질 것이라 기대하며 뒤쫓아갔습니다. 비둘기들은 사냥꾼이 뒤쫓아오는 것을 보면서 왕의 지휘 아래 언덕을 넘고 골짜기를 넘어 더 높이 날아올랐습니다.

사냥꾼은 비둘기들이
산 너머로 멀리 사라지자
쫓는 것을 포기하며 중얼
거렸습니다.

"쳇, 저렇게 머리 좋은
비둘기 고기는 질겨서 맛
도 없을 거야. 차라리 물
고기를 잡아야겠군."

사냥꾼이 더 이상 쫓아오지 않는 걸 보며 비둘기 왕이 말했습니
다.

"절반은 벗어난 것 같으니, 자! 모두 힘을 내어서 저기 사원들이
있는 도시 근처의 언덕까지 날아가야 해. 거기에 있는 오래된 사원
에 믿을 만한 작은 생쥐 친구가 살고 있어. 생쥐가 분명히 우릴 도
와줄 거야."

모든 비둘기들이 합창하듯이 대답했습니다.
"예, 어서 사원들이 있는 도시로 가요."
얼마 후 비둘기들은 생쥐가 살고 있는 사원으로 내려앉았습니
다. 굴밖에 나와 햇볕을 쬐고 있던 생쥐가 날개 퍼덕이는 시끄러운
소리에 놀라 굴속으로 급히 숨었습니다.

비둘기 왕이 생쥐를 부르자, 매나 독수리인 줄 알고 숨어 있던 생쥐가 굴 밖으로 살그머니 머리를 내밀었습니다. 자기의 친구인 비둘기 왕이 그물을 쓰고 찾아온 것을 본 생쥐는 반가워하면서도 고개를 갸웃거렸습니다.

생쥐에게 비둘기 왕이 부탁했습니다.

"친구! 오랜만에 봐서 반갑네만, 우리 사정이 좀 딱하다네. 자네가 좀 도와줄 수 없겠나? 사냥꾼이 쳐놓은 그물에 모두 걸리고 말았다네. 우리는 이 그물에서 도저히 빠져나갈 수가 없네."

비둘기 왕의 말에 생쥐가 놀라며 말했습니다.

"아니! 그물에 걸렸는데도 어떻게 모두 무사히 여기까지 날아올 수 있었단 말인가? 그런 이야기는 이제까지 듣지 못했네만."

비둘기 왕이 대답했습니다.

"우리는 무리지어 살아야 하는 비둘기들일세. 그런데 작은 비둘기가 힘이 빠져 날지 못했는데 우리가 외면했던 벌을 받은 거야. 그 덕분에 먹을 것을 찾았는데도 그물에 걸리자 그 친구를 원망했다네.”

생쥐가 다시 물었습니다.

“그런 사정은 알겠는데, 도대체 그물에 걸려서도 살아온 이야기를 해보게나.”

비둘기 왕이 한숨을 내쉬며 힘없이 말했습니다.

“바로 그걸세. 사냥꾼이 다가오고 있을 때, 우리 모두는 절망하며 난리가 아니었지. 그 때 작은 비둘기가 모두 함께 그물을 뒤집어 쓴 채 날아오르자고 했다네. 그래서 여기까지 올 수가 있었네. 이제 자네가 이빨로 이 그물을 쏠아서 우릴 좀 풀어주게.”

작은 생쥐가 고개를 끄덕이며 말했습니다.

“그래. 한 무리가 힘을 합하면 못할 것은 없겠지. 하지만 누구나 지혜롭지는 못해. 저 작은 비둘기를 자네들의 다음 왕으로 세운다고 약속한다면 내가 도와주겠네.”

비둘기들이 모두 이구동성으로 말했습니다.

“당연히 그래야지요.”

작은 생쥐가 그물을 쏠기 시작하자 하나씩 둘씩,
모든 비둘기들이 그물에서 벗어나 자유를 찾았습
니다. 비둘기들은 자신들을 구해준 작은
생쥐에게 고마워하며 먹을 것이 생기면
물어다 주기로 약속하고 사원 위로 날아
올랐습니다.

비둘기들이 하늘을 자유롭게 나는 모습을
보면서 사원의 생쥐가 중얼거렸습니다.
"좋은 일을 하니 칭찬도 받네. 이제 저 비둘기들이 이 사원 위를
날아다닌다면, 다가오는 적들도 알려줄 테고 먹을 것 걱정도 덜하
게 될 것 같군. 지혜로운 작은 비둘기가 나중에 왕이 된다 해도 나
는 편안한 나날이 될 것이야."

2. 까마귀와 생쥐의 논쟁

사원의 생쥐가 비둘기들을 구하는 장면을 지켜본 까마귀 한 마리가 생쥐 굴 입구에서 비둘기 왕의 목소리로 생쥐를 불렀습니다. 하지만 의심 많은 생쥐가 굴에서 나오지 않자 까마귀는 더욱 은근한 목소리로 생쥐를 불러냈습니다.

하지만 생쥐는 까마귀와 비둘기의 목소리를 구분하지 못할 정도의 바보가 아니었습니다.

"누구인지는 모르겠지만, 나를 속일 생각은 마시오. 나는 당신을 만날 이유가 없습니다." 굴속 깊이 들어간 생쥐가 외쳤습니다.

까마귀가 말했습니다.

"나는 사실 까마귀 '라구파(Laghupa)'라고 하네. 그대가 비둘기들을 그물에서 풀어주는 것을 지켜봤지. 내가 중요한 사업을 계획 중인데 내 동업자로 적임자인 것 같아서 찾아왔네. 서로 친구가 된

다면 그대의 재주가 여러 위기에서 매우 쓸모가 있을 것 같아서
말이야."

생쥐가 웃으며 말했습니다.

"이보시오. 까마귀님! 비둘기는 곡식을 먹고 생쥐를 잡아먹지 않
으니 친구가 될 수 있지만, 당신은 생쥐를 먹으니 나는 당신의 먹잇
감인데 어떻게 친구가 될 수 있을 것이라고 생각하시오? 한쪽이 강
하고 한쪽이 약한 경우의 경쟁관계에서 우정이란 있을 수 없는 일
입니다. 하물며 적과의 동업이라니요. 친구라는 것은 본
래 비슷한 처지에서 서로에게 힘이 되
고 위로가 되는 사이입니다. 친
구가 되거나, 결혼을 하는 것은
항상 신분이나 재산이 비교될
정도로 차이가 나지 않을 만
큼 평등한 경우입니다. 그러니
괜한 헛수고하지 말고 돌아가
시오."

생쥐의 말에 화가 난 까마귀가 말했습니다.

"흥 그래? 쪼그만 녀석이 재주 하나 있다고 까불며 내 호의를 무
시하다니. 내가 이 굴을 지키고 있으면 그대는 밖으로 나오지도 못

하고 굶어죽을 거야.”

생쥐가 굴 안에서 소리쳤습니다.

“그것 보시오. 당신이 호의를 가지고 나를 찾아온 것이 아니란 것을 이야기 몇 마디 나누다 보니 알 수 있소. 달콤한 말로 동업자니, 친구를 하자면서 속으로는 나를 해치려고 하는 것을 내가 모를 것 같소?”

까마귀는 포기하지 않고 말했습니다.

“그대가 내 제의를 듣지 않는다면 아마도 굴에서 나오지 못하고 굶어죽을 텐데? 그리고 우리는 서로 만나보지 못했는데 우리가 언제부터 적이 된 건가?”

생쥐가 대답했습니다.

“당신은 꼭 얼굴을 마주해야만 그를 알 수 있다고 생각하나요? 이미 말속에도 그의 의중이 드러나는 것이지요. 당신과 친구가 된다는 것은 마치 타오르는 불이 차갑지 않은 뜨거운 물로도 꺼질 수 있는 것과 같지요.”

까마귀가 말했습니다.

“좋아. 그대의 말이 맞다고 인정하지. 하지만 여전히 만난 일이 없는 우리가 적이라는 것을 그대는 어떻게 설명할 것인가 궁금하군."

생쥐가 말했습니다.

"적이란 무엇인가를 설명하라는 것인가요? 좋습니다. 대답해 드리지요. 적으로 인식하는 것은 두 가지인데, 하나는 태생부터 적으로 태어난 것과, 또 하나는 마음속으로 서로 해가 될 것으로 생각하는 것입니다. 마음속에 담아 있는 생각은 미워하거나 증오하는 그 원인이 사라지면 용서가 되기도 하고, 화해를 하여 친구가 될 수도 있습니다. 하지만 태생적인 적은 둘 중 하나가 죽어야만 끝나지요. 마치 당신과 나처럼 말입니다."

까마귀가 말했습니다.

"세상의 인연이 반드시 그럴 것이라고는 믿지 않네. 그럼에도 불구하고 친구가 될 수도 있지 않은가? 그대는 오른발 사자왕과 검은 황소가 친구가 된 이야기를 알고 있나?"

생쥐가 대답했습니다.

"예, 알고 있습니다. 그러면 당신은 그 둘의 결말이 어땠는지도 알겠군요. 자신의 처지를 모르던 검은 황소가 배고픈 사자왕의 먹이가 되지 않았습니까? 바로 이것이 태생적으로 잠재된 적이지요. 친구라는 미명 아래 어리석거나 진실하지 못한 위험한 우정이지요.”

까마귀가 말했습니다.

“그대의 이야기를 듣고 있으니, 그동안 내가 너무 좁은 편견으로 많은 것을 놓치고 있다는 생각이 드네. 자네와 내가 친구가 될 수 없는 근본적인 적대감과 그것의 해결에 대해 조금 더 설명을 부탁하네.”

생쥐가 말했습니다.

“좋습니다. 해결방안까지는 아니더라도 그 이유에 대해서 말씀드리겠습니다. 마음속에 깃들어 있는 적대감은 항상 어떤 이유로 인해 만들어집니다. 방금 전 말씀드렸듯이 그 원인을 해소하면 사라지고 새로운 관계를 만들 수도 있습니다. 하지만 태생적인 적대감은 신과 악마들을 비롯하여 물과 불, 부자와 가난한 사람, 아름답고 추함, 배운 자와 무식한 자, 개와 원숭이, 뱀과 몽구스처럼 상대적인 관계입니다. 그렇기 때문에 까마귀인 당신과 생쥐인 나 또한 맺어질 수 없는 사이지요. 지혜로운 이라면 이처럼 상대적인 것과 우호적인 것을 구분할 수 있어야 합니다. 처음에는 우호적일지라도 말씀드린 것처럼 본능이 튀어나오면 얼마든지 적으로 돌변하여 돌이킬 수 없는 피해를 볼 수 있기 때문입니다. 이것이 내가 당신의 호의를 거절할 수밖에 없는 이유입니다. 배고픈 사자가 어둠속에서 친구인 검은황소를 잡아먹었듯이 말입니다. 무지와 분노, 그리고 배고픔은 선한 의도를 나쁜 결과로 만들 가능성을 언제든지 가지고 있기 때문이기도 합니다.”

논리 정연한 생쥐의 긴 설명에 까마귀는 감명을 받았습니다.

“비록 작지만 그대의 깊이에 놀랍고 감탄하게 되네. 태생적인 적으로 태어났지만 나는 그대를 적으로 대하거나 본능이 튀어나와 해치지 않겠다고 맹세할 테니 꼭 친구가 되어주면 좋겠네.”

생쥐가 말했습니다.

“서약이란, 또는 맹세는 자기가 지키기 어렵다고 믿기 때문에 하는 것입니다. 많은 이들이 신의 이름을 걸거나 조상의 명예를 걸고 맹세를 하지만, 정말 극한 상황에서 자신을 희생시키면서까지 그 서약을 지키겠습니까? 그것은 누군가에게 의지하면서 자신을 위로하는 수단에 불과합니다.”

까마귀가 시무룩한 음성으로 말했습니다.

“그대의 말이 옳은 것 같네그려. 하지만 그대가 여전히 나를 믿지 않아 친구가 될 수 없다니 정말 안타깝네그려. 그러면 내 마음의 문이라도 조금 더 키워주게.”

생쥐가 말했습니다.

"나쁜 관계의 우정은 흙 항아리와 같아서 한번 깨지면 다시 붙이기 어렵지요. 하지만 좋은 관계의 우정은 황금으로 만든 잔처럼 깨지기도 어렵고 수선하기도 쉽습니다. 당신이 말한 서약은 비록 구멍이 작다 할지라도 물이 스며들어 배를 가라앉히게 되는 이치와 같이 덧없습니다. 상대가 호의를 보인다 할지라도 근본부터 문제가 있습니다. 옛 현자들은 완전한 신뢰가 쌓이기 전까지 상대방을 쉽게 믿지 말라고 했지요. 어설픈 믿음은 언제든지 그의 생을 바감시킬 수 있는 위험한 악마를 친구로 삼고 사는 것과 같다고 말이지요. 한쪽은 친구로 믿고 있지만 상대방이 적개심을 갖고 있다면, 아무리 작고 약한 존재일지라도 크고 강한 적을 얼마든지 해칠 수 있습니다."

생쥐의 긴 설명을 들으며 까마귀는 반박할 말을 찾을 수 없었습니다. 그래서 더욱 생쥐와 친구가 되고 싶은 까마귀는 예의를 갖추고 생쥐에게 말했습니다.

"그대의 친절한 설명에 감사를 드리네. 그대의 이야기는 내게 마음의 문을 크게 열어준 행운의 말이었네. 비록 우리가 얼굴을 마주하지는 못했지만 이미 마음을 담은 많은 이야기를 나눴네. 그대의 말처럼 우리가 태생적인 적이라지만 마음을 나눈 친구가 되기에 충분하니 나를 믿어주게. 서로 얼굴을 대하기가 어렵다면 내가 찾아올 때마다 그대는 굴 안에서, 나는 굴 바깥에서 오늘처럼 이렇게 대화를 나누는 것은 어떤가?”

까마귀의 진정성을 받아들인 생쥐가 말했습니다.
“좋습니다. 굴을 사이에 두고 나누는 대화라면 당신께 시간을 내어 드리겠습니다.”

그날부터 까마귀 라구파와 생쥐 히란냐는 굴의 안과 밖에서 대화하는 이상한 조건의 친구가 되었습니다. 그리고 까마귀는 생쥐를 위해 사원 근처를 날아다니며 매일 먹을 것을 가져왔고, 긴 대화를 나누는 친구가 되었습니다.

3. 새로 사귄 친구들

까마귀와 생쥐가 굴의 안과 밖에서 대화를 나누는 친구로 오랫동안 지내다보니 서로에게 신뢰가 생겼습니다. 그러던 어느 날, 까마귀가 굴 밖에서 평소와 다른 목소리로 생쥐를 불렀습니다. 생쥐는 힘없는 까마귀의 목소리에 걱정스레 물었습니다.

"라구파님! 오늘따라 목소리가 힘이 없고 슬픈 것 같은데 무슨 일이 있었나요?"

까마귀가 여전히 힘없는 목소리로 대답했습니다.

"응! 나는 이곳을 떠나야 할 때가 된 것 같아. 그대와 헤어지기가 아쉽지만 오늘 작별을 고하려 찾아왔네."

까마귀가 느닷없이 작별을 고하자 생쥐가 깜짝 놀라 물었습니다.

"도대체 무슨 일이 있었는데, 이렇게 갑자기 떠나야 한다고 하십니까?"

까마귀가 대답했습니다.

"그동안 그대가 위험하지 않도록 살피며 사원 근처에서 주워온 먹이들을 나눠주기도 했는데, 이제는 그것이 불가능하게 되었다네. 사실 오래전부터 가뭄이 심해서 강도 연못들도 다 말라버려 더 이상 먹을거리를 구하기가 힘들어졌지. 더구나 사람들마저 먹을거리가 없으니, 신들에게 바치는 공물도 없어서 이 사원도 먹을 만한 것이 보이지 않네. 배고픈 사람들이 닥치는 대로 동물들을 사냥하고 있네. 새들도 여기저기 놓은 덫이나 그물에 걸려서 죽고 있다네. 아무리 조심한다지만, 사람들이 작정하고 잡으려 한다면 누구도 무사할 수가 없어. 자네가 구해주었던 비둘기 무리도 이미 멀리 떠났다네. 얼마 전 나도 사람들이 쳐놓은 새그물에 걸려서 날개를 다치면서 겨우 빠져 나온 적도 있네. 이렇게 도망치면서 사는 것에 지쳐서 떠나려 하는 것이네."

고개를 끄덕이며 생쥐 히란냐(Hiranya)가 말했습니다.

"그러면 당신은 어디로 가려 하십니까? 갈 곳은 정했나요?"

까마귀 라구파(Laghupa)가 대답했습니다.

"남쪽 멀리 큰 숲 가운데에는 큰 호수가 있다네. 예전에 사귄 거북이가 살고 있는 곳이지. 가뭄이 들어도 마를 일이 없는 정글의 큰 호수에 살고 있는 그 친구는 먹을거리 걱정이 없을 것이네. 나는 아직 여기에서 굶어죽거나 사람들의 그물에 잡혀서 죽고 싶지는 않다네. 인적 없는 조용한 그곳에서 거북 친구와 이런저런 얘기를 나누며 행복하게 살고 싶을 뿐이야. 하지만 나에게 많은 것을 일깨워 준 고마운 친구인 그대와 헤어져야 하는 것이 못내 슬프다네. 마지막으로 친구의 얼굴이라도 한번 보고 가고 싶네만 들어줄 수 없는가?"

까마귀의 진지한 부탁에 생쥐는 망설임 없이 굴에서 나왔습니다. 그동안 오랜 시간 동안 얘기를 나누었지만, 친구가 이렇게 작을 줄 몰랐던 까마귀가 빙그레 웃으며 말했습니다.

"내 부탁을 들어주어서 고맙네. 그대를 보니, 옛 성인들이 '지혜와 학식의 깊이는 몸의 크기와 비례하지 않는다'고 했던 말을 알 것 같네. 행복은 부귀나 명예와 무관하다는 것과 유능한 이에게 불가능이란 없을 것 같다는 생각이 드네."

까마귀가 생쥐를 안타깝게 바라보며 계속해서 말했

습니다.

"그대와 같이 가면 좋을 텐데. 그대 역시 이 가뭄에서 먹을 것이 없어 고통을 받는 것은 마찬가지일 테니 말이야. 현자들은 권력에 기대어 자신의 학식을 팔지 않지. 왕은 자기의 왕국에서 존경을 받지만, 학식이 있는 현자들은 어느 곳에서나 존경을 받는 존재이네. 그래서 나는 그대와 함께 다른 곳으로 가서 지금까지 그랬던 것처럼 얘기를 나누며 행복하게 살고 싶다네. 그대는 좋은 방법을 알고 있나?"

까마귀의 진정성 있는 말에 생쥐가 대답했습니다.

"라구파님! 그동안 저를 신뢰해서 친구로 대해줬는데도, 태생적 약점이자 한계인 생쥐이기에 본능적으로 두려운 마음에 당신의 서약까지도 믿지 못해서 미안했습니다. 하지만 제 처지를 이해해주시겠지요? 당신의 말을 들으니, 저도 이곳에 남아 있을 상황이 못 되는군요. 나도 당신이 간다는 그 호숫가로 데려가 주십시오."

까마귀가 시무룩한 목소리로 말했습니다.

"그러고 싶지만, 나는 새라서 저 먼 남쪽으로도 날아갈 수 있지만, 그대는 그 짧은 다리로 어떻게 나와 함께 갈 수 있단 말인가?"

생쥐가 대답했습니다.

"그것은 문제가 되지 않습니다. 오늘 보셨듯이 제 몸은 이렇게 작은 생쥐입니다. 제가 당신의 등에 오르더라도 당신은 그리 힘들지 않게 날 수 있을 테니까요. 오히려 당신의 등에 올라타야 하는 제 두려움이 문제입니다."

생쥐의 말에 까마귀가 크게 웃으며 말했습니다.

"오호! 그런 방법이 있었군. 그런 문제라면 염려하지 마시게. 나는 여전히 그대와 친구라 생각한다네. 그대도 나를 여전히 친구로 믿는다면 지금 바로 떠나세. 새로운 거북 친구도 소개시켜주겠네. 셋이서 함께 지내는 생각만 해도 행복하구만. 자! 내 등에 올라타시게나."

그렇게 까마귀는 생쥐를 등에 태우고 남쪽 큰 숲의 호수로 향했습니다.

며칠을 날아서 호숫가에 내려앉은 까마귀가 거북 친구를 찾아 이리저리 해매고 있을 때, 거북이가 먼저 그 모습을 발견했습니다.

거북이는 눈을 깜박이며 중얼거렸습니다.

'어? 저 괴물 같은 새는 뭐지? 등 뒤에도 혹이 달려서 눈을 반짝이고 있잖아. 눈이 네 개 달린 괴물 새라면 위험하겠지?'

생쥐를 내려놓지 않고 거북을 찾는 까마귀와 등 위에서 같이 찾으려 눈을 빛내던 생쥐의 모습이 멀리에서는 눈이 네 개 달린 괴물처럼 보인 것입니다.

거북이가 자기를 알아보지 못하고 물속으로 숨어버리려 하자 까마귀는 웃으며 말했습니다.

"친구! 날세. 라구파라네. 자네가 나를 몰라보다니 서운하구만. 이리 가까이 와서 보시게."

그리고는 생쥐를 나무 아래에 내려놓고 잘 보이는 호숫가 나뭇가지 위에 앉았습니다. 거북이가 물 밖으로 머리를 내놓고 자세히 살펴보더니 친구인 것을 확인하고는 물에서 나왔습니다.

"아이쿠! 친구. 몰라봐서 미안하네. 오랫동안 자네를 만나지 못해 멀리서는 알아볼 수가 없었네. 더구나 아까는 등 위에도 눈이 있어 더욱 놀랐다네. 어찌된 것인가?"

오랜만에 다시 만나는 까마귀와 거북이는 기뻤습니다.

"원래 같은 족속이 아닌 경우에 친구가 되는 것은 쉽지 않는 일이지만, 그래도 우리는 오래오래 친구로 지냈지 않은가? 이번에는 특별한 친구와 같이 왔다네. 자네에게 소개시켜주지."

까마귀가 생쥐를 불러 거북이와 인사를 시켰습니다.

"전에 말한 거북 친구 '만다라(Mandhara)'라네."

하지만 거북이는 눈을 깜박이며 놀란 눈으로 물었습니다.

"오랜만에 찾아온 자네는 나를 두 번이나 놀라게 하는구먼. 아까는 등에 눈을 달고, 이번에는 자네 먹이를 친구라고 하다니 말일세."

까마귀가 웃으며 그동안의 일을 거북이에게 들려주었습니다.

이야기를 다 들은 거북이가 웃으며 생쥐에게 반갑게 인사했습니다.

"그런 일이 있었군요. 라구파의 친구라면 당연히 내게도 친구입니다. 환영합니다."

까마귀가 기뻐하며 거북에게 말했습니다.

"만다라! 우리를 친구로 받아주니 고맙네. 사실 히란냐는 친구 이상으로 내가 마음으로 모시는 스승과도 같은 존재라네. 이번에도 혼자 이곳에 왔다면 나는 자네를 볼 수 있어서 기뻤겠지만, 히

란냐와 이별로 매일 슬퍼했을 것이네. 나는 그 없이는 살 수 없네. 히란냐는 비록 몸이 작은 생쥐이지만, 밤하늘의 별과 해변의 모래를 셀 수 없듯이 박식하고 지혜롭다네."

거북이가 눈을 꿈뻑거리면서 물었습니다.

"어떻게 생쥐인데도 그럴 수가 있단 말인가? 전생에 수행을 많이 한 것인가?"

생쥐가 빙그레 웃으며 말했습니다.

"친구인 라구파님에게도 그동안 말하지 않았지만, 만다라님이 궁금해 하시니 말씀드리지요. 네. 사실 저는 전생을 기억합니다. 만

178

다라님의 말처럼 저는 신을 모시는 사원의 수행자였는데, 실수로 생쥐들을 죽인 죄를 지었지요. 그 벌로 사원의 생쥐로 환생한 것입니다. 그리고 사원을 떠나지 않으면서 많은 학자들의 논쟁과 높은 수행자들이 제자들에게 가르치는 이야기를 들으며 배우는 중이었지요."

거북이가 물었습니다.
"그래서 무언가 깨달은 것이 있었습니까?"

생쥐가 대답했습니다.
"운명은 시간이 되어야만 풀리는 열쇠와 같습니다. 변화가 생기는 때가 되어야 한다는 말이지요. 만남의 인연이 자물통을 여는 열쇠와 같다고 할까요? 내가 사원을 떠날 때가 되었고, 나를 이곳으로 데려다준 친구가 있어서 가능한 일이었지요. 사원에서의 삶은 지루한 시간이었습니다. 그래서 늘 컴컴한 굴이 아닌 자유로운 대자연의 공간에서 살고 싶은 꿈을 꾸고 있었습니다. 감사하게도 까마귀 라구파님이 제 소원을 풀어주셨네요."

생쥐 히란냐는 까마귀 라구파와 거북이 만다라에게 자신의 전생담을 들려주었습니다.

4. 사원의 수행자와 생쥐

어느 오래된 사원에 수행자가 살고 있었습니다. 그는 매일 마을로 나가서 주민들로부터 먹을거리를 보시 받아 식사를 하고 남은 음식들은 그릇에 담아 기둥에 매달아 두었습니다. 낮잠을 잔 후 남은 음식들을 사원에서 일하는 이들에게 간식으로 나눠주곤 했습니다. 그리고 그릇을 깨끗하게 씻어두니 사원에 쥐들은 먹을거리가 없어 늘 배가 고팠습니다.

어느 날 생쥐들이 모여 회의를 했습니다.

"이러다가는 우리들 모두 굶어죽을지 모르니, 뭔가 대책을 세워야 하지 않을까?"

젊은 생쥐가 말했습니다.

"내가 보니까 수행자가 먹고 남은 음식들을 나무 기둥에 항상 매달아 두는데, 우리들이 좀 몰래 가서 먹기로 합시다."

하지만 늙은 생쥐가 고개를 저으며 말했습니다.

"아니야. 그 수행자의 음식을 몰래 훔쳐 먹는 것은 나쁜 일이지. 신들의 분노를 받게 될 수 있으니 다른 방법을 생각해보자고."

하지만 배고픈 생쥐들은 참을 수가 없었습니다.

"어차피 수행자는 먹고 남은 음식을 나무에 매달아 두고 잠을 잔단 말이야. 그리고 간식으로 다른 이들에게 나눠주는데 우리가 좀 나눠 먹자는데 뭐가 그렇게 문제야. 그가 잠 잘 때 가서 먹자고."

처음에는 작은 생쥐들이 가슴을 졸여가면서 조금씩만 음식을 훔쳐 먹다 보니 표가 나지 않아서 잠에서 깬 수행자는 생쥐들이 훔쳐 먹었는지를 몰랐습니다. 그러다보니 점점 대담해진 생쥐들은 수행자가 낮잠이 들면 몰려가서 함부로 그릇에 담긴 음식을 먹었습니다.

잠에서 깨어 그릇을 들고 나가던 수행자가 고개를 갸웃하며 살펴보니, 음식이 너무 줄어들었고 지저분해져 있었습니다. 갈수록 그 릇이 가벼워졌다는 생각이 들었지만 신경을 쓰지 않았었는데, 음식을 지저분하게 만든 쥐들이 범인이라고 생각한 수행자는 화가 났습니다.

다음 날, 수행자는 대나무 회초리를 침대 옆에다 두고 자는 척을 하고 있었습니다. 그리고 평소처럼 생쥐들이 몰려와 그릇에 담긴 음식을 먹고 있을 때, 수행자는 대나무 회초리를 휘둘렀습니다.

"이놈들, 사람이 먹는 음식을 함부로 훔쳐 먹다니, 이 도둑놈들, 혼을 내줄테다."

음식을 훔쳐 먹던 많은 생쥐들은 그만 수행자의 대나무 회초리에 맞아 죽었습니다.

이야기를 마친 생쥐가 까마귀와 거북이에게 말했습니다.

"사원에서 신을 모시는 사제인 수행자가 음식을 훔쳐 먹는다는 이유로 생쥐들을 죽인 죄는 신께 불경한 일이었습니다. 자신도 남의 보시로 얻어먹으면서 나눔을 화내며 살생을 한 것이지요. 때문에 사원의 수행자는 죽어 생쥐의 몸으로 다시 태어나 고통스런 삶을 살아야만 했습니다. 바로 그 사원의 생쥐가 저입니다. 생명은 크거나 작거나, 짐승이나 인간이나 똑같은 무게인데도 함부로 대하는 것은 잘못된 것이라는 것을 생쥐로 태어나서 깨닫게 되었습니다."

자신의 전생 이야기를 마친 생쥐가 긴 한숨을 쉬자, 다른 두 친구도 안타까워했습니다. 생쥐가 눈을 반짝이며 말했습니다.

"안타까워하실 필요 없습니다. 제가 뿌린 악행의 결과를 받는 것일 뿐이니까요. 예전에 사원의 굴에서 라구파님께 말씀드린 적이 있듯이 모든 존재는 각각 자신의 운명에 맞게 태어나지요."

거북이가 물었습니다.

"그대의 말에 동의하면서도 모든 것이 정해진 운명이라면, 희망이라는 말은 의미가 없는 것인지 궁금합니다."

생쥐가 대답했습니다.

"말씀드리지요. 운명이란 말은 누구나 자신이 행한 그 결과물이라는 뜻이지 미리 앞서서 정해진 것은 아닙니다. 자신의 의지로 얼마든지 바꿀 수 있지요. 그 의지는 바로 만다라님이 말씀하신 희망이라는 거름을 먹고 자라는 나무와 같습니다."

까마귀가 말했습니다.

"좀 더 이해하기 쉬운 예를 말씀해주시게."

생쥐가 싱긋 웃으며 대답했습니다.

"제가 마치 세상의 이치를 다 아는 듯이 건방을 떨었군요. 죄송합니다. 제가 수행자로 살았을 때 느꼈던 전생의 기억과 사원에서

두 번째 이야기보따리, 새로 사귄 친구와의 우정 183

학자들에게 들은 이야기를 말씀드린 것뿐입니다. 그래도 라구파님이 부탁하시니 말씀드리겠습니다.

많은 이들은 재물을 모으기 원하며, 그 재물더미는 그에게 힘과 자신감을 높여준다고 생각합니다. 하지만 세상에는 재물의 부피나 무게와 무관한 가치가 얼마든지 있습니다. 누군가가 자신을 믿어준다는 것은 세상의 어떤 재물보다도 더 값진 가치를 가지고 있다고 생각합니다. 뱀을 낳은 수행자 부부, 친구를 믿고 뱀에게 딸을 시집보낸 이야기와 사제의 아내가 껍질을 벗긴 참깨를 팔 때와 같은 절심함을 모를 뿐이지요."

5. 저주받은 아이

한 작은 마을에 아내를 사랑하는 착한 수도승이 살고 있었는데, 아이가 없어 슬퍼했습니다. 수도승은 아이를 갖게 해날라고 매일 신께 정성으로 기도하여 늘그막에 아내가 아기를 낳았습니다. 그런데 놀랍게도 아기는 사람이 아니라 뱀이었습니다. 이웃과 친척들 모두 신이 진노한 탓이니 빨리 뱀을 죽여야 한다고 떠들었습니다. 하지만 아무리 뱀일지라도 자식인지라 아내는 그들의 말을 듣지 않고 사랑과 헌신으로 아들을 돌보았습니다.

수도승은 신의 진노를 풀고 은총을 구하고자 사원으로 기도를 올리려 집을 떠났습니다. 아내는 홀로 남아 매일 아들을 목욕시키고 구할 수 있는 가장 좋은 음식을 먹여주었습니다.

아내는 아름다운 상자에 안락한 침대를 만들어 그 위에 아기를 재웠습니다. 엄마의 사랑과 돌봄으로 뱀 아기는 잘 자라났습니다.

아이가 장성하자 아내는 다시 걱정이 생겼습니다. 주변 이웃들 결혼식을 보니, 자신의 아들도 결혼을 시켜야겠는데 어떻게 뱀의 신부를 구할 것인가? 어떤 여자가 뱀과 결혼하려고 할 것인가 아무리 고민해도 해답이 없었지만 아내는 희망을 버리지 않았습니다.

어느 날, 사원에서 기도를 마치고 집으로 돌아온 수도승은 울고 있는 아내를 보고 물었습니다.
"무슨 일 때문에 울고 있는 거요?"

사랑하는 아내가 대답을 하지 않고 더욱 울기만 하자 수도승이 다시 물었습니다.
"말해보시오. 무엇이 그토록 당신을 슬프게 한단 말이오?"

말없이 눈물만 흘리던 아내가 말했습니다.
"나는 당신이 아들을 좋아하지 않는다는 걸 알아요. 아무리 관심이 없다 해도 장성한 아들의 신부를 구해줄 생각조차 않는군요."

아내의 말에 수도승이 깜짝 놀라 물었습니다.

"우리 아들의 신부라고? 설마 당신은 누군가가 뱀에게 자기 딸을 시집보낼 거라 생각하는 거요?"

아내가 대답 없이 그저 슬피 울기만 하니, 마음이 아픈 수도승은 아들의 신부를 찾으러 다시 집을 나섰습니다. 이곳저곳을 돌아다니며 신부를 구하려 했지만 뱀에게 딸을 시집보내려는 사람은 아무도 없었습니다.

지친 수도승이 도착한 곳은 집에서 멀리 떨어진 큰 도시였는데, 마침 그곳에는 어릴 때 같이 공부했던 가장 친한 친구가 살고 있었습니다. 오랫동안 만나보지 못했지만 친구는 수도승이 찾아오자 진심으로 반겨주며 목욕물을 데우고 음식을 대접했습니다. 다음 날, 수도승이 고마움을 표하며 떠나야 한다고 말하니 친구는 왜 돌아다니고 있는지를 물었습니다.

수도승이 망설이다가 대답했습니다.
"사실 나는 내 아들의 신부를 찾아다니고 있네."

그 말을 듣자마자 친구가 웃으며 말했습니다.
"왜 지금껏 그 말을 하지 않았나? 자네는 더 이상 멀리 갈 필요가 없네. 내게 예쁘고 착한 딸이 하나 있으니 내 딸을 자네 며느리로 데려가시게."

느닷없는 친구의 말에 수도승은 당황하며 말을 더듬었습니다.
"자네가 내게 베풀어준 호의는 정말로 감사하네. 내가 어떻게든 보답을 할 것이네만 아무래도 방금 말은 못들은 것으로 하겠네. 한번 한 언약은 되돌릴 수 없다지만, 자네가 몰라서 한 말이니 자네가 내 아들을 한번 보고 나서 결정하는 것이 좋겠네."

수도승의 말에도 친구는 웃으며 말했습니다.
"아닐세. 그건 전혀 중요하지가 않네. 나는 자네가 어떤 사람인지 오래전부터 알아서 친구로 지냈네. 그리고 또 자네 아내도 맘씨 좋은 사람인 줄 잘 안다네. 그러면 된 것 아닌가? 내 딸을 슬프게 할 사람들이 아니란 것을 아는데 내가 무엇을 걱정해야 한단 말인가?

더 이상 시간낭비하며 돌아다니지 말고 오늘 당장 내 딸을 데려가
자네 아들과 혼인시키게.”

수도승은 감사 인사를 표하고 아들의 예비신부를 데리고 집으로
향했습니다. 아내는 예쁜 며느리와 함께 돌아온 남편에게 고마워하
며 결혼식 준비를 시작했습니다. 그런데, 예쁜 소녀가 뱀과 결혼한
다는 소문을 들은 마을 사람들은 속아서 온 것이니 결혼을 취소하
고 돌아가라고 떠들었지만 신부는 그들의 말을 거절했습니다.

“제 아버지께서 친구를 믿고 저를 그분의 아드님께 시집보내시
기로 약속을 하셨어요. 딸이 되어 어찌 아버지의 바람을 저버릴 수
가 있겠어요. 설사 제 아버지의 친구 아들이 뱀이라 할지라도, 저는
그와 결혼을 할 것입니다.”

신부의 당찬 선언에 소란스럽던 마을 사람들은 더 이상 아무런

말도 하지 못했고 예정대로 뱀과 소녀의 결혼식이 치러졌습니다.
다음 날부터 정식 부부가 된 신부는 좋은 아내가 되기 위해 남편
에게 잘 대했습니다. 뱀은 여전히 상자 안에 머물러 있었는데, 어느
날 밤, 신부가 눈을 떠보니 잘생긴 젊은이가 자기 옆에 누워 잠들어
있었습니다.

신부가 깜짝 놀라 소리치며 벌떡 일어나자 젊은 청년이 말했습
니다.
"도망가지 마시오, 내 사랑스런 아내여. 몰라보겠지만 나는 당신
의 남편입니다."

신부가 그의 말을 믿지 못하고 떨고 있으니 젊은 청년은 결혼한
사람이 바로 자신이란 것을 증명하기 위해 뱀허물 속으로 들어갔다

가 나왔습니다. 그제야 신부는 그 모습을 보고 믿게 되었고 너무도 기뻐했습니다. 모두가 잠자리에 드는 밤이면 젊은이는 뱀허물을 벗고 나와 동이 틀 때까지 신부와 함께 있었습니다. 그리고 다시 허물 속으로 들어가기를 반복하던 어느 날 밤, 수도승은 아들의 침실에서 흘러나오는 남자의 목소리를 들었습니다. 그래서 몰래 지켜보니 뱀 아들이 허물을 벗고 잘생긴 젊은 청년으로 변하는 것이었습니다. 수도승이 방으로 뛰어들어가 뱀의 허물을 불 속으로 던지자 허물은 불에 타 재가 되어버렸습니다.

젊은 청년이 조용히 말했습니다.

"감사합니다. 아버지! 제가 전생에 남들을 믿지 못하여 큰 죄를 지어 그 벌로 말 못하는 뱀으로 태어났습니다. 지은 죄가 큰 탓에 누군가 저를 믿어주고, 선한 부모님의 은혜로 저주를 풀 수 있는 운명이었습니다. 그래서 뱀으로 태어나 제가 아닌 누군가가 그 업보의 껍질을 없애주기 전까지 뱀으로 남아 있어야만 했습니다. 제 아내가 저를 믿어주고 아버지께서 제 허물을 불태워주셨으니, 이제는 전생의 죄에서 벗어날 수 있게 되었습니다. 정말 감사합니다. 아버지."

그리고 청년은 다시 뱀으로 변하지 않고 아름답고 착한 아내와 끝까지 자신을 믿어준 부모님을 모시며 행복하게 살았습니다.

6. 사제의 아내와 참깨

한 수행자가 여기저기를 떠돌며 여행하고 있었습니다. 어느 날 작은 마을의 종교행사에 참가하여 종교의식에 도움을 주었습니다. 그 행사를 주재한 사제는 가난했지만, 수행자를 환대하고 남에게 베풀 줄 아는 마음을 가진 사람이었습니다. 긴 여행길에 고단했던 수행자에게 사제는 쉴 곳을 안내하였습니다. 그런데 그가 방에서 쉬고 있을 때 사제부부가 말다툼을 하는 소리가 들려왔습니다.

사제가 말했습니다.

"마을을 한 바퀴 둘러보고 오겠소. 당신은 수행자님이 깨어나시거든 식사를 좀 챙겨드리시오."

그러자 아내가 말했습니다.

"뭐라고요? 당신은 집안에 손님을 접대할 곡식이 남아 있다고 생각하세요? 당신은 지금 손님을 접대하려고 음식 보시를 나가시려는 거지요?”

사제가 말했습니다.

“멀리서 온 수행자인데도 쉬지 못하고 우리들의 행사를 도와주었지 않소. 당연히 좋은 음식을 드려야 하지 않겠소?”

아내가 화를 내며 큰 소리로 말했습니다.

“우리처럼 가난한 형편에 당신처럼 남에게 접대만 한다면 우리는 무엇을 먹고 산단 말인가요? 당신의 그런 모습에 이제는 시쳤습니다.”

사제가 말했습니다.

“우리 집에 먹을거리가 떨어졌다니 더구나 고귀한 손님에게 어떻게 대접을 한단 말이오. 그래서 부자들의 집에서 보시를 좀 받아오려는 것인데, 당신은 어찌 그런 무례한 말을 하는 거요?”

사제의 부인은 더욱 큰 소리로 화를 내었습니다.

“나는 이때까지 당신의 아내로 살면서 행복했던 적이 없었어요. 한 번도 맛있는 음식을 배불리 먹어보지 못했고, 남들이 다 가진 보석 하나도 없어요.”

　아내의 불만 섞인 항의에도 사제는 침착하게 아내를 위로하며 말했습니다.

　"미안하오. 이것이 신의 사제인 우리의 본분이고, 옳은 일이라 생각하면서 살아왔소. 비록 값비싼 보석도, 맛있는 음식을 배불리 먹지도 못했지만, 신의 은총으로 이렇게 살고 있지 않소. 생각해 보시오. 신의 은총도 받지 못하고 굶어죽는 생명들도 많다오."

　아내가 조금 누그러진 음성으로 말했습니다.

　"당신이 욕심이나 부리는 못된 사람이 아니란 것은 알아요. 하지만 가족들도 돌봐야 하지 않나요? 나는 이 가난이 너무나 지겹고 싫어요."

　사제가 아내를 달래며 말했습니다.

　"여보! 사제의 아내인 당신이 해야 할 말은 아니오. 사제는 신을 모시지만, 이웃들과의 평화도 중재하는 존재라오. 부자에게서 얻은 보시를 가난한 사람에게 나눠주는 것도 신의 대리자로서의 본분이라오. 생각해보시오. 많은 이들이 음식이며 재물을 사원에 바치지만, 신이 직접 그것을 드시거나 취하지 않소. 그것을 모두 우리가 가진다면 신의 은총은커녕 저주를 받게 될 것이오. 그것들을 골고루 나누는 것이야말로 우리 사제들의 의무이고 책임인 거요."

아내가 말했습니다.
"그러면 사원에 남아 있는 음식들을 손님에게 드리면 되는데 당신이 직접 보시를 하러 마을을 돌아다닐 필요가 있나요?"

사제가 웃으며 말했습니다.
"옛 성인들이 말했다오. 신은 수행자의 모습을 하고 세상을 여행한다고 들었소. 나는 그를 신으로 생각하며 좋은 음식과 긴 여행길에 필요한 것을 구해주려는 것이오."

아내는 아직도 화가 풀리지 않은 듯 말했습니다.
"세상에는 많고 많은 사람들이 사는데 왜 당신이 그 일을 해야 하나요?"

사제가 말했습니다.
"나는 강을 건너가려는 이들을 옮겨주는 뱃사공 같은 역할을 맡은 것뿐이오. 모두가 각자의 생활에서 역할을 하는 것이라오. 우리가 음식을 먹기까지 농부가 수확하고, 상인이 팔고, 부자들이 보시하지 않소? 그렇게 우리 사원에까지 하나의 밧줄처럼 연결되어 있소. 나는 그 밧줄을 잡고 중간에서 그들을 이어주는 것이라오. 현자들은 자기 식사의 일부를 음식이 부족한 이들에게 제공하면 혼자서 배불리 먹는 것보다 두 배 더 배부르고 기쁨까지 얻게 된다고 말한다오. 많이 가진 이들은 나눌 수 있어서 좋고, 없는 이들은 그 부족함을 채울 수 있어서 좋으며, 중간자는 그 과정을 이어주기에 모두가 좋은 것이오."

아내가 말했습니다.

"당신이 말하는 것은 부자들한테나 어울릴 것 같군요. 우리같이 가난한 처지에서 누구에게 무엇을 나눠줄 수 있단 말인가요?"

사제가 대답했습니다.

"누군가에게 선의를 베푸는 것은 비록 가진 것이 없더라도 얼마든지 가능한 일이오. 오늘 마을에 찾아온 손님은 지치고 배고픈 가진 것 없는 여행자 아니오. 그런데도 우리 마을의 일을 말없이 도와주었소. 그에게 내가 할 일을 하려는 것뿐이오. 많이 가진 이가 베풀지 않는다면 다른 이들의 존경을 받지 못하고 오히려 외면을 받게 되니, 나는 부자들에게서 그 나눔의 기회를 주려 한다오. 그것은 마치 우물과 바다의 차이와 같소. 같은 물이지만, 사람들은 작은 우물물이 필요한 것이지 아무리 광대해도 바닷물을 마시지 못하는 것과 같다오. 우리 마음속에 선의가 있다면 그 가치는 나눔에 있다고 생각하오. 욕심은 사람을 망치게 하는 가장 나쁜 마음이오. 당신에게 탐욕스런 자칼이 어떻게 죽었는지 얘기해줄 테니 들어보시오."

사제는 아내에게 사냥꾼과 자칼의 이야기를 들려주었습니다.

한 사냥꾼이 숲으로 사냥을 나섰다가 큼직한 멧돼지 한 마리를 발견하고 활을 당겼습니다. 하지만 멧돼지의 급소를 맞추지 못해서 달려든 멧돼지에게 되려 심한 부상을 입고 말았습니다. 조금 지나 멧돼지는 죽고 말았지만, 사냥꾼도 부상이 심해 기절한 채 쓰러져 있는 곳에 배고픈 자칼이 나타났습니다.

자칼은 마침 무척이나 배가 고팠는데, '이게 웬 횡재야' 하면서 좋아했습니다. 두리번거리던 자칼이 죽은 멧돼지보다 부상을 입고 피를 흘리는 더 싱싱한 사냥꾼부터 먹기로 했습니다. 부상을 입고 쓰러져 있는 사냥꾼에게 다가간 자칼이 보니 몸에 둘러 있는 활이 눈에 거슬렸습니다. 자칼은 우선 활을 벗겨내려 이빨로 활줄을 물어뜯었습니다. 그러나 활줄이 끊어지면서 튕겨진 활대에 머리를 맞

은 자칼은 죽고 말았습니다.

이야기를 마친 사제가 아내에게 말했습니다.

"자칼처럼 자기가 노력하지 않고 얻은 것은 신의 뜻이 아니라오. 어떻게 뱃속에 든 아이가 위대한 장수가 되고, 부자가 되며, 죽음의 운명이 미리 정해졌다고 말할 수 있겠소. 다 사람이 하기 나름이고 그 의지에 따라 결과가 나타나지만, 그 의지를 이끄는 힘은 노력을 북돋아주는 신의 은총이오."

사제의 설득에 조금 누그러진 아내가 생각난 듯이 말했습니다.

"집에 껍질을 벗기지 않은 참깨가 있는데, 그것으로 떡을 만들어 수행자님께 드릴께요."

아내의 말에 기분이 좋아진 사제는 마을로 음식 보시를 나섰습니다.

사제의 아내는 참깨를 맷돌에 갈아서 껍질을 벗긴 후 햇볕이 드는 마당에 천을 깔고 널어두었습니다. 그런데 사제의 아내가 다른 일을 하는 사이에 강아지가 참깨를 말리고 있던 천 위를 뛰어다녀

온통 난장판으로 만들어 버렸습니다. 사제의 아내가 그 모양을 보고는 애쓴 노력이 헛고생이 되자 엉엉 울었습니다.

신의 뜻으로 생각하기에는 너무 아쉬운 마음에 동네 사람에게 물물교환을 하기로 했습니다.

다행히 마을의 어떤 아낙이 밀가루와 교환을 하겠다고 했지만, 그 아들이 나서서 반대를 했습니다.

"어머니, 저 참깨는 껍질이 벗겨지고, 흙이 잔뜩 묻어 있는데 어디에 쓰려고 그러세요?"

아들의 지적에 동네 아낙이 자세히 살펴보니, 흙에 범벅이 된 벗겨진 참깨였습니다. 동네 아낙이 마음을 바꿔서 교환을 거절하자 사제의 아내는 한숨을 쉬며 집으로 돌아와야 했습니다.

사제는 아내가 참깨를 팔러 나갔다가 상심한 채 돌아온 줄 모르고, 여기저기 보시를 다니고 있었습니다. 그러다가 길에서 들개들이 한 어린 아이의 옷을 물어뜯고 있는 장면을 보았습니다.

사제는 돌멩이를 던져 들개들을 쫓아내고 울고 있는 아이를 안아들고 물었습니다.

"얘야! 다치지 않았느냐? 어찌 여기에서 개들에게 쫓기고 있었느냐?"

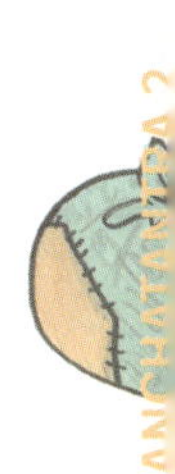

개들에게 옷이 다 찢긴 아이가 눈물을 훔치면서 대답했습니다.

"먹을 것을 주려고 예쁜 강아지를 따라왔는데 갑자기 큰개들이 와서 덤벼들었어요."

사제가 자세히 보니 아이의 작은 손에는 잘 익은 고기 한 덩이가 들려 있었습니다. 사제는 왜 들개들이 어린 아이에게 달려들었는지 알 수 있었습니다. 사제가 아이의 집을 찾으러 마을 이곳저곳을 다니고 있는데, 멀리서 여러 사람들이 몰려오고 있었습니다.

이 마을에는 한 부유한 상인이 큰아들 결혼식 잔치를 벌이고 있었습니다. 모두 결혼식에 신경을 쓰다 보니, 어린 막내아들이 보이지 않아 모두들 마을을 돌며 아이를 찾고 있던 중이었습니다. 아이의 가족들은 흙투성이에 옷이 다 찢긴 채 사제에게 안겨 있는 아이를 보고 기뻐하며 들개에게 공격을 당한 얘기를 들었습니다.

상인은 들개에게 물려죽을 뻔 했던 막내아들을 구해준 사제에게 감사하다면서 사제를 집으로 초청하였습니다. 결혼식 잔치에는 맛있는 음식들이 많았지만 사제는 아무것도 먹지 않았습니다.

부자 상인이 이유를 묻자, 사제는 집에 머물고 있는 배고픈 수행자와 자신을 기다리는 아내에게 돌아가야 한다고 말했습니다. 부자 상인은 좋은 새 옷과 많은 음식을 사세에게 선물로 주었습니다.

집으로 돌아온 사제는 벗긴 참깨보따리를 안고 울고 있는 아내를 보았습니다.

"아니 여보, 왜 울고 있는 것이오?

남편을 보자 아내는 더 서럽게 울며 수행자에게 주려던 벗긴 참깨를 개가 밟아버린 것과 밀가루와 바꾸지 못한 얘기를 했습니다.

사제는 옷과 먹을 것이 들어 있는 큰 보따리를 아내에게 건네주며 말했습니다.

"울지 마시오. 개가 당신의 참깨를 짓밟았지만, 그 개들 때문에 여기 이렇게 많은 음식이 생겼지 않소. 그러니 다 잊어버리시오. 어서 이 음식을 수행자님께 드리고 가족들과 나눠 먹읍시다. 나도 시장하다오."

생쥐 '히란냐'의 이야기를 다 들은 거북이 '만다라'가 말했습니다.
"그대가 들려준 이야기는 선한 마음은 좋지 않은 상황에서도 결국 좋은 결과가 된다는 것인가요? 그 역시도 예정된 운명 같은 것이 아닙니까?"

생쥐가 웃으며 대답했습니다.
"스스로 나쁜 운명이라고 믿는다면, 어떻게 그 운명으로부터 자유로울 수 있을까요? 그것은 신들조차 도와줄 수 없을 것입니다. 아무리 나쁜 상황일지라도 그것을 벗어나려는 의지가 있다면 그의 운명은 얼마든지 바뀔 수 있다는 것이지요."

까마귀가 말했습니다.

"그대의 말처럼 운명이 예정되지 않은 것이라면, 그것을 두려워할 필요는 없는데 왜 모두들 힘들어 할까?"

생쥐가 대답했습니다.

"마음이 두렵고 편하지 않으면 운명도 무거운 짐이 될 뿐입니다. 하지만 말씀드렸듯이 그것으로부터 자유롭다면 운명은 그에게 선물이 될 수도 있습니다. 어떤 상황에서도 운명을 받아들인 한 청년의 이야기를 들어보시겠습니까?"

까마귀와 거북이가 동시에 대답했습니다.
"어떤 얘기인지 들려주시오."

7. 운명이라면

한 부유한 상인이 아직 어리지만 아둔한 아들 때문에 늘 걱정이었습니다. 하루는 아들을 시험해 볼 생각으로 어린 아들에게 적지 않은 돈을 주면서 가치 있다고 생각하는 것을 사오라고 했습니다. 얼마 후 돌아온 아들의 손에는 달랑 두루마리 하나가 들려 있었습니다.

아버지가 아들에게 물었습니다.
"그것 말고 또 어떤 것을 샀느냐?"
아들이 대답했습니다.
"이것이 전부인데요."
아버지가 고개를 갸웃하며 말했습니다.
"그래, 그렇게 가치 있다고 생각한 것이 무어냐? 이리 가져와 보거라."

아들이 내민 두루마리를 받아든 아버지는 어이가 없어 화가 치밀었습니다. 두루마리에는 '누구나 운명에 있는 것을 얻는다. 그것은 신이 허락했기 때문이다. 따라서 다른 무엇으로도 바꿀 수 없으며, 다른 사람이 가져가지도 못한다. 그 길에서 벗어나려 애쓸 필요가 없다'는 달랑 몇 마디 글귀가 적혀 있을 뿐이었습니다.

아버지는 화를 내며 소리쳤습니다.

"이 바보 같은 녀석, 그 많은 돈을 이딴 글이 석힌 종이 따위에 쓰다니. 아들이라고 기대한 내가 어리석었구나. 꼴도 보기 싫으니 당장 집에서 나가라."

집에서 쫓겨난 아들은 이곳저곳을 떠돌며 방랑생활을 했습니다. 하지만 아직 소년인지라 먹고 잠을 자는 일이 힘이 들었습니다. 집에게 쫓겨날 때 한 푼도 없었기 때문에 거지소년이 되었습니다.

어느 날, 한 사람이 아이에게 물었습니다.
"자네는 어디에서 왔고 이름은 무엇이냐?" 아이가 대답했습니다.
"누구든 운명에 따를 뿐입니다. 고향과 이름이 무슨 필요가 있나요?”

어디에서 왔는지 모를 거지소년이 안쓰러워 고향과 이름을 물었
는데 어린아이는 수행자 같은 대답을 했습니다. 그 마을 사람은 다
른 사람들에게 운명에 따른다는 이상한 아이가 있다고 이야기했습
니다. 그때부터 그 아이는 '운명'이라는 별명을 얻었습니다.

꽃피는 계절이 되어 많은 사람들이 모이는 꽃맞이 축제가 열렸습
니다. 이 축제를 구경하려고 왕국의 공주가 평민복장을 하고 하녀
를 데리고 몰래 궁을 빠져나왔습니다. 공주는 왕성에서의 무료함을
달래고 세상구경도 하고 많은 사람들과 꽃을 구경하는 일이 너무
나 즐거웠습니다.

꽃구경을 하던 공주가 하녀를 돌아보면서 말했습니다.
“몰래 빠져나오길 잘했지? 아버지께 꽃구경을 가겠다고 말하면
안 된다고 하시거나, 아마도 병사들을 호위로 붙여서 아무 재미도
없었을 거야. 이제 시장으로 가서 맛있는 것도 사먹자. 아마 여러 나
라에서 왕자들도 왔을 거야.”

시장에서 음식을 먹고 있는 공주의 눈에 너무도 잘생기고 근사
한 차림의 청년 하나가 보였습니다. 한눈에 반한 공주는 하녀에게
말했습니다.

206

“얘! 저기 보이는 잘생긴 청년힌테 가서 내가 만나고 싶다고 전해 줄래?”

하녀는 언제나 자기가 하고 싶은 대로 행동하는 말괄량이 공주가 얄밉기도 했지만, 그의 말을 따를 수밖에 없었습니다. 하녀인 자기의 눈에도 멋지게 보이는 청년에게 다가가서 조심스레 말했습니다.

“제가 모시는 공주께서 당신을 만나고 싶어 하십니다.”

잘생긴 청년이 깜짝 놀라며 물었습니다.

“아니! 나는 공주님을 알지도 못하고 본 적도 없는데요? 그것은 곤란하군요.”

공주가 보자는 말에 겁이 난 청년이 거절을 하자 하녀는 공주에게 돌아가 청년의 말을 전했습니다. 말괄량이 공주는 더욱 몸이 달아서 하녀에게 말했습니다.

"아이참! 바보 같으니. 이건 공주의 명령이라고 가서 말해."

하녀가 다시 청년에게 달려가 말했습니다.

"당신이 거절해서 공주님이 화가 났어요. 또 거절하시면 아마도 정말 곤란할지도 몰라요. 명령이니 꼭 보자고 하십니다."

청년이 불안한 눈빛으로 망설이다가 말했습니다.

"알겠습니다. 공주님의 명령이니 거절할 수가 없군요. 하지만 이곳은 사람들의 눈이 많은 시장이니 만나는 장소를 알려주시면 그곳으로 가겠다고 전해주십시오."

하녀가 공주에게 청년의 말을 전하자 공주가 하녀에게 귓속말로 말했습니다.

"왕성에 줄을 내려둘 테니 오늘밤에 그 줄을 타고 올라오라고 전하렴."

잘생긴 청년은 하녀의 말을 들으니 더욱 겁이 나고 불안해졌습니다. 시장의 음식점에 평복 차림으로 앉아 있는 공주를 흘낏 바라본 청년이 중얼거렸습니다.

"흠! 공주가 호위병도 없이 시장에 있다니 말이 되지 않아. 공주인지 아닌지도 모르는데, 내가 그 말을 믿을 수는 없지. 정말 공주

라 해도 문제야. 낮이 아닌 밤에 줄을 타고 벽을 타다가 붙잡힐 수 있어. 누가 나를 노리는 모양인데, 아무래도 당장 여기를 떠야겠군."

사실 그는 공주의 나라와는 사이가 좋지 않아 종종 전쟁을 벌이는 이웃나라의 왕자였습니다. 꽃 축제가 벌어지면 많은 나라에서 사람들이 온다는 것을 알고 몰래 찾아왔던 것입니다. 왕자는 이 왕국이 어떤 나라들과 손을 잡고 있는지를 알기 위해 수행원만 데리고 염탐을 나온 길이었습니다. 자신이 이 나라에 들어온 것은 오직 이 나라 총리만 알고 있는 비밀이었는데, 난데없이 공주가 만나자고 하니 불안해졌습니다.

만약 자신의 정체가 발각되면 볼모로 잡혀서 처지가 어려워질 것이기에 말괄량이 공주의 초청도 누군가 자신의 정체를 의심한 음

모로 생각했던 것입니다. 총리와 오늘밤 몰래 만나기로 한 약속이
아니었으면 바로 본국으로 돌아가려 했지만, 중요한 비밀약속이라
오늘밤만 사원에 숨어 있기로 했습니다.

그런 왕자의 모습을 지켜보는 눈이 하나 더 있었는데, 나라의 치
안을 책임지고 있는 치안대장이었습니다.

"흠 아무래도 저 수상한 청년은 이웃나라 왕자 같은데 말이야.
오늘밤 저 친구가 어디로 가는지 쫓아가서 확인해봐야겠군."

그날 밤 야경을 구경하며 걷고 있던
거지소년 '운명'은 갑자기 눈앞으로 내려
오는 밧줄을 발견했습니다. 호기심에 아
무 생각 없이 밧줄을 타고 오르니 어둠
속에서 누군가가 와락 껴안고 입맞춤을
했습니다. 그리고 캄캄한 침실에서 사랑
을 나누었습니다.

공주가 침대에 누워 '운명'을 감싸 안은 채 속삭였습니다.

"나는 오늘 첫눈에 당신에게 흠뻑 빠졌어요. 우리는 사랑을 나누
었고 이제 나는 당신의 것이랍니다. 나는 이제 당신이 아니면 누구
와도 결혼할 수 없게 되었어요. 잘생긴 당신은 어느 나라에서 온 왕

210

자인가요?”

‘운명’이 평소처럼 자기가 외우던 구절을 낭송했습니다.

“누구든 운명에 따를 뿐입니다. 고향과 이름이 무슨 필요가 있나요?”

언젠가 하녀에게서 ‘운명’을 들먹이는 이상한 거지소년이 있다는 소문을 들었던 공주가 고개를 갸웃거리며 등잔불을 켰습니다. 거기에는 잘생긴 청년은 간데없고 머리갈이 헝클어진 ‘운명’이 있을 뿐이었습니다.

깜짝 놀란 공주는 ‘운명’을 노려보며 말했습니다.

“이 나쁜 녀석. 너는 어디서 온 누구인데 여기가 감히 어디라고 올라온 거야? 내가 지금 소리치면 너는 병사들 손에 잡혀 죽겠지만, 오늘밤 일에 대해 아무 말도 않는다고 약속하면 살려주겠어.”

말괄량이 공주의 말은 사실이었지만, 만약 이 일이 소문이라도 난다면 공주도 결혼하기는 어려워질 것이라 한 말이었습니다.

‘운명’은 빙긋 웃으며 말했습니다.

“누구든 운명에 따를 뿐입니다.”

공주는 멍청하게 보이는 이 청년이 소문을 낼 것 같지는 않아서 밧줄을 타고 빨리 내려가라고 말했습니다. 아버지한테도 쫓겨난 '운명'은 사랑을 나누었던 공주에게 쫓겨나는 것이 무슨 대수냐는 듯 줄을 타고 내려왔습니다.

한편, 이웃나라 왕자는 이곳을 떠나기 전, 왕성에서 멀지 않은 사원으로 이 나라 총리를 비밀리에 만나기 위해 가고 있었습니다. 왕에게 미움을 받고 있던 총리는 이웃나라 왕과 밀약해서 만약 전쟁이 일어나면 나라를 배신하려고 마음먹고 있었습니다. 그래서 자신의 딸을 이웃나라 왕자와 결혼시켜 서로 믿을 수 있는 관계를 맺기를 원했습니다.

'운명'은 공주와의 꿈같은 시간을 보냈지만, 오히려 쫓겨난 신세가 된 채 터덜터덜 걷다 보니 사원이 보였습니다. 가끔 잠을 자는 익숙한 장소인 사원이다 보니 신께 합장하고 바닥에 누워 잠을 청했습니다. 그런데 그곳은 총리와 이웃나라 왕자가 만나기로 한 장소여서 잠시 후 몇 사람이 조심스레 들어왔습니다.

그들은 얘기를 나누다가 누워 있는 '운명'을 보고 깜짝 놀랐습니다. 총리가 물었습니다.

"자네는 어디에서 온 누구인데 이곳에서 잠을 자고 있느냐?"

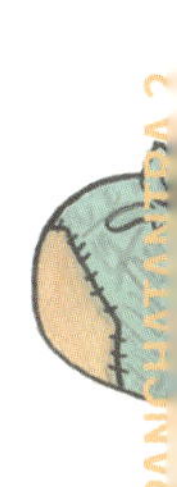

'운명'이 귀찮다는 듯 항상 하던 대답을 했습니다.

"누구든 운명에 따를 뿐입니다. 고향과 이름이 무슨 필요가 있나요?"

총리가 자세히 살펴보니 남루한 거지차림의 소년인지라 안심은 했지만, 조금은 찜찜하여 부하를 불러 다른 곳으로 데려가라고 했습니다. 부하는 마침 다른 볼일도 있어서 일단 '운명'을 데리고 총리의 집으로 갔습니다.

총리의 딸은 아버지에게서 오늘밤 왕자를 데리고 올 것이니 젊은이가 오거든 무조건 그와 합방을 하라는 말을 들었습니다. 딸이 마음을 졸이며 기다리던 중 아버지의 호위병이 젊은 청년을 데려와 방으로 안내하는지라 아버지가 말한 왕자로 생각했습니다. '운명'이

어두컴컴한 방에 들어가 다시 잠을 청하려는데, 누군가가 들어와서 옷을 벗고 자기를 껴안았습니다.

두 젊은이가 잠자리를 갖은 후 어둠속에서 총리의 딸은 달콤한 목소리로 말했습니다.

"이제 나는 당신의 여자입니다. 왕자님은 저와 결혼해주시겠지요?"

총리의 딸이 귓속말을 했지만 응답이 없자, 그녀는 이상한 생각이 들어 등불을 켰습니다.

침대 위에 헝클어진 남루한 거지청년을 본 총리의 딸은 깜짝 놀라 소리쳤습니다.

"아니 너는 누구냐? 도대체 어떻게 이곳에 왔지?"

아무 일도 없었다는 듯이 '운명'이 말했습니다.

"누구든 운명에 따를 뿐입니다. 고향과 이름이 무슨 필요가 있나요?"

총리의 딸은 어이없어하며 아무도 모르게 뒷문으로 '운명'을 내보냈습니다.

그날 밤, 마을의 치안대장은 수상한 젊은이를 미행하다 사원에서 비밀리에 총리와 만나는 장면을 목격했습니다. 그래서 그곳에 있던 사람들을 붙잡아 왕궁으로 압송하여 감옥에 넣고 아침에 왕에게 보고하려 했습니다. 총리의 집에서 쫓겨난 '운명'은 오늘밤 잠들기는 틀렸다 생각하며 달빛이 비치는 숲에서 명상을 하기로 했습니다.

한편, 이 나라에서 가장 돈이 많은 재상이 자신의 딸을 꽃 축제의 주인공으로 만들어주기 위해 성대한 결혼식을 열고자 했습니다. 이미 이웃나라의 왕자와 약혼식을 한 뒤였고, 그 왕자가 신부의 나라에서 결혼식을 올리기 위해 호화롭게 장식한 코끼리들을 나눠 타고 오는 중이었습니다.

그런데 하필 그때, 사원의 수행자들이 휘두르는 회초리에 많은 생쥐들이 맞아죽거나 쫓겨 달아나는 중이었습니다. 쥐들이 이리 뛰고 저리 뛰며 달려오자 코끼리들이 놀라 날뛰기 시작했습니다.

코끼리는 생쥐가 쪼르르 다리를 타고 기어올라 귓속으로 들어가
면 아무리 덩치가 커도 대책이 없기 때문에 생쥐를 가장 무서워했
습니다. 코끼리의 등에 타고 있던 사람들이 놀라 날뛰는 코끼리의
등에서 떨어져 심하게 다치거나 발에 짓밟혀 죽기도 했습니다.

조용히 앉아 명상하던 '운명'이 소란스런 소리에 눈을 떠보니 달
빛이 비치는 숲에 호화로운 장식의 코끼리들이 날뛰는 모습이 보였
습니다. 코끼리 떼의 괴성과 생쥐들의 찍찍거리는 소리, 다친 사람
들의 신음소리가 뒤섞여 숲은 그야말로 아수라장이었습니다. 다치
지 않은 사람들은 공포에 떨며 코끼리들 발에 밟히지 않으려고 사
방으로 도망치기 바빴습니다.

자리에서 일어난 '운명'은 망설임 없이 나뭇가지를 꺾어들고 이리
저리 뛰어오르는 생쥐들을 쫓았습니다. 가끔 사원에서 수행자가 회
초리로 생쥐를 쫓아내는 장면을 보았기 때문에 그에게는 쉬운 일
이었습니다. '운명'이 휘두르는 나뭇가지에 생쥐들이 멀리 흩어지자
코끼리들도 진정되었습니다.

그때, 코끼리가 날뛰는 통에 화려한 신부 옷이 나뭇가지에 걸려
대롱대롱 매달린 재상의 딸이 살려달라고 소리쳤습니다. '운명'은
나무를 기어올라 나무에서 떨어져 다치지 않도록 신부의 옷과 자신

의 옷을 묶어서 재상의 딸을 무사히 바닥으로 끌어내렸습니다.

코끼리들이 진정되자 흩어졌던 사람들이 돌아왔습니다. 그들은
서로 옷을 묶고 손을 잡은 채 서있는 '운명'과 재상의 딸을 보고는
할 말을 잃었습니다. 그 나라 관습으로는 결혼식 때 신랑과 신부가
하나가 되었다는 표시로 서로의 옷을 묶고 손을 잡았기 때문입니
다. 결혼식도 올리기 전, 달빛이 비치는 숲에서 신랑이 바뀌어버린
셈이었습니다. 어이없는 얼굴로 그 모습을 바라보던 이웃나라 왕자
와 일행은 발을 돌려 자기 나라로 돌아갔습니다.

재상이 '운명'에게 다가와 말했습니다.

"용감하게 내 딸을 구해줘서 고맙네. 그런데 그대는 어디서 온
누구인가?

'운명'은 항상 같은 질문에 같은 대답을 할 뿐이었습니다.

"누구든 운명에 따를 뿐입니다. 고향과 이름이 무슨 필요가 있나요?"

재상이 어이없는 얼굴을 하고 있을 때, 그의 딸이 고개를 숙인 채 말했습니다.

"아버지! 이분이 누구이든 무슨 상관인가요? 저는 이분이 미쳐 날뛰는 코끼리들을 진정시키는 것을 제 눈으로 직접 보았습니다. 모두들 저를 버리고 도망쳤지만, 이분은 위험을 무릅쓰고 나무 위로 올라와서 저를 안전하게 구해주었습니다. 이분은 제 목숨을 구해준 은인이고 이미 옷을 묶고 손을 잡았으니 저는 이제 다른 사람과 결혼할 수 없습니다. 이분의 말처럼 어디에서 왔고 이름이 무슨 필요인가요? 저는 신이 맺어주신 운명이라고 생각합니다. 이분과 결혼하겠습니다."

딸의 말을 들은 재상이 고개를 끄덕이며 말했습니다.

"네 말이 맞다. 언제나 지혜로운 내 딸의 말이라면 나는 어떤 것이든지 들어줄 것이다. 이 사람을 깨끗하게 목욕시키고 신랑의 옷으로 갈아입혀서 결혼식을 올리자꾸나. 자네도 그럴 생각이 있는가?"

재상이 묻자 '운명'은 그저 빙그레 웃으며 대답했습니다.

"누구든 운명에 따를 뿐입니다."

다음 날 아침, 왕국에서는 밤사이 큰 사건들이 일어났다는 소문이 돌아 사람들이 여기저기 모여 웅성거렸습니다. 한 가지는 총리가이웃나라 왕자와 결탁하여 음모를 꾸미다 치안대장에게 체포되었고, 곧 광장에서 재판이 열릴 것이라는 소문이었습니다. 또 하나는 돈많은 재상이 꽃 축제 광장에서 딸을 위해 성대한 결혼식을 열 것이라는 소문이었습니다.

광장에서 왕이 직접 재판을 한다는 소문에 많은 사람들이 모여들었습니다. 또 그곳에는 많은 일꾼들이 재판이 끝나면 같은 장소에서 성대한 결혼식을 올리기 위해 준비하고 있었습니다. 치안대장에게 체포된 총리와 이웃나라 왕자가 묶여 있는 광장에 왕과 신하들, 그리고 공주도 와 있었습니다. 또 결혼식 준비를 위해 재상과 그의 딸, 그리고 왕자로 착각해서 '운명'과 잠자리를 했던 총리의 딸까지 군중들 틈에 숨어서 지켜보고 있었습니다.

왕이 엄숙한 목소리로 말했습니다.

"총리! 그대는 나와 반목하고 다른 나라와 결탁을 하였는가? 적
국의 왕자와 비밀 회담을 가졌으니 그 죄는 배신으로 간주하고 극
형에 처할 것이야."

총리가 떨리는 목소리로 왕에게 말했습니다.

"왕이시여! 제가 배신을 했다면 어떻게 신을 모시는 사원에서 신
이 보는 앞에서 왕을 배신하겠습니까? 저는 그저 적국의 왕자와 화
해를 위해 만났을 뿐입니다."

그 말을 들은 왕이 이웃나라 왕자에게 물었습니다.

"그대는 왜 이 나라에 몰래 왔으며, 총리가 말한 것이 사실인
가?"

왕자는 왕의 물음에 잘못하면 모두의 목숨이 위태롭다는 것을
알고 대답했습니다.

"왕이시여! 이 나라의 꽃 축제가 아름답기로 소문이 나서 호기심
에 그저 구경만 하고 가려고 들어왔다가 공주님과 총리님에게 발각
되었습니다. 총리께서 저를 붙들어 가기보다는 본국으로 돌아가 아
버님을 잘 설득해서 좋은 관계를 유지하자고 말씀하셨습니다."

왕이 고개를 갸웃하며 말했습니다.

"흠! 그대들의 말이 진정 사실이라는 것을 내가 어떻게 믿을 수

있단 말인가? 공주에게도 들켰다고 했나? 증명할 수 있나? 증명할
수 없다면 엄벌에 처할 것이네.”

총리와 왕자는 거짓말로 둘러대었지만, 증명할 방법이 생각나지
않았습니다.

그때 누군가가 왕의 앞으로 걸어 나와 말했습니다.

“왕이시여! 신의 사원에서는 누구도 거짓말을 할 수 없습니다.
제가 그곳에 있었던 목격자입니다. 그들은 친교를 나누었고, 남루
힌 차림의 저를 총리님의 집으로 안내했습니다. 그들의 말은 진실
합니다.”

왕이 화려한 신랑 차림의 ‘운명’을 보면서 물었습니다.

“그대는 어디에서 온 누구인가?”

항상 받는 질문에 대한 똑같은 대답이 돌아왔습니다.

“누구든 운명에 따를 뿐입니다. 고향과 이름이 무슨 필요가 있나
요?”

이 대답에 침실로 불렀던 공주와 나라를 배신하려던 총리는 물
론, 왕자로 착각해서 잠자리를 가진 총리의 딸, 그리고 재상과 그의
딸까지 놀랐습니다. 주위에 모여 있던 많은 사람들은 지금 왕 앞에
나선 화려한 신랑 차림의 청년의 대답에 그가 몇 년 동안이나 거리

를 떠돌던 거지소년이라는 것을 알고는 깜
짝 놀랐습니다.

왕이 그에게 자세한 이야
기를 들려 달라고 했습니다.
그동안 바보로 알았던 그의
입에서 밤사이 그가 겪었던
놀라운 이야기들이 쏟아졌습
니다.

긴 이야기를 마친 '운명'이 왕에게 또박또박 말을 이었습니다.
"왕이시여! 저는 어려서 큰돈으로 겨우 몇 줄의 글을 가치 있다
고 산 죄로 아버지를 실망시켜드려 집에서 쫓겨났고, 자기의 교만으
로 착각을 한 공주와 총리의 딸에게 뒷문으로 쫓겨났습니다. 그리
고 재상의 딸과 오늘 이처럼 혼인을 하게 되었습니다. 비록 왕자의
신분은 아니지만 그들이 부럽지 않습니다. 모든 것이 신이 정하신
운명이라고 생각합니다. 아무쪼록 총리와 이웃나라 왕자는 풀어주
시기를 간청합니다."

왕이 껄껄 웃으며 말했습니다.
"그래. 신이 정한 운명이라면 그대의 모든 말을 믿을 수 있겠네.

222

어차피 그대는 내 딸 공주와 총리의 딸과도 잠자리를 했으니 당연히 그들과도 결혼을 해야 하네. 왕과 총리, 그리고 재상의 딸까지 얻었으니 그대는 왕인 나보다도 났네그려. 나도 선한 그대에게 선물을 주겠네. 남쪽에 있는 황무지 땅을 자네의 능력으로 개간해보게나. 이 왕국의 3분의 1은 될 걸세. 자네라면 신의 뜻으로 잘 개척해서 잘사는 땅으로 만들 것 같구먼. 오늘부로 자네를 그곳의 영주로 임명하겠네. 그런데 어릴 때 큰돈 주고 샀다는 두루마리에는 도대체 무슨 말이 적혀 있었나?”

왕의 물음에 ‘운명’이 대답했습니다.

“제가 주문처럼 외우던 그 두루마리 글귀는 ‘누구나 운명에 있는 것을 얻는다. 그것은 신이 허락했기 때문이다. 따라서 다른 무엇으로도 바꿀 수 없으며, 다른 사람이 가져가지도 못한다. 그 길에서 벗어나려 애쓸 필요가 없다’ 입니다.”

생쥐 히란냐가 긴 이야기를 마치며 까마귀와 거북이를 바라보았습니다.

“결국 신이 정한 운명은 바꿀 수가 없다는 것이지요. 후회를 한다 해도 다른 길을 걷는다 해도 결국 정해진 것을 취하거나 다른 이에게 옮겨지지는 않는다는 것입니다. 마치 전생에서 사원의 수행자였던 제가 쥐들을 회초리로 때려죽이거나 내쫓지 않았다면, 그 청년이 재상의 딸과 만나지 못했겠지요. 하지만 운명은 그때 제가 사원의 수행자였고 쥐들이 귀찮아 내쫓았습니다. 그 길에서 정해져 있는 대로 '운명'이라 불리던 그 젊은이가 걸어간 것이고요."

거북이 만다라가 말했습니다.

"흥미진진한 얘기들을 잘 들었습니다. 하지만 모든 것이 정해진 운명이라는 그대의 말을 나는 모두 찬성할 수는 없습니다. 왜냐하면 생쥐인 당신을 이곳으로 데려온 것은 까마귀입니다. 내가 알기로는 생쥐와 까마귀는 천적인데도 그가 생쥐를 친구로 삼아 등에 태우고 이곳까지 오지 않았습니까? 그것은 운명이라기보다 까마귀 라구파님의 진심어린 우정이 아닌가요? 처지가 좋다 하여 곤경에 처한 친구를 외면한다는 것은 우정을 저버리는 것이라고 생각합니다. 그래서 나는 모든 것이 신이 정해준 순리라기보다는 각자의 마

음가짐이 더 중요하다고 믿고 있습니다.”

생쥐가 빙긋 웃으며 말했습니다.

“거북이 만다라님의 말이 맞습니다. 신이 정한 운명도 친구들의 우정으로 바뀔 수 있지요. 까마귀 라구파님과 생쥐인 제가 친구가 된 것처럼 세상일은 누구도 모르지요. 동물들 중에서 가장 작은 생쥐와 가장 덩치가 큰 코끼리가 우정을 나누기도 했으니까요.”

거북이가 놀란 목소리로 물었습니다.

“어떻게 그럴 수 있지요? 어떻게 그런 일이 가능한가요?”

생쥐가 대답했습니다.

“말씀드렸듯이 세상에서 미리 정해진 운명은 없습니다. 곤란한 상황에 처한 상대를 이해하며 그를 위하는 작은 배려만 있다면 가능하지요.”

8. 긴 꼬리 생쥐 왕과 큰 어금니 코끼리 왕

크고 아름다운 호수 근처 돌무더기가 많은 그곳은 생쥐들이 사는 왕국이었습니다. '긴 꼬리'라는 이름의 생쥐 왕이 지혜롭게 부하들을 잘 다스리며 행복하게 살고 있었습니다. 그리고 생쥐들이 살고 있는 돌무더기에서 멀리 떨어진 숲에는 코끼리들이 살았습니다.

코끼리 무리에도 '큰 어금니'라는 이름의 왕이 있었는데, 큰 덩치에 크고 흰 상아를 가지고 무리를 잘 다스렸기에 코끼리 무리는 힘세고 경험 많은 왕을 잘 따르며 행복하게 살고 있었습니다. 하지만 언제부터인지 비가 내리지 않아 마실 물이 없었습니다. 왕은 멀리까지 코끼리들을 보내서 물을 찾아보라고 했습니다. 코끼리 한 마리가 생쥐들이 살고 있는 호수를 발견하고 왕에게 물을 찾았다고 말했습니다.

큰 어금니 왕은 기뻐하며 무리를 이끌고 호수로 달려갔습니다.

그런데 목마른 코끼리들이 호수 근처의 돌무더기를 마구잡이로 밟고 지나가자 그곳에 있던 수많은 생쥐들이 코끼리 발에 밟혀 죽었습니다. 코끼리들은 너무 목이 말라서 정신없이 호수의 물을 마셨습니다. 그리고는 숲으로 돌아가지 않고 호숫가에 아무렇게나 드러누워 뒹굴었습니다.

생쥐 왕국은 그야말로 난리가 났습니다. 이러다가는 덩치 큰 코끼리 무리에게 밟혀서 모두 죽을 것 같아 생쥐들이 한자리에 모였습니다. 생쥐들은 지혜로운 긴 꼬리 왕에게 하소연했습니다.

"지혜로운 왕이시여, 좋은 방법을 찾지 못하면 우리 모두 죽게 생겼습니다."

상황이 상황인지라 긴 꼬리 생쥐 왕은 코끼리 무리의 큰 어금니 왕을 찾아가 말했습니다.

"코끼리 왕이시여, 당신들은 크고 강합니다. 아마도 당신의 무리는 이곳에서 어떤 일이 벌어지고 있는지 알지 못했을 것입니다. 우리 생쥐들은 너무 작고 약해서 당신들의 발밑에 깨져 죽습니다. 벌써 수많은 생쥐들이 죽었고, 당신들이 계속 이곳에 머문다면 아마도 우리는 아무도 살아남지 못할 것입니다. 청하오니 우리의 불행을 생각해주시고, 이 돌무더기 근처에서 다른 곳으로 가주실 수는 없는지요?”

큰 어금니 코끼리 왕이 눈을 크게 뜨고 놀란 표정으로 말했습니다.

“우리는 그런 줄을 몰랐소. 정말 미안하오. 목이 말라서 뛰어오다 보니 주위를 잘 살피지 못한 내 불찰이 크오. 부디 용서하시오.”

큰 어금니 코끼리 왕의 말에 긴 꼬리 생쥐 왕이 눈물을 글썽이며 말했습니다.

“왕이시여! 우리는 작고 보잘것없는 존재입니다. 그런데도 무시하지 않고 스스로 잘못을 인정하며 또 그렇게 해주신다니 정말로 감사합니다. 당신이 우리를 친구로 대해주셨듯이 우리도 당신을 친구로 생각하겠습니다. 저희 생쥐들이 비록 작고 약하지만, 언제든지 우

리가 필요할 때 불러주신다면 기꺼이 돕겠습니다.”

필요할 때 불러달라는 작은 생쥐 왕의 말에 그럴 일도 있을까 하는 생각이 들었지만 큰 어금니 코끼리 왕은 웃으며 말했습니다.
“그대들의 처지를 몰라서 큰 실수를 했고, 충분히 물도 마셨으니 우리는 물러갈까 하오. 잘 지내시오.”

긴 꼬리 생쥐 왕은 코끼리 무리를 이끌고 돌무더기를 피해 떠난 큰 어금니 코끼리 왕이 고마웠습니다. 그리고 몇 년이 흘러 이웃나라의 왕이 전쟁터에 동원할 코끼리부대를 만들려고 부하들을 시켜 야생 코끼리들을 가능한 한 많이 잡아오라고 했습니다.

왕의 부하들이 큰 어금니 코끼리 왕이 사는 숲까지 들어와 많은 야생 코끼리 무리를 보며 기뻐했습니다. 사람들은 깊은 구덩이들을 파고 잔가지와 잎사귀들로 그 위를 덮어 코끼리를 잡는 함정을 만들었습니다. 얼마 후 사람들이 만든 함정에 코끼리 무리 대부분이 빠지고 말았습니다.

큰 어금니 코끼리 왕과 수많은 그의 무리들이 구덩이 속에서 빠져나오려 발버둥을 쳤지만, 아무런 소용이 없었습니다. 사람들이 길들여진 코끼리들을 데려와서 튼튼한 밧줄로 함정에 빠진 코끼리들을 묶어 구덩이에서 끌어올렸습니다. 한 마리씩 단단히 나무에 밧줄로 묶어두고 다시 길들인 코끼리를 타고 왕에게 이 사실을 알리려고 돌아갔습니다.

큰 어금니 코끼리 왕은 무리들 대부분이 나무에 붙잡혀버린 걸 알고는 괴로워했습니다. 하지만 도무지 빠져나갈 방법이 없었습니다. 한참을 생각하다가 이전에 생쥐들이 자신들을 돕겠다고 한 약속이 떠올랐습니다.

큰 어금니 코끼리 왕이 정신을 차리고 둘러보니 나무에 묶이지 않은 작은 새끼 코끼리 한 마리가 보였습니다. 아마도 어미 곁을 떠나지 않는 새끼라서 사람들이 묶어두지 않았던 것입니다.

큰 어금니 코끼리 왕은 그 작은 새끼 코끼리를 불러 말했습니다.
"지금 우리 모두가 불행에 빠졌다. 우리를 도와줄 수도 있으니 네가 가서 생쥐들의 왕에게 우리 사정을 얘기해다오."

작은 새끼 코끼리는 호수 근처 돌무더기 생쥐 왕국을 찾아가 코끼리 무리가 곤경에 빠진 상황을 전했습니다. 긴 꼬리 생쥐 왕이 새끼 코끼리에게 말했습니다.

"나는 너희 왕의 친절에 고마워했다. 친구가 곤경에 처했으니 우리가 약속한대로 당연히 도우러 가야지."

돌무더기에 살던 수많은 생쥐들이 새끼 코끼리 등에 올라타고 숲으로 향했습니다. 코끼리들이 붙잡혀 있는 곳으로 달려간 생쥐들은 날카로운 이빨로 두꺼운 밧줄을 갉아서 코끼리들을 풀어 주었습니다. 코끼리 무리는 기뻐서 어쩔 줄을 몰랐습니다.

다. 큰 어금니 코끼리 왕이 긴 꼬리 생쥐 왕을 찾았습니다.

큰 어금니 코끼리 왕은 코 위로 기어 올라온 긴 꼬리 생쥐 왕에게 말했습니다.

"생쥐 왕이여! 약속을 잊지 않고 찾아와 우리를 구해줘서 정말로 고맙소. 당신들은 작지만 큰 덩치의 우리보다도 더 강하오."

긴 꼬리 생쥐 왕이 대답했습니다.

"우리는 친구입니다. 대왕님은 이전에 우리에게 친절히 대해주었습니다. 이렇게 당신들을 도울 수 있게 되어 우리도 정말 기쁩니다."

생쥐들과 코끼리들은 서로의 우정을 확인하며 오래오래 친구로 지내기로 했습니다.

"만다라님의 말이 맞습니다. 신이 정한 운명도 친구들의 우정으로 바뀔 수 있지요. 까마귀 라구파 님과 생쥐인 제가 친구가 된 것처럼 세상일은 누구도 모르지요. 동물들 중에서 가장 작은 생쥐와 가장 덩치가 큰 코끼리가 우정을 나누기도 했으니까요."

생쥐 히란냐의 이야기를 들은 까마귀 라구파가 말했습니다.
"어려움에 처한 상대방을 이해하는 일은 정말 중요하군요. 누구나 쉬운 일이라 생각하지만, 흔히 상황에 따라 위치가 높다는 생각에 약한 이를 업신여기는 경우가 대부분인데 말입니다. 상대의 곤란함을 이해해준 큰 어금니 코끼리 왕과 그 배려를 잊지 않고 위기에 빠진 그에게 도움을 주었던 긴 꼬리 생쥐 왕도 정말 좋은 우정을 나누는 관계입니다."

거북이 만다라가 말했습니다.
"참! 감명 깊은 이야기를 잘 들었습니다."

두 친구들 모두 이왕 이렇게 그 가뭄에서 벗어나 이곳까지 오셨으니, 이곳의 풍성함을 즐기며 오래도록 말벗 삼아 지냅시다.

생쥐가 말했습니다.

"우리를 친구로 맞아주셔서 고맙습니다. 현명한 이들은 휴식 없이 재물 모으기, 지나는 구름의 그늘, 선하지 않은 이들과의 친교, 삶은 음식, 젊음의 아름다움을 영원할 것으로 기대하지 말아야 한다고 했습니다. 또한 수행자는 부귀를 구하지 않습니다. 왜냐하면 인생에서 재물에 대한 욕망은 상실의 슬픔과 비교의 고통으로 연결되기 때문입니다. 그것은 허망한 재물을 갖고자 하는 욕망과 지키려 하는 아집 때문이지요. 우리와 관계없는 것은 언제나 우리 곁에 머무르지 않습니다. 허망한 부귀를 쫓았던 베를 짜는 직공의 이야기가 그렇습니다."

까마귀가 물었습니다.
"베 짜는 직공은 어떤 이야기인가요?"

9. 베를 짜는 직공의 꿈

어느 왕국에 솜씨가 좋은 베 짜는 직공이 살고 있었습니다. 그는 왕국의 전속 직공으로 왕과 왕자들 그리고 궁성의 여인들과 귀족들이 입는 화려한 옷감까지 만들었습니다. 하지만 평민들이 입는 거친 옷감을 만드는 다른 직공보다도 더 가난한 생활을 했습니다.

어느 날, 매일 고생을 해도 도무지 자신의 처지가 나아질 기미가 없자 직공이 아내에게 말했습니다.

"여보. 내 재주가 아무리 좋다 한들, 왕족들이 내 옷감으로 만든 옷을 입고 있다 한들, 우리는 이 가난에서 벗어날 수가 없소. 보시오. 저렇게 거친 옷감을 짜는 이들도 풍족하게 살거늘 내 수고는 뭐란 말이오. 아무래도 이곳을 떠나 다른 곳으로 가야만 할 것 같소."

한숨 쉬며 신세를 한탄하는 남편을 바라보며 직공의 아내가 말했습니다.

"당신의 마음을 모르는 건 아니지만, 사람은 다 저마다 타고난 운명이 있을 것입니다. 장소를 벗어난다 해서 달라질까요?"

직공이 말했습니다.

"아니오. 행동하지 않아서일뿐이지. 누구나 노력한 만큼 운명을 바꿀 수 있을 거요."

아내가 말했습니다.

"당신의 마음을 되돌릴 수 없겠지만, 들어보세요. 현자들이 말하기를, 사람의 운명은 자기가 전생에 쌓은 업보대로 받는다고 하더군요. 당신이 전생에서 좋은 일을 많이 했다면, 아마도 지금은 그만큼 편하게 살 테지만, 이렇게 고생을 해야 하는 업을 쌓은 것 아닐까요? 당신의 운명이 그렇다면 아무리 노력해도 얻지 못할 것일 수도 있습니다. 해와 나무 그늘이 따로 떨어진 것이 아니듯 원인과 결과는 연결되어 있다고 합니다. 그러니 너무 근심하지 마세요."

아내의 부드러운 위로의 말에도 직공은 뜻을 굽히지 않았습니다.

"노력 없이 얻을 수 있는 것은 없다고 생각하오. 아무런 수고 없이 원하는 것을 얻을 수 있다고 생각하오? 하지만 지금까지 나는 수고와 노력을 했지만, 가난하게 살았을 뿐이오. 그래서 다른 나라에 가서 내 재주를 시험해볼 생각이오. 만약, 전생에 좋은 일을 많이 해서 지금 편하게 산다 해도 음식이 저절로 입으로 들어오지는 않소. 식사를 하려면 어쩔 수 없이 손을 써야 하듯이 풍족하게 살려면 노력을 해야 하는 거요."

이번에는 아내가 한숨을 쉬면서 말했습니다.

"당신의 결심이 그렇다면 제가 어떻게 말릴 수 있겠는지요. 당신 말처럼 어디에 가서든 열심히 노력해 보세요. 행여 원하는 것을 얻지 못할지라도 누구에게 원망은 하지 마세요. 그것은 신이 정한 운명일 테니까요."

직공이 아내의 손을 잡으며 말했습니다.

"미안하오. 조금만 기다려 주면 내 반드시 성공해서 돌아오겠소. 여기서 일한 것보다 더 노력해서 큰돈을 벌어오겠소."

직공은 아내를 위로하고 집을 떠나 다른 나라에 갔습니다. 그리고 3년 동안 밤낮으로 일을 해서 큰돈을 모았습니다. 이 정도면 충분히 풍족하게 살 수 있을 것 같아서 다시 집으로 돌아가기로 했습니다.

귀향길에 오른 직공이 인가도 없는 어느 숲을 지날 때는 깊은 밤이었습니다. 기분이 좋아 서둘러 가던 길인지라 밤길에 숲에 들어선 줄도 몰랐습니다.

"아차. 내가 너무 서둘렀구나, 숲에는 사나운 짐승들이 많은데 되돌아갈 수도 없고 어쩐다?"

직공은 자신의 실수를 생각하며 우선 나무 위에 올라가서 짐승들을 피하기로 했습니다. 직공이 큰 나무를 발견하고 기어올라 나뭇가지에 걸터앉으니 긴 여행길의 피곤이 몰려와 꾸벅꾸벅 졸고 있었습니다.

직공은 꿈에서 운명의 신과 행위의 신이 자신을 두고 말하는 것을 들었습니다. 운명의 신이 행위의 신에게 말했습니다.

"저 친구는 풍족하게 살 운명을 가지고 태어나지 않

았네. 전생에 너무 사치를 해서 그렇다네. 그런데 자네는 어찌하여 저 친구에게 큰돈을 모으게 했는지 궁금하네."

그러자 행위의 신이 빙그레 웃으며 대답했습니다.
"자네 말처럼 누구나 전생의 결과를 받겠지만, 내 본분은 노력하고 수고하는 사람에게 일한 만큼의 대가를 주어야 하기 때문이라네. 자네도 보아서 알겠지만, 저 친구가 밤낮없이 얼마나 고생하며 돈을 모았나."

운명의 신이 행위의 신에게 말했습니다.
"그래? 그렇다면 우리 서로 저 친구가 자신의 운명을 어떻게 받아들일 것인지 내기를 해 보세나."

그 말을 끝으로 갑자기 숲에 회오리바람이 몰아치고 돈과 음식을 싸서 나뭇가지에 걸어둔 보따리가 땅에 떨어졌습니다. 잠시 후 늑대들이 나타나 땅으로 떨어진 보따리에 들어 있는 음식을 서로 먹으려 싸우기 시작했습니다. 그런 난리 때문에 음식뿐만 아니라 보따리에 들어 있던 돈들이 다 찢어지고 흩어졌습니다.

아침이 되어 늑대들이 물러간 후 나무에서 내려온 직공은 갈기갈기 찢어진 보따리와 쓸 수 없게 된 돈을 보며 절망하며 울었습니다.

"아! 3년 동안 고생한 보람이 없구나. 다시 가난뱅이가 되다니. 하지만 아내의 말처럼 누구를 원망한단 말인가? 빈손으로 집으로 돌아갈 수는 없으니 다시 시작해야겠구나."

직공은 눈물을 삼키며 일터로 돌아가 지난번보다도 더 열심히 일을 했습니다. 그리고 그때보다도 더 많은 돈을 모았습니다. 그는 다시 집으로 돌아가기로 했습니다. 또다시 허망하게 돈을 잃어버리지 않도록 돈을 금으로 바꾸어 보따리에 몇 겹으로 감싸서 허리춤에 꽉 둘러메었습니다.

무거운 금덩이를 지고서 땀을 뻘뻘 흘리며 힘들게 걷다 보니 지난번처럼 하필 해가 진 후 숲길을 들어섰습니다. 더구나 운이 없어서인지 밤길에 천둥과 번개가 요란하더니 억수같은 비까지 쏟아지기 시작했습니다. 하지만 비를 피할 곳을 찾지 못했습니다.

지난번처럼 나무에 올라 돈을 잃을 수는 없다는 생각에 조마조마한 마음으로 계속 컴컴한 숲길을 걸었습니다. 어두운 숲에는 사냥을 나온 짐승들이 있기 마련이어서 늑대 울음소리가 가까이 들려오자 직공은 놀라서 뛰기 시작했습니다.

늑대들이 가까이 쫓아오는지라 컴컴한 숲을 정신없이 도망치다가 흙탕물에 미끄러지면서 그만 강물에 빠졌습니다. 세찬 물살에 떠내려가다 보니 허리에 두른 금보따리 때문에 몸이 물에 가라앉았습니다. 숨이 막힌 직공은 할 수 없이 허리에 매었던 보따리를 풀고 나서야 헤엄을 쳐서 겨우 강물에서 빠져나왔습니다.

기진맥진해서 정신을 잃고 쓰러진 직공의 꿈에 지난번에 보았던 운명의 신과 행위의 두 신이 나타나 얘기를 하고 있었습니다.

"보게나, 아무리 노력해도 운을 바꾸는 것은 어렵다네. 아무래도 이번에는 내가 내기에 이긴 것 같네." 운명의 신이 행위의 신에게 말하자, 행위의 신이 말했습니다.

"과연 그럴까? 모두가 운명대로 산다면 어떤 노력도 헛된 것이 아닌가? 내기는 아직 끝나지 않았네. 저 친구를 더 지켜보자고."

신들의 얘기를 들으며 꿈에서 깬 직공이 밤새 헤엄쳐 빠져나온 강물을 바라보았습니다. 밤새 쏟아진 소나기에 강물은 흙탕물로 넘실거렸습니다. 금을 넣은 보따리를 허리에서 풀어내고 나서야 강에서 겨우 빠져나왔지만, 몇 년간의 수고와 노력이 흙탕물에 떠내려가고 말았습니다.

직공은 한숨을 내쉬며 울었습니다.
"아! 나는 정말 운이 없는가 보구나. 이렇게 노력해도 바꿀 수 없다면, 현생을 포기하고 다음 생을 살 수밖에. 나를 기다리는 아내에게는 정말 미안하구만."

직공은 눈물을 훔치며 자살하기 위해 줄을 찾았습니다. 제법 튼튼해 보이는 덩굴 줄기를 찾아 매듭을 만들어 목을 매려는 순간, 다급한 음성이 하늘에서 들려왔습니다.
"이보게나. 기다리게, 자네는 자살을 해서는 안 되네. 나는 '운명의 신'인데 자네의 운명은 아직 남아 있단 말일세."

하지만 이미 살아갈 용기를 잃고 희망도 사라진 직공은 시무룩한 표정으로 말했습니다.

“제가 전생의 잘못으로 이 생애에서 고생하는 것이 운명이었다면, 저는 이 생애에서 충분히 고생해서 갚았다고 생각합니다. 아마 다음 생에서는 다르겠지요?”

‘운명의 신’이 말했습니다.

“아니지. 말했지 않은가? 자네의 운명은 아직 끝나지 않았다고. 그대의 노력과 수고를 보았네. 자네에게 풍족한 재물이 현생에서는 없겠지만 다른 것에서 만족을 얻을 수는 있을 것이네. 그런데 왜 그대는 그토록 돈을 모으려 하는가?”

운명의 신의 물음에 직공이 대답했습니다.

“아무리 낮은 신분이나 직업을 가졌다 해도 돈이 많으면 사람들이 부러워하고 존경을 받지 않나요? 더구나 풍족하게 좋은 음식을 먹을 수 있어서 좋고요.”

운명의 신이 직공의 말에 빙그레 웃으며 말했습니다.

“정말 그렇게 생각한다면 남쪽나라의 부자 두 사람을 찾아가 보게. 돈 많은 그들이 어떤 행복한 삶을 살고 있는지 직접 가서 보게나.”

직공이 말했습니다.

"저는 낮은 신분에다가 가난뱅이 직공인데 그들이 저를 만나줄
리가 없지 않습니까?"

그때 다른 목소리가 들려왔습니다.

"나는 '행위의 신'이네. 자네의 수고와 노력을 잘 알고 있다네. 나
는 자네가 행복을 얻을 수 있는지 없는지 운명의 신과 내기를 걸었
다네. 자네에게 재물을 줄 수는 없지만 재능은 있지 않은가? 그 재
능으로 두 사람을 만날 수 있을 것이네. 자네가 들고 있는 그 줄에
서 실을 뽑아 베를 짜보게나."

운명의 신과 행위 신의
음성이 더 이상 들려오지
않자, 그때서야 멍하게 서
있던 직공은 손에 들고 있던
덩굴 줄기를 벗겨냈습니다.
그러자 지금껏 본 적 없는
가늘고 질긴 실이 뽑혀 나왔
습니다.

"세상에 이런 실이 뽑아지다니, 이것으로 옷을 해 입으면 정말 좋
겠는걸."

평생 베를 짜는 일을 하던 직공인데도 처음 보는 가늘고 질긴 실이었습니다.

직공은 새로 발견한 덩굴 줄기를 모아 도시로 가서 다시 일을 시작했습니다. 그 덩굴 줄기에서 뽑아낸 실은 질기고 좋은 천이 되었기에 옷감을 많이 만들어가지고 도시에서 가장 부자로 소문난 상인의 집으로 찾아갔습니다.

돈 많은 상인에게 배가 고프니 먹을 것을 좀 달라고 부탁하였습니다. 하지만 상인은 보따리를 들고 서 있는 허름한 차림새의 직공을 보고는 먹을 것이 없으니 다른 곳을 찾아가라고 화를 내며 문밖으로 쫓아냈습니다.

보따리에 든 옷감을 내보이지도 못하고 쫓겨난 직공은 씁쓸한 얼굴로 돌아서야 했습니다. 그리고 두 번째 상인의 집으로 찾아가 배가 고프니 먹을 것을 좀 달라고 부탁하였습니다. 허름한 차림새의 직공을 보고도 그 상인은 먹을 것을 내주었습니다. 맛있게 식사를 마치고 난 직공은 가져온 보따리를 풀어서 자신이 만든 옷감을 내보였습니다.

처음 보는 멋진 옷감에 놀란 두 번째 상인이 옷감의 비밀을 물었지만, 직공은 아직 말할 수 없다고 했습니다. 그러자 상인은 직공이 가져온 물건을 모두 사고 싶으니 집에 머물러 달라고 부탁했습니다. 직공은 한동안 두 번째 상인의 집에 머물면서 귀한 손님 대접을 받으며 베를 짰습니다.

그런데 특별한 천을 만드는 놀라운 솜씨의 직공이 두 번째 상인의 집에 머물고 있다는 소문에 첫 번째로 찾아갔던 상인은 부러웠습니다. 그쪽에 좋은 장사거리를 빼앗겼다고 아쉬워하며 어떻게 해서든지 자기 집으로 데려오려 꾀를 내었습니다. 그래서 하인을 시켜 직공을 몰래 자기의 집으로 초대했습니다. 한번 쫓겨났던 곳이었지만, 그래도 거절하지 못하고 하인을 따라 첫 번째 상인의 집으로 갔습니다.

초라한 차림새를 한 직공의 겉모습에 실망한 상인은 지난번에 찾아왔었던 직공을 내쫓은 것도 기억하지 못했습니다. 자기에게만 천을 팔아달라면서도 깨끗하지 않은 방을 주고 신선하지 않은 재료로 만든 반찬을 내주었습니다. 상한 음식을 먹은 직공은 배탈이 나서 밤새 화장실을 뛰어다녀야 했습니다.

직공은 그 집을 떠나 자신을 잘 대접해주는 두 번째 상인의 집으로 되돌아왔습니다. 그날 밤, 꿈에 운명의 신과 행위의 신이 나타났습니다.

운명의 신이 물었습니다.

"그대는 돈을 벌지는 못했지만, 그대의 재주로 풍족한 생활을 해보았으니 이제 만족하겠는가?"

직공이 대답했습니다.

"아직 잘 모르겠습니다. 한쪽에서는 쫓겨났고, 다른 한쪽에서는 대접을 받았습니다."

그의 말을 들은 행위의 신이 빙그레 웃으며 말했습니다.

"그대는 똑같은 부자들의 집에서 내쫓김과 접대를 받았네. 과연 자네가 지난번에 말한 것처럼, 돈만 많으면 누구에게든지 존경을 받고 좋은 음식을 먹고 있는가?"

직공이 고개를 갸웃거리며 대답했습니다.

"이제야 제가 잘못 생각하고 있었다는 것을 알 것 같습니다. 돈이 많다고 해서 반드시 행복하지는 않는 것 같습니다. 사람의 겉모습만을 보고 재주를 몰라보거나 판단하지 않고, 돈을 얼마나 모으기보다 어떻게 써야 할지를 알겠습니다.”

그 길로 빈손으로 고향집으로 달려간 직공은 아내를 데리고 자신을 잘 대해준 상인의 집으로 돌아왔습니다.

그동안 두 번째 상인은 직공이 짠 특별한 옷감을 왕에게 바쳤는데, 처음 보는 멋진 옷감에 왕성에 있던 사람들 모두가 감탄했습니다. 그리고 왕은 이 옷감을 짜는 직공을 왕실 전속 직공으로 임명하겠다고 했습니다. 직공은 아내와 살던 고향에서도 왕실의 직공이었는데 다른 나라에 와서도 또다시 왕실 전속 직공이 되었습니다.

그날 밤, 다시 꿈에 나타난 운명과 행위의 신이 말했습니다.

“자네에게 내기를 건 우리는 누구도 이기지 못했네. 자네는 결국 왕실 직공의 운명을 바꾸지는 못했지만 그 동안의 수고로움과 노력으로 그대를 알아주는 사람들을 만나지 않았는가? 그러니 누구도 이기지 못한 내기가 되었네. 그래도 성실한 자네의 모습을 보는 우리의 마음은 흡족하다네. 부디 운명을 한탄하지 말고 행복하게 잘 살기를 바라네.”

잠에서 깬 직공이 향을 피우고 절을 하며 두 신들께 감사를 드렸습니다.

"운명을 바꿀 수는 없지만 어떻게 살아야 보람 있는 것인지 가르쳐 주서서 감사드립니다. 이제 내 처지보다도 남을 돕고 사는 일에 게을리하지 않겠습니다."

생쥐 히란냐가 이야기를 마치자, 거북이 만다라가 말했습니다.

"그대가 들려준 긴 이야기는 풍족한 삶이란 돈이 많거나 황금을 쌓아두는 것이 아니라 자신의 운명에 순응하며 살아가는 것이군요. 하지만 모든 것을 운명에 맡겨 산다는 것은 숨 막히는 삶 아닐까요?"

그러자 생쥐가 대답했습니다.

"운명의 신과 행위의 신이 직공에게 걸었던 내기는 무승부였습니다. 그것은 직공의 삶이 어느 한쪽으로 기울지 않았고, 자기의 의지와 능력으로 삶의 소중한 가치를 깨달았던 것이지요."

까마귀가 말했습니다.

"내가 느낀 직공의 이야기는 부자일지라도 베풀지 못하면 가난한자와 다를 것이 없다는 것 같은데 말이야. 정해진 운명은 거스를 수 없지만, 무조건 따르기보다는 개척하는 노력에 달려 있다는 것 아닌가?”

생쥐가 대답했습니다.

“맞습니다. 누구에게나 그에게 걸맞은 옷을 입듯이 운명도 그의 전생과 현생의 행위에 따라 맞춰지지요. 하지만 태생적 신분과 관계없이 더 값비싼 옷을 입거나, 허름한 옷을 입는 것은 본인의 노력 여하에 달려 있기도 합니다. 다만, 중요한 것은 자신의 욕심보다는 의를 향한 올바른 마음가짐이라고 봅니다. 은혜를 모르는 금 세공사처럼 되어서는 안 되니까요.”

까마귀와 거북이가 동시에 물었습니다.
“친구! 금 세공사 이야기는 어떤 얘기인가?”

10. 은혜를 모르는 것은 사람뿐

아주 먼 옛날 마음씨 착한 수도승이 있었는데, 적당한 일거리가 없어 온 가족이 끼니를 거를 정도로 늘 가난하게 살았습니다.

'내가 비록 청빈한 삶을 살고자 수행을 하지만, 가족을 굶어 죽게 할 수는 없는 노릇이지. 이대로는 안 되겠구나.'

온 가족이 굶어 죽을 지경이라 더 이상 견딜 수 없어진 수도승은 돈을 벌기 위해 집을 떠나기로 결심했습니다. 다음 날 아침, 아내와 아이들이 잠 깨기도 전에 일찍 그는 집을 나섰습니다.

무작정 집을 나섰지만 자신이 어디로 가야 할지, 또 무엇을 해야 할지도 모르는 채 길을 떠났습니다. 하루 종일 걷다가 어느 숲에 들어섰을 때, 그는 피곤하고 지쳐 있었습니다. 배도 고프고 목이 마른 수도승은 마실 만한 물을 찾으러 다니다가 이상한 소리를 들었습니다. 다. 소리가 나는 곳으로 다가가 보니 깊은 웅덩이 하나가 있었습니다.

목이 마른 수도승이 어두컴컴한 우물 안을 내려다보자 거기에는, 호랑이와 원숭이, 뱀 그리고 한 사람이 있었습니다.

우물에 빠진 호랑이가 위를 올려다보며 말했습니다.

"수도승님! 제발 나를 꺼내주시오. 그러면 내 굴로 돌아가 조용히 살겠습니다."

수도승이 말했습니다.

"너는 무서운 호랑이잖아. 어떻게 이 우물에서 구해달라고 하지? 너를 구해준다 해도 네가 나를 먹지 않으리라고 어떻게 알 수 있지?"

수도승의 물음에 호랑이가 대답했습니다.

"수도승님, 그렇지 않습니다. 내가 비록 호랑이라 해도 필요한 사냥 이외에는 아무나 해치며 살지 않았습니다. 보세요. 여기 우물에 빠져서도 누구도 해치지 않았습니다. 마음만 먹으면 다 잡아먹을 수도 있었지만, 이렇게 굶고 있었습니다. 당신께 어떤 해도 끼치지 않겠다고 약속하겠으니 안심하시고 저를 구해주십시오.”

수도승은 호랑이의 말을 들으며 홀쭉한 배를 확인하고는 호랑이가 거짓말을 하고 있지 않다는 것을 알았습니다. 무서운 마음도 있었지만 어떤 생명도 소중하기에 옳은 일이라 판단하고 마른 나뭇가지를 내려서 우물에서 호랑이를 꺼내 주었습니다.

호랑이는 수도승에게 감사해하며 이렇게 말했습니다.

“저 너머 큰 산이 보이시지요? 저는 저기에 있는 동굴에 삽니다. 당신은 내 목숨의 은인이니 언제든지 내 집을 찾아와 주세요. 어쩌면 나도 당신께 이 빚을 갚을 수 있을지도 모르니까요.”

그때 우물에서 원숭이가 소리쳤습니다.

“수도승이여! 저도 좀 구해주십시오.” 수도승이 우물을 내려다보며 말했습니다.

“너는 욕심 많은 원숭이잖아. 어떻게 이 우물에서 구해달라고 하지? 너를 구해준다 해도 네가 사람들의 물건을 훔치지 않으리라고 어떻게 알 수 있지?”

수도승이 묻자, 원숭이가 대답했습니다.

“수도승님, 그렇지 않습니다. 나는 사람들의 물건을 훔친 적이 없습니다. 저는 오직 숲에 있는 큰 과일나무에서만 살아갑니다. 이번에도 제 가족에게 가져다 줄 과일을 따다가 나뭇가지가 부러져서 그만 이곳에 떨어졌습니다. 부디 저를 기다리는 가족에게 돌아갈 수 있게 저를 좀 살려주세요.”

가족에게 돌아가고 싶다는 원숭이의 말에 수도승은 집에 두고 떠나온 가족들이 생각나서 마음이 아팠습니다. 수도승은 즉시 팔을 뻗어 원숭이를 우물에서 꺼내 주자, 원숭이가 수도승에게 절을 하며 기뻐했습니다.

“저는 저기 큰 산 아래 있는 과일 숲에 살고 있어요. 당신은 나를 살려준 은인이니 만약 먹을 게 필요하면 언제든지 저를 찾으세요. 나는 당신이 원하는 만큼 많은 과일들을 드릴 수 있으니까요.”

그때 우물에서 뱀이 소리쳤습니다.

"수도승님! 저도 좀 구해주세요."

수도승이 우물을 내려다보며 말했습니다.

"너는 무서운 독을 가진 뱀이잖아. 어떻게 이 우물에서 구해달라고 하지? 너를 구해준다 해도 네가 나를 물지 않으리라고 어떻게 알 수 있지?"

수도승이 묻자, 뱀이 대답했습니다.

"수도승님! 무서워하지 마세요. 제가 비록 뱀이라 해도 누군가 저를 공격하지 않는 한 아무나 물지 않았습니다. 앞으로도 함부로 물지 않겠다고 약속하겠으니 안심하시고 저를 구해주십시오."

수도승이 뱀의 말을 들으며 어떤 생명도 소중하기에 옳은 일이라 판단하고 우물에서 뱀을 꺼내 주자 뱀이 말했습니다.

"수도승님! 당신은 제 목숨을 구해준 은인이시니 만약, 어떤 어려움에 처하게 되거든 언제든지 나를 부르세요. 당신이 어디에 있든 나는 당신을 도우러 가겠습니다."

이렇게 하여 수도승은 호랑이와 원숭이 그리고 뱀을 차례로 우물에서 꺼내주었습니다. 그들은 떠나기 전, 우물에 있는 남자에 관해 한 마디씩 충고를 남겼습니다.

"수도승님! 당신은 모든 생명을 귀하게 여기시는 줄 압니다. 하지만 저 사람은 돕지 마세요. 만약 당신이 저 사람을 구해주면 반드시 곤궁에 빠질 것입니다."

그렇게 말하며 그들이 떠났지만 수도승은 우물에 빠진 남자를 차마 외면할 수 없이 우물에서 꺼내 주었습니다.

"수도승님! 당신의 친절에 감사드립니다. 나는 금을 세공하는 사람인데, 저 산에 보물이 있다는 소문을 듣고 찾아가던 중이었지요. 어두운 숲길에 길을 잃고 헤매다 그만 이 우물에 빠졌습니다. 나는 여기에서 멀지 않은 도시에서 살고 있습니다. 당신은 저를 살려준 은인이니 만약에 내 도움이 필요하면 부디 나를 찾아오세요." 그렇게 말하고 그 남자도 떠났습니다.

수도승은 다시 여행길에 올랐지만, 운이 따르지 않았는지 어떤 일자리도 구할 수가 없어 며칠 동안 굶은 채로 걸었습니다. 지친 몸으로 큰 강가에 이른 그는 차라리 강에 뛰어 죽어버리고 싶은 마음으로 멍하니 강을 바라보았습니다.

그때, 예전에 도움을 주었던 호랑이, 원숭이, 뱀 그리고 그 남자가 떠올라 한번 그들에게 가서 도움을 청해보자는 생각이 들었습니다. 그래서 큰 산 아래의 과일 숲에 산다는 원숭이를 찾아갔습니다. 우물에서 구해주었던 수도승을 잊지 않고 있던 원숭이는 굶주린 수도승을 위해 많은 과일들을 내주며 반가워했습니다.

원숭이의 호의에 허기를 채운 수도승은 호랑이가 산다는 산 위쪽의 굴로 찾아갔습니다. 굴 앞으로 수도승이 다가서자 호랑이는 그를 반기며, 자신의 목숨을 구해준 감사의 표시로 금으로 된 여러 사람들의 장신구들을 주었습니다.

여행에서 베푼 친절로 행운을 얻은 수도승은 호랑이에게서 받은 장신구들을 팔아서 집으로 돌아갈 생각을 했습니다. 큰돈을 벌어서 집으로 가면 가족들이 더 이상 굶주리지 않아도 되고 행복하게 살 수 있을 것 같았습니다. 하지만 이 장신구들을 어디서 얼마를 받고서 팔아야 하는지 알 수가 없어 숲에서 구해주었던 금 세공사를 찾아갔습니다.

자신을 구해주었던 수도승이 찾아오자 금 세공사는 반가워하며 물었습니다.

"그동안 여행은 잘 하셨습니까?" 수도승이 대답했습니다.

"아닙니다. 지치고 배고픈 고생길이었지요. 하지만 과거의 인연으로부터 귀한 선물을 받았습니다. 여기 그에게서 받은 귀한 장신구들을 팔 수 있도록 당신이 나를 좀 도와주시오."

금 세공사는 수도승이 보따리에서 풀어놓은 장신구들을 보더니 놀라 눈이 커졌습니다. 몇 개를 집어 들고 살펴보던 금 세공사는 욕심이 생겼습니다.

"당신을 도와드리고 싶은데, 비싸게 팔려면 이것들을 다른 세공사에게도 보여주고 싶소. 여기서 좀 기다려 주시면 곧 돌아오리다."

금 세공사는 그의 아내를 불러 수도승에게 음식을 대접하라고 말하고 장신구 보따리를 들고 나갔습니다. 금 세공사는 곧장 왕궁으로 달려가 왕에게 장신구들을 보여주며 말했습니다.

"왕이시여, 방금 한 수도승이 저를 찾아와 이 장신구들을 보여주면서 팔아달라고 했습니다. 그런데 이것들은 제가 실종된 왕자님을 위해 만들었던 바로 그 장신구들이 틀림없습니다. 그래서 저는 그 사람을 제 집에서 기다리라고 말하고 즉시 이리로 달려왔습니다. 폐하께 이것들을 보여드리려고 말입니다."

그 말을 들은 왕이 화를 내면서 의자에서 벌떡 일어섰습니다.

"그놈이 어디에 있느냐? 그 작자가 분명 내 아들을 죽이고 장신 구들을 훔친 것이 분명하구나."

왕은 병사들을 불러 수도승을 잡아오라고 명령했습니다.

"그놈을 잡아다 감옥에 처넣어라. 내일 그놈을 어떻게 할지 결정 하겠다."

금 세공사의 집에서 저녁식사를 하고 있던 수도승은 갑자기 들 이닥친 병사들에게 끌려나와 감옥에 갇혔습니다. 수도승은 도대체 무슨 일이 일어나고 있는지 영문을 알 수가 없어 감옥을 지키는 간 수에게 물었습니다.

"이보시오. 내가 무슨 죄가 있어서 이곳으로 끌려온 것이오? 왜 죄 없는 나를 감옥에 가둔 것이오?"

그러자 간수가 대답했습니다.

"당신이 어린 왕자를 죽이고 그의 장신구들을 훔쳤지 않소? 그런 죄를 지었으니 당신은 내일 아침이면 분명 죽게 될 것이오."

간수의 말에 수도승은 지금의 상황을 이해할 수 없었습니다. 자신의 잘못이 전혀 없는데도 모함에 빠져서 아무것도 할 수 없었습니다. 절망에 빠져 슬퍼하던 수도승은 우물에서 꺼내주었던 뱀이 한 말이 떠올랐습니다.

어떤 어려움에 처하게 되거든 언제든지 부르면 와준다고 했던 뱀을 부르자 벽 틈에서 스르르 뱀이 나타났습니다.

"수도승님. 어떻게 된 일이지요? 무엇을 도와드릴까요?"

뱀의 물음에 수도승이 대답했습니다.

"아! 내가 욕심을 부려 감옥에 갇혔네. 하지만 내가 하지도 않은 일 때문에 죽게 되었으니 억울하구먼." 그리고 무슨 일이 일어났는지 뱀에게 말해주었습니다.

수도승의 이야기를 다 들은 뱀이 잠시 생각하더니 말했습니다.

"수도승님, 그러니까 우리가 떠나기 전에 당신께 사람은 구해주지 말라고 하지 않았던가요. 이렇게 곤란한 일이 생기지 않았습니

까? 하지만 당신은 우리의 은인이시니 반드시 구해드리겠습니다.”

뱀이 수도승을 책망하면서도 은혜를 잊지 않고 구해주겠다고 약
속하자, 수도승이 눈물을 흘리며 말했습니다.
“여기 감옥에 갇혔는데 무슨 수로 빠져나갈 수 있을까?”

뱀이 수도승에게 말하기를,
“분명 당신은 누명을 써서
목숨이 위태로운 상태지만,
선량한 당신을 누구도 해칠
수 없습니다. 제가 방법을 말
해 줄 터이니 그대로만 하십
시오.”

뱀은 자기가 생각해 둔 계획을 수도승에게 들려주었습니다.
“나는 오늘밤 왕비의 방으로 들어가 그녀를 물겠습니다. 제 독
때문에 기절한 왕비는 어떤 방법을 써도 의식을 찾지 못할 것입니
다.”

뱀의 말에 수도승은 깜짝 놀라며 말했습니다.
“그러면 안 되네. 사람을 물면 안 되는 일이야. 하물며 왕비라니.”

260

뱀이 말하였습니다.

"수도승님은 누명을 벗고 살고 싶지 않습니까? 저는 뱀이니 도와드릴 수 있는 방법은 이것뿐입니다."

그렇게 말을 해도 착한 수도승은 고민을 하자, 뱀이 다시 말했습니다.

"수도승님 제 독은 죽지 않을 만큼이니 염려하지 않으셔도 됩니다. 독은 당신의 손이 왕비의 이마에 닿기 전 까지만 몸속에 남아 있을 겁니다."

뱀은 말을 마치고는 벽 틈으로 다시 사라졌습니다. 다음 날 아침, 왕비가 침실에서 독사에게 물려 깨어나지 못한다는 슬픈 소식이 온 왕국에 퍼졌습니다. 여기저기서 유명한 의사들이 찾아오고 온갖 약을 써봤지만 아무 소용이 없었습니다. 왕이 누구든지 왕비를 살려낼 수 있다면 큰 보상을 하겠다고 선포하자, 다른 나라에서도 수많은 의사들이 찾아와 왕비를 치료하고자 했지만 아무도 성공하지 못했습니다.

그 즈음, 감옥에 갇혀 있던 수도승이 간수에게 말했습니다.
"내가 왕비를 치료할 수 있소."
유명한 의사들까지도 모두 실패하자 상심에 잠겨 있던 왕은 지푸

라기라도 잡는 심정으로 수도승을 왕비에게 데려갔습니다.

왕비는 뱀독으로 얼굴이 파랗게 되어 딱딱하게 굳은 채로 침대에 누워 있었습니다. 수도승이 침대로 다가가 왕비의 이마에 손을 대자마자 왕비가 눈을 뜨고 일어났습니다. 뱀이 약속한 대로 독이 왕비의 몸을 떠났던 것입니다. 왕은 물론 온 나라 백성까지 죽었던 왕비를 살려낸 수도승을 칭송하며 기뻐했습니다.

왕이 수도승을 불러 원하는 것을 물었습니다.

"그대의 손은 신의 축복을 받은 것 같소. 왕비를 살렸으니 원하는 것이 있으면 말하시오. 그런데 어찌 그대는 수도승인데 감옥에 갇혀 있던 것이오?"

수도승이 대답했습니다.

"왕이여! 나는 하지도 않은 일 때문에 감옥에 갇혔습니다."

왕이 놀란 얼굴로 물었습니다.

"대체 그게 무슨 소리란 말이오?"

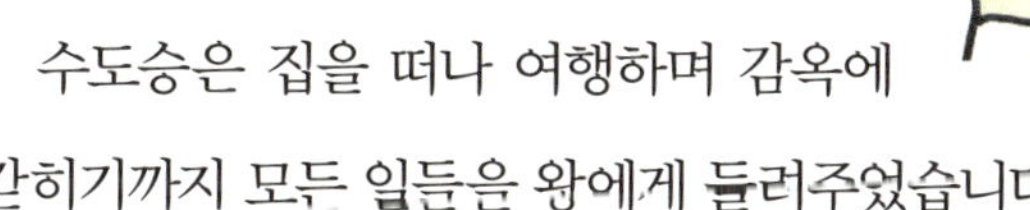

수도승은 집을 떠나 여행하며 감옥에 갇히기까지 모든 일들을 왕에게 들려주었습니다.

"이렇게 괘씸한 일이 있다니, 그 세공사를 잡아 가두어라. 동물들도 은혜를 알거늘, 하물며 어찌 사람이 이런 짓을 할 수 있단 말인가?"

왕은 탄식하며 수도승의 말을 듣더니 은혜를 원수로 갚은 사람에게 화가 나서 즉시 병사들에게 금 세공사를 붙잡아오도록 명령했습니다.

왕은 금 세공사의 말만 듣고 죄 없는 수도승을 감옥에 가두었던 것이 미안했습니다. 그래서 집과 평생 일하지 않고 수행만 해도 가족들이 먹고 살 만한 금덩이를 선물로 주었습니다. 선량한 수도승은 가족들이 있는 집으로 돌아와 행복하게 살았습니다.

이야기를 마친 생쥐 히란냐가 말했습니다.

"전에 말씀드렸듯이 풍족한 삶과 가난한 삶에서 공통적인 것은 없습니다. 하지만 그들은 모두 신의 축복과 행복을 원합니다. 남에게서 얻은 재물은 결국 다시 누군가에게 돌려주어야 무겁지 않습니다. 지나친 욕심은 자신은 물론 주변에 있는 인연들까지 곤란하게 하지요. 옛 성인들이 말하기를, 세상에서 가장 큰 선행은 남에게 베푸는 것이며, 가장 나쁜 악행은 남의 불행을 외면하는 일이라고 했습니다."

까마귀가 대화에 동참하며 말했습니다.

"만다라님과 히란냐님의 이야기를 듣자니 참 유익하고 즐겁습니다. 나는 여전히 친구는 과연 어떤 존재인지 늘 궁금합니다. 현자들

이 말하기를, '좋은 친구를 만나는 것은 삶의 반을 얻은 것과 같다' 라고 했는데, 그 이유는 무엇이고 어떤 친구를 사귀는 것이 좋습니까? 항상 좋은 말을 하는 친구와 따끔한 충고를 아끼지 않는 친구 중에서 누가 진정한 친구인지 말해주시오."

생쥐가 대답했습니다.

"당연히 충고와 조언을 해주는 친구가 진정한 친구 아닐까요? 달콤한 말은 당장은 듣기 편하고 감정을 상하게 하지 않지만, 잘못된 것을 고치지 못해 언제가 큰 위험에 빠질 수 있지요. 하시만 듣기 싫은 충고나 조언은 감정을 상하게 할지라도 자신을 돌아보고 반성함으로써 실수를 반복하지 않게 해주니까요."

생쥐와 거북, 그리고 까마귀가 대화하는 도중에 어디선가 사슴 한 마리가 헐레벌떡 뛰어왔습니다.

11. 의리 있는 친구들

　새로 사귄 세 친구들은 숲 속 호숫가에 살면서 사이좋게 지냈습니다. 크고 검은 눈과 기다란 꼬리를 가진 생쥐는 물가에 있는 작은 구멍 속에서 살았습니다. 칠흑처럼 검은 까마귀는 호수 근처 큰 나무에 살았고, 거북이는 호수와 뭍을 오가며 평화롭게 살고 있었습니다.

평소처럼 거북과 생쥐, 그리고 까마귀가 이야기를 나누고 있을
때, 갑자기 사슴 한마리가 헐레벌떡 뛰어오며 외쳤습니다.
"이보게 친구들! 피하시게. 지금 이쪽으로 사냥꾼이 오고 있네."

사슴의 외치는 소리에 까마귀는 나무 꼭대기로 날아오르고, 생
쥐는 나무 구멍으로 뛰어들었으며, 거북이는 물속으로 가라앉았습
니다. 사슴의 경고에 모두들 재빨리 숨을 수 있었고, 위기로부터 벗
어날 수 있었습니다. 그 이후 아름다운 큰 눈과 흰 점이 많이 박힌
황금빛 털가죽을 지닌 사슴도 새로 친구가 되었습니다.

어느 날, 생쥐와 까마귀 그리고 거북이는 호숫가에서 사슴을 기
다리고 있었는데 한참을 지나도 오지 않았습니다.

생쥐가 근심스러운 듯 친구들을 보며 물었습니다.
"혹시 사슴한테 무슨 일이 생긴 게 아닐까요?"
그러자 까마귀가 말했습니다.
"어쩌면 사냥꾼에게 잡힌 건지도 모르지."

거북이도 걱정스러운 듯 눈을 깜박이며 말했습니다.
"그렇다면 가만히 있을 수 없지 않겠나? 까마귀 자네는 우리들
중에서 가장 빠르고 하늘을 날 수 있으니 사슴이 어디 있는지 찾아

봐주게.”

거북이의 말이 끝나자마자 까마귀는 숲 위로 날아올라 여기저기 사슴을 찾았습니다.
“사슴님, 어디 있나요? 사슴님!”

까마귀가 소리쳐 부르는 소리에 아래쪽 어디쯤에서 희미한 소리가 들렸습니다.
“살려줘! 여기야! 나 여기 있어. 나 좀 도와주게.”

까마귀가 날아내려 살펴보니 그들이 걱정한 대로 사냥꾼이 쳐둔 그물에 사슴이 잡혀 있었습니다.
“덫에 걸렸구나. 어떻게 해야 자네를 구할 수 있지? 친구들에게 가서 도움을 청하고 오겠네.”

사슴이 눈물을 흘리며 말했습니다.
“고맙네. 친구! 내가 그물에 걸려서 숨이 막힐 지경이네. 너무 지치고 목마르다네. 뭐든지 빨리 해주게나.”

까마귀가 호수로 돌아오니 거북이와 생쥐가 달려와 물었습니다.
“사슴을 찾았나요? 그 친구를 찾은 거야?”

까마귀가 대답했습니다.

"그래, 친구들. 사슴을 찾았네. 그런데 사슴이 큰 위험에 빠져 있다네. 어떻게 하면 사슴을 구할 수 있을까?"

까마귀는 사냥꾼의 그물에 걸린 사슴을 찾아낸 이야기를 친구들에게 들려주었습니다.

그러자 거북이가 말했습니다.

"우리는 친구니까 서로 도와야지. 생쥐는 이빨이 강하니 그물을 갉아서 끊어내면 우리 친구를 풀어줄 수 있어."

생쥐가 말했습니다.

"맞아요. 제가 할 수 있어요. 지난번에도 비둘기 그물을 끊어낸 적이 있으니까요."

까마귀가 말했습니다.

"어서 서두르자고,"

등에 생쥐를 태운 까마귀가 하늘을 날아서 사슴이 있는 곳에 도착했습니다. 생쥐는 까마귀의 등에서 내려 날카로운 이빨로 그물을 쏠았고, 잠시 후 사슴은 그물에서 벗어났

습니다.

걸음이 느린 거북이가 늦게 그곳에 도착했습니다.
"친구들을 모두 보게 되다니 정말 좋네 그려. 생쥐 친구 도움으로 그물에서 벗어났으니 참 다행이야."
거북이가 친구들을 돌아보며 큰 소리로 말했습니다.

한동안 네 친구는 사슴을 구출한 얘기를 하느라 사슴이 잡혀 있던 장소라는 것을 깜박 잊고 있었습니다. 그때, 갑자기 숲을 헤치며 다가오는 사냥꾼의 발자국 소리가 들렸습니다. 까마귀는 커다란 나무 위로 날아오르고, 생쥐는 근처의 구멍 속에 재빨리 숨어들고, 사슴은 들판으로 달려갔습니다. 그런데 느림보 거북이는 빨리 움직일 수가 없어 느릿하게 덤불을 향해 걸어갔습니다.

사냥꾼이 도착해서 그물을 살펴보니 아무것도 없고 그물이 찢어진 채 사슴 발자국만이 어지럽게 땅바닥에 찍혀 있었습니다.
"아니, 사슴이 그물에 걸렸는데 어떻게 빠져나갔지? 이상하군."

사냥꾼은 도망쳐버린 사슴을 아쉬워하며 주위를 둘러보던 중 덤불을 향해 기어가는 거북이를 보았습니다.
"하! 거북이다. 다행이야. 오늘은 거북이 요리로 저녁을 먹어야겠어.”

사냥꾼이 느림보 거북이를 붙잡아 망태에 넣었습니다.

나무 꼭대기에서 사냥꾼이 하는 행동을 지켜보고 있던 까마귀가 소리쳤습니다.

“생쥐님! 사슴님! 큰일이야. 어서 빨리 와보시게. 그대들도 알다시피 거북이는 물에서는 빠르지만 땅위에서는 빠르지 못해. 사냥꾼에게 거북이가 붙잡혀 갔다네. 어떻게 하지?”

생쥐가 걱정스런 눈으로 말했습니다.

“사슴을 구할 생각을 해낸 것은 거북님이었어요. 사냥꾼이 집으로 돌아가기 전에 우리가 뭐든지 빨리 해야 해요.”

사슴이 말했습니다.

“우리들은 친구가 맞는가 보군. 자네들이 나를 구하지 않았다면, 지금 거북이가 아니라 내가 붙잡혀 갔을 거니까. 이번에는 내가 거북이를 구해보겠네.”

그러자 생쥐가 물었습니다.

"어떤 생각이 있나요?"

사슴이 대답했습니다.

"응, 나는 달리기를 잘하니까 먼저 가서 사냥꾼이 지나갈 길목에서 다친 척 하고 있겠네. 사냥꾼이 나를 잡으려고 망태를 두고 쫓아올 거야. 그때 생쥐가 재빨리 망태를 갉아서 거북이를 풀어주게."

다들 좋은 생각이라고 하면서도 생쥐가 걱정스레 물었습니다.

"하지만 사냥꾼에게 또다시 붙잡히면 어떡하려고 하나요?"

사슴이 씩씩하게 대답했습니다.

"지난번에는 내가 주위를 살피지 못해서 그물에 걸렸지만, 이번에는 염려하지 않아도 돼. 그물에 걸리지만 않는다면 나는 아주 빨리 도망칠 수 있거든."

사슴은 사냥꾼이 가는 길목에 서서 다리를 다친 것처럼 절뚝거리며 걸었습니다.

사냥꾼이 사슴을 보며 외쳤습니다.

"어! 사슴이다, 내 그물에서 도망친 사슴이야! 옳지, 다리를 다친 모양이로군. 그러면 잘 뛰지 못하니 잡을 수 있겠구나!"

　사냥꾼은 메고 있던 망태를 내팽개치고 사슴을 뒤쫓았습니다. 생쥐가 재빨리 사냥꾼의 망태로 달려가 가죽을 이빨로 갉아서 열었습니다. 거북이는 온힘을 다해 기어서 덤불 속으로 들어가 숨었습니다.

　사냥꾼은 달아나는 사슴을 잡을 수가 없어 뒤쫓는 것을 포기하고 망태가 있는 곳으로 돌아왔습니다.

　"그래, 그물에 걸리지 않은 사슴을 잡을 수는 없지. 그래도 거북이가 있으니까 다행이야. 이 거북이는 토실토실하니 오늘 저녁거리로 충분해."

　사냥꾼이 중얼거리며 망태를 어깨에 매려고보니 망태에 구멍이 뻥 뚫려 있고 토실한 거북이는 보이지 않았습니다.

"뭐야? 거북이가 없잖아?"

빈 망태를 본 사냥꾼은 허탈했습니다.

"거북이가 망태에서 어떻게 빠져나갔지? 오늘은 정말이지 운도 없군! 처음에는 그물에서 사슴이 도망치더니 이제는 느림보 거북이마저 망태에서 빠져나가 버리다니. 쳇, 할 수 없이 오늘 저녁은 굶게 됐군!"

거북이와 사슴, 까마귀는 사냥꾼이 빈 망태를 들고 터덜터덜 걸어가는 것을 보며 까만 눈의 작은 생쥐에게 고마워했습니다.

이야기를 마친 작은 생쥐 히란냐가 말했습니다.

"이 이야기는 바로 우리들의 이야기입니다. 자신이 곤경에 처했을 때 위험을 감수하며 도와주는 친구들이 있다는 것이 얼마나 큰 위로인지 느낄 수 있었을 것입니다. 그리고 그런 친구들을 만나는 것이 얼마나 큰 행운인지 알 수 있지 않나요?"

거북이가 말했습니다.

"현자들은 '이 세상에 영원한 것은 없다. 인생은 지나가는 구름과 같다. 연인과의 사랑은 꿈과 같다. 재물이나 재산은 한자리에 있지 않다. 누구에게나 같은 길은 없다. 젊은 육체는 언젠가 늙게 된다. 죽음은 문을 두드리고 있으니 이 모든 사슬로부터 벗어나야 한다.' 고 말했지요."

생쥐가 말을 이었습니다.

"맞습니다. 그러므로 지혜로운 이에게 배우는 것은 올바른 길을 찾아가는 길입니다. 올바른 길을 버린 사람은 살아있지만 이미 죽은 것과 같습니다. 다른 이들을 괴롭히는 것은 악덕이지만, 선을 행하는 것이 미덕입니다. 필요한 모든 것을 가지고 있더라도 동행이 없다면 외로운 길입니다. 이것은 우리가 살아가는 삶의 본질입니다. 좋은 친구를 가진 사람은 험한 세상에서 힘을 주고 길동무가 되어줍니다. 그래서 그들은 함께 어려움을 극복하고 기뻐하기 때문에 외롭지 않습니다."

이로써 좋은 친구를 사귀는 일이 삶에서 어떤 영향을 주는지에 관한 교훈을 주는 이야기보따리 두 번째 묶음을 마칩니다.

전쟁을 치르는 과정에서의 교훈

PANCHATANTRA

판차탄트라3

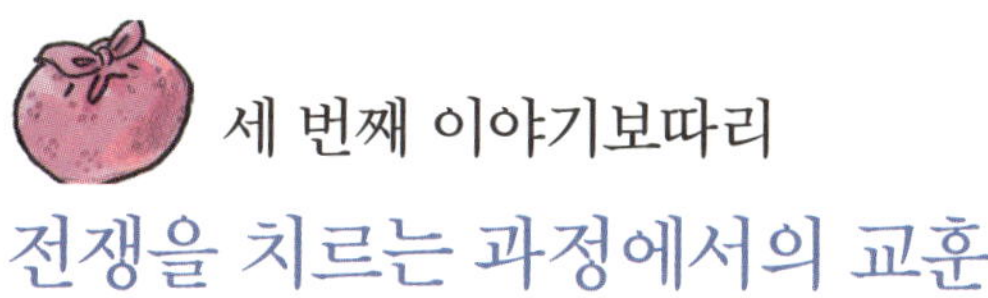

전쟁을 치르는 과정에서의 교훈

판차탄트라(Panchatantra)의 세 번째 지혜의 이야기보따리는 우정을 잃고 갈등하는 것에 관한 이야기입니다. 서로 믿지 못하는 친구는 처음부터 없는 것보다 못합니다. 이 장은 까마귀와 올빼미의 갈등으로부터 시작되며 서로의 신뢰와 배신에 관한 이야기들입니다.

　이 장은 오랫동안 한낮의 까마귀와 밤의 제왕 올빼미가 적으로
지낼 수밖에 없었던 원인과 과정 그리고 결과에 관한 내용입니다.
이야기는 늙은 까마귀와 올빼미의 참모들이 각자 자기들의 왕에게
조언하는 형식으로 진행됩니다.

　이제 다섯 묶음의 지혜 중에서 세 번째 '전쟁을 치르는 과정에서
의 교훈들'이라는 이야기보따리를 펼칩니다.

1. 까마귀와 올빼미의 다툼

먼 옛날, 커다란 반얀나무[1]에 까마귀 무리가 둥지를 만들었습니다. 까마귀 왕은 나뭇가지마다 파수꾼을 배치하여 적으로부터 둥지를 보호하려 했습니다. 같은 시기, 반얀나무에서 멀지 않은 높은 산비탈 바위틈에 올빼미들이 집을 지었습니다.

올빼미들은 낮에는 잠을 자고 밤에 활동을 시작하지만, 낮 동안 까마귀들이 시끄럽게 울며 날아다니는 통에 제대로 잠을 잘 수가 없었습니다. 올빼미들은 멀리 먹이 사냥을 나가지 않고 깊은 밤이면 반얀나무를 습격하여 잠든 까마귀들을 소리 없이 잡아갔습니다.

---

1) 반얀나무 ; 인도를 대표한다는 님트리, 샌달우드, 보리수 중 줄기를 땅에 내려 다시 뿌리를 만드는 생명력 강한 나무

처음에는 워낙 많은 무리의 까마귀들이어서 줄어든 숫자를 몰랐
다가 나중에야 이 사실을 알아챘습니다. 까마귀 왕은 이 사태를 수
습하기 위해 고심했지만 뾰족한 해답을 찾을 수가 없었습니다. 우
선 적을 상대해서 싸워야 하는데, 모두 잠든 한밤중에 소리도 없이
와서 잡아가는 올빼미들을 막을 방법이 떠오르지 않았습니다.

까마귀 왕이 조언을 듣고자 참모들을 불러 모았습니다.
"그대들이 알다시피 우리는 지금 싸우기 어려운 상대에 의해 위
기를 겪고 있소. 한 무리가 멸망하는 것은 질병이 돌거나, 적을 가볍
게 보았기 때문이라고 현명한 이들은 말하였소. 그대들에게 이 상
황을 타개할 수 있는 의견을 듣고 싶으니 좋은 생각이 있으면 말해
주시오."

첫 번째로 나선 참모가 말을 했습니다.

"왕이시여. 우리 모두의 생존이 걸린 일입니다. 무서운 적이 있는 데도 우리는 어두운 밤에 활동하는 그들을 대적할 수 없습니다. 권력과 부귀, 동맹 등 싸워서 얻을 것이 없다면 그들과 타협하거나 굴복하는 것이 현명합니다. 그렇게 생존하여 조금씩 힘을 모으고 그들의 약점을 알아내야 합니다."

두 번째로 나선 참모가 말했습니다.

"모두 생존을 이야기합니다만, 그들이 타협을 원하지 않을 수 있고, 힘을 모으기도 전에 우리들 모두가 희생당할지도 모릅니다. 적은 언제나 적일 뿐 친구가 될 수 없는 존재들입니다. 그들이 우리를 가볍게 보고 우쭐해 있을 때, 그들이 사는 곳을 알아내야 합니다. 그들은 낮에 움직이지 않고 밤에만 활동하니, 우리도 부지런히 낮 동안 그들이 사는 곳을 찾아내야 합니다. 만약 그들이 사는 곳을 찾아낸다면 우리들은 많은 숫자로 올빼미 본거지를 습격할 수 있습니다."

세 번째 참모가 앞으로 나서며 말했습니다.

"현명한 자라면 이렇게 무모한 생각을 하지 않을 것입니다. 적들은 우리 모두를 죽일 수 있을 만큼 강합니다. 그들과 타협을 한다면 그들에게 원하는 것을 주었을 때 가능합니다. 그들이 원하는 것은 오직 우리들의 목숨입니다. 또한 그들을 속이거나 어디에 사는지도 모르는 그들의 본거지를 공격한다는 것은 더욱 어렵고 위험한 일입니다. 최선의 방법은 우리가 둥지를 버리고 다른 곳으로 이주를 하는 방법이라고 생각합니다."

네 번째 참모가 나서며 말했습니다.

"왕이시여! 어렵다 하여 우리들의 보금자리를 버리고 떠난다는 것은 말이 안 됩니다. 그동안 우리가 알고 지낸 다른 친구들의 도움을 받는다면 올빼미들의 습격을 막고 어쩌면 이 고비를 넘을 수도 있다고 생각합니다. 코브라 뱀에게 독이 없다면 무슨 힘이 있습니까? 악어도 물속에서는 크고 힘센 코끼리도 끌어당기지 않습니까? 우리의 둥지를 지키면서 올빼미를 쫓아줄 강한 친구를 찾아보아야 합니다."

다섯 번째 참모가 말했습니다.

"모두 좋은 의견입니다. 하지만 저는 이 중에서도 집을 버리고 다른 곳으로 도망가지 않고 끝까지 남아서 우리를 도와줄 친구들을 찾는 일에 찬성합니다. 왕이시여! 지금은 아무래도 우리들 중에서 제일 나이가 많은 경험자에게 이 상황을 타개할 조언을 들어보시면 어떻겠습니까?"

모두들 자신을 쳐다보자 가장 나이가 많은 까마귀가 말했습니다.

"왕이여! 우선 다른 이들의 의견을 듣고자 하는 모습이 보기 좋습니다. 모두 좋은 생각들을 말했지만, 제 의견은 적을 물리치려면 두 가지 전략을 사용해야 합니다."

까마귀 왕이 힘없이 말했습니다.

"하지만 우리는 올빼미들이 어디에 사는지 모르고 그들의 약점도 전혀 알지 못하오."

그러자 나이 많은 까마귀가 말했습니다.

"왕이여! 그것은 어려운 문제가 아닙니다. 젊고 날쌘 까마귀 몇을 정찰병으로 임명하여 그들이 사는 곳을 우선 찾아내십시오. 그리고 올빼미 왕에게 조언을 하는 부하가 누구인지를 알아내야 합니다. 그리고 그들을 이간질시킨다면 우리는 이 위기에서 벗어날 수 있을 것입니다."

까마귀 왕이 말했습니다.

"아주 좋은 생각이오. 그렇게 하겠소." 그리고 까마귀 왕은 날쌘 젊은 까마귀 몇 마리를 불러 올빼미들이 살 만한 곳을 샅샅이 찾아보라고 명령했습니다. 젊은 정찰병 까마귀들이 이리저리 흩어지자, 왕은 나이 많은 까마귀에게 물었습니다.

"그런데 언제부터, 왜 우리 까마귀들과 올빼미들이 적이 되었소? 그대는 알고 있소?"

나이 많은 까마귀가 대답했습니다.

"아주 오래전부터 전해 내려온 이야기가 있습니다. 먼 옛날 새들의 왕은 '가루다(Garuda)였는데, 그가 비슈누(Visnu) 신의 부름을 받아 천상의 세계로 떠나버린 후 새들은 사냥꾼들에게 쫓기는 신세가 되었습니다.

보호자가 없는 새들은 온갖 사냥꾼들에게 잡혀 먹히며 두려움에 떨며 살았습니다. 모든 새들이 숲속에 모여 자기들을 지켜줄 새 지도자를 뽑기로 했습니다. 그들은 눈이 크고 덩치도 큰 올빼미를 왕으로 선출했습니다.

그때 까마귀가 시끄러운 새들의 소리를 듣고 이 모임에 찾아와 무슨 영문이냐고 물었습니다. 오직 까마귀에게만 연락이 안 된 것입니다.

자기를 빼놓고 왕을 선출한다는 말에 약이 오른 까마귀가 말했습니다.

"흥! 올빼미는 사악하고 추악한 새인데 왕이라니, 가루다 왕이 후임을 정하지 않고 가버려서 저런 자를 왕으로 모시겠다니, 왕으로서 자격이 있는지 가루다님의 얼굴인 달님에게 물어봐야 하지 않겠어?"

새들이 가루다님의 승낙을 달님에게 묻는다는 황당한 말에 까마귀에게 물었습니다.

"달님이 가루다님의 얼굴이라니 어떤 이야기인가요? 달님이 허락하면 왕의 자격이 갖춰진다니 무슨 내용인지 얘기해 주시오."

까마귀가 진지한 목소리로 말했습니다.

"산토끼들의 보금자리를 짓밟아버린 못된 코끼리 무리의 왕에게 가루다님 얼굴인 달님의 이야기를 전한 내용이라네."

2. 달님 호수

정글에 사는 큰 무리 코끼리 왕은 크고 멋지게 휘어진 상아를 가지고 있었습니다. 코끼리 왕은 무리들을 잘 이끌면서 보살폈기에 존경을 받고 있었습니다. 어느 해, 이 지역에 극심한 가뭄이 들어 몇 달 동안 비가 한 방울도 내리지 않아서 강과 호수들이 말라 버렸습니다. 많은 동물들이 갈증에 견딜 수 없어서 물을 찾아 살던 곳을 떠나야 했습니다. 코끼리 무리도 마찬가지 상황인지라 왕은 한시라도 빨리 물을 찾아내야만 했습니다. 만약 빨리 물을 마시지 못하면 목이 말라 죽게 될지도 모르기 때문이었습니다.

왕은 코끼리들에게 사방으로 물을 찾아보라고 말했습니다. 마침 한 마리가 멀리 떨어진 곳에 물이 가득 찬 호수를 찾아냈습니다. 왕은 기뻐하며 무리를 이끌고 그 호수로 향했습니다.

그 호수 근처에는 토끼들이 평화롭게 살고 있었는데, 목마른 코끼리 무리가 우르르 몰려와 집이 부서지고, 많은 토끼들이 밟혀 죽기도 했습니다.

살아남은 토끼들이 모여서 회의를 했습니다. 토끼들의 우두머리가 말했습니다.

"코끼리 무리가 우리 터전을 짓밟고 있소. 우리가 어떻게 하면 좋겠소. 이미 많은 우리 동족이 죽거나 상처 입었소. 굴이야 다시 뚫으면 되지만, 코끼리들의 발에 더 짓밟혀 죽기 전에 뭔가를 해야만 하오. 무엇이든 좋은 방법이 없겠소?"

토끼들은 나름대로 대책을 생각해봤지만, 거대한 코끼리의 발길을 막을 방법이 떠오르지 않았습니다. 그때, 작은 토끼 한 마리가 깡충깡충 뛰어와서 말했습니다.

"대장님! 저를 코끼리들 왕에게 사절로 보내주세요. 제가 해결을 해보겠습니다."

토끼들의 우두머리가 눈을 깜박이며 말했습니다.

"그래! 자네라면 믿을 수 있지. 평소에도 지혜로우니 이번에 우리의 사절로 가서 잘 말해 보게나."

작은 토끼는 깡충거리며 코끼리 무리를 찾아갔습니다. 멀리 무리 한 가운데에 코끼리 왕이 보였지만 가까이 다가가는 것은 불가능한 일이었습니다. 가까이 다가서다가는 밟혀 죽기 십상이어서 작은 토끼는 근처의 커다란 바위 위로 올라갔습니다. 그리고 큰 소리로 소리쳤습니다.

"코끼리 왕이시여. 제 말을 좀 들어주세요."

코끼리 왕이 작은 토끼의 목소리를 듣고 바위 위에 앉아 있는 작은 토끼를 보았습니다.

"흠! 자네는 누군가?"

코끼리 왕이 묻자, 작은 토끼가 대답했습니다.

"저는 사절입니다."

코끼리 왕이 웃으며 다시 물었습니다.

"사절이라고? 누구로부터 말이냐?"

작은 토끼가 대답했습니다.

"네! 저는 달에 사는 토끼인데 달님이 저를 사절로 보냈습니다."

코끼리 왕이 긴 코를 말면서 다시 물었습니다.

"응? 대체 무슨 일이냐? 달님으로부터 내게 무슨 전갈이라도 있단 말이냐?”

작은 토끼는 침착하게 말했습니다.

“그럼요, 대왕님. 그런데 부디 제게 화를 내지는 마세요. 저는 그
저 달님의 말을 전할 뿐이니까요.”

코끼리 왕은 귀여운 작은 토끼의 말에 귀를 기울였습니다.

“그래! 너를 해치지 않을 테니, 안심하고 나를 찾아온 용건을 말
해 보거라.”

작은 토끼가 말했습니다.

“대왕님, 달님께서 이렇게 말씀하셨습니다. ‘코끼리들의 왕이여!
그대가 나의 성스러운 호수로 무리를 이끌고 와서 물을 마시는 것
은 좋지만 함부로 뛰어다니면서 호수 물을 더럽혔다. 또한 그대들의
발길에 내가 아끼는 수많은 토끼들이 죽었다. 그대도 알다시피 토
끼들은 내가 보살피는 이들이고, 토끼들의 왕이 나와 함께 살고 있
다. 더 이상 그대들은 토끼들을 죽이지 마라. 그렇지 않으면 그대의
무리에게 좋지 않은 일이 생길 수 있다.’라고 달님께서 대왕님께 전
하라고 하셨습니다.”

작은 토끼의 말에 코끼리 왕은 미처 몰랐던 사실을 알았습니다.

“목이 말라서 정신없이 호수로 달려가는 도중에 우리도 모르게

실수로 토끼들이 밟혀 죽었을지도 모르겠다. 더 이상 토끼들이 고통받지 않도록 잘 살펴보고 걸어 다니마. 그리고 이참에 사절을 보내어 우리 잘못을 알려주신 달님께 용서를 청해야겠어. 내가 어떻게 하면 되는지 말해다오."

토끼가 대답했습니다.
"그러면 대왕님 혼자서만 저와 함께 가시지요. 이리로 오세요. 제가 대왕님을 달님께 안내하겠어요."

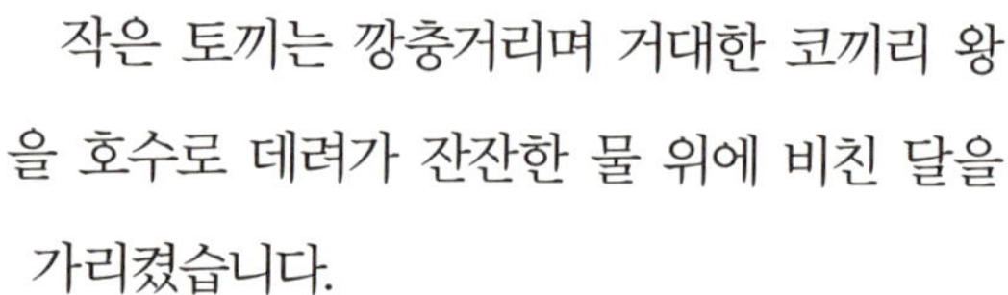

작은 토끼는 깡충거리며 거대한 코끼리 왕을 호수로 데려가 잔잔한 물 위에 비친 달을 가리켰습니다.
"저기예요, 대왕님. 이제 달님께 얘기해보세요."

작은 토끼의 말에 코끼리 왕이 물었습니다.
"달님께 어떻게 물어보지?"
그러자 작은 토끼가 말했습니다.
"대왕님 코를 호수에 담그고 물으시면 됩니다."
작은 토끼의 말에 코끼리 왕은 기다란 코를 물에 담갔습니다. 그러자, 물이 출렁거리며 달이 이리저리 움직이는 듯 보였습니다.

작은 토끼가 소리쳤습니다.

"대왕님. 지금 달님이 하시는 말씀을 들으셨지요?"

코끼리 왕이 고개를 갸우뚱하면서 물었습니다.

"아니, 나는 듣지 못했는데? 어떤 말이었지?"

작은 토끼는 마치 통역을 하듯 말했습니다.

"이 호수는 신성한 물이니 흙탕물을 만들지 말고, 이제부터라도 조심조심 걸으면서 토끼들을 밟지 말라고 하셨습니다."

코끼리 왕은 고개를 끄덕이며 말했습니다.

"나는 듣지 못하니 네가 대신 전해주렴. 우리의 실수를 용서하시고 다시는 신성한 호수를 흙탕물로 만들지 않겠다고 말이야. 물론 달님께서 아끼시는 토끼들도 해치지 않게 조심하겠다고 전해다오."

다시 잔잔해진 호수에는 달이 미소를 짓고 있는 듯 보였습니다.

토끼가 말했습니다.

"대왕님. 달님께서 기뻐하시며 몸이 큰 코끼리지만 작은 동물들도 보살피면서 산다면 큰 복을 받으실 거라고 하셨습니다."

코끼리 왕이 미소를 지으며 돌아가자, 작은 토끼는 무리에게 가서 지금까지의 상황을 말해주었습니다. 모두들 작은 토끼의 지혜를 칭찬했습니다. 얼마 후 큰 비가 내려 그동안 조심스럽게 호수의 물

을 마시러 오던 코끼리 무리가 떠나고 토끼들은 다시 평화롭게 살
게 되었습니다.

이야기를 마친 까마귀는 훌륭한 지도자를 선택하는 일이 왜 중
요한지 말했습니다.

"남의 말에 귀를 기울일 줄 아는 지도자는 지혜롭고 경험 많은
이들의 말도 경청합니다. 그래서 그 결과가 얼마나 크게 나타나는
지 알 수 있습니다. 그대들이 선택한 사악한 올빼미 같은 고양이 때
문에 꿩과 토끼가 어떻게 되었는지 들어보았습니까?"

새들이 까마귀에게 그들에게 어떤 일이 벌어졌는지 이야기해 달
라고 부탁하였고, 까마귀는 다음과 같은 이야기를 들려주었습니다.

3. 고양이 재판관

꿩 한 마리가 커다란 보리수나무 아래 둥지를 틀고 살고 있었습니다. 오랫동안 이곳에 살면서 이웃의 동물들과 잘 지내고 있었습니다. 그러던 어느 날, 꿩은 먹이를 찾아 안락한 둥지를 떠나 멀리 있는 옥수수 밭까지 오게 되었습니다.

꿩은 옥수수를 좋아했는데, 마침 옥수수가 익어가는 시기여서 먹을 수 있을 만큼 양껏 배를 채우려 밭에 머물기로 했습니다. 그곳에서 만난 다른 새들과 친구가 되어 배불리 옥수수를 먹으며 며칠 동안 둥지로 돌아가지 않았습니다.

그렇게 꿩이 며칠 동안이나 둥지를 비우고 옥수수 밭에 머물러 있을 때, 토끼 한 마리가 비어 있는 꿩의 둥지를 발견했습니다. 집이 없던 토끼는 꿩의 둥지를 자신의 보금자리로 삼아 며칠 동안 그곳에서 행복하게 살았습니다.

옥수수 밭에서 돌아온 꿩은 자신의 둥지에서 살고 있는 토끼를 보고 화를 냈습니다.

"여기서 뭘 하고 있는 거지? 여기는 내 집이란 말이야."

토끼가 말했습니다.

"무슨 소리야. 내가 지금 여기에서 살고 있는데?"

꿩이 말했습니다.

"이곳은 내가 집을 짓고 여기 살았어. 이웃들에게 물어봐. 이제 주인이 돌아왔으니 나가줘."

토끼는 집을 비워 줄 생각이 없는 듯 움직이지도 않고 말했습니다.

"왜 내가 누군가에게 물어봐야 하지? 나는 이 집에 아무도 살지 않는 걸 확인하고 들어온 거야. 집은 살고 있는 이가 임자니까 이 집은 이제 내꺼야. 내 말이 맞는지 안 맞는지는 네가 가서 이웃들에게 물어봐."

토끼의 말에 화가 난 꿩이 소리를 질렀습니다.

"아니야, 이건 내 집이야. 먹이를 찾아 며칠 떠나 있었을 뿐이야.
이제 돌아왔으니 내 집에서 나가줘야겠어."

꿩의 말에도 토끼는 집을 비워 줄 마음이 없었습니다.
"안 돼. 그럴 순 없어. 지금 여기 살고 있는 것은 바로 나야. 그러
니 여기서 살 거야."

꿩과 토끼 사이의 다투는 소리에 이웃에 살던 많은 동물들이 주
위에 모여들었습니다. 그들은 꿩이 하는 말노 토끼가 하는 말도 들
었지만 누구도 그 집을 누구 것이라고는 말할 수가 없었습니다.

이웃들은 꿩과 토끼의 집 소유권에 대한 이 논쟁을 재판관에게
맡겨보면 어떠냐고 조언했습니다. 그러나 현명한 재판관을 찾는 게
쉬운 일은 아니어서 토끼와 꿩은 재판관을 찾아 이리저리 찾아 헤
맸습니다.

그들이 다투면서 강둑에 이르렀
을 때, 저만치 길을 막고 있는 늙은
고양이를 보고는 걸음을 멈추었습니
다. 그들은 고양이가 얼마나 위험한
지를 알고 있었기 때문에 함부로 다

가서는 것이 두려웠습니다.

꿩과 토끼를 흘낏 바라본 늙은 고양이는 뒷다리로 일어서서 묵주를 돌리며 큰 소리로 기도를 하기 시작했습니다.

"신이시여! 산다는 것은 무엇입니까? 삶은 그저 조용히 흘러가는 강물과 같습니다. 모든 강물이 바다로 흘러 들어가더라도, 바다는 여전히 달이 나오기를 기다립니다."

꿩과 토끼는 생전 처음으로 기도하는 성스러운 고양이를 보면서 이상하다는 생각이 들었지만, 늙은 고양이의 기도는 정말 훌륭했습니다.

꿩이 토끼에게 말했습니다.
"이봐 집 도둑! 내 생각에는 저 기도하는 늙은 고양이에게 우리

문제를 판결해달라고 하면 어떨까?”

토끼가 대답했습니다.

“내가 어떻게 집 도둑이야? 버려진 집에 살았을 뿐이라고, 현명한 재판관은 쉽게 찾지 못할 테니까 네가 좋다면 나도 반대하지 않겠어. 하지만 고양이는 우리를 잡아먹는 천적인데 괜찮을까?”

그들은 숨죽이며 뒷다리로 선 늙은 고양이가 기도를 끝낼 때까지 조용히 기다렸습니다.

이윽고 엉큼한 고양이가 눈을 뜨고 그들을 바라보자 꿩이 말했습니다.

“도가 높으신 고양이님. 이 토끼와 저는 지금 중요한 다툼이 있습니다. 법적으로 해결해야 해서 현명하신 재판관님을 찾고 있습니다. 부디 우리를 위해 판결을 좀 내려주세요. 그래서 우리 중 잘못된 이에게 벌을 내려주셔야 합니다.”

늙은 고양이가 근엄한 목소리로 대답했습니다.

“친구여! 그렇게 잔인한 말은 하지 마시오. 알다시피 나는 누군가가 고통스러워하는 것을 견딜 수가 없다오. 그런데도 나에게 그대들 중 하나를 벌주라고 하는구려. 해를 끼친 자는 신께서 벌을 주실 것이지만 그렇게 중요한 문제라 하니, 부탁을 들어주겠소. 이제 대체 둘 사이에 어떤 다툼이 있었는지 말해 보시오. 듣고 나서 누가 옳고 누가 그른지 판결하겠소.”

늙은 고양이가 근엄한 목소리와 반쯤 감은 눈으로 말을 하자, 안심한 꿩이 말했습니다.

“제가 며칠 동안 멀리 떠나 있다가 돌아와 보니 이 토끼가 제집에 들어와 살고 있지 뭡니까?”

토끼가 소리쳤습니다.
“무슨 소리야! 비어 있던 곳이었어. 이제 내 집이야!”
늙은 고양이가 여전히 엄숙한 음성으로 말했습니다.
“흠! 제발 다투지 마시오. 이곳은 신성한 곳이오. 그대들이 싸우는 통에 내가 얘기를 끝까지 듣지 못했소. 여기 가까이 와서 다시 말해주시겠소?

고양이의 말에 꿩과 토끼는 경계를 풀고 늙은 고양이에게 가까이 다가가 여전히 자기주장만을 내세웠습니다. 늙고 엉큼한 고양이는 한동안 생각에 잠긴 듯이 눈을 감고 있다가 작은 음성으로 말했습니다.
“나는 나이를 많이 먹어서 그대들이 말하는 걸 잘 들을 수가 없군요. 나는 그대들이 무슨 말을 하는지 도무지 알아들을 수가 없어요. 아무래도 집 문제인 듯 하오만, 그런 문제라면 내가 해결해줄 테니 자! 둘 다 조금만 더 가까이 와서 한 번 더 얘기해 보시오."

친절하게 말하는 늙은 고양이의 말에 꿩과 토끼는 잠시 자기들의 처지를 잊었습니다. 더 이상 고양이에 대한 두려움이 없어진 그들이 늙은 고양이에게 더 가까이 다가갔습니다. 늙은 고양이는 그들에게서 무슨 말을 더 듣기도 전에 발톱으로 꿩과 토끼를 후려쳐 모두 잡아먹었습니다.

입맛을 다신 고양이는 부른 배를 두들기며 중얼거렸습니다.

"이젠 늙어서 사냥도 힘들었는데, 제 발로 먹이들이 찾아올 줄이야. 집이 어떻고 법이 어떻다고? 바보들 같으니라고, 이젠 내 뱃속이 너희들 집이니 더 이상 다투지 말거라.”

까마귀의 이야기에 귀를 기울이던 새들은 자신들의 선택이 위험하다는 것을 깨달았습니다. 까마귀가 한마디 더 강조하는 말을 이었습니다.

“힘없는 토끼들이 힘센 코끼리를 물리치는 지혜와 어리석은 꿩과 토끼가 교활한 고양이에게 어떻게 당했는지 들으셨지요? 그대들의 왕으로 누구를 선택해야 하는지 다시 한 번 더 생각해 보시기 바랍니다.”

까마귀의 말을 들은 새들은 서로 얼굴을 쳐다보다가 나중에 다시 모임을 갖기로 하고 모두 숲속으로 뿔뿔이 흩어졌습니다.

한편 올빼미는 새들의 왕으로 선출되어 왕관을 쓰고 부하들을 임명하고자 기다리고 있었는데, 아무도 오지 않자 왠지 불안해졌습니다. 아내를 시켜 무슨 일인지 알아보라고 했는데, 한참 후 아내가 돌아오자 물었습니다.

“무슨 일이요. 대체 뭐하느라 모두들 왕의 대관식에 지체한단 것이오?”

올빼미 아내가 시무룩한 음성으로 대답했습니다.

"당신이 선하지 않아 왕으로 선택하면 안 된다고 까마귀가 다른 새들을 꼬드겨 그 때문에 새들이 모두 흩어졌습니다. 당신의 대관식은 취소되었습니다."

아내의 말을 들은 올빼미는 머리끝까지 화가 나서 새들이 모여 있었다는 곳으로 날아갔습니다.

그곳에는 이미 다른 새들은 모두 사라졌고, 까마귀만 남아 있었습니다.

"이 나쁜 까마귀 녀석, 내가 너에게 악한 일을 하지 않았는데도 나를 모함하다니 용서할 수 없다. 오늘 너 때문에 대관식을 망쳤으니 오늘부터 나는 까마귀들을 원수로 여길 것이다. 몸에 난 상처는 시간이 지나면 치유되지만 마음에 남은 상처는 치유되기 어렵다. 나중에 그대들의 족속이 야밤에 해를 당한다 해도 그대가 자처한 일로 비롯되었으니 원망하지 말거라."

말을 마친 올빼미가 아내를 데리고 깊은 골짜기로 날아갔습니다.

올빼미가 화를 내며 떠난 뒤 숲에 혼자 남은 까마귀는 중얼거렸습니다. '아! 내가 무슨 짓을 한 거지? 그들에게 좋은 지도자를 선택하는 일이 중요하다고 말하고 그만두었어야 하는데, 올빼미가 나쁘다고 했으니 나도 어리석구나. 상황과 맞지 않거나, 슬프게 하거나,

다른 이들에게 고통을 주는 말은 독약과 다름없지. 결국 내가 주제를 모르고 이야기에 취해서 쓸데없이 괜한 적을 만들고 말았어.'

까마귀는 자신의 말과 행동으로 인해 닥쳐올 불행을 걱정하면서 그곳을 떠났습니다.

4. 생존을 위한 까마귀들의 작전계획

까마귀 왕은 나이 많은 까마귀를 통해서 올빼미들이 왜 자신들을 공격하고 있는지 알게 되었습니다.

"그런 일이 있었단 말이요? 누구나 말을 잘하고 지혜롭다고 하나 상황을 잘 판단하지 못하면 오히려 자기에게 해가 되는 결과를 가져오지. 어쨌든 지금 우리에게 닥친 그 올빼미들의 공격에 어떻게 대처해야 가장 좋은 방법이겠소?"

왕의 물음에 나이 많은 까마귀가 말했습니다.

"판단의 자신이 없으면 이처럼 없는 것도 있는 것으로 있는 것도 없는 것으로 보일 수 있습니다. 우리 조상의 잘못으로 까마귀들이 올빼미들에게 해를 입고 있지요. 비록 늙었지만 나 역시 까마귀로 태어난 이상 동족의 희생을 지켜볼 수는 없습니다. 이미 당신의 참모들에게서 여러 가지 방법들이 나왔지만 우리는 이곳을 떠나지 않고 올빼미를 속여서 더 이상 우리에게 해를 끼치지 않도록 꾀를 내

야 합니다."

까마귀 왕이 눈을 빛내며 물었습니다.
"어떤 꾀를 말하는 것이오?"
그러자 늙은 까마귀가 대답했습니다.
"왕이여! 정찰 나간 까마귀들이 돌아오

면 분명히 올빼미들의 약점을 찾을 수 있

을 것입니다. 아무리 교활하고 강하다 할지라도 누구나 약점은 있
는 법입니다. 새로 들어온 이의 미약한 충성심과 아쉬운 이의 달콤
한 말, 아름다운 여자의 가짜눈물에 속는다는 말이 있듯이 모든 것
은 상황에 따라 바뀔 수 있습니다. 우리는 힘이 없고 올빼미들에게
약한 존재들입니다. 그래서 강한 적과 싸울 때는 그와 대적할 수 있
는 친구를 만들거나 적의 약점을 잡을 기회를 만들어야 합니다."

까마귀 왕이 고개를 끄덕이며 말했습니다.
"그대의 지혜로운 말이 옳다고 생각하오. 좀 더 구체적인 대응방
법을 말해보시오."

나이 많은 까마귀가 대답했습니다.
"왕이여! 약한 이들이 강한 상대와 맞설 때는 오직 단합된 힘만
이 무기입니다. 독을 품고 있는 코브라도 개미 떼에 밀려 자신의 굴

에서 쫓겨나기도 합니다. 허락하신다면 이제부터 제 계획을 말씀드
릴 테니 모두 잘 듣고 그대로 이행해주셔야만 합니다."

왕이 모여 있는 참모들을 둘러보며 말했습니다.
"우리의 생존이 걸린 중요한 시간이니 모두 그의 말을 잘 경청하
기로 합시다."

늙은 까마귀가 눈을 빛내며 말했습니다.
"모두 나를 인정해주니 고맙습니다. 그렇다면 흰 빈만 너 나를 믿
고 내 계획대로 해주시기를 바랍니다. 이미 여러분들이 말했던 작
전에 적을 속이는 방법을 추가했으면 합니다. 간단히 말하면 이 시
간 이후로 나를 동족을 배신한 까마귀로 매도해 주십시오. 우리가
적의 동태를 살피는 정탐꾼을 보내듯 저들도 우리를 감시하는 눈
이 있을 것입니다. 내가 왕의 배신자로 처벌받고 쫓겨났다는 것을
저들이 믿어야 하고, 나는 그들에게 몸을 의탁할 것입니다. 깃털을
뽑고 피를 조금 뿌려서 상처를 입고 겨우 탈출한 상태처럼 되어야
만 적들에게 자비심과 신뢰를 얻을 수 있을 것입니다. 물론 나는 저
들에게 당신을 욕하면서 이곳의 사정을 올빼미들에게 일러바칠 것
입니다."

나이 많은 까마귀가 여기까지 말하자, 왕의 참모들이 웅성거리기

시작했습니다.

"여러분들이 염려하는 것이 무엇인지 잘 알고 있습니다. 이곳의 상황을 저들이 알게 되면 큰일이라고 생각하겠지만, 이미 저들은 이곳의 상황을 잘 알고 있을 것입니다. 그렇지 않다면 지금까지 소리 없이 우리를 죽이고 잡아갈 수 없었겠지요. 큰 것을 얻으려면 작은 것을 내어주는 용기가 필요합니다. 부디 나의 희생으로 우리 동족의 생존이 지켜질 수 있기를 희망합니다. 내가 올빼미 둥지의 약점을 알려줄 때까지 참모들은 왕을 잘 지키며 견디기 바랍니다."

까마귀 왕이 말했습니다.

"이 계획은 이곳을 떠나지 않고 강한 적을 상대할 수 있는 우리 모두의 생각을 종합한 것으로 생각되오. 또한 자신을 희생하며 동족을 구하고자 하는 위대한 현자의 진정 어린 마음의 결과입니다. 우리 모두는 그 숭고한 정신이 훼손되지 않도록 그의 계획대로 시행하도록 합시다. 자! 그러면 이제부터 우리가 해야 할 일이 무엇이 오?”

왕이 늙은 까마귀를 돌아보며 묻자 나이 든 까마귀가 대답했습 니다.

“우선 우리들에게 내분이 일어났다는 것을 적이 알 수 있도록 큰 혼란을 일으켜야 합니다. 하지만 저들이 눈치를 채지 못하도록 치밀 해야 합니다. 여기 모인 참모들 이외에 다른 까마귀들이 알지 못하 게 해야 합니다. 내일 아침 역모가 일어나 왕위를 찬탈하려 했다는 구실을 만들어 저를 주동자로 몰아 내쫓으십시오. 그 다음부터는 제가 알아서 저들의 약점을 찾아내서 신호를 보낼 것입니다.”

나이 많은 까마귀의 계획보다 더 좋은 대안이 없다고 생각한 왕 이 말했습니다.

“모두 지혜로운 현자의 말에 따라 내일 아침 즉시 시행합시다.”

다음 날, 까마귀들이 사는 큰 반얀나무에서 까마귀들이 질러대 는 시끄러운 소리에 숲 전체가 울릴 정도였습니다. 낮에는 잠을 자 고 밤이 되어야 활동하는 올빼미에게는 낮 동안의 일들을 일러바 치고 목숨을 보호받는 생쥐가 있었습니다. 시끄러운 소리에 굴에서 나온 생쥐가 반얀나무 근처로 쪼르르 다가와 살펴보니, 마치 전쟁 이 난 것처럼 소란했습니다.

　남의 눈을 속이기 위한 가짜 싸움인데도 왕과 참모 이외에 다른 까마귀들은 모르는지라 치열한 전투를 방불케 했습니다. 잠시 후, 깃털이 빠진 채 축 늘어진 늙은 까마귀 한 마리를 왕의 부하들이 부리로 쪼아대며 왕에게 데려왔습니다.

　까마귀 왕이 말했습니다.
　"감히 왕의 자리를 넘보다니, 용서할 수 없으니 내가 저놈을 직접 처단하겠다."

　왕은 늙은 까마귀를 직접 쪼아대는 척하며 부리에 물고 있던 피를 머리와 가슴 부위에 적셨습니다.
　"역모를 꾸민 저놈이 주동자이니 본보기가 되도록 저기 보이는 바위 위에 올려두고 누구도 건들지 마라."

　까마귀들이 피투성이로 늘어진 늙은 까마귀를 바위 위에 올려두고 떠났습니다. 이 광경을 모두 지켜보던 생쥐가 바위 위로 쪼르르 달려와 살펴보니 아직 숨이 붙어 있는지 늙은 까마귀가 신음하고 있었습니다.

생쥐는 올빼미가 사는 절벽 밑으로 달려가 졸고 있는 문지기 올빼미에게 이 내용을 알렸습니다. 저녁이 되자 잠에서 깬 올빼미 둥지에서도 회의가 열리고 올빼미 왕이 말했습니다.

"우리의 정보원인 생쥐가 본 바로는 까마귀 둥지에서 반역이 일어나 한동안 소란했다고 하오. 보기 싫은 까마귀들을 모두 없앨 수 있는 기회일지도 모르니 모두 한번 가봅시다."

올빼미들이 반얀나무로 왔는데 까마귀들이 보이지 않았습니다. 대신 피투성이로 바위 위에 쓰러져 신음하는 늙은 끼마귀만 남아 있을 뿐이었습니다.

올빼미 왕이 다가가 발로 흔들자 늙은 까마귀가 눈을 떴습니다.
"어찌된 영문이냐? 네놈들 왕은 어디 있고 다들 어디로 갔느냐?"

늙은 까마귀가 숨을 헐떡이며 대답했습니다.
"우리의 왕은 올빼미들의 공격에 대해 더 이상 참을 수 없다며 보복하려 했습니다. 그래서 오늘 그들의 본부를 알아냈으니 전쟁을 하러 나가자고 했을 때 나는 반대를 했습니다. 우리는 올빼미들의 상대가 되지 않으니 그들과 화해하고 타협을 하자고 했지만, 그는 나를 올빼미들의 편이라면서 화를 내며 반역죄로 처벌하였습니다. 겨우 목숨이 붙어 있지만 이대로 죽고 싶지 않습니다."

올빼미 왕이 물었습니다.

"그렇단 말이지? 그렇다면 그대의 왕과 까마귀들이 지금 어디에 있다는 것이냐?"

늙은 까마귀가 대답했습니다.

"내가 정신을 잃어서 그들이 어디로 갔는지 확실히는 모르나 짐작되는 곳은 몇 군데 있습니다. 어쩌면 우리의 왕은  내일이라도 해가 뜨면 당신들의 본부를 공격할지도 모릅니다. 내가 회복할 수 있도록 도와주시면 나는 당신편이 되어 나를 내쫓은 왕에게 복수하고 싶습니다."

올빼미 왕은 참모들을 불러 까마귀들에게 일어난 경과를 설명하고 대책을 물었습니다.

"까마귀들이 드디어 우리와 싸우기로 결심을 한 것 같다. 하지만 반대자들이 있어 내분이 일어났고 그들이 지금 어디에 숨어 있는지 알 수 없다. 전쟁에 반대해서 심하게 부상당하고 쫓겨난 늙은 까마귀의 얘기를 들었는데 그들이 숨어 있는 곳을 아는 것 같다. 그대들의 의견은 어떠한가?"

첫 번째 참모가 말했습니다.

"왕이시여! 이렇게 된 이상 이번 기회에 까마귀들을 남김없이 없애야 합니다. 그들이 우리와 대적할 적들을 불러 모아 힘을 키우게 된다면 우리도 많은 피해를 감수해야 합니다. 누구나 기회는 여러 차례 찾아오지 않듯이 불필요한 싹은 처음부터 뿌리를 내리지 못하게 뽑아내야 합니다. 그리고 저 미심쩍은 늙은 까마귀도 주저하지 말고 죽이십시오. 제 생각에는 특별히 우리에게 도움이 되지 않을 것 같습니다. 늙은 거위의 말을 듣지 않았던 거위들과, 어리석은 농부의 이야기를 들어보시겠습니까?"

5. 지혜로운 늙은 거위

깊은 숲속에 커다란 나무 한 그루가 서 있었습니다. 이파리가 무성한 가지들은 마치 튼튼한 팔처럼 뻗어 그늘을 만들어 한 떼의 야생거위들이 보금자리를 삼아 살고 있었습니다.

거위들 중에 늙었지만 지혜로운 우두머리가 어느 날 나무 밑둥치에서 작은 덩굴 싹 하나가 자라고 있는 걸 보았습니다.

그는 다른 거위들에게 이 덩굴 싹에 대해서 얘기했습니다.

"이보게들, 저 덩굴 싹이 보이나? 지금 저것을 없애야 하네."

거위들은 아무렇지도 않은 듯 말했습니다.

"어르신, 보잘것없는 저 싹을 없앨 필요가 있나요? 대체 저게 무슨 해를 끼칠 수 있겠어요?"

우두머리 거위가 말했습니다.

"자네들이 잘 몰라서 하는 소릴세. 저 작은 덩굴 싹은 금방 자랄 것이라네. 이 나무를 타고 오르는 동안 점점 두꺼워지고 튼튼해질 거야."

지혜로운 늙은 우두머리가 설명을 해주었지만, 다른 거위들은 관심을 보이지 않았습니다.

"그래서요? 저렇게 작은 덩굴 싹이 우리한테 무슨 해를 끼친다는 말이지요?"

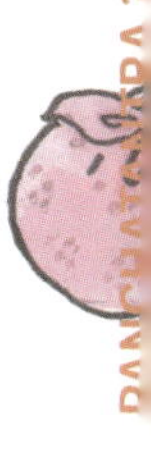

거위들의 물음에 늙은 우두머리 거위가 대답했습니다.

"자네들이 아직 잘 모르겠지만, 저 덩굴이 자라면 누군가가 이 나무에 오를 수도 있어. 사냥꾼이 올라와서 우리 모두를 잡아갈지도 모른단 말일세."

여전히 늙은 우두머리 거위의 말을 무시하며 다른 거위들이 말했습니다.

"그렇다 해도 서두를 건 없지요. 저 덩굴 싹은 아주 작아요. 급할 것 없잖아요.”

늙은 우두머리 거위는 답답한 마음에 마지막 충고를 했습니다.

“아직 어릴 때 싹을 없애야 하네. 지금처럼 저렇게 부드러울 때 쉽게 잘라낼 수 있지. 나중에 단단해지고 나면 자르기가 어려워진단 말일세.”

하지만 거위들은 알았다는 말만 하고 덩굴 싹을 없애지 않았습니다. 얼마 후, 덩굴은 점점 더 자라 나무를 감고 오르기 시작하였고 점점 굵어져서 밧줄처럼 튼튼해졌습니다.

어느 날 아침 거위들이 먹이를 찾아 떠났을 때, 사냥꾼이 거위들이 사는 나무 아래로 왔습니다. ‘그래, 저곳이 야생 거위들이 살고

있는 둥지로군. 그물을 놓아 어두워지면 붙잡을 수 있겠어.' 사냥꾼
은 혼자 중얼거리면서 덩굴을 붙잡고 나무에 올라 거위 둥지 근처
에 그물을 펼쳐 두었습니다.

저녁이 되어 거위들이 나무로 돌아와 둥지에 내려앉았을 때, 거
위들은 모두 그 그물에 걸리고 말았습니다.

"모두 그물에 걸렸어, 어떻게 하지?" 모두들 빠져나가려고 안간
힘을 썼지만 그물에 더 엉킬 뿐이었습니다. 그때 지혜로운 늙은 우
두머리 거위가 말했습니다.

"이제 와 소란들 피우지 말게. 오래전에 내가 자네들에게 덩굴
싹을 잘라 없애라고 말했는데도 자네들은 말을 듣지 않았지. 이제
사냥꾼이 돌아오면 우리 모두 붙잡힐 걸세."

그제야 거위들은 지혜로운 늙은 우두머리 말을 듣지 않았던 것
을 후회했습니다.

"저희들이 어리석었어요. 어르신의 말씀을 귀담아 듣지 않아 죄
송합니다. 제발 이제 어떻게 해야 할지 말씀해 주세요."

지혜로운 늙은 거위는 말없이 눈을 감고 있다가 입을 열었습니다.

"그럼 이번에는 내가 말하는 대로 할 텐가? 만약 이번에도 내 말
을 따르지 않으면 모두 죽을 수밖에 없네."

거위들이 모두 그러겠다고 대답하자, 지혜로운 늙은 우두머리 거위가 말했습니다.

"사냥꾼이 오거든 다들 죽은 척 꼼짝 않고 있어야 하네. 사냥꾼은 죽은 새들을 해치지 않고 하나씩 그물에서 빼내 나무 밑으로 던질 거야. 왜냐하면 나무에서 내려와 죽은 새들을 주워 담아 집으로 가져가면 쉽다고 생각할걸세. 마지막 한 마리까지 나무 아래로 던져졌을 때 모두 재빨리 도망치면 되는 걸세."

아침이 되자, 사냥꾼이 나무로 기어 올라와 그물에 걸린 거위들을 살펴보았습니다. '어? 거위들이 모두 죽었잖아. 아무래도 그물에 엉켜서 그런가보군.'

사냥꾼은 중얼거리며 거위들을 하나씩 그물에서 꺼내어 나무 밑

318

으로 던졌습니다. 마지막 거위가 던져질 때까지 한 마리도 먼저 도
망치지 않고 모두들 꼼짝 않고 바닥에 있었습니다. 사냥꾼이 덩굴
을 붙잡고 내려오는 동안 모든 거위들이 동시에 바닥에서 일어나
날개를 퍼덕이며 날아올랐습니다.

　사냥꾼은 죽은 줄 알았던 거위들이 날아가는 것을 멍하니 바라
볼 수밖에 없었습니다.

6. 농부와 코브라 뱀

어느 한 마을에 가난한 농부가 살고 있었는데, 그해 큰 기근이 들어 그가 재배한 농작물이 모두 시들었습니다. 비가 오지 않으니 농부는 달리 손을 쓸 수도 없이 한숨만 내쉴 뿐이었습니다.

그는 해만 쨍쨍한 하늘을 원망하면서 밭 가장자리에 서 있는 큰 나무의 그늘로 갔습니다. 그곳에서 농부는 커다랗게 솟아오른 흰개미집 기둥 아래에서 몸을 흔들고 있는 코브라 뱀을 보았습니다.

굴까지 침입한 흰 개미 떼에 쫓겨난 채 온몸에 달라붙어 물어뜯는 흰개미들을 털어내던 코브라 뱀이 농부의 눈에는 신기하게 보였습니다. 마치 성스런 흰 코브라가 춤을 추고 있는 모습처럼 보였기 때문입니다.

그는 이 춤추는 흰 코브라 뱀이 땅의 정령이라고 생각하며 두 손을 모으고 말했습니다.

"땅의 정령을 만날 수 있어서 영광입니다. 그동안 당신을 만나지 못해 인사를 드리지 못했습니다. 가뭄이 들어 먹을 것이 없지만 당신에게 뭐든지 바칠 것이니 부디 노여움을 푸시고 비를 내려 주십시오."

그리고 농부는 집으로 돌아가 그릇에 우유를 가득 채워서 돌아왔습니다.

그는 조심스레 흰개미 기둥 앞에 우유가 담긴 그릇을 놓고는 다시 두 손을 합장하고 기도했습니다.

"이 땅의 정령이시여! 나는 지금까지 내 조상의 땅에서 당신이 살고 계신지 몰랐습니다. 이제라도 알았으니 이 작은 공양을 드시고 노여움을 푸셔서 부디 풍요의 축복을 내려주십시오."

그 다음날 일찍 새 우유가 담긴 그릇을 들고 찾아오니 비어 있는 그릇에 작은 금덩이 한 개가 들어 있는 것을 발견했습니다. 농부는 깜짝 놀라 땅의 정령께서 축복을 주었다고 생각하며 개미 기둥에 절하고 또 절을 했습니다. 이후 그는 매일 새벽마다 우유를 담은 그릇을 개미 기둥 앞에 두면서 금을 모았습니다.

어느 날, 농부는 모은 금덩이를 바꾸어 시장을 보기 위해 도시로 나가면서 아들에게 밭에 있는 나무 아래 흰개미 기둥 앞에 우유를 대신 가져다 놓으라고 했습니다. 아들이 우유를 담은 그릇을 가지고 밭에 있는 개미 기둥 앞으로 가보니 빈 그릇에 작은 금덩이가 눈에 보였습니다. 아들에게는 분주하게 위 아래로 오르내리는 개미들이 모두 금으로 보였습니다. 그때 굴속에서 온몸에 흰개미를 달고서 코브라 뱀이 나왔습니다.

아들이 생각하기를, '저 금덩이를 도둑질하고 있는 나쁜 뱀이 있었구나. 그러면 안 되지. 내가 저 도둑 뱀을 죽이면 매일 작은 금덩이를 모을 필요가 없을 거야.' 아들은 주변을 두리번거리다가 마른 나뭇가지를 찾아내어 온몸을 흔들고 있는 코브라 뱀을 내리쳤습니다. 그러나 뱀은 빠르게 몸을 피하며 오히려 아들의 발끝을 물었습니다.

다음 날, 농부가 집에 돌아오니 아들이 뱀에게 물려 죽어 있었습니다. 농부는 슬퍼하며 아들을 화장한 후 우유 그릇을 들고 개미 기둥으로 찾아왔습니다.

"땅의 정령이시여! 매일 당신께 우유공양을 올리면서 축복을 내

려달라고 기도했는데, 어찌하여 아들
을 죽이셨습니까? 말 좀 해보
십시오."

　　하지만 뱀은 굴에서 나
오지 않고 힘없이 말했습니다.
　　"나는 땅의 정령도 신도 아
니다. 내가 그동안 그대의 땅에 머물고 있던 것은 사실이다. 매일 흰
개미들에게 시달리며 다른 곳으로 떠날 수 있었지만, 나는 땅을 지
키라는 벌을 받아 환생한 그대의 조상이기에 떠날 수 없었다. 그대
가 우유 그릇을 놓아두면 개미들이 내 몸에서 떨어져 우유를 마시
러 가니 그때만이라도 괴로움을 벗어날 수 있었다. 다행히 이 땅 아
래에는 금맥이 있어 조금씩 뜯어서 내가 빈 우유 그릇에 담아 보답
을 했던 것이다. 그런데도 그대의 아들은 욕심을 부려 생명을 해치
려 하였고, 그대 또한 아들을 잃고 슬퍼해야 할 시간에 이유도 모
른 채 내게 따지러 이곳으로 왔구나. 욕심과 어리석음이 끝이 없으
니 이제는 내 도움도 필요가 없을 것 같다. 어젯밤 후손을 물어 죽
인 죄를 또 저질러서 스스로 그 벌을 달게 받아 내 독니가 빠지면서
큰 금덩이 하나를 캤다. 내 마지막 선물이니 더 이상 욕심내지 말고
이웃과 조상들을 생각하면서 성실하게 살도록 해라. 나는 참회하며
이 굴을 벗어나지 않고 개미들의 밥이 될 것이다."

　　세 번째 이야기보따리, 전쟁을 치르는 과정에서의 교훈　323

자초지종을 모두 들은 농부는 자신의 어리석음과 뱀으로 환생하여 자신을 도우려 했던 조상에게 미안하여 오래도록 흰 개미굴을 떠나지 못하고 울었습니다.

지혜로운 늙은 거위와 농부의 이야기를 마친 첫 번째 참모가 한 마디 더 이었습니다.

"한번 배신을 당한 이의 마음을 돌리기는 매우 어렵다는 말이 있습니다. 따라서 저 늙은 까마귀 역시 또 다시 배신을 할 수 있으니 살려둘 필요가 없습니다."

올빼미 왕이 말없이 고개를 끄덕이자 두 번째 올빼미 참모가 말했습니다.

"왕이시여! 농부와 뱀의 이야기가 교훈을 주는 내용이긴 하나 배신을 할 것 같으니 늙은 까마귀를 죽여야 한다는 말에는 동의할 수 없습니다. 도움이 필요한 이의 요청을 거절하고 도리어 해친다는 것은 매우 잔혹한 처사이기 때문입니다. 사냥꾼에게 오히려 피난처를 제공하고 자기를 희생한 위대한 비둘기의 이야기가 있습니다. 들어

보시겠습니까?”

　올빼미 왕은 두 번째 참모에게 어떤 내용의 이야기인지 말해보라고 했습니다.

7. 사냥꾼과 비둘기

아주 옛날, 울창한 숲으로 우거진 오두막에 혼자 사는 사냥꾼이 있었습니다. 그는 가까운 친척도, 친구도, 가족도 없는 외톨이였습니다. 무료함을 달래고 먹고 살아야 하기 때문에 그는 언제나 막대기와 그물을 들고 닥치는 대로 동물들을 사냥했습니다.

어느 날, 사냥을 나섰지만 어떤 동물도 잡을 수 없었습니다. 그는 예전에 쳐둔 그물을 살피러 더 깊은 숲으로 갔는데 다행히 암컷 비둘기 한 마리가 그물에 걸려 있었습니다. 사냥꾼이 기쁜 마음에 그물을 움켜쥐고 오두막으로 돌아오는데, 갑자기 하늘이 컴컴해지면서 앞이 보이지 않을 정도로 비가 내리기 시작했습니다.

그는 어두운 빗속에서 길을 잃고 헤매다 그만 바위에 부딪혀 다리를 크게 다치고 말았습니다. 상처 난 다리를 질질 끌며 비를 피할 곳을 찾다가 큰 반얀나무 아래에서 비를 피할 수 있었습니다.

얼마 후 비가 그치고 별들이 보일 만큼 하늘이 밝아졌지만 비에 젖은 사냥꾼은 상처 난 다리가 부어올라 움직일 수 없었습니다.

'아! 너무 배가 고프다. 누군가 먹을 것을 좀 나눠 주었으면 좋을 텐데. 하루 종일 아무것도 먹지 못해 너무 배가 고프고 춥고 아파서 정신을 잃을 것 같아. 하지만 이 깊은 숲에 누가 있어 나를 구해줄까?'

사냥꾼이 서럽게 울며 소리치자 나무 위 둥지에서 먹이를 찾으러 나간 아내를 초초하게 기다리던 수컷 비둘기가 그 소리를 들었습니다.

수컷 비둘기는 비바람을 맞고 있을 아내를 걱정하면서 기도했습니다.

"서로를 존중하고 사랑하는 이와 함께 살아가는 것은 정말 행복합니다. 나에게 아내 없는 집은 그냥 숲의 일부일 뿐입니다. 아내가 무사히 집으로 돌아오기를 기도합니다."

사냥꾼의 그물에 걸려 있는 암컷 비둘기는 남편의 구슬픈 울음

소리를 듣고 행복했습니다. 그래서 나무 위에 있는 남편에게 말했습니다.

"당신이 나를 그토록 생각하고 있는지 몰랐습니다. 비록 내가 사냥꾼의 그물에 잡혀 있지만 나는 결코 불행하지 않습니다. 나를 위해 기도해주는 당신의 목소리에 슬프지 않습니다. 부탁이 있는데 들어주겠는지요?"

아래쪽에서 들려오는 아내의 말에 수컷 비둘기가 내려다보니 부상당한 사냥꾼과 그물에 붙잡힌 아내가 보였습니다. 수컷 비둘기는 깜짝 놀라며 물었습니다.

"도대체 어찌된 일이고, 또 어떤 부탁이오?"

암컷 비둘기가 말했습니다.

"세상의 이치가 약자는 강자에게 희생을 당하게 되어 있습니다. 제가 부주의하여 사냥꾼에게 잡힌 것도 운명이지요. 당신은 어차피 이 그물을 풀어 나를 구하지 못합니다. 하지만 지금 이곳에서 추위와 부상을 입어 죽어가는 사냥꾼을 도울 수는 있을 것입니다. 성인들이 말하기를, 도움이 필요하여 자기 집으로 찾아오는 생명을 외면하면 안 된다고 했습니다. 지금의 생애만 있는 것이 아니라면 더 나은 생애를 위해 헌신할 수 있어야 합니다. 당신은 나를 붙잡은 이 사냥꾼을 미워하지 마십시오. 그는 사냥꾼으로 자기의 본분을 다 했을 뿐이고, 지금은 아무것도 먹지 못하여 굶주리고 크게 다쳐서 죽어가고 있습니다."

아내의 말에 수컷 비둘기가 '구구' 소리를 내며 울었습니다. 그리고는 비에 젖지 않은 마른풀과 마른 나뭇가지들을 물어와 사냥꾼 옆에 쌓았습니다. 푸득거리는 날갯짓 소리와 '구구구' 하는 울음소리에 잠시 정신이 든 사냥꾼은 눈앞에 마른 풀과 나무가 수북이 쌓여있는 것을 보고 부싯돌을 꺼내 조심스레 불을 피웠습니다. 하지만 축축하게 젖은 땅위에 불을 피우려니 자꾸만 불씨가 잦아들었습니다.

추위가 몰려와 덜덜 떨고 있는데 다시 푸득거리는 날갯짓 소리에 정신이 들었습니다. 비둘기 한마리가 날개로 열심히 바람을 일으켜 불을 피우고 있었습니다. 사냥꾼이 자기가 헛것을 보고 있는 건가 의심을 하고 있을 때, 그 비

둘기는 잠시 흩어진 그물을 쳐다보고 사냥꾼을 바라보더니 갑자기
불속으로 뛰어들었습니다.

　사냥꾼은 깜짝 놀라서 불타고 있는 비둘기를 불속에서 허겁지겁
꺼냈습니다. 평소라면 배가 고파 이미 알맞게 구워진 비둘기 고기
를 맛있게 먹었을 것이지만, 가슴 한쪽에서 울컥하는 마음에 눈물
이 핑 돌았습니다. '아! 내가 그동안 비둘기는 그저 얼마나 하찮은
사냥감이라고 생각했던가? 이 새도 도움을 청하는 내 기도를 듣고
자신을 희생해가며 집에 찾아온 손님을 대접하거늘, 나는 지금까지
누구를 위해 손을 내밀어 잡아준 적이 있었던가? 지금까지의 내 삶
이 부질없고 어리석었구나. 이 비둘기의 죽음은 전적으로 나의 책
임이니 이제부터라도 그의 더 나은 환생을 위해 금식하며 수행을
해야겠다.'

　사냥꾼은 그물에 걸려 있는 암컷 비둘기를
풀어주고는 그 자리에서 정좌의 자세를 취
하고 아무것도 먹지 않고 깊은 명상에
잠겼습니다. 그 후로 바람도 비도,
추위나 햇볕도 그의 고요한 명상
을 방해하지 못했습니다. 그는 깊
은 참회와 반성으로 몸과 마음을 정화

하여 성자가 되었습니다.

암컷 비둘기는 남편이 자신의 말에 따라 사냥꾼을 위해 헌신하고 희생하는 모습을 지켜보았습니다. 그리고 자기를 그토록 아끼는 남편 없는 세상을 더 이상 살 수 없어 남편이 몸을 던진 불에 뛰어들었습니다. 비둘기 부부는 천상에서 조우하였고, 신들에게 숭고한 희생정신이 높게 평가되어 인간의 모습으로 세상에 태어나 다시 부부가 되어 행복하게 살았습니다.

두 번째 참모가 도움을 청하는 이를 거절하지 않은 비둘기의 희생이 어떤 결과를 가져오는지에 대한 긴 이야기를 마쳤습니다.

세 번째 참모가 말했습니다.

"왕이시여! 좋은 이야기입니다. 하지만 과연 선한 의지가 반드시 좋은 결과를 가져온다고 누가 장담할 수 있습니까? 그렇지만 저도 늙은 까마귀는 살려둬야 한다고 생각합니다. 분명히 우리를 대적하려는 까마귀들의 정보에 관해 유용한 이야기를 들을 수 있을 것입니다. 도둑조차도 노인을 도울 수 있다는 이야기처럼 말입니다."

올빼미 왕이 매우 궁금한 표정으로 말했습니다.
"어떤 내용인지 듣고 싶으니 이야기를 해보시게."

8. 노인의 젊은 아내와 도둑

어느 도시에 부유한 늙은 상인이 있었는데, 아내를 잃고 홀로 외롭게 살고 있었습니다. 더 이상 혼자 살기가 힘들어서 가난한 상인의 어린 딸을 돈을 많이 주고 데려와 결혼했습니다. 하지만 나이 어린 신부는 늙은 남편이 싫어서 좀처럼 가까이 다가서지 않았습니다. 침실에서도 늙은 남편과 따로 떨어져 큰 침대의 끝자락에서 잠을 잤습니다.

그러던 어느 날, 집안에 도둑이 들었습니다. 집안을 뒤지는 부스럭거리는 소리에 신부가 눈을 뜨고 보니, 침실의 옷장을 뒤지는 도둑이 보였습니다.

어린 신부는 도둑이 자기를 보고 해치지 않을까 두려워 코를 골며 잠들어 있는 남편을 꼭 끌어안았습니다. 평소에 하지 않던 신부의 행동에 상인이 잠에서 깨자, 도둑이 놀라 구석에 숨었습니다. 상인은 곧 도둑을 발견하였고, 신부가 도둑이 두려워 자기를 껴안았다는 사실을 알았습니다.

상인이 도둑에게 말했습니다.

"두려워 말게, 자네는 오늘 신부가 나에게 가까이 오는 행운을 주었다네. 그래서 지금 기분이 매우 좋으니 자네가 원하는 것이 있으면 마음대로 가져가게나."

도둑이 머뭇거리며 말했습니다.

"죄송합니다. 어르신, 제가 너무 가난해서 도둑질을 했지만 도둑을 붙잡아 벌주지 않고 어르신처럼 따듯하게 대해준 사람을 본 적은 없었습니다. 제가 비록 도둑이지만 어르신의 호의에 귀한 재산을 가져가지는 못하겠습니다. 아침에 다시 찾아오겠으니 혹시라도 버리실 물건이 있어 밖에 내어두신다면 그때 가져가겠습니다."

도둑 때문에 늙은 상인은 어린 신부를 품에 안게 되었고, 도둑은 벌을 받지 않고 물건을 가져갈 수 있었습니다.

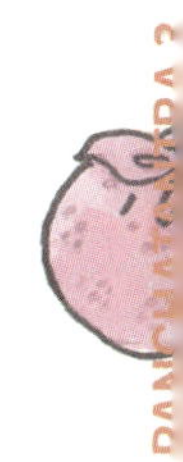

세 번째 참모가 짧은 이야기를 마치면서 부연하기를,

"도둑조차도 누군가를 위해 좋은 일을 했는데 우리에게 도움을 줄 수 있는 늙은 까마귀를 왜 죽여야 합니까? 아마도 원망이 많은 그에게서 적의 약점에 대한 유용한 정보를 들을 수 있을 것입니다."

네 번째 참모가 말했습니다.

"왕이시여! 저 늙은 까마귀를 어떻게 해야 할 것인지 결정하시기 전에 저도 한 가지 이야기를 해보겠습니다."

왕이 물었습니다.

"어떤 이야기인가?"

네 번째 참모가 말했습니다.

"어려운 처지에서는 상황을 잘 파악해야 합니다. 마치 도둑과 저 승사자의 다툼으로 사제와 송아지가 목숨을 구할 수 있었던 이야기와 같습니다. 힘이 비슷한 이들의 싸움으로 엉뚱한 이들이 이익을 얻을 수 있습니다."

9. 수도승과 도둑 그리고 저승사자

작은 마을에 가난한 수도승이 있었는데, 그는 너무 가난해서 좋은 옷도, 장신품도, 먹을 것도 늘 부족하게 생활했습니다. 그런 상태로 춥거나 더울 때도 늘 거의 벌거벗은 모습으로 수행을 하고 있어 몸이 극도로 쇠약해졌습니다.

마을의 부자가 그를 불쌍하게 생각하여 송아지 한 마리를 주었습니다. 수도승은 감사하는 마음으로 송아지에게 좋은 풀을 먹이면서 돌보았습니다.

도둑 한 사람이 수도승이 기르는 살이 오른 송아지에 눈독을 들이고 어떻게든 훔치기로 마음먹었습니다.

밤이 되어 수도승이 매어둔 송아지에게 살금살금 다가가고 있는데 갑자기 누군가 막아섰습니다. 눈알이 왕방울처럼 크고 둥글넓적

한 코에다 뽀족한 송곳니를 드러낸 털복숭이 괴물이 그의 앞
에 서 있었습니다.

　그 흉측한 모습에 도둑은 더럭 겁이
났지만 버티고 선 채 물었습니다.
　"자네는 누군가?"
　괴물이 대답했습니다.
　"나는 저승사자다. 수도승의
명이 다해서 데려가려고 왔는데 그대는 누구인가?"
　도둑이 대답했습니다.
　"나는 가난한 도둑인데 마침 수도승이 먹지도 않을 송아지를 키
우고 있어서 내가 데려가려고 왔소."
　둘은 수도승의 집으로 가서 그가 잠들기를 기다렸습니다.

　수도승이 잠이 들자, 저승사자가 그를 잡아가려고 다가가자 도둑
이 말렸습니다.
　"이보시오. 지금 당신이 수도승을 잡아간다면 아마도 그가 저
항하거나 소리를 칠 것이고, 그러면 송아지가 놀라 도망칠지도 모
르오. 그러니 내가 송아지를 데리고 나오기 전까지 여기서 기다리
시오."

저승사자가 얼굴을 찌푸리며 말했습니다.

"어리석구나! 수도승이 잠이 들었는데 송아지를 데리고 나온다면 목에 달린 방울 소리에 그가 잠에서 깰 것이고 우리는 헛수고를 하게 될 거야. 그러니 내가 먼저 들어가야 해."

하지만 도둑도 지지 않고 송아지를 먼저 훔쳐야 된다고 맞서면서 옥신각신 다툼이 벌어졌습니다.

깜박 잠이 들었던 수도승이 문 앞에서 다투는 소리에 잠에서 깨어 문을 열었습니다.

"그대들은 누구인데 내 집 앞에서 이처럼 소란을 일으키고 있는 것이오?"

그러자 도둑이 소리쳤습니다.

"마침 잘 나오셨소. 이 저승사자가 잠든 당신의 목숨을 노리고 있소."

그러자 저승사자도 일이 틀어져 화가 났는지 도둑을 가리키며 말했습니다.

"이놈은 도둑인데 그대가 기르고 있는 송아지를 훔치려 왔다 하오."

그들의 말을 들은 수도승이 껄껄 웃으며 말했습니다.

"필요하면 가져가시오. 하지만 그대들은 자기
의 것이 아닌 것을 마치 그대들의 것처
럼 함부로 말하고 있소. 내가 종을 쳐
서 그대들의 뜻을 알릴 테니 타당하
다면 그대들의 뜻에 따르기로 하지."

말을 마친 수도승이 문 앞에 매달
린 종을 치자 종소리를 듣고 마을 사람들이 모여들었습니다. 그러
자 도둑과 저승사자는 뒷걸음으로 부리나케 도망쳤습니다.

네 번째 참모가 이야기를 마치면서 자신의 의견을 말했습니다.

"적과 적이 서로 싸우면 다른 이가 이익을 얻을 수 있습니다. 그
러니 늙은 까마귀를 살려두어서 우리에게 협력하도록 한다면 우리
에게 이익입니다. 왕이시여! 아무리 잘났다 해도 서로 양보하고 협
조를 해야만 좋은 결과를 가져올 수 있습니다. 그렇지 않으면 머리
둘 달린 뱀처럼 멸망할 뿐입니다."

왕이 되물었습니다.

"그건 또 어떤 이야기요?

10. 머리 둘 달린 뱀과 공주

아주 옛날에 한 나라의 왕이 늦게 아들을 두었는데, 왕자는 태어날 때부터 허약하여 왕의 근심이었습니다. 유명하다는 명의들을 불러 진찰을 했지만, 뚜렷한 병명을 찾지 못했습니다.

그러던 어느 날, 한 떠돌이 수행자가 왕자의 모습을 보고는 전생의 저주로 왕자의 몸에 뱀의 기운이 깃들어 있으니 사원에 가서 수행을 해야 한다고 말했습니다. 왕은 그의 말을 믿지 않았지만, 정작

왕자는 자신이 가진 업보라면 풀어야 한다면서 왕궁을 떠났습니다.

이곳저곳을 떠돌며 구걸 수행자로 살아가던 왕자는 어느 나라의 버려진 사원을 발견했습니다. 아무도 없는 사원에 들어가 깨끗하게 청소를 하고 그곳에서 명상을 하며 수행을 했습니다. 낮에는 시장과 마을을 돌며 구걸을 하고 밤이 되면 사원으로 돌아와 깊은 명상에 잠겼습니다.

이 사원이 있는 나라의 왕에게는 아름다운 두 공주가 있었는데, 아침마다 아버지의 품으로 뛰어들어 문안 인사를 했습니다. 두 딸은 전통에 따라 아버지인 왕에게 아침 인사말을 건넸습니다.

첫째 공주가 늘상 하던 대로 말했습니다.
"이 땅의 지배자! 왕에게 승리와 축복을! 우리는 행복합니다."
두 번째 공주가 말했습니다.
"언젠가 죽음이 당신의 목숨을 거둘 때까지 선한 행위를 해야 합니다."

느닷없는 둘째 딸의 아침 인사말에 왕은 매우 화가 났습니다.

"어디서 그런 말을 들었느냐?"

둘째 딸이 대답했습니다.

"네, 어느 사원을 지나는데 누군가 그런 경전을 읽고 있어서 좋은 구절이라 생각해서 아버지께 말씀드렸습니다."

어린 둘째딸의 대답에도 화가 풀리지 않은 왕이 소리쳤습니다.

"바보 같으니, 아무리 좋은 말이라도 감히 왕에게 할 말은 아니란 것을 몰랐단 말이냐? 꼴도 보기 싫으니 썩 물러가라. 그리고 그 말을 들었다는 사원의 수행자와 결혼을 시켜줄 것이다."

왕은 부하들에게 명령하여 공주가 경전을 들었다는 허름한 변두리 사원을 찾았습니다. 그리고 그곳에서 거지 수행자로 살아가는 허약한 이웃나라 왕자와 강제로 결혼을 시켰습니다. 꽃을 든 하객도 제대로 된 예복도 없이 허름한 옷을 서로 묶고 손을 맞잡은 것으로 초라한 결혼식을 치른 후 왕의 부하들이 돌아갔습니다.

공주는 비록 허약한

몰골의 수행자였지만 몸에서 풍기는 귀티가 남다른 왕자가 마음에 들었습니다.

어느 날, 공주가 왕자에게 말했습니다.

"나는 당신이 어디에서 온 수행자인지 잘 모릅니다. 나는 당신이 읽고 있던 경전의 글귀를 아버지께 말씀드린 탓에 미움을 받아 쫓겨났습니다. 하지만 그 일에 대해 후회하지 않고 오히려 당신을 만날 수 있어서 행복합니다. 하지만 언젠가 자존심이 강하신 아버지의 마음이 변해서 우리를 해치려 할지도 모릅니다. 제가 밉지 않다면 이 사원을 떠나 다른 나라로 저를 데려가 줄 수는 없나요?"

공주의 초롱초롱한 눈망울을 바라보던 왕자가 머리를 끄덕였습니다. 그들은 사원을 나서 여러 나라와 도시를 여행했습니다. 여행에 지친 그들은 어느 도시 근처의 호수 부근에 오두막을 짓고 잠시 머물기로 했습니다. 점심 무렵 공주는 시장으로 찬거리를 구하러 나갔다 돌아와서 놀라운 광경을 목격했습니다. 오두막을 다 짓고 잠시 낮잠을 자고 있는 남편의 머리 위에 뱀 한 마리가 똬리를 틀고 앉아 있던 것입니다.

그 뱀은 왕자의 몸에 깃들어 있다가 오랜만에 신선한 바깥의 공기를 쐬러 나와 있던 것이었습니다. 그 뱀은 머리가 둘이 달려 있었는데, 서로 언쟁을 벌이고 있는 중이었습니다. 왕자에게 다가가던 공주는 나무 뒤에 숨어서 이들의 이야기를 들었습니다.

뱀의 머리 한쪽이 말했습니다.
"이 나쁜 녀석! 너는 왜 아무 잘못도 없는 왕자에게 들러붙어서 그를 괴롭히는 거냐?"
그러자 다른 한쪽 머리가 비웃으며 말했습니다.
"몰라서 물어? 전생에 이 왕자 녀석이 던진 돌멩이에 머리가 깨져 죽어서 복수하려고 그런다. 그런데 너는 왜 나한테 붙어서 떨어지지 않는 거야?"

그 말을 들은 다른 한쪽 머리가 대답했습니다.
"흥! 나는 말이야. 네 녀석이 남김없이 삼킨 생쥐 가족의 원혼이다. 도저히 참을 수 없어서 네 녀석의 몸에 복수하러 왔지. 죽을 때까지 네놈이 하는 못된 짓을 다 지켜볼 거야."

그러자 다른 머리 한쪽이 말했습니다.

“흥! 내가 죽을 때까지 지켜본다고? 나는 이 왕자 녀석이 죽기 전에는 죽지 않아. 이 왕자 녀석이 지금처럼 맛없는 죽이나 먹지 않고 뜨거운 우유에다 겨자를 타서 먹는다면 또 모르지만 거지 수행자 주제에 그럴 일은 없지.”

다른 한쪽의 머리가 화난 목소리로 말했습니다.

“자만하지 마라. 언젠가 네놈도 때가 되면 남을 괴롭힌 대가를 받을 거니까.”

다른 한쪽 머리가 비웃으며 말했습니다.

“아무려면 어때? 내가 죽으면 귀찮은 네 녀석도 같이 죽을 텐데.”

그 말을 들은 다른 한쪽 머리가 마치 엿듣고 있는 공주에게 들으

라는 듯이 크게 소리쳤습니다.

"이 나쁜 녀석, 그 정도 괴롭혔으면 복수할 만큼 한 것 아닌가? 이제 그만 물러갈 때도 된 것 같은데, 나도 이제 네놈과 같이 있는 것이 너무 지겹거든. 시장에 간 공주가 뜨거운 우유에다가 겨자를 타서 가져오면 좋겠는데 말이야."

나무 그늘에서 두 개의 머리가 싸우는 이야기를 들은 공주는 시장으로 다시 가서 뜨거운 우유와 겨자를 얻어서 잠든 왕자의 입에 흘려 넣었습니다. 왕자에게 깃들어 있던 머리가 두 개 달린 뱀이 죽자 왕자는 허약하고 꾀죄죄한 몸꼴에서 씩씩하고 잘생긴 건강한 보습이 되었습니다. 두 사람은 기뻐하며 왕자가 떠났던 왕국으로 돌아가 행복하게 살았습니다.

네 번째 참모의 이야기를 다 듣고 난 올빼미 왕은 늙은 까마귀를 살려주겠다고 말했습니다. 그러자 늙은 까마귀를 살려줘서는 안 된다고 반대했던 첫 번째 참모가 크게 낙심하며 말했습니다.

"참모들이 잘못된 조언으로 왕의 판단을 어지럽혔으니 행여 나쁜 결과를 가져온다 해도 이제는 어쩔 수 없습니다."

첫 번째 참모의 경고를 무시한 채 올빼미 왕은 부상당한 늙은 까마귀를 자신들의 둥지에 데려갔습니다.

올빼미 둥지로 가는 도중에 늙은 까마귀가 왕에게 말했습니다.

"왕이여! 지금 나를 어디로 데려가십니까? 나는 당신들의 둥지에서 아무 도움도 되지 못합니다. 나를 절벽에서 떨어뜨려 죽게 해주십시오."

그 말을 들은 첫 번째 참모가 물었습니다.

"아까는 살려준다면 복수하겠다더니 갑자기 마음이 바뀐 이유가 무엇인가?"

늙은 까마귀가 힘없이 대답했습니다.

"당신의 궁금증을 풀어주기 위해 내가 살고 죽을 필요는 없지요. 나는 그저 까마귀로 태어나 왕에게 버림받은 것이 억울하고 슬플 뿐입니다."

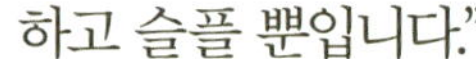

첫 번째 참모가 말했습니다.

"그대는 참 거짓말을 그럴 듯하게 하는 재주가 있구나. 아마도 그대는 나중에 올빼미로 태어난다 해도 여전히 까마귀의 습성을 버리지 못할 것이야."

둘의 대화를 듣고 있던 올빼미 왕이 물었습니다.

“그건 무슨 말인가? 올빼미로 태어나도 까마귀 습성을 버리지 못한다니?”

첫 번째 참모가 대답했습니다.
“왕이시여! 생쥐로 태어났지만 수행자의 도력으로 사람의 모습으로 바뀌었는데도 결국 생쥐에게 시집을 간 처녀의 이야기를 듣지 못하셨는지요?”

왕이 말했습니다.
“흠! 그거 흥미로운 이야기 같구려. 한번 말해보시오.”

11. 수행자와 매

경전의 가르침에 충실하게 따르는 수행자가 매일 아침 강에서 목욕을 하고 있었습니다. 그가 태양을 찬양하는 경전을 낭송하며 하늘을 바라보고 있을 때, 생쥐 한 마리를 발톱으로 움켜쥔 채 날아가는 매를 보았습니다. 수행자는 생쥐에게 연민을 느껴 강바닥에서 돌멩이를 주어 하늘로 던졌습니다. 돌멩이에 맞은 매는 생쥐를 놓쳤고, 강물에 떨어진 생쥐는 재빠르게 수행자에게 다가와 보호를 요청했습니다.

매가 땅에 내려와 바닥에 펼쳐진 경전 위에 서서 수행자에게 말했습니다.

"수행자시여! 당신은 어찌하여 내게 돌멩이를 던졌습니까? 당신은 신을 두려워하지 않으십니까?”

매가 따지듯 말하자 수행자는 근엄한 목소리로 타이르듯 말했습니다.

“무릇 모든 생명은 소중하다네. 그대가 생쥐를 죽이려 하지 않았는가? 나는 불쌍한 생쥐를 구해주고 싶었고, 그는 나에게 보호를 요청해서 나는 그것을 들어주고 있을 뿐이네. 신이 창조한 약한 생명을 보호하고 신의 뜻을 따르며 경배드리는 것이 수행자의 본분이라네.”

그러자 매가 말했습니다.

“당신이 매일 외우시는 이 경전의 가르침인가요? 하지만 당신은 왜 나와는 아무런 관련 없는 행위를 하라고 설교하십니까?”

매가 항의하는 말을 듣고 있던 수행자가 물었습니다.

“경전의 가르침이 잘못된 것이란 말인가? 그리고 그대는 왜 아무런 관련이 없다고 하는 것인가?”

매가 대답했습니다.

“당신은 선한 것과 나쁜 것을 잘못 알고 있습니다. 당신의 경전은 사람에게는 맞을지 모르나 자연의 이치에서는 맞지 않습니다. 신께서 우리 모두를 다양한 모습으로 세상에 살아가게 했습니다. 이 대

자연에서 약하고 강한 이치를
만들어서 먹고 살아가게 했습니
다. 매로 태어난 우리는 쥐나 새,
곤충들을 먹어야 살 수 있습니
다. 왜 내가 창조신이 허락하신
먹이를 찾는 일에 방해를 하십
니까? 당신은 수행자이면서 신
을 부정하시는지요?”

　수행자가 반박할 대답을 찾지 못하고 망설이자 매가 계속 말을
이었습니다.

　“생각해 보십시오. 매가 쥐를 먹이로 삼는 일이 잘못되고 비난받
아야 하는 일입니까? 당신은 부지런히 먹이를 구해서 가족에게 날
아가는 저를 돌멩이를 던져 상처를 입혔습니다. 만약 그런 행위가
수행자로서 지켜야 할 본분으로 생각하신다면 당신의 수행은 잘못
된 것입니다. 어떤 생명이든지 신이 허락한 것을 먹는다면 잘못된
것이 아닙니다. 잘못된 것은 신이 허락하지 않은 것을 욕심낼 때입
니다. 그것은 동물들에게는 없습니다. 오히려 사람만이 불필요하게
모으거나 필요이상의 욕심을 부리지요.”

　수행자는 매의 논리정연한 말에 여전히 반박할 만한 말을 찾아내지 못했습니다.

"그래! 내가 잘못 생각했구나. 하지만 나에게 보호를 요청한 이 작은 생명도 소중하니 오늘은 내어줄 수가 없구나."

매가 말했습니다.

"알겠습니다. 당신의 선한 마음을 모르는 바는 아니지만 한 말씀만 더 드리겠습니다. 수행자는 본디 육식을 하지 않으며 채소로 만든 죽만을 먹는다고 들었습니다. 그렇다 해도 세상에서 일어나는 모든 일에 다 관여할 수 있는 허락을 누구에게서도 얻지 못했습니다. 수행자는 세상에서 멀리 떨어져 자연의 일부로 살아가고자 하는 것이 아닌가요? 하지만 아무리 영적 정화를 행하는 수행자라 할지라도 물질세계에서 일어나는 일에 관심을 가져야 합니다. 잘못됨을 미덕으로 고집해서는 안 됩니다. 대자연의 이치는 신이 내려준 섭리이기 때문입니다. 또한 당신이 늘 외우는 이 경전의 가르침에는 분명 폭력은 더더욱 타당한 행위가 아니라고 했을 것입니다. 따라서 오늘 내게 던진 돌멩이 때문에 당신의 오랜 수행의 노고가 많이 상실되었다는 사실을 아셔야 합니다."

수행자는 진심으로 매에게 사과를 했습니다.

"미안하구나. 그리고 내가 그동안 너무 오만하게 수행을 해왔다는 것을 일깨워 주어서 진실로 감사하네."

매가 탄식하며 말했습니다.

"현자들은 '사람으로 태어나는 축복을 받을 수 있다는 것이 얼마나 행운인가?'라고 말했습니다. 모든 동물들은 본능을 절제하지 못해서 사람으로 태어나기 힘들지요. 오늘 제가 포기한 저 생쥐의 운명도 결국 생쥐로 살아가야 할 것입니다."

말을 마친 매가 날개를 펴 하늘로 날아오르자 수행자는 그를 향해 두 손을 모으고 감사와 그를 위한 축복의 기원을 했습니다.

이야기를 마친 첫 번째 참모가 말했습니다.

"수행자는 폭력을 쓰지 않습니다. 그들은 이 세상의 물질적 욕망으로부터 초월해 있지요. 하지만 세상일로부터 떠나 있을 수는 없습니다. 비록 수행자가 매에게서 생쥐를 구했지만 자연의 섭리에서는 벗어난 행위이기 때문입니다. 그런 행위를 미덕으로 생각해서는 안 됩니다. 생쥐가 모습이 바뀌었을지라도 본질은 결국 생쥐일 뿐입니다."

12. 생쥐 신랑

한동안 매에게서 설교와 충고를 들으며 반박할 답을 찾지 못했던 수행자는 자기를 돌아보며 반성을 하고 있었습니다. '깨달음이 어디 깊이 숨어 있는 보물과 같은 것이 아니구나. 어쩌면 가장 가까운 곳에 있는데도 보지 못하거나, 늘 보면서도 그 가치를 모르고 지나치는 것인지도 모르지.' 명상을 마친 수행자가 집으로 돌아가려고 하는데 아직도 떠나지 않고 떨고 있는 생쥐가 보였습니다. 수행자는 반짝이는 검은 눈의 귀여운 모습이 마음에 들어 생쥐를 작은 소녀로 변신시켰습니다. 집으로 돌아온 수행자는 아내에게 소녀를 데려가 말했습니다.

"당신은 언제나 아이를 원했으니, 이 아이를 우리 딸로 삼아서 잘 보살펴 주시오."

수행자의 아내는 늘 바라던 딸을 얻게 되자 기뻐하며 정성을 다해 공주처럼 키웠습니다. 세월이 흘러서 생쥐는 예쁜 처녀가 되었

고, 수행자와 그의 아내는 딸에게 어울리는 신랑
감을 찾아봐야겠다고 생각했습니다.

아내가 수행자에게 말했습니다.
"우리 딸은 세상에서 제일 예쁘
니, 누구보다 훌륭하고 힘센 이와
결혼을 시켜주세요. 제 생각에는
온 땅에 빛을 주어 만물을 키우는
하늘의 해가 가장 훌륭한 신랑감 같아요."

아내의 말에 수행자는 고개를 끄덕이면서 딸을 데리고 해를 찾
아가 말했습니다.
"우리는 당신을 가장 위대한 신랑감으로 생각하는데, 착하고 예
쁜 우리 딸을 신부로 맞이할 생각이 없으시오?"

해가 뭐라고 대답하기도 전에, 옆에 서 있던 생쥐 처녀가 다급하
게 말했습니다.
"안돼요! 아버지. 해는 너무 뜨거워서 결혼할 수 없어요. 제발 다
른 신랑감을 찾아주세요."

수행자는 안타까워하면서 해에게 말했습니다.

“미안하오. 내 딸이 그대는 뜨거워서 힘들다 하니, 당신보다 더 훌륭한 누군가가 있으면 알려주시오.”

해가 빙긋이 웃으며 대답했습니다.

“예쁜 딸을 두셨군요. 수행자님! 알다시피 나는 뜨거워서 신부를 맞이하기 어렵다오. 대신 구름이 내 얼굴을 가릴 때는 나도 힘을 쓰지 못하니, 비를 뿌리는 구름을 찾아가 보시지요.”

해에게 미안하다는 말과 감사 인사를 전하고, 수행자는 생쥐 저녀를 데리고 구름을 찾아갔습니다.

“해를 찾아갔더니 당신이 해를 가릴 정도로 힘이 세고, 비를 뿌려 땅을 비옥하게 해준다니 당신이 가장 훌륭한 신랑감 같은데 착하고 예쁜 내 딸을 신부로 맞을 생각이 없으시오?”

구름이 뭐라고 대답하기도 전에, 옆에 서 있던 생쥐 처녀가 고개를 흔들며 말했습니다.

“안돼요! 아버지. 나는 구름하고 결혼하지 않을래요. 비구름은 너무 어둡고 추워요. 다른 신랑감을 찾아주세요.”

수행자는 안타까워하면서 구름에게 말했습니다.

“미안하오. 내 딸이 그대는 어둡고 추워서 힘들다 하니, 당신보다 더 훌륭한 누군가가 있으면 알려주시오.”

구름이 인상을 찌푸리며 대답했습니다.

“예쁜 딸을 두셨군요. 수행자님! 알다시피 바람은 언제나 마음대로 나를 몰고 다니니 나는 훌륭한 신랑감이 아니오. 바람을 찾아가 보시지요.”

구름에게 미안하다는 말과 감사 인사를 전하고, 수행자는 생쥐 처녀를 데리고 바람을 찾아갔습니다.

“당신은 비구름을 몰고 다닐 만큼 힘이 세다고 들었소. 나는 세상에서 가장 훌륭한 신랑감을 찾고 있는데, 착하고 예쁜 내 딸을 신부로 맞을 생각이 없으시오?”

바람이 뭐라고 대답하기도 전에, 옆에 서 있던 생쥐 처녀가 고개를 흔들며 말했습니다.

“안돼요! 아버지. 나는 바람하고 결혼하지 않을래요. 바람은 늘 이리저리 돌아다니면서 한시도 잠잠히 있지를 못하잖아요. 다른 신랑감을 찾아주세요.”

수행자는 안타까워하면서 바람에게 말했습니다.

"미안하오. 내 딸이 그대는 가만히 있지를 못해서 힘들다 하니, 당신보다 더 훌륭한 누군가가 있으면 알려주시오."

바람이 큰소리로 대답했습니다.

"예쁜 딸을 두셨군요. 수행자님! 알다시피 나는 훌륭한 신랑감이 아니오. 저 큰 도토리나무는 내가 아무리 힘을 써도 조금도 움직이게 할 수 없지요. 큰 도토리나무를 찾아가 보시지요."

바람에게 미안하다는 말과 감사 인사를 전하고, 수행자는 생쥐 처녀를 데리고 큰 도토리나무를 찾아갔습니다.

"당신은 바람이 아무리 세차게 불어도 꿈쩍하지 않을 만큼 힘이 세다고 들었소. 나는 세상에서 가장 훌륭한 신랑감을 찾고 있는데, 착하고 예쁜 내 딸을 신부로 맞을 생각이 없으시오?"

큰 도토리나무가 뭐라고 대답하기도 전에, 옆에 서 있던 생쥐 처녀가 고개를 흔들며 말했습니다.

"안돼요! 아버지. 나는 도토리나무하고 결혼하지 않을래요. 도토리나무는 늘 한 자리에만 서 있고, 거칠고 단단하잖아요. 다른 신랑감을 찾아주세요."

수행자는 안타까워하면서 큰 도토리나무에게 말했습니다.

"미안하오. 내 딸이 그대는 늘 한 자리에만 서 있고, 거칠고 단단해서 힘들다 하니, 당신보다 더 훌륭한 누군가가 있으면 알려주시오."

큰 도토리나무가 껄껄 웃으며 대답했습니다.

"예쁜 딸을 두셨군요. 수행자님! 알다시피 나는 훌륭한 신랑감이 아니오. 내가 단단하고 바람이 불어와도 움직이지 않지만 내 뿌리를 갉아먹는 생쥐 한 마리 때문에 언제 쓰러질지 모른다오. 그러니 수행자님께서 그 생쥐 녀석이나 좀 잡아주시오."

큰 도토리나무의 부탁에 수행자는 구멍을 파고 뿌리를 갉아먹고 있던 생쥐를 붙잡았습니다. 그 순간, 옆에 서 있던 생쥐 처녀가 다급하게 외쳤습니다.

"아버지! 제가 원하던 신랑감이 바로 이 생쥐에요. 이렇게 멋진 신랑감이 있다니 기뻐요. 이 생쥐하고 결혼하면 행복할 것 같아요."

생쥐 처녀가 깡충깡충 뛰며 좋아하는 모습을 보며, 수행자는 씁쓸하게 웃었습니다.

"아! 매의 말처럼 잠시 내 욕심으로 생쥐의 모습을 바꾸었지만 본성을 바꿀 수는 없구나. 만물에는 다 맞는 짝이 있다는 사실을 잊고 있었어."

한동안 생각에 잠겨 있던 수행자는 소녀를 다시 생쥐로 변신시켜 주었습니다.

이야기를 마친 첫 번째 참모가 말했습니다.

"이처럼 본래 가지고 태어난 본성은 바꾸기 어렵다는 이야기입니다. 따라서 저는 늙은 까마귀도 우리에게 걸코 이로운 일을 하지 않을 것이라 보는 것입니다. 그의 본성은 올빼미가 아닌 까마귀이니까요."

그러나 올빼미 왕은 첫 번째 참모의 조언을 무시하고 올빼미 둥지로 늙은 까마귀를 데려갔습니다. 그들이 목적지에 도착했을 때 왕이 귀순한 늙은 까마귀에게 둥지 안쪽에서 편히 쉬라고 했습니다.

그러자 늙은 까마귀가 말했습니다.

"왕이시여! 당신의 배려에 감사하지만, 저는 아직 올빼미 왕국에 도움을 드린 적이 없습니다. 귀한 손님 대접을 받을 자격이 없지요. 아직 저는 검증되지 않은 당신이 상대할 적의 종족이지요. 만약 제 마음이 바뀌어 올빼미 왕국의 내부사정을 알고 있다가 발설하면 이곳은 큰 피해를 입게 될 것입니다. 저는 그저 입구에서 저의 결백을 참회하는 심정으로 머물고 싶습니다. 허락해 주십시오.”

늙은 까마귀는 처음부터 계획한 작전대로 하려면 적의 신뢰를 얻어야 하고, 왕과 참모들과의 이간계도 성공시켜야 했습니다. 올빼미 왕국의 내부에 있다 보면 그들의 사정을 알 수도 있지만, 늘 감시를 당해야 하기 때문에 자유롭게 탈출할 수가 없기 때문입니다. 올빼미 왕은 그의 요구를 받아들여서 그가 원하는 입구 근처에 머물도록 했습니다.

그 상황을 지켜본 첫 번째 참모가 다른 참모들에게 말했습니다.
“자네들은 우리들이 강하다는 생각에 오만해지고 명분에 치우쳐 있어 적의 검은 속내를 살피지 못하고 있소. 마치 황금을 낳는 새의 실체를 몰라보고 후회한 왕의 이야기처럼 말이오.”
참모들이 물었습니다.
“황금을 낳는 새는 어떤 이야기인가요?”

13. 황금 똥을 누는 새

깊은 숲 중턱의 커다란 나무에 황금 똥을 누는 새가 살고 있었습니다. 그 새의 배설물은 땅에 떨어지면 황금으로 변했습니다. 어느 날, 늙은 사냥꾼이 사냥감을 찾다가 그 나무 아래에서 여기저기 흩어져 있는 황금을 주웠습니다.

깜짝 놀란 사냥꾼이 아무리 주위를 둘러봐도 이 작은 황금들은 큰 나무 아래에만 떨어져 있었습니다. 그래서 나무 위를 올려다보니 듣기 좋은 울음소리를 내는 새 한 마리가 있었습니다. 그 새가 한참을 울다가 그치면 툭하고 배설물이 땅에 떨어졌고 곧 황금으로 변했습니다.

사냥꾼은 생각하기를,

'아! 이게 무슨 행운인가. 신이 내게 축복을 내려주셨구나. 항상 이곳으로 와서 이 황금들을 주우면 좋겠는데 말이야. 이제 나이가 들어서 이 깊은 숲까지 오기가 힘들겠어. 그래 맞아. 울음소리도 듣기 좋은 저 새를 붙잡아 가져가서 키운다면 이곳에 힘들게 찾아오지 않아도 될 거야.'

늙은 사냥꾼은 황금 똥을 누는 새를 사로잡기로 결심하고 나무 위로 살금살금 기어올라 새가 눈치채지 못하도록 조심스레 그물을 쳐두었습니다. 나무 아래로 내려와 기다리던 사냥꾼이 한참 후 그물에 걸린 새를 붙잡고 기분이 좋아서 덩실덩실 춤을 추었습니다.

사냥꾼은 황금 똥을 누는 새를 붙잡아 새장에 가두고 생각했습니다.

'내가 이 새를 집으로 가져가서 키우면 늘 조금씩 황금을 얻을 수 있어. 그리고 매일 저 아름다운 새의 울음소리를 들을 수 있겠지? 그런데 내가 이 황금새를 가지고 있다고 소문이 나면 아마도 왕이 분명 부하들을 시켜서 빼앗아 갈 거야. 그렇다면 미리 내가 왕에게 이 새를 바치고 그만한 선물을 대신 받는 거지. 저 새의 편안한 울음소리가 그립겠지만, 그래도 내가 키우는 것보다 큰 궁성에서 좋은 음식을 먹으면 저 새도 좋아할 거야.'

사냥꾼은 곧바로 새장을 들고 왕성으로 찾아가서 새가 배설한 황금을 왕에게 보여주었습니다.

"이 새는 황금 똥을 누는 새인데 왕에게 바치겠습니다."

왕은 사냥꾼에게서 받은 황금을 만져보며 매우 신기해했습니다.

"황금 똥을 누는 새가 있다니 신기하고 놀랍구나. 그런 귀한 새를 내게 바친 저 사냥꾼에게 큰 선물을 내리겠다."

사냥꾼이 왕에게 선물을 받고 돌아간 후, 왕궁의 처마에 매달린 새장에서는 황금새가 더욱 구슬픈 울음소리를 내고 있었습니다. 자유로운 숲속에서 사냥꾼에게 붙잡혀 새장에 갇혀 있었기 때문에 숲을 그리워하며 울고 있었습니다. 숲에 있을 때는 아름답기 그지없던 울음소리가 왕궁의 새장에 갇혀 있을 때는 듣기 불편한 소리

로 변해 있었습니다. 거
북한 새 울음소리에 참
다못한 왕이 부하를 시켜
그 새를 살펴보라고 했습
니다.

부하가 돌아와 보고
하기를

"왕이시여! 저 새가 내
는 울음소리는 마치 악마를 부르는 듯 불쾌합니다. 아무래도 왕께
서 사냥꾼으로 가장한 사기꾼에게 당하신 듯합니다. 저 새는 먹이
도 물 한모금도 마시지 않았고, 물론 황금 똥도 없습니다."

왕이 눈을 크게 뜨고 화난 목소리로 소리쳤습니다.
"감히 왕인 나에게 사기를 치는 놈이 있다니. 그놈을 당장 잡아
와라."
얼마 후 늙은 사냥꾼이 왕의 부하들에게 붙잡혀 왔습니다.

왕이 사냥꾼에게 말하기를
"네 녀석은 분명히 사냥꾼이 맞느냐? 네놈이 사기꾼이 아니란
것을 증명해 보아라. 네가 나에게 바친 새는 물도 마시지 않고 아무

것도 먹지 않은 채 괴상한 울음소리만 내고 있다. 네 녀석이 말한 황금 똥을 누지 않는다면 네 녀석과 저 새를 살려두지 않겠다."

늙은 사냥꾼이 새장에 갇혀 있는 새를 바라보며 말했습니다.

"미안하구나. 내가 나이가 들어 욕심이 지나쳐서 숲속에서 자유롭게 살던 너를 붙잡아 새장에 가두고 말았구나. 얼마나 괴로우면 그토록 아름답던 울음소리마저 변했느냐. 나를 용서해다오. 내 어리석음 때문에 이제 너마저 죽게 생겼구나."

사냥꾼이 눈물을 흘리며 참회하자, 황금새가 거북스런 울음소리를 그치고 새장을 부리로 콕콕 두들겼습니다. 사냥꾼이 왕에게 새를 새장에서 꺼내 놓으면 황금 똥을 누게 될지도 모른다고 말했습니다. 왕이 허락하여 새장의 문을 열자, 새가 물을 한 모금 마시고

아름다운 소리로 노래를 불렀습니다.

울음소리가 끝나고 또르륵 작은 황금 덩어리 하나가 바닥에 굴렀습니다. 새가 황금 똥을 눈 것입니다. 왕과 부하들이 모두 입을 크게 벌리고 놀라고 있는 사이 새는 새장에서 훌쩍 벗어나 창문을 빠져나가 숲으로 멀리 날아갔습니다.

새가 황금 똥을 누었기 때문에 사냥꾼은 사기꾼이 아닌 것으로 결백이 증명되어 살아났고, 새는 자유로운 숲으로 날아갔습니다. 그리고 왕은 자신의 성급한 판단을 아쉬워했습니다.

첫 번째 참모는 황금새의 이야기를 마치면서 진정한 가치와 속마음은 겉으로 드러나지 않는다는 것을 더욱 강조했습니다.

"왕이시여! 그리고 참모들에게도 한 말씀 더 드립니다. 제 염려는 모든 것을 의심하며 살자는 것이 아닙니다. 확실하지 않은 것에는 판단을 유보하고 확인이 필요하다고 말하는 것입니다."

올빼미 왕이 웃으며 말했습니다.

"자네의 염려와 충성심은 잘 알겠네만, 날개가 부러지고 깃털도 빠진 저 늙은 까마귀를 왜 그토록 집착하는가? 내버려두게, 언제인가 쓸모가 있을 것이네."

첫 번째 참모는 자기의 조언이 왕과 다른 참모들을 전혀 설득할 수 없다는 사실에 실망했습니다. 그래서 자신과 친하게 지내는 다른 올빼미들을 따로 불러 말했습니다.

"이보게들! 현명한 이는 돌풍과 폭우에 집이 부서지지 않도록 튼튼한 집을 짓는다네. 그렇지만 더욱 지혜로운 이는 처음부터 돌풍과 폭우의 영향을 받지 않는 곳에 집을 짓는다네. 우리 올빼미들의 집은 돌풍과 폭우에도 끄덕없는 절벽의 바위틈이지. 그런데 말이야. 그것은 외부에 노출되지 않았을 때 안전하다는 이야기이지. 만약 그것이 우리 아닌 저에게 알려진다면 분명 약점도 일러지겠시. 그동안 나는 여러 번 왕과 다른 참모들에게 위험을 알렸지만 그들을 설득할 수 없었네. 그래서 나는 다른 안전한 곳으로 가려 하네. 혹시 나와 같이 갈 친구는 없는가?"

모인 올빼미들이 서로 눈치를 살피며 머뭇거리자 참모가 말했습니다.

"그렇게 눈치 볼 것 없네. 각자 자기의 판단에 따를 뿐이지. 의심은 끝없이 이어지고, 불신은 자기마저도 속이게 된다네. 자네들은 의심 때문에 목숨을 건진 여우의 말하는 동굴이야기를 들어 보았는가?"

다른 올빼미들이 그 이야기를 들려달라고 했습니다.

14. 말하는 동굴

배고픈 사자 한 마리가 먹이를 찾아 숲 속을 돌아다니고 있었습니다. 하지만 아무리 찾아봐도 사냥감은 보이질 않고 배만 더 고팠습니다. 지치고 배고픈 사자는 큰 동굴을 발견하고 좀 쉬었다 가기로 했습니다.

큰 동굴을 바라보며 사자가 중얼거렸습니다.

"흠, 이 정도 동굴이라면 사냥감 한 마리는 살 것 같은데 말이야. 그놈이 밖으로 나올 때까지 덤불 뒤에서 숨어서 기다려야겠어. 그리고 그놈이 나오면 맛있게 잡아먹는 거야."

한참을 기다려 봐도 아무도 동굴 밖으로 나오지 않자 사자는 다시 중얼거렸습니다.

"흠, 아마도 저 속에 사는 녀석이 나간 모양이군. 그렇다면 동굴 안에 들어가서 놈이 들어오길 기다려야겠어. 그러면 놈이 걸어 들어와서 곧장 내 입 속으로 들어오게 될 거야."

배고픈 사자는 동굴로 들어가서는 어두운 구석에 몸을 숨겼습니다. 사실 이 동굴에는 여우가 살고 있었는데, 사자가 동굴로 들어간 얼마 후 여우가 집으로 돌아왔습니다. 여우는 동굴 속으로 막 들어서려다가 뭔가 이상한 느낌이 들어 주위를 살폈습니다.

바닥에 찍힌 발자국들을 본 여우가 생각했습니다.

'뭔가 큰 녀석의 발자국인데. 어쩌면 아직도 동굴 안에 있을지도 모르니, 안으로 들어가면 안 되겠어. 누구인지 알아보자.'

영리한 여우가 큰 소리로 말했습니다.

"어이, 동굴 친구!"

아무런 소리가 없자 여우가 다시 한 번 외쳤습니다.

"어이, 동굴 친구! 왜 대답을 안 하나? 무슨 일이 생긴 거야? 내가 집에 돌아올 때마다 항상 환영해 주었잖아? 오늘은 왜 그리 잠잠한 거야? 대답 안 해주면 다른 동굴로 가겠어."

여우가 외치는 소리를 들은 사자가 생각했습니다.

'이 동굴은 여우를 환영하는 습관이 있었나 보군. 지금 나 때문에 겁을 먹어 말을 못하고 있나? 만약 이대로 이 동굴이 환영인사를 안 해주면 저놈이 가버릴 거야.'

그래서 배고픈 사자는 급하게 소리를 질렀습니다.

"어서 오게, 어서 와! 집으로 돌아온 걸 환영하네, 친구여."

동굴을 울리며 들리는 사자의 소리는 무서웠습니다.

'저 사자가 어지간히도 배가 고픈 모양이로군. 말하는 동굴이 있다고 생각하다니.'

영리한 여우는 쓸쓸하게 웃으며 동굴을 떠났습니다.

이야기를 마친 첫 번째 참모가 말했습니다.

"누구든 위험을 예상하고, 회피하려 노력한다면 슬픈 결말에 이르지는 않을 것이라고 옛 현자들이 말했지. 우리 또한 이 상황에서 너무 늦기 전에 안전한 곳을 찾아야 해."

그의 말에 따라 모여 있던 올빼미들은 첫 번째 참모를 따라 둥지를 떠나갔습니다.

15. 까마귀들과 올빼미들의 전쟁

늙은 까마귀는 그동안 자신을 의심하면서 왕에게 끊임없이 조언을 하던 참모가 떠났다는 말을 듣고 이제 작전을 개시할 시기라고 생각했습니다. 자신의 이간질 계획이 맞아 떨어진 것이므로 이제는 자기의 행동을 의심할 만한 이들이 없다고 생각하고 왕에게 말했습니다.

"왕이시여! 남을 의심하고 항상 반대의 의견을 내던 참모는 지금 어디에 있는지요? 둥지를 버리고 자기 살길을 찾아 떠나는 것이 올빼미들의 충성심이란 말입니까?"

늙은 까마귀의 말은 첫 번째 참모가 그렇게 떠난 후 왠지 마음이 불편했던 왕의 심기에 불을 지르는 말이었습니다.

"건방진 까마귀 녀석! 그동안 내가 언젠가 너를 쓸모가 있을 것이라 생각하며 다들 죽이자 하는데도 이제껏 살려줬거늘, 감히 입을 놀리다니."

늙은 까마귀가 고개를 조아리며 말했습니다.

"왕이시여! 노여움을 거두십시오. 제가 드리고자 하는 말은 그런 뜻이 아닙니다. 대왕님의 배려로 지금까지 살 수 있었다는 것을 잘 알고 있습니다. 이제 그 은혜를 갚으려고 하는 것입니다."

늙은 까마귀의 말에 조금 화가 풀린 올빼미 왕이 물었습니다.

"흥! 그래 은혜를 갚겠다니 어떻게 무엇을 한다는 것인지 한번 들어보겠다."

늙은 까마귀가 말했습니다.

"네! 들어보시지요. 하늘을 보십시오. 곧 비가 많이 내리는 장마가 시작되려고 합니다. 반얀나무에 사는 까마귀들은 아마도 며칠 동안 비에 젖어 추위에 떨게 될 것입니다. 제 생각에는 이 절벽 틈에 지어진 요새는 비가 들이치지 않는 곳으로 저들에게도 이미 알려져 있을 것입니다. 그때쯤 해서 까마귀 왕은 어차피 치러야 할 전쟁이라면 아마도 그때를 기회로 삼을 것으로 생각합니다."

올빼미 왕은 늙은 까마귀의 말이 틀리지 않다고 생각했습니다.

"그래! 듣고 보니 자네의 말도 그럴듯한데 그까짓 까마귀들이 몰려온다 해서 우리가 겁낼 것 같은가?”

늙은 까마귀가 말했습니다.

“그렇지 않습니다. 이것은 전쟁입니다. 죽고 사는 일이지요. 저들도 아무 생각 없이 뛰어들지는 않을 것입니다. 다른 친구들에게 도움을 청하거나, 돌멩이를 입에 물고 이곳에 떨어뜨려서 둥지를 부수려 할지 모릅니다.”

올빼미 왕이 고개를 끄덕거리며 물었습니다.
“매우 그럴듯한 말이네. 그렇다면 대책도 있나?”

늙은 까마귀가 대답했습니다.

“네 왕이시여! 저는 원래 전쟁을 반대했던 평화주의자입니다. 그때문에 이런 신세가 되었지만, 그래도 만약 전쟁이 일어나면 가능한 한 빨리 끝나서 많은 목숨들이 살아나기를 바랄 뿐입니다. 제가 드리는 조언을 왕께서 잘 생각해 보시고 선택하십시오. 만약 숫자가 많은 까마귀들이 입에 돌멩이를 물고 올빼미들이 잠든 한낮에 몰려와 공중에서 공격한다면 이곳 요새도 위험할 수 있습니다. 그래서 이곳의 방비를 더 튼튼하게 보강할 필요가 있다고 생각됩니다. 절벽 틈에 돌멩이들이 떨어져 끼이게 되면 빼기가 힘들게 됩니다. 방어에는 나쁘지 않지만 막힌 돌멩이를 빼내느라 안에서 밖으

로 나갈 때 시간이 많이 걸리겠지요. 그러다 보면 저들이 사방으로 달아나서 공격할 기회가 없을지도 모릅니다. 어차피 올빼미는 밤에 활동하기 때문에 낮에는 싸우기 어렵지 않습니까?”

올빼미 왕과 참모들이 늙은 까마귀의 말에 고개를 끄덕였습니다. 왕이 말했습니다.

“자네의 말이 맞는 것 같네. 그러면 자네는 저들의 공격을 막고 이 전쟁을 이기는 방법을 알고 있다는 말이지?”

늙은 까마귀가 대답했습니다.

“제 생각에는 나뭇가지나 풀로 요새를 보강하는 방법이 좋을 것 같습니다. 아무리 위에서 돌멩이를 떨어뜨려도 요새의 둥지가 깨지거나 돌멩이들이 바위틈에 끼일 일도 없습니다. 풀과 나무는 가벼

우니 제치고 나와 저들을 공격할 때도 수월할 것입니다.”

올빼미 왕이 매우 흡족한 표정으로 말했습니다.

“흠! 아주 좋은 방법인 것 같네. 이렇게 현명한 자네를 자네들의 왕은 왜 죽이려 했고, 나의 첫 번째 참모는 왜 그토록 미워했는지 모르겠구나. 이번 전쟁에서 이기면 자네를 내 참모로 인정해 주겠네.”

까마귀가 눈빛을 빛내며 말했습니다.

“은혜에 감사드립니다. 그러면 저들이 어디에서 어떻게 전쟁 준비를 하는지 한번 정찰을 나가서 확인해 보고 싶습니다. 제가 여선히 의심스럽다면 참모들 중 누구든 함께 다녀오는 것도 좋습니다.”

왕은 의심 없이 참모 하나와 함께 늙은 까마귀를 정찰 보냈습니다.

이른 새벽 출발한 늙은 까마귀와 올빼미 참모는 멀리 떨어져 반얀나무를 살피고 있었습니다. 아직 잠에서 덜 깬 까마귀들의 둥지는 조용했습니다. 늙은 까마귀는 좀 더 가까운 곳에서 살펴야 한다면서 참모 올빼미에게 자기를 잘 지켜보며 이곳에 남아 있으라고 말했습니다. 둘이 움직이면 들킬 우려가 있고 몸집이 큰 올빼미보다는 구분이 잘 안 가는 동족 까마귀인지라 의심받지 않을 것이라 말했습니다.

참모 올빼미가 바라보이는 곳은 과거 늙은 까마귀가 피를 흘리며 쓰러져 있던 바위 위쪽이었습니다. 그런데 그곳에는 미리 감시자를 두기로 이곳을 떠나기 전 까마귀 왕과 약속한 장소였습니다. 매일 바위틈에 숨어서 대기하던 젊은 까마귀에게 재빠르게 자기의 작전계획을 말했습니다. 올빼미는 늙은 까마귀가 혹시나 수상한 행동을 하는지 감시했지만 바위 위쪽으로 가는 동안에는 아침 햇빛에 눈이 부셔 잠깐 눈을 돌리고 있었습니다.

그때 늙은 까마귀가 다시 옆으로 날아와 앉았습니다.

"참모님! 잘 지켜보고 계셨지요? 제가 저곳에 있던 경험으로는 해가 떠야만 까마귀들은 활동을 시작합니다. 그래서 아직은 움직이지 않고 있는 거지요. 이왕 이곳까지 같이 왔으니 조금만 더 저들이 뭘 준비하는지 지켜보지요."

올빼미 참모가 말했습니다.

"나도 지금까지 잘 보고 있었네만, 저들이 움직이지 않으니 잘 모르겠네. 조금 더 환해지면 우리는 요새로 돌아가야 하네."

그들이 대화를 하는 동안 젊은 감시자가 왕에게 몰래 달려가 늙은 까마귀의 계획을 전했습니다. 까마귀 왕은 즉시 잠들어 있던 까마귀들을 깨워 일사분란하게 돌멩이들을 물어오도록 명령했습니다. 멀리 숨어서 감시하던 참모 올빼미의 눈에 갑자기 반얀나무 전체가 소란스럽더니 까마귀들이 하늘로 날아오르는 것이 보였습니다. 그리고 잠시 후 돌아온 까마귀들의 부리에는 돌멩이들이 물려 있었고 나무 옆 바위 쪽으로 돌멩이들을 떨어뜨렸습니다.

높은 공중에서 떨어뜨린 돌멩이들이 바위에 부딪히며 요란한 소리를 내었습니다. 수많은 까마귀들이 계속되는 행동에 점차 한쪽으로 돌멩이들이 쌓이고 있었습니다.

올빼미가 눈을 크게 뜨면서 늙은 까마귀에게 말했습니다.

"자네 생각이 맞았군 그래. 어서 가서 저들의 전쟁 준비를 왕에게 알려야겠네."

올빼미와 늙은 까마귀가 떠난 것을 확인하고는 까마귀 왕은 까마귀들을 불러 모았습니다.

"우리의 지혜로운 장로께서 드디어 적진에서 감시망을 뚫고 작전을 실행하셨네. 이번 비밀 작전명은 화공이라네. 자 이제부터 자네들은 돌멩이를 모으되 부싯돌이 될 만한 차돌만 모아오게."

늙은 까마귀와 정찰을 마치고 요새로 돌아간 참모가 올빼미 왕에게 정찰 보고를 하였습니다.

"저놈들이 이 친구의 말처럼 돌멩이로 공격을 하려는 모양입니다. 아침부터 공중에서 돌멩이를 투하하는 훈련을 하고 있었습니다."

올빼미 왕이 눈을 크게 뜨면서 말했습니다.

"이제 우리도 전쟁 준비를 할 것이다. 낮 동안에도 모두 잠들지 말고, 그동안 살려준 생쥐들과 토끼 그리고 메추라기 등에게 마른 풀과 나뭇가지를 모으라고 해라. 밤이 되면 모두 가서 그들이 모아놓은 것들을 가져다가 요새 전체를 막아서 방어진지를 구축하겠다."

그 다음 날 오후, 이틀 동안 잠을 자지 못한 올빼미들이 컴컴한 요새 안에서 졸고 있다가 까마귀들의 공격을 받게 되었습니다. 낮 동안 감시하겠다고 입구에 있던 늙은 까마귀는 재빠르게 까마귀들 사이에 합류했습니다.

까마귀 떼가 부리에 물고 있던 차돌을 공중에서 일제히 바위 쪽으로 떨어뜨리자 수많은 차돌들이 바위에 부딪히며 요란한 소리를 내었습니다. 차돌들은 서로 부딪치며 부싯돌이 되어 마른 풀에 불이 붙었고 마른 나뭇가지에 옮겨 붙어서 순식간에 올빼미 요새가 불타올랐습니다.

잠자던 올빼미들이 허둥지둥 도망치려 했지만 이미 빽빽하게 쳐 놓은 나뭇가지들에 불이 붙어서 빠져 나올 수가 없었습니다. 올빼미 왕을 비롯하여 참모들과 부하들까지 모두 불에 타 전멸하고 말았습니다.

까마귀들이 단 한 마리의 희생도 없는 승리의 기쁨으로 울어대고 있었지만 늙은 까마귀는 눈물을 흘렸습니다.

'만약 올빼미 왕이 첫 번째 참모의 말을 듣고 나를 죽였다면 이번 전쟁은 까마귀들의 승리가 아니라 올빼미들의 잔치가 되었겠지. 어찌되었든 나를 믿어준 올빼미 왕에게는 정말 미안하구먼.'

까마귀들은 다시 반얀나무로 돌아와 강하고 두려웠던 상대와의 전쟁 승리를 축하하였습니다.

까마귀 왕이 늙은 까마귀의 공로를 칭찬하면서 말했습니다.

"우리 까마귀들과 올빼미들은 오래전부터 원수로 지냈습니다. 그것은 올빼미를 모욕했던 우리 선조의 잘못도 큽니다. 그러나 우리에게는 생존이 걸린 절실한 문제였기 때문에 그들을 피해 멀리 떠나거나 싸울 수밖에 없었습니다. 다행히 우리에게는 경험 많고 지혜로운 현자의 작전이 있었기에 단 하나의 희생도 없이 저들을 전멸시킬 수 있었습니다. 우리는 이제부터 그를 우리의 은인이자 위대한 스승으로 부르기로 합시다."

많은 까마귀들이 스승의 예를 갖추며 늙은 까마귀에게 어떻게 이런 작전을 적진에서 실행할 수 있었는지 물었습니다.

"적과 같이 지내는 일은 쉽지 않은 일이지. 말로 설명하기는 어렵다네. 그것은 마치 날개가 부러진 채 바람 부는 절벽을 걷는 것과 같네. 다행히 올빼미 왕에게는 단 하나의 참모만 빼고 어리석어 마음을 감춘 나를 믿었던 결과라네. 어쩌면 이 일로 나는 죽어서 저승에 간다면 올빼미들의 원한 때문에 곤충 따위로 다시 태어날지도 모르지. 동족을 지키는 영광은 있지만, 한편으로는 나를 믿은 이들을 배신한 꼴이라서 가슴이 무겁네. 하지만 목표를 달성하기를 원한다면 등에 개구리들을 태우고 다녀야 했던 검정 뱀처럼 인내심으로 모욕감을 이겨내야 하네."

왕과 참모들이 어떤 내용인지 들려주기를 요청하자 늙은 까마귀가 이야기를 시작했습니다.

16. 개구리를 등에 태운 뱀

검정 뱀 한 마리가 드넓은 들판에서 오래도록 행복하게 살았습니다. 하지만 이제 나이가 들어 팔짝거리며 뛰어다니는 개구리를 잡을 수가 없었습니다. 이제 늙기도 했지만 굶어 죽을 것 같았던 검정 뱀은 죽기 전에 마지막으로 개구리들을 배불리 잡아 먹어보고 싶었습니다.

검정 뱀은 나름대로 작전을 세우고 개구리들이 많은 연못 가장자리 풀숲에 몸을 막대기처럼 길게 늘여두고 쉬는 모습으로 있었습니다. 개구리들이 풀밭을 오가며 검은 나뭇가지로 착각하여 함부로 밟고 다녀도 검정 뱀은 아무 관심도 없다는 듯 조금도 움직이지 않았습니다. 개구리 한 마리가 아무래도 수상하여 자세히 살펴보니, 그동안 친구들을 마구 잡아먹던 검정 뱀이었습니다.

용감한 개구리는 미동도 없이 꼼짝하지 않는 뱀에게 다가가 물었습니다.

"검정 뱀 아저씨! 대체 무슨 일이 있어서 예전처럼 식사도 하지 않고 가만히 있는 건가요?"

검정 뱀이 힘없는 목소리로 대답했습니다.

"묻지 말고 저리 가거라. 이제는 만사가 다 귀찮다. 이제 즐거운 식사는 내게 아무 소용없는 일이지."

검정 뱀은 자기의 작전에 개구리가 반응을 보이자 기분이 좋으면서도 무료한 목소리로 말했습니다. 겁이 없어진 용감한 개구리가 뱀에게 더욱 가까이 다가가 다시 물었습니다.

"도대체 무슨 일로 그러시는지 궁금하군요. 말해줄 수 없나요?"

검정 뱀이 시무룩한 음성으로 말했습니다.

"정말 귀찮게 하는군. 하지만 정 궁금하다니 자네에게만 말해주겠네. 어젯밤 내가 먹이사냥을 나섰을 때였는데, 마침 작은 개구리한 마리를 발견했지. 그런데 붙잡으려면 뛰고, 가까이 가면 뛰어 달아나는 통에 배도 고프고 짜증이 났지. 몇 번을 그러다가 드디어놈을 콱 물었지."

듣고 있던 용감한 개구리가 깜짝 놀라며 폴짝 뒤로 물러나자 뱀이 말했습니다.

"아! 그렇게 놀랄 것 없어. 그때부터 내 불행은 시작되었으니까! 내가 붙잡은 건 개구리가 아니라, 연못가에서 수행 중이던 수도승아들의 엄지발가락이었던 거야. 그 소년은 나에게 물려 독이 퍼져죽고 말았지. 주위에 있던 다른 수도승들이 막대기를 들고 나를 죽이려 했어. 그런데 정작 아들을 잃은 그 수도승은 살생을 하지 않겠다는 맹세를 하며 수행을 하는 중이라고 하더라고. 그래서 살아났지."

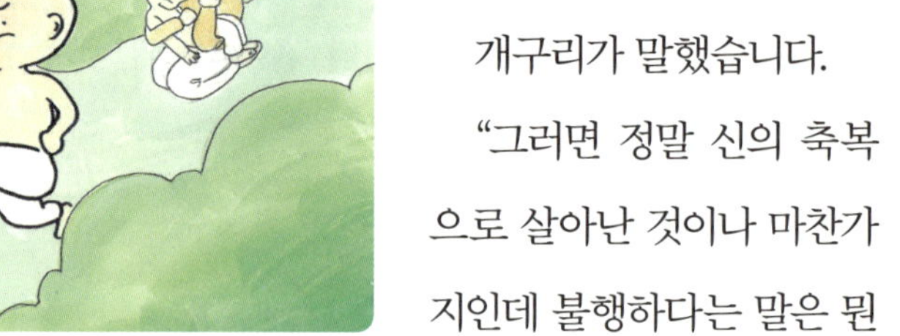

개구리가 말했습니다.

"그러면 정말 신의 축복으로 살아난 것이나 마찬가지인데 불행하다는 말은 뭔가요?"

검정 뱀이 대답했습니다.

"흥! 신의 축복이라고? 아니야. 나는 그 수도승으로부터 저주를 받았어. 그 수도승이 말하기를, '이 나쁜 뱀 녀석아. 내 착한 아들을 물어죽이다니. 나는 살생을 하지 않겠다는 맹세를 했기 때문에 아들을 죽인 네놈을 살려주겠지만, 그만한 벌을 받아야 한다. 자네는 죽기 전까지 네가 잡아먹던 개구리들을 등에 태우고 다녀야 한다.' 고 말했지. 이제 나는 그 수도승의 저주를 받아 너희 개구리들을 등에 태우고 다녀야 하는 신세가 되었단 말이지. 그러니 내가 세상 살 재미가 있겠냐? 더구나 나는 늙어서 오래 살 수도 없으니 그저 만사가 귀찮을 뿐이야."

용감한 개구리가 물었습니다.

"아저씨가 수도승의 저주를 받았다면 개구리들을 태우고 다니지 않고 왜 이곳에 가만히 있는 거지요?"

검정 뱀이 말했습니다.

"보면 모르겠냐? 개구리들을 태우려고 아침부터 이곳에 얌전히 엎드려 있었어. 하지만 나를 본 개구리들

이 도망치기에 바쁘니 내가 어떻게 태울 수 있겠냐? 그저 기다릴
수밖에."

용감한 개구리가 신나는 음성으로 말했습니다.
"기다려요. 내가 아저씨 등에 탈 개구리들이 있는지 물어볼게요."

말을 마친 개구리가 연못으로 뛰어들자 검정 뱀은 자기의 작전이
정확하게 들어맞았다고 생각하며 기뻐했습니다.

한편 용감한 개구리는 연못에 뛰어들어 검정 뱀과 나눈 대화를
다른 친구들에게 전했습니다. 물 밖으로 나온 개구리들은 서로 눈
치를 보며 무서운 검정 뱀의 등에 올라가지 않았습니다. 하지만 용
감한 개구리가 먼저 폴짝 검정 뱀의 등에 타자 다른 개구리들이 너
도나도 겁 없이 검정 뱀의 등에 올라탔습니다.
"자, 이제 다 탔으면 연못 한 바퀴를 돌겠다."

평소에 폴짝거리며 뛰어다니던 개구리들은 수풀 사이를 미끄러
지듯 지나는 뱀의 잔등에 앉아 있는 것이 재미있었습니다. 이 소문
은 곧바로 연못 전체에 퍼졌고 개구리 왕의 귀에까지 들렸습니다.
"뭐라고 그 검정 뱀이 개구리들을 태우는 봉사를 해야만 하는
수도승의 저주를 받았다는 말이냐?"

검정 뱀 잔등을 타고 다닌 개구리들이 입을 모아 대답했습니다.

"예, 저희들이 직접 타고 다녔습니다."

개구리 왕은 믿기지 않아 고개를 갸우뚱하며 중얼거렸습니다.

"그것 참 이상하고 신기한 일이군, 직접 가보면 알겠지."

연못에 있던 개구리들이 모두 나오자 연못가는 개구리들로 꽉 들어 찼습니다. 그 모습을 바라보던 늙은 검정 뱀은 자기의 소원이 곧 이루어질 것 같아서 너무 기분이 좋았지만 아무 내색도 하지 않았습니다.

개구리 왕이 짐짓 근엄한 목소리로 물었습니다.

"내 듣자 하니 그대가 수도승의 저주를 받아 우리 개구리들을 태우고 다니는 봉사를 명령받았다고 들었는데 사실이요?”

평소에는 자기 근처에도 못 오고 도망 다니기에 바쁘던 개구리들이 가소로웠지만 꾹 참고 검정 뱀이 대답했습니다.
“그렇습니다. 개구리 왕이시여. 걱정 말고 제 등에 오르시지요.”

개구리 왕이 위엄 있게 검정 뱀의 머리쪽에 올라타자, 개구리들이 앞 다투어 서로 타려고 법석을 떨었습니다.

개구리 왕이 뒤를 돌아보며 말했습니다.
“허어, 체신 머리 없이 이 무슨 짓들인가. 총리, 대신, 연장자들 순서로 타시오.”

검정 뱀은 속으로 웃음이 나왔지만 다시 연못 주위를 기어갔습니다. 뱀의 등에 올라타지 못한 개구리들이 부러워하며 뒤따라오는 풍경은 가히 가관이었습니다. 생전 처음 해보는 이 놀라운 경험에 모든 개구리들이 감탄을 하고 있었습니다. 검정 뱀이 갖은 재주를 다 부리면서 수풀 사이를 기어다니자, 개구리 왕도

감격했습니다. 사람들이 가끔 코끼리나 말, 작은 마차를 타고 연못을 지나치던 모습을 보았지만, 뱀의 머리 위에서 수풀 사이를 지나는 것보다는 못할 것이라고 생각했습니다.

다음 날, 다시 검정 뱀의 등에 올라탄 개구리 왕은 어제처럼 빠르지 않고 느려진 속도에 왜 그런지 물었습니다.

"어제는 빠르게 달려서 즐거웠는데, 오늘은 왜 이렇게 느려진 거요?"

검정 뱀이 대답했습니다.

"예, 개구리 왕이여! 며칠 동안 아무것도 먹지 못해서 힘이 없어 그렇습니다. 한두 마리도 아니고 이렇게 제 등에 촘촘히 탔으니 빨리 달릴 수가 없답니다."

그 말을 들은 개구리 왕은 검정 뱀이 불쌍한 생각이 들었습니다.

"그러면 잠시 멈추고 뭔가를 좀 먹고 오시오."

검정 뱀은 왕 일행을 내려놓고 소리 없이 뒤쪽으로 돌아가서 앞만 보고 앉아 있던 맨 뒤쪽의 개구리 몇 마리를 꿀꺽하고 돌아왔습니다. 매일 이런 식으로 배를 채우며 다시 건강해진 검정 뱀은 이러다가는 연못의 개구리들을 남김없이 먹을 수도 있겠다고 생각했습니다.

그러던 중 어느 날, 큰 코브라 뱀이 사냥을 나왔다가 개구리들을 등에 태우고 다니는 기괴한 모습의 검정 뱀을 보고 깜짝 놀랐습니다. 큰 코브라 뱀이 나타나자 개구리들은 본능적으로 놀라 검정 뱀의 등에서 뛰어내려 연못으로 도망쳤습니다.

숨을 헐떡이는 늙은 검정 뱀을 보며 젊은 코브라 뱀이 물었습니다.
"지금 내가 본 장면이 사실인가요? 이것은 자연의 이치에 맞지 않는 매우 특별하고 이상한 풍경인데 말입니다. 어떻게 우리가 먹어야 하는 개구리들을 등에 태우고 다닐 수가 있지요?"

늙은 검정 뱀이 웃으며 대답했습니다.
"물론 이 모습은 부자연스러울 것이오. 하지만 늙은 나에게는 어쩔 수 없는 상황이란 것도 있소. 서로 속고 속이는 것이라오. 부인이 준 맛있는 음식을 먹고 시력을 잃었다는 수도승의 이야기를 아시오?"

젊은 코브라가 대답했습니다.
"지금 이 상황과 그 이야기가 연관이 있다면 들려주시지요."
늙은 검정 뱀이 이야기를 시작했습니다.

17. 수도승과 부정한 아내

옛날 옛적, 어느 도시에 부유한 수도승이 살았는데, 정숙하지 못한 그의 아내는 수도승 몰래 바람을 피우고 있었습니다. 수도승은 매일 해가 뜨면 강가로 나가 깨끗이 목욕재계하고 경전을 읽고 명상을 하다가 돌아오곤 했습니다.

그러던 어느 날, 수도승이 눈을 감고 명상에 잠겨 있을 때 근처를 지나던 부랑자가 수도승의 물 단지와 점심을 가져가 버렸습니다.

명상에서 깨어나 목이 마르고 배가 고픈 수도승은 평소보다 일찍 집으로 돌아오던 중이었습니다. 그런데 자

신의 아내가 머리에 무엇인가를 이고 바쁘게 어디론가 가고 있었습니다. 수도승이 아내의 뒤를 몰래 따라가 보니, 어떤 남자와 함께 광주리에 든 음식을 꺼내어 맛있게 나눠먹고 부둥켜안고 뒹구는 장면을 보고 말았습니다.

수도승은 눈에 불이 날 것처럼 화가 났지만 꾹 눌러 참으며 일단 집으로 돌아왔습니다. 얼마 후 아무 일 없었던 듯이 돌아온 아내는 평소처럼 맛없는 음식을 내놓았습니다.

다음 날도 강에 나가 목욕을 하고 경전을 외웠지만 머릿속에서는 아내의 부정한 모습이 떠올라 명상을 할 수가 없었습니다. 결국 수도승은 길에서 아내를 기다리기로 했고, 바쁜 걸음을 옮기던 아내는 남편을 보자 당황하여 머리에 이고 있던 광주리를 떨어뜨렸습니다. 바닥에 떨어진 광주리에는 맛있는 음식들이 뒹굴고 있었습니다.

수도승이 모른 체하고 물었습니다.
"내가 목이 말라 일찍 돌아오는 중인데, 당신은 맛있는 음식을 광주리에 이고 어디를 그리 급히 가는 것이오?"

그러자 아내는 당당하게 대답했습니다.

"당신이 더 훌륭한 수행자가 될 수 있게 해달라고 사원의 여신께 공양을 드리러 가는 길이지요."

사실 수도승은 아내가 자기의 부정을 사실대로 말하고 뉘우치면 용서를 해주려고 마음먹고 있었습니다. 그러나 뻔뻔한 아내의 태도에 수도승은 긴 한숨을 내쉬었습니다.

"아! 당신이 그렇게 마음을 깊게 쓰고 있는 줄 몰랐소. 그런데 음식들이 땅에 떨어졌으니 사원에는 내일 가시오."

아내는 사원에 바칠 찬거리를 사러 다녀오겠다고 말하고 종종걸음으로 시장이 있는 쪽으로 갔습니다. 수도승도 집으로 가는 척하고 멀리서 아내를 따라가 보니 시장에서 간단한 찬거리를 사고는 두리번거리면서 애인의 집으로 들어갔습니다.

창문 틈으로 들려오는 그들의 대화는 믿기 힘들 만큼 가관이었습니다.

"오늘은 왜 이렇게 늦은 거야? 배고파 죽겠는데."

남자가 말하자 아내가 말했습니다.

"아유! 나는 이곳에 오다

가 남편을 만나서 간 떨어지는 줄 알았는데, 먹을 것 타령이나 하다니. 여기 간단한 것을 사왔으니 이거라도 드세요.”

남자가 음식을 먹으며 말했습니다.
“어쩌다가 남편에게 들켰단 말이야. 그럼 이제 큰일 아닌가?”
아내가 대답했습니다.
“아니, 여기에 오는 것을 들키지는 않았지만, 그 멍청한 남편이 광주리에 든 음식을 어디로 가져가느냐고 해서 사원의 여신에게 바치러 간다고 둘러대었어요. 아무래도 조심해야 할 것 같아요.”
불량한 목소리의 애인이 말했습니다.
“흠! 그놈이 없어져야 그놈의 재산을 우리가 차지하고 살 텐데 말이야.”

그 남자는 그렇다 해도 뒤이어 들리는 아내의 맞장구치는 목소리에 수도승은 온몸에 소름이 돋았습니다.
“그러게 말이에요. 무슨 방법을 찾아야겠어요.”

악랄한 두 남녀의 대화를 들은 수도승은 머리가 어지러울 만큼 화가 났습니다.
‘내가 그동안 수행이랍시고 무슨 짓을 하고 있었단 말인가? 이토록 사악한 것들이 가까이서 내 목숨과 재산을 노리고 있는 줄도 모

르고.'

수도승은 비틀거리며 집으로 돌아왔습니다. 뻔뻔한 아내가 맛없는 죽을 가져왔지만 도저히 먹을 수가 없었습니다. 그러자 아내가 말했습니다.

"언제나 이때쯤이면 배고프다 하시더니 오늘은 왜 드시지 않나요?"

수도승이 대답했습니다.

"아마도 내가 너무 명상을 오래해서인지 머리가 어지럽고 몸이 좋지 않소. 당신이 늘 다닌다는 사원의 여신에게 기도를 좀 해주시오."

다음 날 아내는 남편의 부탁도 있고 의심도 풀기 위해 사원으로 음식을 가지고 갔습니다. 아내가 머리에 광주리를 이고 밖으로 나서자, 수도승은 다른 길로 먼저 사원으로 들어가서 여신의 신상 뒤에 숨어 있었습니다.

아내가 제단에 음식을 올리고 나서 기도했습니다.
"남편이 언제쯤 어떻게 죽을까요?"
수도승이 여신의 음성으로 대답했습니다.
"수도승은 축복을 받는 존재라서 쉽게 죽거나 누구도 죽일 수 없다. 만약 누군가 그를 해친다면 큰 벌을 받을 것이다."

여신이 말을 하자 깜짝 놀란 아내가 한숨을 푹 내쉬며 다시 기도했습니다.
"그러면 어떻게 하면 남편의 눈이 보이지 않게 할 수 있을까요?"

수도승을 죽이면 큰 벌을 받는다 하니, 부정한 장면을 볼 수 없게 하려는 수작이란 것을 눈치챈 수도승이 여신의 음성으로 말했습니다.
"수행자는 오랫동안 거친 음식만을 먹어서 눈이 밝단다. 수행자의 눈이 어두워지게 하려면 매일 기름지고 맛있는 음식을 만들어 먹이면 된다."

　집으로 돌아온 아내는 누워 있는 남편을 깨워서 맛있는 음식을 대접하기 시작했습니다. 며칠 동안 기름지고 맛있는 음식을 먹은 수도승은 예전에 비해 몸집이 커지고 튼튼해졌습니다. 하지만 아내에게는 강에 명상도 가지 못할 정도로 아파서 몸이 붓고 앞이 안 보인다고 불평했습니다.

　아내는 여신이 자기의 소원을 들어주었다고 좋아했습니다. 며칠이 더 지나자 수행자는 아예 아무것도 보이지 않는다면서 벽을 짚고 일어서고 이리저리 부딪치거나 넘어지기 일쑤였습니다. 아내가 겨우 부축해야 식탁에도 앉을 정도였습니다.

　그러자 아내는 아예 애인을 집으로 끌어들였습니다. 앞이 보이지 않는 남편 앞에서 소리를 내지 않고 음식을 먹거나 부둥켜안고

딩구는 등 가관이 아니었습니다. 아내와 애인은 수도승을 면전에 대놓고 무시하면서 온갖 못된 짓을 다 했습니다.

어느 날, 평소처럼 수도승 앞에서 발가벗은 채 끌어안고 있던 중 몽둥이를 든 마을 사람들이 집안으로 들이닥쳤습니다. 이 상황은 사실 수도승이 화장실에 가는 척하고 밖으로 나가서 마을 사람들에게 아무래도 집에 강도가 침입한 것 같으니 지금 와서 도와달라고 부탁을 했기 때문이었습니다.

마을 사람들이 들이닥치자 아내의 애인은 칼을 빼들고 수도승의 목에 댄 채 마을 사람들을 위협하며 소리쳤습니다.
“물러나지 않으면 이놈을 죽이겠다.”

마을 사람들이 수도승이 다칠 것을 염려하며 뒷걸음을 치자, 수도승이 말했습니다.
“물러설 것 없소. 내가 이놈의 칼에 죽을 것 같소?”
말을 마친 수도승이 번개같이 목에 겨눈 애인의 팔을 꺾어 칼을 빼앗고 그를 땅바닥에 패대기를 쳤습니다.

마을 사람들 모두 놀랐지만, 아내와 애인은 기절할 듯 놀랐습니다.

"내 수행이 부족하여 이런 험한 꼴을 당하고 있소. 오래전부터 이 부정하고 사악한 것들을 얼마든지 처단할 수 있었소. 내가 수행자로서의 겉모습은 그럴듯하지만 속은 썩고 있을 수 있다는 것을 여러분들에게도 알려주고 싶어서 참아왔소. 이들을 마을 사람들의 율법에 따라 처리해 주시오. 그리고 이제까지 가지고 있던 내 재산 때문에 이들이 나를 해치려고 했으니 나는 이제부터 진정한 무소유의 수행자가 되려 하오. 내 모든 재산을 정리해서 마을에 맡길 테니 어렵고 가난한 이웃들에게 나눠 주시오."

늙은 검정 뱀의 이야기를 듣고 난 후 젊은 코브라 뱀이 물었습니다.

"그래서 부정한 그들은 어찌되었습니까?"

검정 뱀이 대답했습니다.

"그들은 마을의 율법대로 남자는 몽둥이에 맞아 죽었고, 여자는 부정을 저지른 표식으로 코가 잘린 채 마을에서 쫓겨났다네."

머리를 끄덕이던 젊은 코브라 뱀이 다시 물었습니다.

"그런데 그 수도승의 이야기와 지금 어르신이 하고 있는 이 괴상한 행동과 어떤 연관성이 있다는 말인가요? 여전히 나는 의문을 지울 수가 없습니다."

늙은 검정 뱀이 껄껄 웃으며 대답했습니다.

"자네도 보아 알다시피 나는 이제 늙어서 개구리를 사냥할 수 없네. 죽기 전에 배불리 개구리들을 맘껏 먹어 보는 것이 소원이었지. 자네도 봤지 않은가? 내 등에 태운 개구리들을 얼마든지 먹을 수 있지만 봉사해주는 마음으로 태워준 것이지. 소원도 풀었으니 이제 그만두려 하네. 수도승 이야기도 마찬가지지. 눈으로 보인다 해서 다 아는 것도 아니고, 눈에 보이지 않는다 해서 모르는 것도 아니라네."

숨어서 그들의 대화를 듣고 있던 용감한 개구리도 자신이 얼마나 위험한 짓을 벌였는지 깨달았습니다.

늙은 까마귀의 긴 이야기를 듣고 모두 놀라는 표정을 지었습니다.

까마귀 왕이 말했습니다.

"맞습니다. 지혜는 생존의 위기에서 빛납니다. 우리 모두의 목숨을 구해주고 지혜로운 이야기까지 들려주셔서 감사합니다. 스승이시여!"

늙은 까마귀가 지그시 눈을 감으며 말했습니다.

"왕이여! 한 무리의 존망이 걸린 공동의 목적을 위해서 때로는 남을 속이는 것도 필요합니다. 그것을 전략이나 전술이라 부르기도 하지요. 그것은 상대방의 마음을 읽고 먼저 한걸음 앞서가는 치밀한 계획이지요. 그러나 여러분들도 수도승이나 검정 뱀의 이야기에서처럼 사사로운 욕심으로 남을 속이려 하지 않아야 합니다. 그런 행위는 언젠가 그만큼의 대가를 지불해야 한다는 것도 잊지 마십시오."

까마귀 왕이 말했습니다.

"오래오래 우리들의 위대한 스승으로 남아 가르침을 주시고 수

호자가 되어 주십시오.”

늙은 까마귀가 말했습니다.

“나의 왕이시여! 나의 시대와 역할은 여기까지입니다. 나는 지금까지 겪어온 경험을 여러분께 나눠주고자 했을 뿐입니다. 그것은 올빼미로 태어나지 않고 까마귀로 태어난 운명이었기 때문이지요. 나는 이 생애에서 우리 종족의 존망과 연결된 의무에 충실했습니다. 이제는 나도 긴 휴식이 필요합니다. 왕이시여! 마지막으로 몇 가지 조언을 드리고 떠나려 합니다. 좋은 지도자의 덕목은 남들의 말을 경청하되 올바른 선택과 판단을 해야 하고, 오만과 편견에 빠져서는 안 됩니다. 어려움에 처한 이들을 외면하지 않고 가진 것을 친절하게 베풀면서 백성들을 공평하게 대해야 합니다. 모든 권력은 자

기가 가진 것을 베푸는 것으로부터 시작되어 그들로부터 충성심을 가져올 수 있습니다. 또한 현명한 지도자의 미덕은 지혜로운 이와 대화하며 배우기를 게을리하지 않고, 차가운 머리와 뜨거운 가슴으로 느낄 수 있어야 합니다. 부디 의무의 길을 따르면서 좋은 지도자가 되시기를 바랍니다. 그대들에게 신의 은총이 있기를."

말을 마친 늙은 까마귀는 먼 남쪽 하늘로 날아갔습니다.

이것으로 비슈누샤르마(Vishnu Sarma)가 세 왕자들에게 가르친 지혜를 담은 세 번째 이야기보따리를 마칩니다.

이익과 손해

PANCHATANTRA
판차탄트라4

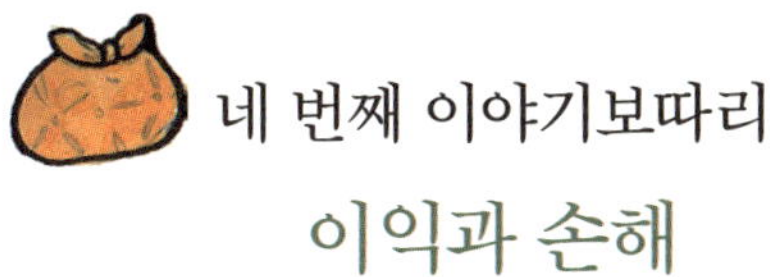

네 번째 이야기보따리
이익과 손해

네 번째로 풀어내는 이야기보따리에는 이익과 손해에 관한 내용이 담겨 있습니다. 어려움에 처했을지라도 지기의 근본을 지키고 본분을 지킨다면 모든 문제를 극복한다는 이야기들입니다. 이 장에서는 우둔한 악어를 깨우치는 지혜로운 원숭이의 대화로 이어집니다.

이제 다섯 묶음의 지혜 중에서 네 번째 '이익과 손해'라는 이야기보따리를 펼칩니다.

1. 우둔한 악어와 꾀돌이 원숭이

원숭이 한 마리가 사과나무들이 많이 자생하는 강가에 살고 있었습니다. 친구도 없이 혼자였지만 원숭이는 행복했습니다. 사과나무는 항상 많은 열매를 맺었기 때문에 먹고 사는 데 아무런 문제가 없었기 때문입니다. 그래도 사과나무에서 혼자 먹고 노는 것 말고 친구도 없는 원숭이는 늘 외로웠습니다.

그러던 어느 날, 악어 한 마리가 강에서 헤엄을 치다가 사과나무 가까이 다가왔습니다.

"그대는 누군가?"

원숭이는 흉측하게 생긴 악어에게 놀라 나무 꼭대기에 올라가 물었습니다. 악어는 나무 위의 원숭이를 올려다보며 말했습니다.

"나는 이 강에 사는 악어인데 먹을 만한 걸 찾아 여기저기 다니고 있네."

원숭이는 두려웠지만 호기심이 생겼습니다.

"흠! 먹을 것을 찾아 돌아다니는 중이라고? 나는 여기 엄청 많은 사과를 갖고 있는 원숭이야. 배고프면 하나 따줄 수도 있어."

그렇게 말하며 원숭이는 사과를 한 개 따서 아래로 던져주었습니다.

악어가 그것을 받아먹고는 말했습니다.

"호오! 정말 달콤하고 맛있는데. 지금껏 먹어본 과일 중에서 제일 맛있는 걸."

원숭이는 악어가 맛있다고 하자 기분이 좋아져서 사과를 더 따서 던져주었고 악어는 남김없이 다 먹었습니다.

"자네는 참 친절하구만. 여기 또 와도 될까? 내가 오면 사과를 좀 더 따줄 수 있나?"

악어는 사과를 맛있게 먹으며 원숭이에게 물었습니다.

그동안 친구도 말동무도 없이 혼자만 지내던 원숭이는 기분이 좋아졌습니다.

"그래. 나하고 친구하기로 하면 언제든지 그대가 원하는 만큼 사과를 줄 수 있어."

원숭이의 말을 들은 악어는 기뻐하며 친구를 하기로 했습니다.

다음 날 악어가 다시 사과나무 아래로 찾아오자 원숭이는 반가운 마음에 많은 사과를 악어에게 따 주었습니다. 이렇게 원숭이와 악어는 친구가 되었고, 악어는 날마다 원숭이를 찾아왔습니다. 함께 많은 시간을 보내며 서로가 알고 있는 많은 것들에 관해 이야기도 나눴습니다.

그러던 어느 날, 가족과 친구들에 대해서 이야기했습니다. 원숭이는 그동안 외톨이로 혼자 지냈지만 악어친구가 생겨 정말 행운이라고 말했습니다. 악어는 강 저편에 아내와 함께 살고 있다고 발했습니다.

"아내라고?"

원숭이가 말했습니다.

"한 번도 그런 말 한 적 없잖아. 진작 말했다면 그대 아내 몫으로도 사과를 더 따줬을 텐데 말이야."

악어가 아내에게도 사과를 좀 가져다주고 싶다고 하자, 원숭이는 아내에게 갖다 주라면서 사과를 한 아름 따서 악어에게 주었습니다. 악어는 그날 원숭이의 선물을 가지고 집으로 돌아갔습니다.

악어의 아내는 사과를 아주 좋아했고 더 많은 사과를 원했습니다. 그래서 악어는 날마다 더 많이 가져오도록 해보겠다고 말했습니다.

원숭이와 악어는 아주 친한 친구가 되었고 점점 더 많은 시간을 함께 보냈습니다. 저녁이 되어 헤어질 때가 되면, 원숭이는 항상 악어의 아내 몫으로 사과를 선물했습니다. 그런데 악어의 아내는 남편이 날마다 늦게 집으로 돌아오는 것이 싫었습니다.

어느 날 악어의 아내가 말했습니다.

"아무래도 나는 당신이 거짓말을 하고 있는 것 같아요. 어떻게 악어가 같은 종족도 아닌 원숭이랑 친구가 돼서 그렇게 오랫동안 놀고 다닌단 말이지요? 우린 원숭이를 잡아먹어야 하는 거라고요."

아내에게 거짓말쟁이라는 말을 들은 악어가 말했습니다.

"난 사실을 말하고 있소. 그 원숭이 친구는 사과나무 위에 살고 있어 거기를 찾아가는 거요. 그는 날 좋아하고, 나도 말벗이 생겨서 좋소. 그 친구가 매일 내게 사과를 따주고 당신 몫까지 잊지 않고 챙겨주지 않소."

414

그 말을 들은 악어의 아내는 생각했습니다.

'만약 그 원숭이가 이처럼 달콤한 사과만 먹고 산다면, 녀석의 살코기도 역시 꿀맛이겠군. 여기로 데려올 수만 있다면 최고의 저녁식사가 될 것 같은데 말이야.'

그렇게 생각하니 원숭이 고기가 눈에 아른거려 큰소리로 외쳤습니다.

"당신이 정말로 그 원숭이의 친구라면, 왜 한 번도 집에 초대하지 않나요? 나도 꼭 한 번 그 원숭이 친구를 만나고 싶어요."

악어가 말했습니다.

"안 돼, 그럴 수는 없어. 원숭이는 뭍의 나무 위에서 사는데, 만약 여기까지 헤엄쳐 오다가는 빠져죽고 말 거니까."

아내가 말했습니다.

"당신은 그저 초대만 하세요. 원숭이는 영리하니까 분명히 여기까지 오는 방법을 찾아낼 거예요."

악어는 친구를 집으로 초대한다는 것이 어쩐지 내키지 않아 원숭이에게 말하지 않았습니다. 하지만 날이 갈수록 악어의 아내는 원숭이 살코기를 먹고 싶은 욕심이 커져서 원숭이를 데려올 방법을 고민하다가 기어이 꾀를 내었습니다. 어느 날, 악어 아내는 아주 아픈 척을 하면서 너무 아파 죽기라도 할 것처럼 눈물까지 흘렸습니다.

악어는 아픈 아내 곁에서 슬퍼하며 물었습니다.
"내가 어떻게 하면 될까?"
그러자 아내는 기다렸다는 듯
"너무 아파서 의사한테 물어보니 이 병이 나으려면 원숭이의 심장을 먹어야 한대요." 하고 말했습니다.

"원숭이 심장이라고?"
악어가 깜짝 놀라며 말하자 악어의 아내는 태연하게
"그래요! 여보. 원숭이 심장 말이에요. 내가 낫길 바란다면 당신 친구의 심장을 가져다주세요."

아내의 말을 들은 악어는 무척 당황했습니다.
"그는 내 친구인데 어떻게 그럴 수가 있단 말이오? 그 친구에게 어떤 해를 끼친다는 건 생각조차 할 수 없소."

그러자 아내는 퉁명스런 목소리로

"그럼 가서 당신 친구랑 사세요. 당신은 아내보다 친구가 더 좋은가요? 당신은 내가 죽는 꼴이 보고 싶은가 보네요. 그래야 그 친구랑 늘 함께 있을 테니까요."

악어는 마음이 편치 않았습니다. 친구를 해친다는 건 생각조차도 할 수 없었지만 아내가 죽게 내버려둘 수도 없어 악어는 눈물을 흘리며 다시 아내에게 물었습니다.

"어떻게 내가 내 유일한 친구를 해칠 수 있단 말이오?"

악어의 아내는 큰소리로 말했습니다.

"원숭이 한 마리쯤 죽이는 게 뭐 그리 대수입니까? 악어는 원숭이나 다른 동물들을 잡아먹고 살아야 하는 거라고요."

어찌할 바를 몰라 악어는 더욱 더 눈물을 흘렸습니다. 그러자 아내가 말했습니다.

"당신은 날 사랑하지 않지요? 내가 콱 죽어버려야겠어요. 오늘 집에 돌아오면 나 죽은 걸 보겠군요."

한동안 고민하던 악어는 남편으로서 아내를 돌보는 것이 의무라고 생각하면서 아내를 살려야겠다고 마음먹고 원숭이에게로 갔습니다.

악어를 보자마자 원숭이가 물었습니다.

"아니, 친구. 왜 이렇게 늦었어? 오는 길에 무슨 일이라도 있었던 거야?"

악어가 대답했습니다.

"일은 무슨 그냥 아내랑 좀 다퉜어. 아내는 내가 자네 친구가 아니라는 거야. 우리에게 그토록 많은 걸 주었는데 아직껏 집에 초대도 하지 않았다고 말이지. 아내는 자네를 몹시 만나고 싶어 해. 그래서 나한테 오늘 자네를 집에 초대하라고 졸라대지 뭐야."

그 말을 들은 원숭이는

"나를 집에 초대해주다니, 정말 그대의 아내는 마음씨도 곱구먼. 나도 그대 아내를 만나보고 싶어. 그런데 거길 내가 어떻게 갈 수 있겠어. 나는 땅 위에 사는데 만약 거기까지 가다가는 물에 빠져 죽고 말거야."

악어가 말했습니다.

"우리는 저 건너편 강둑에 살고 있어. 자네를 거기까지 쉽게 데려갈 수 있어. 내가 헤엄치는 동안 내 등에 타고 있기만 하면 돼." 좋은 방법이라고 원숭이는 생각했습니다.

악어는 좋은 친구를 가졌다고 기뻐하는 원숭이를 등에 태우고 강을 가로질러 헤엄쳐 갔습니다. 강 한복판쯤 오게 되자, 갑자기 악어가 물속으로 들어가기 시작했습니다.

"이봐! 친구 뭐하는 거야? 그렇게 더 들어가면 나는 죽고 말거야."

원숭이가 놀라 소리쳤습니다. 하지만 악어는 "더 깊이 들어갈 거야. 자네를 죽여야 하니까."

깜짝 놀란 원숭이가 물었습니다.

"나를 죽인다고? 아니, 친구! 아무 잘못도 없는 나를 왜 죽이려고 하지?"

악어는 사실대로 말했습니다.

"내 아내가 몹시 아파서 의사한테 가서 물어보니, 병이 나으려면 원숭이 심장을 먹어야 낫는다고 했거든. 자네는 내가 아는 유일한 원숭이야. 하지만 자네를 죽여서 아내에게 자네 심장을 먹여야 한단 말이야.”

원숭이는 충격을 받았습니다. 그리고 지금 목숨이 위태롭다는 걸 깨달았습니다. 무엇을 할 수 있을까. 짧은 시간 동안 열심히 궁리한 끝에 원숭이는 차분한 목소리로 말했습니다.

“친구야. 왜 미리 얘기하지 않았어? 네 아내를 위해 내 심장을 줄 수 있다면 난 정말 기뻐. 그런데 어떻게 하지? 나는 언제나 내 심장을 사과나무에 있는 구멍에 감추어 두고 다닌단 말이야. 나뭇가지를 타고 다니다가 떨어뜨릴 수가 있거든. 그래서 늘 가지고 다니진 않아. 출발 전에 미리 말해주었으면 그 자리에서 바로 내 심장을 주었을 텐데 말이야.”

“그래?”
악어가 물었습니다.
원숭이가 다급하게 말했습니다.
“그렇다니까. 그대 아내가 더 나빠지기 전에 빨리 돌아가서 심장을 가져오자고.”
원숭이의 말에 악어는 최대한 빨리 사과나무가 있던 숲으로 헤엄쳐 돌아왔습니다. 땅에 도착하자 원숭이는 사과나무로 재빨리 뛰어 올라갔습니다.

높은 가지 위에 안전하게 올라간 원숭이는 사과를 따서 악어 머리통에 던지며 말했습니다.

"이 나쁜 악어야! 그동안 너를 친구로 삼아 잘 대해줬건만 친구를 죽이려 하다니. 자, 이제 너 혼자 집으로 가서 네 못된 마누라한테 말해. 세상에서 제일 멍청한 바보를 남편으로 두었다고 말이야."

어리석은 악어가 말했습니다.
"아까 기다려달라고 하지 않았나? 어서 나무 구멍에 빼둔 심장을 가지고 가세나. 내 아내가 정말 좋아할 거야."

원숭이가 한심하다는 표정으로 말했습니다.
"서로 믿을 수 있는 관계가 진정한 친구 사이이고 우정이야. 그대가 먼저 신뢰를 깨고서는 내가 하는 말을 믿겠다니, 바보 아냐? 심장을 다른 곳에다가 빼두는 일이 어떻게 있어. 이제 그대와 친구는 끝났으니 다시는 서로 볼일이 없을 거야. 나는 적을 끌어들여서 자기 동족을 몰살한 바보 같은 개구리 왕이 아니거든."

악어가 눈을 꿈뻑이며 물었습니다.
"나는 아직도 영문을 모르겠네. 어떤 이야기인지 들려주게나."

2. 욕심 많은 코브라 뱀과 어리석은 개구리의 왕

옛날 어느 버려진 큰 우물에 개구리들이 살고 있었습니다. 그러던 어느 날, 평화롭던 개구리 왕국에서 반란이 일어나 개구리 왕은 자기 왕국에서 쫓겨났습니다.

홀로 들판을 뛰어 도망가던 개구리 왕이 중얼거렸습니다.

"아! 허무하구나. 내가 무엇을 잘못했나? 그동안 누구에게도 피해를 주지 않았고, 먹을 것을 독차지하지 않고 골고루 나눴는데도 이런 수모를 당하다니. 어떻게 해서든 이 모욕을 되돌려 주고 복수를 해야겠어."

개구리 왕은 이곳저곳을 헤매다가 커다란 코브라 뱀이 큰 나무 그늘 아래 구멍으로 들어가는 것을 보았습니다.

'맞아. 내가 혼자라서 밀려난 것이니 많은 적을 상대하려면 아주 힘세고 강한 존재의 힘을 빌려야 해. 비록 천적이지만 저 뱀에게 부

탁해야겠다.'

개구리 왕이 코브라 뱀이 들어간 굴 앞에서 소리쳤습니다.
"뱀님! 뱀님! 저와 잠시 얘기를 나누셨으면 합니다."

자기 굴에서 편히 낮잠을 자려던 코브라 뱀이 개구리 왕의 부름
소리를 듣고 생각했습니다.
"응? 저건 내가 잡아먹는 개구리 소리인데 말이야. 개구리가 나
를 부르다니, 그럴 일은 없어. 아무래도 누군가 나를 잡으러 개구리
소리로 유인하려는 게 아닐까? 조심해야겠다."

늙고 의심 많은 코브라 뱀이 밖을 향해 외쳤습니다.
"거기 밖에 누구야? 나는 늘 혼자 다니느라 친구가 없지. 나에게
볼일은 없을 거니 귀찮게 하지 말고 꺼지란 말이야."

개구리 왕이 간절한 음성으로
말했습니다.
"나는 저 아래쪽 우물에
살고 있는 개구리들의 왕입
니다. 당신에게 도움을 청하고자
찾아왔습니다."

코브라 뱀이 말했습니다.

"흥! 뱀과 개구리는 먹고 먹히는 사이인데 나에게 할 말이 있다는 너의 말을 믿을 수가 없다. 마른 풀과 불씨가 친구가 될 수 없듯이 말이야."

개구리가 말했습니다.

"당신의 말이 맞습니다. 물론 개구리와 뱀은 친구가 될 수 없지요. 하지만 제가 당신을 찾아온 이유는 내가 겪은 굴욕에 대해 복수를 하기 위해서입니다. 밖으로 나와서 저와 잠시 이야기를 나누시지요."

의심 많은 늙은 코브라 뱀은 슬며시 굴 밖으로 머리를 내밀고 개구리 왕을 확인한 뒤에야 말했습니다.

“그래. 어떤 일로 나를 찾아왔는지 말해보게.”

개구리 왕이 말했습니다.
“나는 일생에 최대의 모욕과 위험에 빠져 있습니다. 당신이 우리 개구리들의 천적이기에 도와줄 수 있는 일입니다.”

코브라 뱀이 고개를 갸웃하며 물었습니다.
“자세히 말해보게. 그리고 내가 자네를 도와주어서 얻을 수 있는 이익은 무엇인가?”

개구리 왕이 대답했습니다.
“나는 반란을 일으킨 자들에게 왕국에서 쫓겨났습니다. 용서할 수 없는 일이지요. 당신이 저를 도와주신다면 그놈들을 당신의 먹이로 바치겠습니다.”

코브라 뱀이 입맛을 다시며 말했습니다.
“흠! 괜찮은 제안이군. 하지만 돌로 쌓은 우물에 내가 어떻게 내려가서 그놈들을 해치우지?”

개구리 왕이 말했습니다.
“그것은 어려운 일이 아닙니다. 우물 안쪽의 돌 틈새에 숨어 있다가 놈들이 나타날 때 해치우시면 됩니다.”

개구리 왕의 말을 듣고 있던 코브라 뱀이 생각했습니다.
‘그래! 나도 이제 늙어서 사냥하기 쉽지 않으니 저 친구의 말도 일리가 있어. 저 친구를 따라 우물에 가면 적어도 당분간 배고플 걱정은 없겠구먼.’

생각을 마친 코브라 뱀이 눈도 제대로 못 마주치고 있는 개구리 왕에게 말했습니다.
“그대의 말을 들으니 내 도움이 꼭 필요한 듯하구만, 좋아! 자네 소원대로 그곳으로 가서 너의 원수들을 먹어주마.”

자신의 제의를 받아들이겠다고 하자 개구리 왕이 기뻐하면서 말했습니다.
“고맙습니다. 하지만 조건이 한 가지 있습니다.”

코브라 뱀이 혀를 날름거리면서 물었습니다.
“조건? 부탁하는 주제에 조건을 걸다니. 그래? 그대의 조건이란 게 무엇인가?”

개구리 왕이 떨리는 목소리로 말했습니다.

"당신은 우물 틈에서 아무 개구리나 잡아먹으면 안 됩
니다. 내 가족과 나에게 충성하는 개구리들
을 제외하고 내가 지정한 개구리들만 먹어야
합니다."

코브라 뱀이 대답했습니다.

"좋아! 좋아. 그대와 나는 이제 동맹을 맺은 것이나 마찬가지니
그대의 조건을 들어주겠네. 자네가 표시한 놈들만 먹기로 하지."

코브라 뱀을 몰래 데리고 우물로 돌아온 개구리 왕은 가족들과
충성스런 부하들을 한자리에 불러 모았습니다.

"이제부터 아주 무서운 코브라가 나를 몰아낸 놈들을 다 잡아
먹을 것이다. 당분간 위험하니 가능한 우물 벽 틈새 가까이 가지
말고 항상 혀를 반쯤 내밀고 다니도록 해라. 그러면 잡혀먹지 않을
것이다."

입 밖으로 혀를 반쯤 내밀고 다니는 개구리는 잡아먹지 않
기로 코브라 뱀과 미리 약속했었기 때문입니다. 그
래서 혀를 내밀고 다니는 개구리들은 무사했지
만 다른 개구리들은 하나둘씩 코브라 뱀
의 먹이로 사라졌습니다.

이렇게 우물 돌 틈 사이에 숨어서 힘들이지 않게 먹이 사냥을 하는 코브라 뱀은 행복한 날을 보냈습니다. 하지만 시간이 지날수록 개구리 왕에게 대적했던 입다문 개구리들이 거의 다 코브라 뱀의 먹이가 되었습니다.

어느 날 코브라 뱀이 개구리 왕에게 말했습니다.

"자! 이제 자네의 소원대로 자네에게 대적했던 놈들을 내가 모두 다 잡아먹었네. 이제 배고픈 나는 누구를 먹어야 하는가?"

개구리 왕이 대답했습니다.

"뱀님! 그동안 제가 부탁한 대로 해주셔서 감사했습니다. 당신은 내 부탁을 들어주는 대신에 힘들이지 않고 먹을 수 있었으니 그 대가로 생각하십시오. 당신의 역할은 이제 끝났으니 원래의 살던 곳으로 돌아가십시오."

그러나 우물에서 떠날 생각이 전혀 없는 코브라 뱀이 말했습니다.

"이제 필요가 없어졌으니 떠나라고? 그럴 수는 없지. 내가 살던 곳은 이제 다른 누군가의 사냥터가 되었을 것이니 나는 돌아갈 생각이 없네. 나는 이곳에 머무를 것이니, 이제부터 자네와 관계된 누구이건 잡아먹을 거야."

개구리 왕은 코브라 뱀의 어이없는 태도에 할 말을 잃었습니다.

'아 내가 무슨 짓을 한 것인가? 비록 나를 쫓아냈지만 그래도 동족인데 나의 복수를 위해 그들을 재물로 바쳤으니 내가 생각이 짧았구나. 적어도 한 집단의 지도자라면 동족을 설득하고 지키는 일에 최선을 다해야 하거늘 거꾸로 했다니. 자연에서 먹고 먹히는 관계를 동맹으로 삼고 친구로 삼아 동족을 죽였으니 내 잘못이 너무 크다.'

이미 늦은 후회를 하며 개구리 왕은 눈물을 흘렸습니다.

"강한 적을 불러왔다면 그만한 대가를 치를 준비를 했어야 하는데 작은 이익을 위해 모든 것을 잃어버릴 수 있겠구나."

그러나 남아 있는 동족들을 위해 어떻게든 희생을 줄여야만 했던 개구리 왕은 코브라 뱀을 찾아가 말했습니다.

"뱀님! 당신이 이곳을 떠나지 않겠다고 하시니, 어쩔 수가 없군요. 대신 하루에 단 한 마리 개구리만 바치겠습니다."

코브라 뱀이 대답했습니다.

"자네 사정이 그렇다 하니 어쩔 수 없지. 그렇게 하겠네."

아직 우물 안에 개구리 왕을 따르는 개구리들이 남아 있어 코
브라 뱀은 굳이 고생해가며 사냥을 나갈 필요가 없다고 생각했습
니다.

입을 다물고 다니던 개구리들은 영문도 모른 채 다 사라졌고, 이
제는 혀를 반쯤 내밀고 다니던 개구리들도 한 마리씩 자취를 감추
고 있었습니다.

그러던 어느 날 결국 자기 아들마저 뱀에게 잡아먹히자 개구리
왕은 눈물을 흘리며 슬퍼하는 아내를 위로하며 말했습니다.
"이제 가족 몇밖에는 남아 있지 않으니 큰일이오. 늦었지만 이제
라도 방법을 찾아야 될 것 같소"

한참을 생각하던 개구리 왕은 이제는 아무도 우물에서 나가지
못하도록 우물 입구 언저리에 떡하니 버티고 있는 코브라 뱀을 찾
아갔습니다.
"뱀님! 이제는 당신께 바칠 개구리가 몇 남지 않았습니다."
코브라 뱀이 혀를 날름거리면서 말했습니다.
"나는 지금 몹시 배가 고프네. 아직 이 우물에 남은 개구리들을
다 올려 보내라고."

개구리 왕이 말했습니다.

"당신이 우리 가족들을 모두 잡아먹는다면 그다음 에는 어쩌실 것입니까? 제게 좋은 생각이 있습니다."

개구리 왕의 간곡한 말에 코브라 뱀이 물었습니다.

"그래 어떤 생각인지 들어보겠네."

그러자 개구리 왕이 말했습니다.

"제가 처음 당신을 찾아갔을 때만 해도 이 우물은 개구리들이 많았습니다. 그렇지 않습니까?"

코브라 뱀이 고개를 끄덕이자 개구리 왕은 재빨리 말을 이었습니다.

"보십시오. 지금과 그때는 다르지요. 왜냐하면 당신이 다 잡아먹고 말았기 때문입니다."

개구리 왕의 항의하는 듯한 말에 슬슬 화가 나기 시작한 뱀이 말했습니다.

"그게 지금 무슨 상관이란 말이냐? 나는 그대의 부탁을 들어준 것뿐인데 말이야."

개구리 왕이 말했습니다.

"제가 말씀드리고자 하는 것은 그때처럼 개구리들이 많은 우물이나 연못을 찾는 것이지요. 당신이 우리 가족을 밖으로 내보내주면 우리들이 흩어져서 개구리가 많은 우물을 찾아내서 알려드리겠습니다."

개구리 왕의 말에 코브라 뱀이 고개를 끄덕였습니다.

"그럴듯한 말이네. 그럼 내보내줄 테니 빨리 개구리들이 가득한 우물을 찾아내서 나를 안내하게."

그렇게 말하며 코브라 뱀이 비켜서자 개구리 가족들은 그때서야 우물 밖으로 나갈 수 있었습니다.

그런 후 코브라 뱀은 오랜 시간이 지나도록 개구리 왕이 돌아오지 않자 배가 고파 죽을 지경이었습니다. 그래서 우물가의 나뭇가지에 있는 카멜레온에게 말했습니다.

"어이 친구! 자네는 개구리 왕을 잘 알고 있지? 지금 그 친구가 어디 있는지 찾아봐주게. 아직까지 다른 우물을 못 찾았더라도 상관없으니 어서 이곳으로 돌아오라

고 전해주게.”

코브라 뱀은 개구리 왕의 가족이라도 잡아먹으면 힘이 나서 자기가 직접 다른 우물을 찾아 나설 수 있을 거라고 생각했습니다.

카멜레온이 풀숲 물 웅덩이에서 가족들과 편하게 지내고 있는 개구리 왕을 찾아 말했습니다.

“이보게! 자네 친구 코브라 뱀이 자네를 애타고 찾고 있네. 다른 우물을 찾지 못했더라도 상관없으니 얼른 돌아오라고 하던데.”

개구리 왕이 말했습니다.

“친구? 친구라는 말은 하지도 말게. 나와 내 가족을 멸망시키려고 하는데 친구라니. 미안하지만 그에게 이 말을 좀 대신 전해주게나. 굶주린 천적을 믿을 수 있겠느냐고 말일세.”

원숭이는 이 이야기를 마치면서 악어에게 물었습니다.

“친구라는 말은 서로가 존중할 때 이뤄지는 관계야. 나는 개구리 왕이 뱀을 대하듯 그대를 친구로 생각했는데, 그대와 코브라 뱀이 다를 바가 무언가?”

하지만 악어는 여전히 포기하지 않고 미련하게 재차 부탁했습니다.

"친구! 그 무슨 말인가? 내 마누라가 그대가 따준 사과를 맛있게 먹었으니 고맙다면서 초대했다고 하지 않았나. 자네가 감춰둔 심장을 가지고 우리 집을 방문하면 우리가 참 행복할 것이네."

원숭이가 어이없는 표정으로 말했습니다.
"그대 부부가 행복하겠지. 내가 불행을 초대했던 멍청한 두루미처럼 보이나? 그대의 악랄한 부인에게 전해주게나. 심장을 두 개씩 갖고 있는 다른 누군가를 찾아보라고 말이야."

악어가 눈을 깜박이면서 말했습니다.
"불행을 초대한 두루미라니 어떤 이야기인가?"
원숭이는 사과를 한입 베어 물면서 악어에게 어리석은 두루미와게 이야기를 들려주었습니다.

3. 어리석은 두루미와 게

한 무리의 두루미들이 숲에 있는 큰 반얀나무에 둥지를 만들고 살았습니다. 근처 연못에는 게들이 살고 있었는데 두루미들이 둥지를 튼 후로는 매일 연못으로 와서 게들을 잡아먹는 바람에 거의 멸종위기를 겪고 있었습니다. 봄이 되어 두루미들이 둥지에 알을 낳았고 부화를 할 때쯤이었습니다.

어느 날 코브라 한 마리가 반얀나무 아래에 굴을 파고는 두루미들의 둥지까지 올라와서 알이며 새끼들을 잡아먹기 시작했습니다. 어미 두루미들은 속수무책으로 알과 새끼들이 뱀에게 잡아먹히는 것을 지켜볼 수밖에 없었습니다. 새끼들을 모두 잃은 어미 두루미가 허공을 날다가 연못에 내려앉아 구슬피 울고 있었습니다.

구슬피 울고 있는 두루미를 보고 게 한 마리가 다가와 물었습니다.

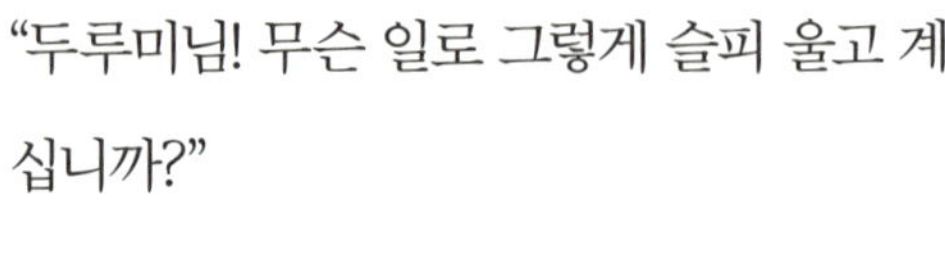

"두루미님! 무슨 일로 그렇게 슬피 울고 계십니까?"

평소에는 먹을 것으로만 보이던 게가 물었지만, 슬픔에 빠져 배고픈 줄도 잊은 두루미가 대답했습니다.

"코브라 뱀이 매일 우리 새끼들을 잡아먹고 있는데 어찌할 수가 없구나."

두루미의 말을 들은 게는 생각했습니다.

'흥, 드디어 복수할 기회가 생겼구나. 그동안 우리들을 모두 잡아먹은 너희들도 이제 그 고통을 알아야 해.'

복수를 결심한 게가 두루미에게 말했습니다.

"두루미님! 제게 좋은 생각이 있는데, 들어보시겠습니까?"

새끼들을 잃고 슬퍼하던 어미 두루미가 게를 내려다보며 말했습니다.

"좋은 방법이라도 있니? 아직도 나무에는 날지 못하는 어린 새끼들이 많은데 말이야."

게는 눈을 깜박이며 대답했습니다.

"두루미님도 아실 테지만 저 아
래쪽 언덕에 몽구스들이 살고 있
지요. 두루미님들께서 몽
구스들이 좋아하는 먹이를
코브라 뱀 굴까지 늘어놓는
다면 해결됩니다."

두루미가 고개를 갸웃거리며 물었습니다.

"그게 어떻게 좋은 계획이지?"

게가 대답했습니다.

"코브라 뱀에게 가장 두려운 적이 누구인지 잊었나요? 몽구스입
니다. 몽구스들이 먹이 조각들을 따라서 코브라 뱀 굴까지 간다면
코브라가 무사할까요?"

게의 말을 들은 두루미가 눈을 빛내며 말했습니다.

"그런 방법이 있었다니, 이제 안심할 수 있겠구나. 그런 방법을 알
려줬으니 오늘 너를 잡아먹지 않겠다."

그리고 어미 두루미는 무리들에게 돌아가 게가 일러준 방법을
말했고, 두루미들은 즉시 몽구스들이 사는 굴에서 코브라 뱀이 사

네 번째 이야기보따리, 이익과 손해 437

는 굴까지 고기 조각들을 늘어놓았습니다.

얼마 후 몽구스들이 고기 조각들을 먹으며 코브라 뱀 굴까지 이르러 코브라 뱀을 죽였습니다. 두루미들이 기뻐서 울어대며 이리저리 날아다녔습니다.

시끄러운 소리에 위쪽을 쳐다보던 몽구스들이 코브라 뱀에 만족하지 않고 나무를 기어올라 알과 새끼들을 닥치는 대로 잡아먹기 시작했습니다. 두루미들은 일이 이렇게 될 줄은 꿈에도 생각하지 못했기에 경악할 수밖에 없었습니다.

멀리서 그 모습을 지켜보던 게가 나직이 중얼거렸습니다.

"남의 슬픔은 모른 채 자기들의 슬픔만을 생각하다니 아직도 멀었군. 어디에서건 약한 자의 슬픔은 강한 자에 의해 만들어지지."

438

이야기를 마친 원숭이가 악어에게 물었습니다.

"어때? 두루미가 게의 복수심 때문에 자기 자손들이 몰살당하는 것을 보아야 했던 이야기가?"

악어가 대답했습니다.

"누군가에게 원망을 주게 된다면 언젠가 자기에게도 같은 일이 벌어질 수도 있다는 생각이 드는군."

원숭이가 머리를 끄덕이며 말했습니다.

"맞아! 항상 자기는 선하고 상대방은 나쁘다고 생각하면 그것이 어리석음이지. 보는 각도에 따라 보이는 장소에 따라 얼마든지 다르게 보일 수 있거든. 자기 판단이 없이 남의 말을 무조건 믿게 되면 뇌 없는 당나귀와 같아."

악어가 물었습니다.

"응? 뇌가 없는 당나귀가 있다고?"

4. 당나귀는 뇌가 없어요

숲의 제왕 사자도 나이를 먹고 늙으니 이제 더 이상 빨리 달릴 수가 없고 사냥도 쉽지 않아 굶기도 했습니다. 시간이 흐를수록 점점 더 쇠약해진 사자는 죽지 않으려면 어떻게든 충분히 먹어야 했습니다. 이렇게는 더 이상 살 수 없다는 걸 알기에 꾀 많은 여우에게 좋은 생각이 있는지 물어보기로 했습니다.

그래서 사자는 여우를 불러 말했습니다.

"어이 친구. 나는 언제나 자네를 좋아했네. 자네는 지혜롭고 영리하기 때문이지. 그러니 자네가 참모가 되어 나에게 조언을 좀 해주었으면 싶은데 말이야."

여우는 사자의 느닷없는 제안에 뭔가 함정이 있다고 생각하면서도 숲의 왕에게 싫다고 말할 수는 없었습니다.

"대왕님, 감히 대왕님을 모시게 되어 영광입니다. 제안을 받아들이지요. 제가 뭘 해야 하는지 말씀해 보십시오."

늙은 사자는 기뻤습니다.

"자! 이제부터 자네가 할 일을 말해주지. 잘 알다시피 나는 이 숲 속의 왕이라 다른 동물들의 꽁무니를 쫓아다니다 보니 영 체면이 서지를 않네. 그러니 자네의 첫 번째 임무는 나에게 날마다 동물 한 마리씩을 데려오게. 영리한 자네라면 이 정도 일은 충분히 해낼 수 있겠지?"

여우가 말했습니다.

"최선을 다해 보겠습니다."

그리고는 사자에게 바칠 먹잇감을 찾아 나섰습니다. 길에서 여우는 살이 통통한 당나귀를 보고 반갑게 다가가 아는 척을 했습니다.

"어이 친구! 요새 어디를 그렇게 나돌아다니는 것인가? 자네를 만나려고 며칠 동안 찾아다니고 있었다네."

당나귀는 분명 처음 보는 여우였지만 반갑게 아는 체를 하는지라 혹시 예전에 만났었는지도 몰라 대꾸를 했습니다.

"나는 항상 이 근처에 있었는데, 왜 그렇게 날 만나려고 했지?"

그러자 여우가 능청스럽게 말했습니다.

"응 자네한테 좋은 소식을 전해주려고 찾아다녔지. 자네는 정말이지 운이 좋아. 엄청난 명예가 자네를 기다리고 있다네. 우리들의 위대한 사자 대왕님께서 자네를 수상으로 내정하셨지 뭔가. 대왕님이 나에게 이 결정을 전하라고 하셔서 이제껏 자네를 찾아다니고 있었네 그려."

당나귀가 눈을 껌벅거리며 물었습니다.

"뭐 사자라고? 나는 사자가 무서워. 사자는 날 잡아먹을지도 몰라. 왜 그런 작자가 나를 수상으로 뽑았을까? 나는 수상이 될 만한 재목도 못되고 할 생각도 없으니 그냥 나를 내버려두게."

여우가 빙그레 웃으며 말했습니다.

"자네의 뛰어난 자질과 특별한 매력을 자네만 모르는군 그래. 우리 사자대왕께서 자네에 관해 엄청나게 많은 말을 들었다고 하네. 그래서 자네를 만나고 싶어 학수고대하고 있네. 대왕은 자네가 지혜롭고, 점잖으며, 일도 열심히 한다면서 자네를 아주 좋아하고 있네."

한심한 당나귀는 여우의 이 사탕발린 말들이 사실일지도 모른다는 생각이 들었습니다. 그래서 거짓말일지도 모르지만 일단 한번은 여우를 믿고 사자한테 함께 가보기로 했습니다.

"그래 좋아. 그래도 무서우니, 괜찮다면 자네랑 같이 가고 싶네만."

여우가 말했습니다.

"자네는 듣던 만큼 정말로 지혜롭네 그려. 일생일대의 기회를 놓쳐서는 안 되지 암. 우리 대왕께서 자네에 관한 칭찬을 수없이 듣기만 하셨는데, 이제야 자네를 만날 수 있게 되었으니 얼마나 기뻐하실까. 자! 어서 가세나."

마침내 사자굴 앞에 당도하니 오금이 저린 당나귀는 사자에게 가까이 다가가지 못하고 뒷걸음만 쳤습니다. 그러자 여우가 사자에게 말했습니다.

"대왕! 수상 내정자께서 몹시 수줍으셔서 가까이 다가오는 걸 망설이고 계십니다."

그 말에 배고픈 사자가 통명스럽게 말했습니다.

"그래! 그러면 내가 직접 그리로 가지."

사자는 느릿느릿 당나귀에게로 걸어갔습니다. 사자가 다가오자 당나귀는 너무나 무서워 죽어라 도망을 쳤습니다.

그렇게 사자는 먹이를 놓치고 화가 나 으르렁대며 여우에게 소리
쳤습니다.

"나를 속이다니. 나는 너
무 배가 고파 지금 당장 저
놈을 먹고 싶으니 어서 저 당
나귀를 도로 잡아와. 아니면
너를 잡아먹을 테니까"

여우는 나름대로 한심한 당나귀를 속여서 데려왔건만 놓치고서
자기한테 화를 내는 사자가 미웠지만 참을 수밖에 없었습니다.

"대왕님께서 너무 서두르셨습니다. 제가 충분히 가까이 데리고
갈 때까지 믿고 맡겨두셨어야지요. 하지만 다시 가서 데려오겠습니
다. 이번에는 잘 좀 부탁드립니다."

여우는 투덜거리며 밖으로 나가 다시 당나귀를 찾아갔습니다.

"이봐! 자네는 정말 별난 친구일세. 대왕께서 자네를 보러 친히
다가가건만 왜 그렇게 달아난 것인가?"

당나귀가 말했습니다.

"나는 너무 무서웠어. 사자가 나를 죽일 것만 같았거든."

여우가 빙글거리며 말했습니다.

"똑똑한 줄은 알았네만 자네는 정말 조심성까지 있네 그려. 하지만 대왕님이 자네를 죽이려 했다면 당장 그렇게 할 수 있었을 걸세. 자네는 그렇게 달아나지 말았어야 했어. 사실 왕께서 자네한테 다가갔던 것은 내가 듣지 못하도록 왕국에 관한 비밀을 자네한테만 말하려고 그러신 것인데 말이지. 대왕께서 수상으로 내정한 자네에게 매우 섭섭해 하셨네. 나하고 다시 가서 용서를 빌게. 자네는 대왕을 모시는 게 얼마나 대단한 힘을 가지는 줄 정말 모르나? 수상은 왕 다음으로 두 번째란 말일세. 다른 모든 동물들이 자네를 존경하고, 수상인 자네한테 잘 보이려 할 거야."

한심한 당나귀는 여우의 사탕발림에 또다시 귀가 솔깃해져서 다시 사자에게로 갔습니다. 여우가 당나귀를 데려오기까지 사자는 배가 몹시도 고팠지만 이전처럼 서두르지 않고 웃으며 말했습니다.

"어서 오게, 친구여. 그렇게 가버리니 참 섭섭했네 그려. 이리 좀 더 가까이 오게나. 자네는 나의 수상이라네."

당나귀가 가까이 다가서자 사자는 와락 달려들어 당나귀 수상의 머리를 앞발로 내리쳐 한방에 죽이고 말

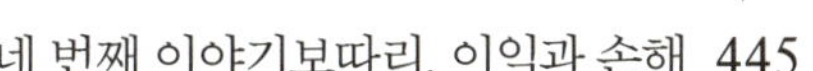

았습니다. 사자는 여우의 간교한 계략에 감탄하면서 마침내 먹을 수 있게 되어 너무도 기뻤습니다.

사자가 막 당나귀 식사를 하려할 때, 여우가 말했습니다.
"대왕님. 아주 시장하시겠지만 왕이라면 식사 전에 먼저 목욕을 해야 된다고 들었습니다."
사자는 여우의 말이 황당했지만 왕의 체면이라니 어쩔 수 없이 목욕을 하기로 했습니다.
"그래, 그렇지. 가서 목욕을 하고 올 테니. 자네는 당나귀를 잘 지키고 있어."

여우는 자기 말에 속은 한심한 당나귀도, 배고픈데 목욕을 가는 사자도 똑같다고 생각하며 혼자서 킬킬거렸습니다.

당나귀를 지켜보고 있자니 여우도 몹시 배가 고팠습니다.
'흥! 한심한 당나귀를 이리로 데려오기까지 내가 온갖 고생을 했는데 멍청한 사자는 거의 놓칠 뻔 했어. 이 당나귀 고기 중에 제일 맛있는 부위를 먹을 자격이 있는 건 바로 나야.'
이렇게 중얼거리며 당나귀의 뇌를 모두 먹어치웠습니다.

목욕을 마친 사자가 돌아와 당나귀를 살펴보니 머리통이 부서져 있었습니다. 으르렁대며 사자가 여우에게 물었습니다.

　"여기 잘 지키라고 했는데 누가 다녀갔나? 당나귀 머리에 대체 무슨 일이 있었던 거야?"

　여우는 사자의 책망에 한숨을 내쉬며 섭섭한 듯 말했습니다.

　"대왕님은 충실하게 당나귀를 지킨 참모를 믿지 못하시는군요. 대왕님이 조금 전에 앞발로 당나귀 머리통을 내리쳐 죽이지 않으셨습니까?"

　사자가 여우의 말에 머리를 끄덕이고 당나귀를 먹다가 갑자기 소리를 질렀습니다.

　"그런데 당나귀 골은 어디 있지? 나는 먼저 골부터 먹고 싶었단 말이다."

그러자 여우가 간사하게 웃으며 말했습니다.

"대왕님, 당나귀는 뇌가 없지요. 만약에 있었다면 두 번씩이나 이 곳으로 왔을 리가 없잖습니까?"

이야기를 마친 원숭이가 악어에게 말했습니다.

"그대는 친구라면서 나를 속였지만, 뇌 없는 당나귀처럼 나는 어리석지 않아."

악어가 대답했습니다.

"나는 여전히 자네를 친구로 생각하네. 단지 내 마누라가 자네를 보고 싶어 초대했으니 함께 가세나."

원숭이가 악어를 노려보면서 말했습니다.

"그대는 여전히 상황 파악을 못하는 것인가? 한 옹기장이는 상황에 따라 자신의 처지가 달라지고 모든 것을 잃어버렸을 때도 진실을 말했는데 그대는 여전히 거짓을 말하네 그려."

악어가 말했습니다.

"그 옹기장이는 어떤 상황이었고 어떤 진실을 말했다는 것인지 들려줄 수 있겠나?"

5. 옹기장이 이야기

옛날 어느 마을에 게으르고 겁 많은 옹기장이가 있었습니다. 그러면서도 술을 무척 좋아했는데, 어느 날 진흙을 잘못 반죽해서 옹기가 잘 구워지지 않고 실패를 했습니다.

마음이 상한 옹기장이는 술에 잔뜩 취해서 가마에서 꺼내 세워둔 그릇들을 막대기로 후려쳐서 깨뜨렸습니다. 그러다가 그만 옹기 파편이 튀면서 옹기장이의 얼굴과 이마에 큰 상처를 내었습니다. 겨우 정신을 차려서 피를 닦아냈지만, 이때 입은 상처는 얼굴 인상을 험악하게 만든 깊은 흉터가 되고 말았습니다.

그러던 중 이 나라에 긴 가뭄이 들어 사람들이 굶주림을 견디지 못하고 사방으로 먹을 것과 일자리를 찾아 다른 나라로 흩어졌습니다. 옹기장이도 사람들이 옹기를 사지 않자 더 이상 버티지 못하고 고향을 떠나기로 했습니다.

옹기장이는 정든 집을 떠나야 한다는 사실에 안타까워하며 방안을 둘러보았습니다. 그의 눈에 얼굴에 난 큰 흉터 때문에 여자들이 시집오지 않아 준비해 두었던 화려한 결혼 예복이 보였습니다. 결혼도 못한 노총각 신세를 한탄하면서 두고 가기 아까운 마음에 다 해진 작업복을 벗고 예복으로 갈아입었습니다.

옹기장이가 피난민 일행들과 함께 동행을 하게 되었는데, 알고 보니 이들은 이 나라 왕가의 사람들이었습니다. 왕가의 사람들은 옷차림이 화려한 그를 귀족으로 여겨 내치지 않고 동행을 허락했습니다.

길고 긴 여정 끝에 제법 물이 풍족하고 여유로운 작은 나라에 도착했습니다. 그 나라의 왕은 멀리서 온 왕가의 일행을 대접하였고, 옹기장이도 왕가의 일행으로 여겨 과거에 어떤 직업을 가졌느냐고 물었습니다.

옹기장이는 생전 처음으로 왕이 직접 말을 걸어오는지라 두려워

서 아무 말도 하지 못했습니다. 왕의 곤란한 질문에 대답을 못하고
우물쭈물하는 그의 표정은 흉터 때문에 더욱 험악해졌습니다. 그
러자 다른 나라에서 온 무사
의 자존심 때문에 그런 것으
로 생각한 왕이 더 이상 묻지
않았습니다. 말도 없는 얼굴 표정
만으로도 이 사람은 많은 전투를 경
험한 위대한 전사라고 믿고 자신의 군대
를 맡기기로 했습니다.

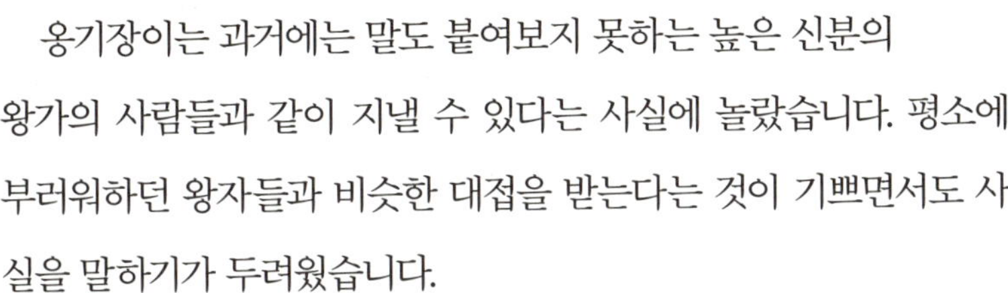

옹기장이는 과거에는 말도 붙여보지 못하는 높은 신분의
왕가의 사람들과 같이 지낼 수 있다는 사실에 놀랐습니다. 평소에
부러워하던 왕자들과 비슷한 대접을 받는다는 것이 기쁘면서도 사
실을 말하기가 두려웠습니다.

그러던 중 다른 나라에서 이 나라를 빼앗으려 전쟁을 준비한다
는 소문이 퍼졌습니다. 왕은 피난을 온 많은 사람들이 늘어났고, 얼
굴이 험악한 위대한 전사도 있다는 생각에 전쟁을 해도 이길 수 있
을 것만 같았습니다.

왕은 모든 전사들을 불러 모아 각자 임무를 맡기고, 옹기장이에

게 물었습니다.

"그대는 어떤 군대를 지휘하겠소? 마침 코끼리 부대를 맡을 장수가 없는데 한번 맡아보시겠소?"

원래 겁이 많았던 옹기장이는 몇 년을 잘 지냈지만, 막상 전쟁을 하러 생전 처음 보는 코끼리 부대에 들어가자니 덜컥 겁이 났습니다. 할 수 없이 그는 사실대로 자신이 옹기장이이고 술에 취해 부수던 깨진 그릇 파편으로 얼굴에 큰 흉터가 있게 되었다고 말했습니다.

어이없는 그의 말에 왕은 화가 치밀었습니다.

"고얀지고! 그동안 나를 잘도 속였겠다? 그렇다면 왜 자네는 왕가의 일행이 되었나?"

옹기장이가 떨면서 말했습니다.

"대왕님! 모든 것이 오해입니다. 저는 대왕님을 속인 적이 없습니다. 결혼을 못해 입지 못했던 예복이 아까워서 입었고, 왕가에서 저를 피난길에 데려온 것뿐입니다. 죄송합니다. 사실대로 말하지 못한 것은 겁이 나서 그랬습니다.”

옹기장이의 대답에 왕은 한숨을 푹 내쉬며 말했습니다.
“그래, 그대의 말이 사실이라면 모든 것이 오해에서 비롯되었으니 그대에게 죄는 없다. 그러니 이제 이곳을 떠나 옹기를 구우러 가 보도록 해라.”

벌을 받을 줄 알았는데 떠나라는 왕의 말에 감동한 옹기장이가 눈물을 흘리며 말했습니다.
“대왕님! 비록 오해에서 비롯된 일이었지만, 제가 사실대로 고하지 못했던 제 잘못이 큽니다. 그동안 이곳에서 무사로 대접을 받으며 살았으니, 비록 제가 겁은 많지만 전투에 참여해서 싸우겠습니다.”

왕은 옹기장이를 물끄러미 바라보면서 물었습니다.
“그대는 칼과 창을 들어본 적은 있는가? 방패를 들어 칼을 막아 본 적은 있는가?”

옹기장이가 머리를 더욱 수그리면서 대답했습니다.
“대왕님! 제가 칼도, 창도, 방패도 들어본 적이 없지만 은혜를 갚을 수 있도록 전투에 나갈 수 있게 해주십시오. 목숨을 다해 싸우겠습니다."

왕이 크게 웃으며 말했습니다.

"허허허! 그대의 말이 가상하구나. 무기도 들어본 적이 없는 겁
많은 옹기장이가 목숨을 바쳐서 싸우겠다니 뜻은 가상하지만, 그대
는 옹기장이로 태어나 지금껏 그 일을 하며 살아왔네. 그러니 코끼
리 부대를 이끌어 적의 코끼리를 죽일 수는 없을 것이야."

옹기장이가 고집을 부리며 말했습니다.

"대왕님의 말씀이 맞습니다. 하지만 그것은 직업일 뿐 전쟁에서
하나의 목숨은 누구나 같습니다."

왕이 말했습니다.

"그대에게 어린 새끼 들개가 자기가 어떤 존재인지를 깨닫기까지
어떤 일이 있었는지 말해주겠다."

454

6. 자기 분수를 알아야

숲속에 사는 사자 부부가 새끼 두 마리를 낳았습니다. 수사자는 기뻐하며 암사자에게 말했습니다.

"당신은 새끼들이 다 자랄 때까지 굴에서 보살피시오. 내가 먹을 것을 구해오겠소." 그리고 매일 수사자는 사냥을 나가 충분한 먹잇감을 사냥해 왔습니다.

그러던 어느 날, 사자가 밖으로 나갔지만 그날은 먹이가 될 만한 동물을 하나도 찾을 수가 없었습니다. 힘없이 굴로 돌아오는 도중에 사자는 새끼 들개를 발견하고 덥석 물고 가 암사자에게 가져다주었습니다.

"오늘은 이 새끼 들개밖

에 찾을 수가 없었소. 나는 아무래도 새끼는 잡아먹을 수가 없으니 당신이나 드시오.”

수사자의 말에 암사자가 대꾸했습니다.

“당신이 그렇다면 나는 저 새끼를 잡아먹을 수 있겠어요? 나는 두 새끼의 어미랍니다. 나도 저 새끼 들개를 먹을 수가 없으니 오늘은 굶고 우리 셋째로 삼겠어요.”

사냥을 제대로 못해서 암사자에게 미안한 수사자가 말했습니다.

“당신 뜻이 그러하다면 좋도록 하시오.” 그렇게 해서 암사자는 새끼 들개를 키우게 되었습니다. 목숨을 건진 새끼 들개는 사자의 두 새끼들과 함께 살면서 함께 달리고 뛰놀며 자랐습니다.

어느 날, 심심한 새끼들이 어미 사자 몰래 밖에 나가서 사냥을 하기로 하고 숲으로 들어갔습니다. 새끼 사자들이 코끼리 한 마리를 발견하고 사냥한다면서 쫓아갔습니다. 하지만 새끼 들개는 무서워서 소리쳤습니다.

“코끼리한테 가까이 가지마. 코끼리가 형들을 죽일지도 몰라!” 그렇게 말하면서 도망쳤습니다.

새끼 들개가 도망치는 것을 보자, 두 새끼 사자들도 용기를 잃고

굴로 돌아왔습니다. 새끼 사자들은 엄마 사자에게 코끼리 사냥놀이 얘기를 하면서 막내가 어떻게 했는지를 고자질했습니다. 새끼 들개는 형들이 겁쟁이라고 놀리자 기분이 좋지 않았습니다.

화가 난 새끼 들개는 두 새끼 사자들에게 으르렁거리며 대들었습니다.

"나는 그런 겁쟁이가 아니야. 나도 용감하거든. 그러니까 나랑 한 판 붙어 보자고."

그러자 암사자가 새끼 들개 곁으로 다가가 말했습니다.

"애야! 너는 막내잖니. 형들에게 그렇게 말하면 안 된단다."

그러나 어미 사자의 충고에도 새끼 들개는 더욱 화를 낼 뿐이었습니다.

"형들이 나를 비웃는데 어떻게 참을 수 있어요? 나도 형들만큼 용감하다고요. 내가 얼마큼 힘이 센지 보여줄 거예요. 둘 다 혼내줄 거라고요.”

화를 내는 새끼 들개를 바라보며 암사자는 미소를 지으며 말했습니다.

“그래! 너는 용감하단다. 그리고 똑똑하지. 그렇지만 너도 알아야겠지만 들개가 사자를 이길 수는 없는 거란다.”

들개가 깜짝 놀라 눈을 크게 뜨고 물었습니다.

“그게 무슨 말이지요?”

그러자 암사자가 조용히 말해주었습니다.

“얘야, 잘 들어봐. 사실 너는 사자가 아니라 들개란다. 길 잃은 네가 가엾어서 데리고 와서 이제껏 내 두 새끼들과 함께 너를 길렀지. 내 아들들은 아직까지 네가 들개란 것을 몰라. 그렇지만 곧 더 크면 내 아이들이 널 잡아먹고 말거야. 이제 알았으니 너는 이 길로 떠나서 네 동족들과 함께 살아라.”

어린 들개는 이 말을 듣고는 무서워서 뒤도 돌아보지 않고 달아

났습니다.

왕은 이야기를 마치면서 말했습니다.

"나는 그대의 용기를 인정하고, 진실한 말에 모든 것을 용서할 것이네. 다른 전사들이 그대의 정체를 알고 동요하지 않도록 지금 이곳을 떠나게."

옹기장이는 눈물을 흘리며 궁성을 떠났습니다.

원숭이가 악어에게 말했습니다.

"자, 이래도 그대는 거짓말을 하려는가? 아내의 부탁을 받고 내 심장을 가져가겠다고 했지? 심장을 가지려면 나를 죽여야 한다는 것을 몰랐다면 그대는 멍청이고, 알고 있었다면 친구를 속이는 거짓말쟁이 사기꾼이겠지?"

악어가 대답했습니다.

"아닐세! 나는 지금도 자네를 친구로 생각하고 있고, 자네가 심장을 나무 구멍에 떼어두고 다닌다는 말을 믿었을 뿐이네."

여전히 미련한 악어의 대답에 원숭이가 말했습니다.

"좋아! 그동안 친구로 지낸 그대의 말을 믿기로 하지. 하지만 그대처럼 여자의 눈물을 그대로 믿는 바보는 많지 않아."

7. 대머리가 된 총리와 말이 된 왕

옛날 어느 왕국에 왕의 신임을 듬뿍 받는 총리가 있었습니다. 그는 학식이 깊었고 용기 있는 실천으로 백성들에게 인기가 높았습니다.

왕은 총리를 친구처럼 여기며 좋아하면서도 백성들이 자기보다 총리를 좋아하는 것은 마음에 들지 않았습니다. 하지만 언제나 총리는 왕국의 행정이나 외교에 관한 어려운 일까지도 빈틈없이 일을 처리했기 때문에 책망을 받을 일이 없었습니다.

어느 날 왕이 총리를 불러 물었습니다.

"총리. 자네는 나랏일이나 외교에 관한 일까지도 완벽하게 하는데 말이야. 집안일도 그렇게 잘하고 있나?"

왕의 질문에 총리가 대답했습니다.

"왕이시여! 어느 누가 모든 것을 잘할 수 있겠습니까? 저는 제가 맡은 나라의 일들이 더 중요하다고 생각하기에 더 집중했을 뿐입니다. 따라서 집안일은 두 번째로 두었기 때문에 아마도 제 집안 사람들은 저에게 불만이 많을 것입니다."

총리의 말을 들은 왕은 속으로 쾌재를 불렀습니다. 모든 일에 완벽한 것 같았던 총리도 집안에서는 단점이 있을 것 같았기 때문입니다. '옳다, 이번에는 골탕을 좀 먹여봐야겠다.'고 생각한 왕이 총리에게 말했습니다.

"흠! 그러면 안 되지. 자네가 나랏일에 너무 고생을 하였으니, 이번에 며칠 시간을 주겠네. 이번 휴가에 집안일을 잘 해결하고 오게나. 단, 나에게 어떤 일을 어떻게 처리했는지 그 증거를 보여줘야 하네."

집으로 돌아간 총리는 왕에게 무슨 증거를 가져가야 할지 고민이 생겼습니다. 청소를 하고, 나무를 옮겨 심고, 화단을 가꾸는 등 밀어두었던 일들을 처리했지만, 정작 증거가 될 만한 것을 생각해내지 못했습니다.

그동안 나랏일에 바쁜 나머지 아내에게 신경을 쓰지 못했던 것이 마음에 걸려 아내에게 물었습니다.
"여보, 내가 도울 일이 있소?"

평소에 하지 않던 집안일을 하고, 도와줄 일을 묻는 남편의 말을 들은 총리의 아내가 대답했습니다.
"지금까지 집안일을 하지 않으셨고, 제게 필요한 것을 묻지 않으시다가 오늘 왜 갑자기 그러시는지 당황스럽습니다."

총리는 아내의 시큰둥한 대답에 마음이 더 불편해져서 말했습니다.
"내가 그동안 나랏일에 열중하다 보니 집안일에 소홀했던 것이 사실이오. 그리고 당신에게도 많이 신경을 쓰지 못했지. 어떻게 하면 당신이 행복해질 수 있나 말해보오. 내가 그렇게 할 테니."

총리의 말에 그의 부인이 대답했습니다.
"좋아요. 내가 원하는 대로 하겠다면 지금 당장 당신의 머리를 빡빡 밀고 사람들이 보는 앞에서 내 발밑에 엎드릴 수 있나요?"

총리가 머리를 깎고 아내에게 엎드린다는 것은 한 나라의 위신이 걸린 중요한 문제인데도 총리의 아내는 무리한 요구를 했습니다. 하지만 총리는 아내가 행복해질 수 있다면 좋다고 생각하며 요구대로 머리를 밀고 아내의 발밑에 엎드렸습니다.

그의 파격적인 행동으로 아내가 닫힌 마음을 열어 행복한 가정이 되었다는 소문은 온 나라에 퍼져 왕에게도 들렸습니다. 왕은 자신도 총리처럼 왕비의 사랑을 얻기 위해 무언가를 하고 싶었습니다.

이런 저런 노력에도 왕비의 반응을 얻지 못한 왕은 이번에는 실수로 넘어진 듯 왕비의 발 앞에 엎드렸습니다. 깜짝 놀란 왕비가 왕을 일으키며 말했습니다.

"대왕님! 이게 무슨 일인가요? 왕의 체통에 아녀자의 발밑에 머리를 숙이시다니요? 어서 일어나세요."

왕은 이미 엎질러진 물이라는 체념과 총리도 한 일을 자기라고 못하랴 생각하면서 말했습니다.

"왕비, 내가 당신을 사랑하는 마음은 왕의 체면과는 상관없소.

당신이 행복하다면 더한 것이라도 할 것이오. 내가 어떻게 해주면 좋겠소?”

왕의 물음에 왕비가 웃으며 말했습니다.

“좋아요! 그러시다면 이왕 제 앞에 엎드리셨으니 여기 궁녀들이 보는 앞에서 대왕께서 말소리를 내면서 나를 태워주세요.”

한 나라를 다스리는 왕에게 말이 되어 사람들이 보는 앞에서 자신을 태워달라는 황당한 왕비의 요구에 왕은 당황했습니다. 하지만 이미 체면과 상관없다는 말을 했고, 총리도 비슷한 수모를 겪었는데도 오히려 좋은 소문이 났던 일을 상기했습니다.

하는 수 없이 왕비를 태우고 말 울음소리를 내며 바닥을 기어 다니고 있을 때, 총리가 입궁하여 그 장면을 보았습니다.

“대왕이시여! 이 무슨 망측한 일입니까? 다른 대신들이 볼까 두렵습니다. 어서 일어나십시오.”

그제야 왕비가 왕의 등에서 내려 미소를 지으며 대전에서 물러나자, 왕은 손바닥을 털면서 일어났습니다.

"아! 총리 오셨소? 휴가는 잘 보내신 거요?" 왕이 머쓱한 미소로 총리에게 묻자,

"네! 대왕님의 배려로 충분히 잘 쉬고 돌아왔습니다. 그런데 대왕께서는 이 무슨 말 같지 않은 일이신지요?"

총리의 대답과 물음에 왕이 웃으며 말했습니다.

"하하! 총리도 이미 해본 일이 아니요? 휴가를 보내주었더니 상중도 아닌데 머리를 빡빡 밀고서 궁성에 나오다니 어찌된 일이요?"

총리는 왕이 자신이 휴가 동안 집안에서 무슨 일을 겪었는지 알고 있고, 자신을 따라하려다 수모를 당했다는 것을 짐작할 수 있었습니다.

"대왕님! 제가 삭발한 것은 집안일을 잘 하고 왔다는 증거입니다. 이미 그 이야기를 들으셨을 테니 제가 따로 설명을 하지 않아도 되겠는지요?"

왕이 웃으며 말했습니다.

"오! 그래? 그런데 내가 자네 집안일을 어찌 알고 있다고 생각하시는가?"

총리도 웃으며 대답했습니다.

"대왕이시여! 상중이 아닌데도 일국의 총리가 머리를 깎아야 하는 것처럼, 전쟁이 아닌데도 일국의 왕이 말이 되어 바닥을 뛰어야 하는 일이 어찌 일어나겠는지요. 여자가 요구하지 않는다면 말입니다."

이야기를 마친 원숭이가 나뭇가지에 걸터앉은 채 악어를 내려다보면서 말했습니다.

"잘 들었지? 그대도 왕이든 총리든 남자들의 체통을 우습게 하는 여자들의 변덕 때문에 친구를 잃게 된 것이야. 그대처럼 악랄한 아내의 사악한 꼬임 때문에 말이야. 어쩌면 세상 모든 남자들은 아무리 잘난 척을 해도 여자들의 말도 안 되는 유혹에 대부분 넘어가지."

악어가 말했습니다.

"자네의 이야기들을 듣다보니, 내가 어리석었구먼. 마누라의 말에 속아서 진정한 친구를 배반하게 된 것 같네. 자네에게 정말 미안하네."

원숭이가 말했습니다.

“그대가 이제라도 알았다니 다행이야. 그래서 현자들은 말하지. 앵무새가 예쁜 목소리를 자랑하지만 그 때문에 사냥꾼에게 자신의 위치를 들키고, 공작이 꼬리 깃털을 부풀려 화려함을 뽐내지만 그 때문에 뒤뚱거리다 사냥꾼에게 붙잡히고, 두루미가 큰 목과 부리를 자랑하지만 사냥꾼이 붙잡기 충분하지. 그대는 주제를 모르고 노래를 부르던 당나귀가 어떻게 되었는지 들어보았는가?”

악어가 시무룩한 음성으로 말했습니다.
“자네 이야기를 들을수록 나는 그동안 헛살았던 모양이야. 부디 내 어리숙함을 일깨워주는 이야기를 더 들려주게나.”

8. 사자 가죽을 둘러쓴 당나귀

아주 먼 옛날, 어느 작은 마을에 욕심 많은 구두쇠 상인이 당나귀에 이것저것 물건을 싣고 돌아다니며 장사를 했습니다. 당나귀에 사람들이 필요로 하는 잡동사니들을 잔뜩 싣고서 이 마을 저 마을을 떠돌며 팔았습니다.

마을에 들어갈 때는 당나귀에 실어둔 잡동사니를 팔았지만, 나올 때는 물건을 팔고 받은 곡식이나 돈이 될 물건들을 실었습니다. 그래서 언제나 당나귀는 무거운 등짐에서 벗어날 길이 없었습니다. 더구나 주인인 구두쇠 상인은 돈이 든다는 이유로 힘을 쓸 수 있는 좋은 먹이를 주지 않았습니다. 겨우 식당에서 얻은 콩비지나 말라 비틀어진 여물을 줄 뿐이었습니다. 그래서 바짝 말라버린 당나귀는 힘을 쓰지 못하고 비틀거렸습니다.

그러던 어느 날, 상인이 들판에서 당나귀에게 줄 풀을 베다가 죽어 있는 사자를 발견했습니다.

깜짝 놀라 도망을 치던 상인이 생각했습니다.

'아니지, 저 사자는 죽어 있으니 내가 무서워서 도망칠 필요는 없어. 가만! 이렇게 도망을 칠 게 아니라 죽은 저 사자 가죽을 벗겨서 팔아야겠다.'

상인은 말라죽은 사자의 가죽을 시장에 내다 팔면 돈이 될 것 같아 사자 가죽을 주섬주섬 챙겼습니다.

다음 날, 길을 가던 당나귀가 힘이 없어 비틀거리다가 쓰러져 일어나지 못하는 것을 지켜본 상인에게 좋은 생각이 떠올랐습니다. '그래! 사자 가죽을 팔 필요가 없겠어. 지금까지 고생하면서 당나귀 먹이를 구하거나 돈이 드는 비싼 먹이를 살 이유는 없지. 저기 푸른 보리밭에다 당나귀에 사자 가죽을 씌워 풀어놓으면 사람들이 사자인 줄 알고 도망을 칠거야. 그러면 이 당나귀가 싱싱한 보리싹을 먹고 살이 통통하게 찌겠지.'

구두쇠 상인은 장사를 가는 길마다 저녁이 되면 사자 가죽을 씌운 당나귀를 남의 보리밭에 풀어 놓았습니다. 상인의 꾀는 적중해서 사람들은 으슥한 저녁에 보리밭에 서 있는 사자를 보고는 기겁해서 도망을 쳤습니다. 당나귀는 여유 있게 보리밭을 맘껏 돌아다니며 싱싱한 보리싹을 먹어치웠습니다.

상인은 돈 한 푼 안 들이고 날마다 통통하게 살이 오르는 당나귀를 보면서 기분이 좋았습니다. 그렇게 이 마을을 떠돌아다니다 보니, 사자가 보리싹을 먹어치운다는 소문이 돌았지만 상인은 신경을 쓰지 않았습니다.

그러던 어느 달 밝은 밤, 보리밭을 돌아다니며 보리싹을 먹고 있던 당나귀의 귀에 낯익은 암컷 당나귀의 울음소리가 들려왔습니다.

소리가 나는 쪽으로 뛰어간 당나귀가 히이잉! 하며 힘껏 소리를 쳤습니다. 그러자 암컷 당나귀 수레를 끌고 가던 마을 사람들이 보리밭을 쳐다보았습니다. 거기에는 사자가 달빛을 받고 서 있어 너무 놀라 도망을 치려는데, 다시 히이잉! 하는 소리가 들렸습니다.

그때 수레에 타고 있던 아이가 말했습니다.
"어? 저 소리는 당나귀 울음소리인데?"
도망을 치던 어른들도 당나귀 소리를 모를 리가 없었습니다.
"아무래도 수상해. 우리 한번 확인해 보자고."

어른들이 몽둥이를 들고 사자 가죽을 쓴 당나귀에게 달려갔습니다. 깜짝 놀란 당나귀가 도망을 치며 다시 히이잉! 하는 울음소리를 내자, 마을 사람들이 달려들어 당나귀를 몽둥이로 때려 쓰러뜨리고 사자 가죽을 벗겼습니다. 몽둥이에 얻어맞은 당나귀가 축 늘어지고 말았습니다.

마을 사람들은
"에잇! 어떤 못된 놈이 당나귀에게 사자 가죽을 씌우고 여기저기 보리밭을 다 망친 거야. 이 당나귀 주인을 찾자고."

다음 날 아침, 어슬렁거리며 당나귀를 데리러 보리밭에 나타난 구두쇠 상인도 마을 사람들에게 붙잡혔습니다. 결국 상인은 보리밭을 망친 대가로 실컷 얻어맞고 당나귀를 마을에 넘겨준 채 당나귀에 실었던 짐을 직접 등에 메고 떠나야 했습니다.

원숭이가 악어에게 말했습니다.

"그대는 자신이 어떤 상황에 처했는지도 모르는 당나귀가 어떻게 되었는지 알았지? 이제 이곳을 떠나 집으로 돌아갈 것인지, 아니면 멍청한 사위처럼 쫓겨날 것인지 결정하게나."

악어가 말했습니다.

"아무래도 그래야 하겠지만, 쫓겨난 사위 이야기도 마저 듣고 싶네."

9. 내쫓긴 사위

어떤 돈 많은 상인에게는 네 명의 딸이 있었고, 모두 결혼을 하여 외지에 나가 살고 있었습니다. 그러던 중 상인의 생일이 되어 딸과 사위들이 모두 집으로 모였습니다. 부유한 상인은 기뻐하며 며칠 동안 잔치를 열어 마을 사람들과 친척들에게 음식을 제공하며 환대를 했습니다.

하지만 아무리 돈이 많다 해도 잔치를 계속 지속할 수는 없는 노릇인데, 사위들이 모두 돌아갈 생각을 하지 않았습니다. 상인은 화가 났지만 사위들에게 너무 오래 머물렀으니 떠나달라는 말을 직접 하기가 곤란했습니다.

그렇게 6개월이 지나고 더 이상 참지 못한 상인이 아내에게 물었습니다.

"아무리 딸이고 사위이지만 이렇게 오래 돌아갈 생각을 하지 않으니 어쩌면 좋겠소?"

상인의 아내가 대답했습니다.

"그것은 당신이 돈이 많아 풍족하게 먹을 것을 제공하고 있으니 이곳에 계속 머물고 있는 것이지요. 당신이 더 이상 호의를 베풀지 않는다는 것을 보여주면 떠나겠지요."

아내의 말에 고개를 끄덕이던 상인이 다시 아내에게 물었습니다.

"그러면 내가 사위들이 더 머물기를 원하지 않는다는 내색을 어떤 방법으로 하면 될 것 같소?"

아내가 대답했습니다.

"가장 쉬운 방법부터 해보세요. 내일부터 목욕물을 주지 않거나, 먹을 것을 주지 않거나, 침실을 청소하지 마세요. 그러면 사위들이 모욕을 느끼고 아마도 돌아갈 것입니다."

상인은 다음 날부터 아내의 말대로 했습니다. 첫째 사위는 목욕물을 주지 않는다고 불평했고, 둘째 사위는 식탁에서 자신의 의자를 찾지 못하자 불평했고, 셋째 사위는 침실이 지저분하다고 불평

하면서 짐을 싸서 돌아갔습니다.

그러나 넷째 사위는 이런 모욕에도 신경 쓰지 않고 아무런 불평 없이 계속 머물렀습니다. 상인은 화를 참지 못하고 넷째 사위를 강제로 집 밖으로 내쫓으며 말했습니다.

"이 상황 파악도 못하는 멍청한 놈 같으니! 내가 너같이 게으르고 어리석은 녀석에게 딸을 주었다니 후회스럽다. 다시는 내 집에 얼씬도 하지 마라."

원숭이가 악어에게 말했습니다.

"어리석음은 부끄러움도 잊게 만들고 그로 인해 자신은 물론 누군가에게 반드시 피해를 주기도 해. 어리석은 새끼 낙타는 자기 처지를 모른 채 죽고 말았어."

10. 사자와 여우

사자 왕은 자기의 부하인 늑대와 여우를 특별히 아껴서 늘 데리고 다니며 숲에서 잘 지내고 있었습니다. 어느 날 그들은 사막 가장자리에서 새끼를 낳다가 지쳐 쓰러져 있는 어미 낙타를 발견했습니다. 그들은 죽어가는 어미 낙타를 잡아먹고는 배가 불러 새끼 낙타는 죽이지 않았습니다.

그런데 느닷없이 사자 왕은 부하들에게 새끼 낙타를 자기가 키워서 후계자로 삼겠다고 말했습니다. 영문을 알 수 없었지만 왕의 선언이라 늑대와 여우는 고개를 끄덕거릴 뿐이었습니다. 그래서 사자 일행의 보호 아래 새끼 낙타는 숲에서 자유롭게 뛰어다니며 성장했습니다.

　그러던 어느 날, 사자 왕은 호기심 많은 새끼 낙타가 코끼리들의 영역에 들어간 것을 알고는 데려오려고 갔다가 야생 코끼리 떼의 공격을 받고 심하게 다쳤습니다.

　그 후로 사자 왕은 사냥을 할 수 없게 되자, 늑대와 여우 그리고 새끼 낙타를 불러 말했습니다.

　“내가 많이 다쳐서 사냥을 하기 어려우니, 너희들이 먹잇감을 찾아서 이곳으로 데려와라. 그러면 내가 힘들이지 않고 사냥을 할 수 있고 너희들과 나눠 먹을 것이다.”

　늑대, 여우, 새끼 낙타는 사자의 명에 따라 숲을 뒤지고 다녔지만 먹잇감을 찾지 못했습니다. 이들이 돌아다니다 보니 과거에 새끼 낙타를 발견했던 숲과 사막의 경계까지 왔습니다.

　지친 늑대가 여우에게 말했습니다.

　“이보게. 숲을 둘러봤지만 아무것도 못 찾았고 이제 사막인데 이곳에 무슨 먹잇감이 있겠나? 이러다가는 모두 굶어 죽게 될 걸세. 무슨 좋은 방도가 없을까?”

　여우가 망설이다가 말했습니다.

　“전혀 방법이 없는 것은 아니지만, 후환이 두렵네.”

　늑대가 말했습니다.

"어떤 방법이든 얘기해 보게나. 먹잇감을 데려가지 못하면 아마
도 배고픈 왕에게 우리부터 잡아먹히게 될 거니까."

여우가 입맛을 다시면서 말했습니다.

"우리가 저 새끼 낙타를 어디서 보았나? 바로 이곳이야. 어미가
저 새끼 낙타를 낳다가 지쳐 있는 것을 우리가 배불리 잡아먹었지
않았나? 아마 이것은 신의 뜻인지도 모르지.
우리가 이제 굶어 죽을 정도라 미리 저 새끼
낙타를 선물로 남겨두신 모양
이네. 저 새끼 낙타를 죽이면
며칠 동안은 사냥을 하지 않아
도 될 테지만, 사자 대왕이 자기 후계자라고 했
지 않은가? 나중에 뒷감당이 문제라네."

늑대가 초조한 목소리로 말했습니다.

"이보게! 우리가 지금 뒷일을 걱정할 만큼 한가하지가 않아. 자네
는 우리가 여기서 굶어죽거나 대왕의 먹이가 되는 상황이라고 말하
지 않았나? 좋은 방법을 말해보게나."

고개를 끄덕이던 여우가 한쪽에서 풀을 뜯고 있는 낙타에게 다
가갔습니다.

"어이! 아우. 자네는 풀을 먹으니 배고프지 않겠네만, 우리는 사냥감이 없어서 배고파 죽을 지경이라네. 자네를 돌봐주신 사자님도 지금 마찬가지로 배고파서 죽을 만큼 힘들 것이야."

새끼 낙타가 물었습니다.

"매우 좋지 않은 상황인 것 같은데 이제 우리가 어찌해야 합니까?"

여우가 대답했습니다.

"우리가 대왕님의 보호 아래 이만큼 잘 지내왔지 않은가? 만약 자네가 더 빨리 크고 싶다면 모험을 할 필요가 있네."

낙타가 물었습니다.

"무슨 뜻인가요?"

여우가 말했습니다.

"응. 아우가 지금 어려서 모르겠지만, 풀을 먹는다는 것은 아직 힘이 세지 않다는 증거라네. 그걸 먹어서는 대왕님처럼 큰 몸집을 가질 수도 없지. 그렇게 해서는 대왕님의 후계자가 되기는 어렵다네."

그 말을 들은 새끼 낙타가 말했습니다.

"저는 빨리 커서 숲을 물려받고 싶어요."

그 말을 기다렸다는 듯이 여우가 말했습니다.

“그래. 그러면 우리가 자네가 원하는 대로 몸집을 빨리 크게 해주겠네.”

그 말이 떨어지자마자 옆에 있던 배고픈 늑대가 참지 못하고 새끼 낙타를 덮쳐 죽였고, 그들은 낙타 고기를 먹을 수 있었습니다. 그때 멀리서 배고픈 사자가 으르렁 소리를 내며 절뚝거리는 걸음으로 다가오고 있었습니다. 늑대와 여우는 정신없이 낙타 고기를 먹고 있다가 자기들이 저지른 일이 얼마나 위험한지 느꼈습니다.

영리한 여우가 늑대에게 말했습니다.
“이보게! 큰일났네. 아무리 배가 고파도 대왕은 양아들을 죽인 자네를 아마 가만두지 않을 거야. 대왕에게 내가 잘 설득해볼 테니 자네는 우선 잠시 피해 있게나.” 늑대는 걸음아 나 살려라 숲으로 도망을 쳤습니다.

사자는 가까이 다가와 새끼 낙타가 죽은 것을 확인하고는 포효하면서 크게 화를 내었습니다.

480

“누가 내 양아들을 죽였느냐? 내가 가만두지 않을 테다.”

어떤 놈들이 낙타를 죽였는지 가만둘 수 없다면서 겁을 먹고 떨고 있는 여우를 돌아보자 여우가 다급하게 말했습니다.

“대왕님 그게… 늑대가 그만.”

여우가 사자 왕에게 늑대가 새끼 낙타를 죽였다고 고자질을 하려는 순간, 어디선가 딸랑거리는 종소리가 들려왔습니다.

사자가 처음 들어보는 종소리에 깜짝 놀라며 여우에게 저 소리가 무슨 소리인지 알아보라고 했습니다. 겁을 먹은 사자의 명령에 여우가 소리 나는 곳으로 다가가자 그곳에는 낙타 대상들이 지나가고 있었습니다.

꾀 많은 여우가 사자에게 돌아가 덜덜 떨며 말했습니다.

“대왕님! 저 소리는 죽은 낙타 귀신들이 내는 소리입니다. 대왕님께서 전에 새끼를 낳다가 죽어가는 어미 낙타를 잡아먹었지 않았습니까? 보세요. 저기 분노한 낙타 귀신들이 몰려와 우리를 데려가려고 몰려오고 있는 소리입니다.”

멀리서 모래먼지에 가려 흐릿한 낙타 대상들을 가리키며 여우가 말하자 겁에 질린 사자는 절뚝거리며 숲으로 정신없이 도망을 쳤습니다.

혼자 남은 여우가 중얼거렸습니다.

"아! 낙타가 도대체 몇 번이나 나를 살려준 것인가? 어미 낙타에 새끼 낙타 그리고 낙타 귀신들까지. 이제 나도 이 숲을 떠날 때가 된 모양이야."

원숭이가 말했습니다.

"나를 죽이려고 초대한 그대 부부이지만 내가 이런 이야기를 해주는 것은 더 이상 속지 말자는 거야. 그것은 여우처럼 위기를 넘길 수 있다면 지혜라고 할 수 있지만, 남을 해치려고 한다면 교활한 음모일 뿐이니까. 그대도 마찬가지야. 더 이상 악독한 아내의 말을 들어서는 안 돼. 나를 친구라고 생각했다면 말이야. 또 내가 그동안 그대를 친구로 잘 대해주었다는 것을 잊지 않았다면 말이지. 어느 멍청한 목수처럼 부정한 아내에게 속아버린 바보가 되고 싶나?"

악어가 말했습니다.

"이제 어느 정도 자네가 하는 이야기를 이해하게 되었네. 멍청한 목수이야기도 해주게나."

11. 어리석은 목수와 부정한 아내

옛날 어느 마을에 조금 어리숙한 목수가 있었습니다. 그에게는 얼굴은 예쁘지만 교활하고 바람기가 많은 아내가 있었습니다. 목수도 아내가 부정한 짓을 한다는 소문을 듣게 되었고, 언젠가 그 현장을 찾아내겠다고 생각했습니다.

어느 날 그는 다른 마을에서 건물을 짓기로 해서 며칠 집을 떠나 있어야 한다고 아내에게 말했습니다.

아내는 남편 앞에서는 서운한 얼굴을 보이면서도 돌아서서는 화색이 가득하여 남편을 위해 여행용 옷이며, 먹을거리를 장만하는 등 부산을 떨었습니다. 다음 날, 목수가 집을 떠나자마자 목수의 아내는 화려한 옷에 몸에는 향수를 뿌리고 꽃으로 장식을 한 채 애인의 집으로 달려갔습니다.

목수 아내의 애인이 놀라 물었습니다.
"남들이 보면 어쩌려고 아침에 느닷없이 온 것이오?"
목수의 아내가 화사하게 웃으며 말했습니다.
"그 멍청한 남편은 멀리 떠났으니 이제 우리는 그 멍청이 눈치 볼 것 없이 즐길 수 있어요. 오늘 밤 어두워지면 우리 집으로 같이 가요."

한편, 목수는 멀리 여행을 떠난 척하고 멀찍이 숨어 있다가 아내가 예상대로 화려한 옷을 입고 집밖으로 나가는 것을 지켜보았습니다. 그리고 아내가 돌아오기 전 미리 집으로 돌아가 침대 밑에 숨어 있기로 했습니다.

오후에 아내가 돌아와 음식을 만들고 목욕을 하고, 치장을 하는 것을 보며 목수는 자신의 의심이 맞다고 생각했습니다. 아니나 다를까 밤이 되자 아내의 애인이 집으로 찾아왔습니다.

두 사람은 식탁에 차려진 음식을 맛있게 먹고 침대에 누웠습니다. 그때 하루 종일 침대 밑에 숨어 있던 목수의 다리에 쥐가 났습니다. 저린 다리를 펴다가 그만 침대 다리에 쿵 하고 부딪치고 말았습니다.

아내는 애인과 입맞춤을 하는 도중에 침대에 무언가 부딪치는 소리를 듣고 정신이 번쩍 들었습니다.

'혹시 남편이 내가 바람을 피우는 장면을 찾으려고 집을 떠난다고 거짓말을 하고 지금 침대 밑에 숨어 있으려나? 그런다고 방법이 없을 줄 알고? 내가 얼마나 머리가 좋은지 알게 해주지.'

아내는 입맞춤을 끝내면서 애인에게 눈짓과 손짓으로 남편이 침대 밑에 숨어 있다는 것을 가리키면서 말했습니다.

"선생님! 부디 나를 만지지 마세요. 나는 매우 정숙한 목수의 아내입니다. 만약 당신이 나를 강제로 범한다면 나는 당신을 불에 태워 죽일 것입니다."

여자의 손짓과 눈짓에도 상황 파악을 못한 애인이 화를 내며 물었습니다.
"뭐라고? 그렇다면 왜 오늘밤에 나를 초대한 거지?"

여자는 애인의 입에 손가락을 대면서 계속해서 아래에 남편이 숨어 있다는 신호를 주었습니다. 그제야 상황을 눈치챈 애인이 눈을 크게 뜨며 놀랐습니다.

목수의 아내는 들으란 듯이 큰 소리로 말했습니다.
"당신한테는 미안한 일입니다. 하지만 오늘 아침 남편이 멀리 떠나게 되어 저는 성전에 가서 여신님께 남편이 무사히 일을 마치고 돌아오기를 기도했지요. 그러자 여신님께서 말씀하시기를, '나를 믿는 그대의 기도를 들었지만, 그대의 남편은 운이 다해서 어쩌면 집으로 다시 돌아올 수 없을지도 모른다네. 그대는 곧 과부가 될지도 모르네.' 라는 말을 들었습니다. 그래서 제가 눈물로 빌면서 남편을 구하고 백 년을 같이 살 수 있는 길을 가르쳐달라고 다시 기도했습니다. 그러자 여신님이 '남편을 위해 몸을 바칠 각오가 되었는지 물

으시면서 낯선 사람과 잠자리를 한다면 남편 생명의 위험이 낯선
사람에게 옮겨 갈 것이야.'라고 하셨습니다."

아내의 말이 끝나자 애인이 일부
러 화난 목소리로 말했습니다.
"그러면 당신 남편의 생명을 연
장하려고 나를 끌어들였다는 말인
가? 그러면서 왜 당신을 만져서는 안
되고, 당신을 범하면 나를 불태운다
고 한 것인가?"

목수의 아내가 울면서 말했습니다.
"나는 남편을 위해서는 몸을 바칠 각오를 했는데도 정숙한 여자
이기 때문에 당신이 나를 만진다면 어쩔 수 없이 당신을 죽여야 합
니다."

어리석은 목수는 아내의 교활한 말에 속아 자신이 정숙한 아내
를 의심했다고 생각했습니다. 그래서 침대 밑에서 기어 나오며 말했
습니다.
"저 사람을 죽일 필요가 없네. 그동안 당신을 의심했지만, 당신의
여신님이 그렇게 말했다면, 나도 어쩔 수 없으니 저 사람과 잠자리

를 하게나.”

목수는 아내와 애인을 침실에 남겨두고 집을 나섰습니다. 목수의 아내는 자신의 교활한 입으로 멍청한 남편을 속였다는 것을 기뻐하면서 거리낌 없이 애인과 잠자리를 하게 되었습니다.

어리석은 목수 이야기를 끝낸 원숭이가 악어에게 말했습니다.

“그대는 멍청하고 어리석은 것이 어떤 악을 불러오는지 이제 알겠지? 그대 아내의 초청이 어떻게 선할 수 있는지 생각을 해봐. 선하고 악한 본성은 누구나 반반이야. 다만, 어떤 의도가 결과를 만들게 되는지는 겪어봐야 알 수 있지. 아무리 선한 친구와 쌓은 우정이 있다 한들 사악한 동반자의 의도대로 무조건 따른다면 그 역시 사악한 것이야. 원래 가진 선한 본성이 변화를 가지지 않는다 해도 말이지. 그들은 고생해서 쌓아올린 재물과 오랜 친구를 너무 쉽게 잃어버리게 되는 거야. 멍청한 목수의 교활하고 부정한 아내나, 친구의 목숨을 탐하는 그대의 아내와 어떤 차이가 있지? 그대는 아내를 너무 믿은 거야. 그러다 보면 노예나 다름없어."

악어가 볼멘 목소리로 말했습니다.
"나는 내 아내를 좋아해서 원하는 것을 들어주고 싶었을 뿐이야. 하지만 남을 해치면서까지 그러고 싶지는 않았어. 내 아내도 그렇게까지 못되지는 않을 거야.

원숭이가 고개를 저으며 말했습니다.
"그대와 더 이상 얘기하고 싶지 않네. 나는 그대의 아내에 대해 험담을 하려는 것이 아니야. 거짓과 참을 구분하고, 선한 의도와 악한 의도를 알아야 한다는 것이지. 아무리 말해도 이해를 못한다면 조언하다가 원숭이에게 죽은 참새이야기도 들어보겠나?"

12. 원숭이와 참새이야기

한 쌍의 참새가 큰 나무 가지에 집을 짓고 행복하게 살았습니다. 곧 겨울이 찾아와 찬바람이 매섭게 불고 진눈개비가 흩날리기 시작했습니다. 이 눈보라를 맞아 몸이 흠뻑 젖은 원숭이가 나무 아래에서 웅크려 떨고 있었습니다.

암컷 참새가 원숭이를 보고 안타까워하며 말했습니다.

"당신은 인간들처럼 발과 손을 가지고 있지 않나요? 당신은 이 추운 겨울을 대비해서 왜 집을 짓지 않았나요?"

참새가 안타까운 마음에 말한 것인데도 원숭이는 아니꼬운 듯 눈을 치켜뜨며 말했습니다.

"조그만 참새 주제에 나에게 충고라니, 너희들 일이나 신경 써라.

알량한 집 하나 가지고 있다고 감히 나를 약올려? 더 까불면 가만
두지 않겠다.”

하지만 암컷 참새는 멈추지 않고 말했습니다.
“추워 보여서 걱정되어 말한 것뿐인데 약올린 것으로 들으셨다
니 당신은 참 어리석군요.”

화가 난 원숭이가 말했습니다.
“너 같은 작은 참새가 나를 걱정한다는데 그것이 지금 무슨 도
움이 되지? 그리고 왜 내가 너희들에게 그런 조언을 들어야 하는
거야?”

암컷 참새도 지지 않고 말했습니다.

“곤경에 처한 이들에게 조
언을 하는 것이 옳다고 모두가
생각할 겁니다. 당신은 듣지 않으시니 마치
들판에 외치는 것 같군요.”

암컷 참새가 계속해서 비아냥
거린다고 생각한 원숭이는 나
뭇가지를 붙잡고 올라가 참

새 둥지를 바닥에 던져버렸습니다.

원숭이가 악어를 책망할 즈음, 강으로부터 다른 악어가 다가와 말했습니다.

"이보게! 자네가 여기에서 노닥거리는 동안 다른 큰 악어가 자네 집으로 가서 자네 아내를 죽이고 집을 차지했다네."

그 말을 들은 악어는 아내가 없는 집에 더 이상 돌아갈 필요가 없어졌다는 생각에 슬픈 목소리로 원숭이에게 말했습니다.

"친구! 그동안 내게 좋은 가르침을 주어서 고맙네. 부디 그동안 어리석은 내 허물을 용서하시게. 친구를 배반하고 해치려다 아내까지 잃었으니 나는 살아갈 의미가 없네."

원숭이가 말했습니다.

"그대가 진정으로 반성을 했다면 받아주지. 그대의 잘못도 있지만, 그대의 아내가 나쁜 마음을 먹고 자네를 꼬드긴 결과 아닌가? 이제 사악한 아내도 없는데 왜 슬퍼하나? 오히려 축하할 일이지. 슬퍼하지 말고 자유롭게 살아가게."

악어가 여전히 슬픈 목소리로 말했습니다.

"나 때문일세. 이 모든 것이 선한 친구를 악으로 갚으려 한 나와 아내의 탐욕 때문이었네. 이제 나는 친구의 우정도 아내도 잃었으니 무슨 의미로 세상을 살아야 하나?"

원숭이가 말했습니다.

"현자들이 말하기를, 악한 본성을 지닌 배우자라면 결코 행복할 수 없으니 그의 이름도 기억하지 말라고 했어. 그것은 마치 사랑을 빙자한 사마귀의 번식행위와 다를 바 없다고 했지. 자신이 현명하다고 생각했지만, 남편과 연인을 모두 잃은 어리석은 여자의 교활한 술수가 어떤 불행을 가져왔는지 아나?"

악어가 물었습니다.

"그 여자에게 무슨 일이 있었나? 얘기해주게나."

13. 모든 것을 잃은 여자

나이가 많은 한 농부에게는 젊고 예쁜 아내가 있었습니다. 그 여자는 항상 늙은 남편이 보기 싫었고, 마음은 다른 남자들에게 향했습니다. 그러니 집안일은 뒷전이고 어떻게 하면 젊은 남자들과 즐길 수 있을까만 생각했습니다.

어느 날, 잘 생긴 한 사기꾼이 혼자 앉아 있는 그 여자에게 다가왔습니다.

"아! 이렇게 아름다운 아가씨가 시골에 있다니. 마치 연못에 홀로 핀 수련 같습니다. 나는 아내를 잃고 세상을 떠도는 상인인데 당신을 본 순간 내 마음이 흔들려 어지럽습니다. 부디 나와 같이 가지 않겠습니까?"

여자가 사기꾼의 얼굴과 부드러운 목소리에 끌려

말했습니다.

"아! 잘생긴 분이여. 나는 아가씨가 아닙니다. 남편이 있지요."

그러자 사기꾼은 실망한 목소리로 말했습니다.

"아! 그러시군요. 미안합니다. 나는 전국을 떠돌며 장사를 했지만 당신처럼 예쁜 여자를 보지 못해서 아가씨로 착각했습니다. 누가 당신의 남편인지 정말 부럽군요."

농부의 젊은 아내는 이 기회를 놓치면 안 될 것 같아서 재빨리 사기꾼을 유혹했습니다.

"비록 저에게 남편이 있다 한들 너무 늙어 돈도 재물도 소용없습니다. 다 쓸모없지요. 집에 있는 재물들을 가져올 테니 나를 멀리 데려가서 행복하게 해주실 수 있나요?"

사기꾼은 자기의 작전에 여자가 걸려들자 속으로 기뻐하면서 말했습니다.

"당신만 있으면 됩니다. 그래도 당신과 함께 먼 곳으로 가려면 지금 내가 가진 여행경비로는 부족하겠군요."

여자가 말했습니다.

"알겠습니다. 이곳에서 기다리시면 오늘밤 남편이 잠든 사이에 재물을 가지고 오겠습니다."

늙은 농부의 아내는 어두워질 때까지 기다렸다가 남편이 잠이 들자 집안의 돈이 될 재물들을 몽땅 가방에 담아 집을 나섰습니다. 기다리던 사기꾼은 여자가 가져온 가방을 열어 재물을 확인하고는 흡족해 하며 여자의 손을 잡고 새벽길을 떠났습니다. 그들이 한참을 걸어 멈춘 곳은 물살이 제법 센 강이었습니다.

사기꾼이 여자를 돌아보며 말했습니다.

"부인! 이 강을 건너야 하는데, 보다시피 물살이 세오. 이 무거운 가방을 들고 부인을 함께 업고 건널 수가 없으니 어떻게 했으면 좋겠소?"

사기꾼이 여자의 선택을 구하자 여자가 그를 믿으며 말했습니다.

“당신이 하고 싶은 대로 하세요.”

사기꾼은 재차 여자를 안심시키듯 말했습니다.

“부인을 먼저 건네주자니 여기 둔 가방을 누군가 가져갈 수 있으니 우선 가방을 저 강 건너편에 안전하게 숨겨두고 돌아오면 어떻겠소?”

여자가 좋다고 하자 사기꾼이 말했습니다.

“물살이 세차서 강을 건널 때 당신이 입은 옷이 물에 젖을 것이니 미리 벗어서 내게 주시오. 강을 건넌다 해도 젖은 옷을 말리려면 시간이 흘러서 쫓아온 당신 남편에게 붙잡힐지 모르오. 내가 가방에 옷을 넣어 머리에 이고 건너면 물에 젖지 않을 거요.”

그렇게 말하면서 사기꾼은 자기의 옷을 벗어서 가방에 넣었습니다. 여자도 어쩔 수 없이 옷을 모두 벗어서 사기꾼에게 주었습니다. 사기꾼은 여자의 옷까지 가방에 넣어 머리에 올리고 여자를 남겨두고는 강을 건넜습니다. 여자는 벌거벗은 몸을 손으로 가리고 웅크린 채 사기꾼이 다시 강을 건너오기만을 기다렸지만 사기꾼은 시간이 흘러도 돌아오지 않았습니다.

그때, 강둑에 비쩍 마른 들개 한 마리가 고기 조각을 입에 물고 나타났습니다. 들개는 고기 조각을 강에 던지고 물고기를 잡으려 했습니다. 하지만 물고기가 고기 조각에 모여들기 전 서둘러 강으로 뛰어든 바람에 물고기를 놓쳤습니다. 들개가 아쉬운 듯 다시 고기 조각을 입에 물려할 때, 갑자기 하늘에서 매 한 마리가 날아와 고기 조각을 채서 하늘로 날아가 버렸습니다.

그 우스꽝스런 모습을 지켜보던 여자는 자신의 벌거벗은 처지도 잊은 채 깔깔대며 웃었습니다.

비쩍 마른 들개는 실망한 표정으로 여자를 바라보더니 말했습니다.

"당신은 들개인 나보다 지능이 몇 배 높겠지요? 아마도 그래서 웃었겠지만 말이오. 하지만 나보다 높은 당신 지능의 용도는 무엇인가요? 아직 깨닫지 못하시나본데, 당신이 기다리는 애인은 돌아오지 않아요. 나는 그저 또 돌아다니면 얻을 수 있는 고기 조각을 잃었지만, 당신은 부정한 욕심으로 모든 것을 잃었지요. 당신은 지금 집과 남편, 애인과 재산 모두를 잃고 벌거벗은 채 숨어 있지 않나요?"

원숭이가 들려주는 이야기를 듣던 악어는 여자가 집을 잃었다는 대목에서 문득 자기 집을 떠올렸습니다. 비록 선하지 않았지만 자기의 아내를 죽이고 집까지 차지했다는 큰 악어에게 분노가 일었습니다. 하지만 자신보다 크다는 악어를 물리칠 자신이 없었습니다.

그래서 원숭이에게 조언을 구하기로 생각했습니다.

"이보게 친구! 부끄럽네만 내가 이 불행에서 벗어날 방법을 좀 알려주시게. 내 아내를 죽이고 집까지 점령한 적에게 어떻게 복수를 해야 하나?"

원숭이가 대답했습니다.

"그대는 여전히 어리석군. 자네의 운명은 자네가 결정하는 거야. 내가 죽음으로 데려가는 그대의 등에서 겨우 내려온 것처럼 자신의 의지로 해결해야 해. 그대가 아내를 행복하게 해주려고 나를 해치려던 마음을 왜 그대 자신을 위해 내지 못하지? 자기 생각 없이 자신도 모르게 남에게 노예처럼 부려진다면 그대 말처럼 세상 살

자격이 없는 거지. 누군가에게 도움을 요청했다면 조언을 해주는 이의 말을 따라야 하는데 그러지 않는다면 아무 소용이 없어. 지혜로운 여우의 조언을 듣고 복수를 한 까마귀 이야기도 있어.”

악어는 원숭이와 대화할수록 자신이 어리석다는 것을 절감했습니다.
“친구 말이 맞네. 그래, 그 까마귀 이야기도 들려주게나.”

14. 까마귀들의 복수

커다란 나무에 까마귀 한 쌍이 오랫동안 둥지를 틀고 살고 있었습니다. 어느 날, 커다란 검은 뱀 한 마리가 나타나 나무 아래쪽 구멍에 집을 지었습니다.

까마귀들은 아무래도 뱀과 이웃이 되는 게 불안했지만 어떻게 해 볼 수도 없었습니다. 까마귀 부부가 알을 낳아 정성껏 품다 보니 머지않아 알들이 부화했습니다.

어느 날 까마귀 부부가 먹을 것을 찾아 둥지를 떠났을 때, 뱀이 나무 위로 기어올라 어린 새끼들을 잡아먹었습니다.

까마귀 부부가 둥지로 돌아와 보니 새끼들이 모두 사라졌는데, 무슨 일이 일어났는지 알 수가 없었습니다.

당황한 까마귀 부부는 이웃에 사는 새들과 여러 동물들에게 물어
보았지만, 누구도 어떻게 새끼들이 사라졌는지 몰랐습니다. 한동안
까마귀 부부는 구슬피 울면서 다시 새끼를 갖게 되면 더 잘 보살피
기로 약속하고 몇 달이 지났습니다.

암컷 까마귀는 또 알을 낳았고 며칠 후 새끼들이 알에서 깨어
나자 까마귀 부부는 정성껏 새끼들을 돌보았습니다. 한 마리가 먹
이를 구하러 밖에 나간 동안 한 마리는 항상 남아서 둥지를 지켰
습니다.

그러던 어느 날, 암컷 까마귀는 뱀이 나무 위로 기어 올라오는
걸 보고는 누구든지 도와달라고 울부짖으며 뱀을 쫓으려 안간 힘
을 썼습니다. 그렇지만 뱀은 아랑곳하지 않고 나무 위로 기어 올라
와 새끼들을 모두 삼키고 말았습니다.

수많은 이웃의 까마귀들이 날아와 암컷
까마귀와 함께 울어대며 뱀을 공격했지
만, 뱀은 유유히 자기 구멍 속으로 들
어갔습니다. 수컷 까마귀가 돌아와 보니
까마귀들이 모여 울부짖고 있었습니다. 수
컷 까마귀는 뱀에게 두 번씩이나 잡아먹힌

502

새끼들의 소식에 너무도 분하고 슬펐습니다.

새끼들을 잃은 암컷 까마귀가 흐느끼며 말했습니다.
"이제 우리 여기를 떠납시다. 정든 곳이지만 저 검은 뱀이 여기에 살고 있는 한 우리는 안전하지 못해요. 다른 곳으로 멀리 가서 둥지를 만들어야 해요."

수컷 까마귀는 아무래도 마음이 내키질 않아 망설이며 말했습니다.
"당신 말이 맞지만 우리는 오랫동안 여기 살았소. 우리가 여길 떠난다면 모두가 슬퍼할 거요."

암컷 까마귀가 말했습니다.
"그렇지만 누가 저 악랄한 검은 뱀으로부터 우리를 지켜준단 말인가요?"
수컷 까마귀가 한참 동안 생각을 하다가 눈을 빛내며 말했습니다.
"저 나쁜 뱀을 쫓아낼 방법이 분명히 있을 거요. 영리한 늙은 여우를 찾아가 한번 의논해 봅시다."

까마귀 부부는 늙은 여우에게 가서 그동안 무슨 일이 있었는지 이야기했습니다.

“여우님, 도와주세요! 저 잔인한 뱀을 몰아낼 방법을 알려주세요. 그렇지 않으면 이제 우리는 멀리 떠나야만 합니다.”

늙은 여우가 한참을 생각하더니 말했습니다.

“당신들은 둥지를 떠나지 않아도 됩니다. 아주 오랫동안 그곳에서 살았는데 다른 곳으로 쫓겨갈 수는 없지 않겠소. 내가 저 못된 뱀을 없앨 방법을 알려줄 터이니 잘 들으시오.”

늙은 여우는 까마귀 부부를 위로하며 뱀에게 복수할 방법을 말해주었습니다.

“마침 내일 아침, 강으로 왕궁의 귀부인들이 목욕을 하러 올 것입니다. 그들이 물에 들어가기 전에 몸에 지니고 있던 장신구며 옷가지들을 강둑에 벗어 둘 것이오. 조금 떨어진 곳에서 하인들이 그

504

귀중품들을 지키고 있을 겁니다. 당신들은 그곳으로 가서 둘 중 하나가 비싼 목걸이나 귀중한 장신구를 물고 도망을 치시오. 그때 남은 하나는 큰 소리로 울어서 하인들이 물건을 훔쳐 달아나는 당신들을 보고 쫓아오도록 해야 됩니다. 그들이 물건을 되찾으려고 쫓아오면 당신들은 곧장 큰 나무로 날아가 장신구를 뱀의 구멍에다 떨어뜨리시오."

다음 날 아침, 까마귀 부부는 강가로 가서 기다렸습니다. 늙은 여우가 말한 그대로 왕궁에서 나온 귀부인들이 장신구와 옷가지들을 벗어두고 상으로 들어갔습니다. 암컷 까마귀가 장신구들을 살피다가 진주 목걸이를 보자마자 집어물고 날아오르고, 수컷 까마귀는 큰소리로 울어대며 암컷의 뒤를 따랐습니다. 까마귀들이 목걸이를 훔쳐 달아나는 것을 본 하인들이 깜짝 놀라 뒤쫓아 왔습니다. 만약 잃어버리면 주인에게 심한 질책을 받을 것이 분명한지라, 까마귀들이 날아가는 방향을 따라 부리나케 달려왔습니다.

까마귀들은 큰 나무로 곧장 날아와서 검은 뱀이 살고 있는 구멍에 훔친 진주 목걸이를 떨어뜨렸습니다. 구멍 속에서 쉬고 있던 검정 뱀은 뭔가가 떨어지자 밖으로 나와서 쉭쉭거리며 목을 곤두세웠습니다. 그러자 성난 하인들이 다가와 뱀이 죽을 때까지 몽둥이질을 하고, 목걸이를 찾아서 가버렸습니다. 못된 뱀이 죽었으니 이제 정든 곳을 떠나지 않아도 되는 까마귀 부부와 이웃들이 기뻐하며 늙은 여우의 지혜를 칭송했습니다.

원숭이가 이야기를 마치자 악어가 말했습니다.

"자네의 이야기를 듣자니 나는 이제껏 무엇을 하며 살았는지 한심하기만 하네. 친구의 충고를 들을 준비가 되었으니 앞으로 내가 어떻게 살아가야 하는지 알려주면 고맙겠네."

원숭이가 말했습니다.

"숨을 쉬고 산다 해서 누구나 살아 있다고 할 수 있을까? 불행은 순서도 없고 눈에 보이지도 않아. 어쩌면 항상 우리 앞에 있는지도 모르지만 닥친 위험을 어떻게 슬기롭게 극복하고 살아가느냐가 문제겠지. 남의 조언을 무시하고 그저 습관적으로 고집만 부린다면 사자에게 죽임을 당하는 낙타 신세일 뿐이라네."

15. 어리석은 낙타

어느 상인 한 명이 사업에 실패하여 집으로 돌아가지 못하고 떠돌고 있었습니다. 다른 상인들은 모두 사업이 번창하여 풍족한 삶을 사는 것 같은데 사신만이 불행하다고 생각하였습니다. 이 도시에서는 다시 사업을 벌일 자신이 없어 다른 나라에 가서 새롭게 시작하기로 마음먹고 먼 여행길을 떠났습니다. 해가 진 후 어느 숲속에서 길을 잃은 상인의 눈에 동굴이 보였습니다. 그곳에는 무리와 떨어진 채 홀로 새끼를 낳고 있는 어미 낙타가 있었습니다.

상인은 다른 나라에 가려던 마음을 접고 어미 낙타와 새끼 낙타를 집으로 데려가기로 했습니다. 집으로 돌아온 상인은 매일 들판에서 쇠약한 어미 낙타와 어린 낙타에게 줄 부드러운 풀을 베어 공을 들여 먹였습니다.

어느덧, 살이 찐 어미 낙타에게 많은 젖이 나와서 상인은 낙타 젖을 시장에 내다 팔아 돈을 벌 수 있었습니다. 상인은 더 많은 돈을 벌고 싶은 마음에 낙타를 몇 마리 더 사기로 했습니다. 그렇게 불어난 낙타 무리를 돌보는 조수도 두었습니다.

하지만 어미 낙타는 낙타들이 많아지면서 숲의 동굴에서 자신을 데려와 부드러운 풀을 주던 상인의 관심이 멀어진 사실이 서운했습니다. 그리고 과거처럼 일행들과 무거운 짐을 지고 사막을 걸어야 했던 어미 낙타는 무리들과 함께 있는 것이 마음에 들지 않았습니다. 그래서 조수의 눈을 피해 혼자 들판에 가서 부드러운 풀을 뜯어먹고 돌아오곤 했습니다.

그런 어미 낙타의 행동에 늙은 낙타 한 마리가 조언을 했습니다.

"자네 혼자서 들판이나 숲에 돌아다니는 것은 위험한 일이야. 사나운 맹수가 공격해도 친구들이

없으면 누구도 자네를 돕지 못한다네."

하지만 어미 낙타는 늙은 낙타의 충고를 듣지 않았습니다.
"신경쓰지 마세요. 나는 메마른 풀보다 들판과 숲에 있는 싱싱한 풀을 좋아해요."

늙은 낙타는 고개를 저으며 무리로 돌아갔지만 어미 낙타는 다시 혼자 떨어져 들판으로 향했습니다. 낙타 무리가 조수의 인도로 집에 돌아갔지만 어미 낙타는 남아 풀을 뜯고 있었습니다. 혼자 있는 어미 낙타는 배고픈 사자에게 잡아먹히고 말았습니다.

이야기를 마친 원숭이가 말했습니다.
"경험 많고 현명한 이들의 조언과 충고를 듣지 않는다면 어미 낙타처럼 불행한 최후를 맞게 되는 거야."

악어가 말했습니다.
"그래, 자네 말이 맞네. 내가 자네의 조언을 따랐다면 위험에 빠지지 않았을 텐데 말이야. 하지만 선한 이에게 베푸는 선보다는 악하거나 잘못된 일을 바로 잡는 일이 더 좋은 조언이 아닌가?"

원숭이가 말했습니다.

“맞아. 비록 그대가 내게 해를 끼치려 했지만, 선한 본성을 깨달은 그대를 나는 용서하기로 했어. 피해를 입거나 곤경에 처한 이를 돕는 것은 위대한 일 중의 하나라고 옛 현자들이 말했지. 그대가 여전히 나를 친구로 생각해서 내 조언을 받아들이겠다면 말해줄게. 지금 그대는 돌아가서 아내를 죽이고 집을 빼앗은 큰 악어와 싸우는 거야. 그 싸움에서 그대가 져서 죽게 된다면 그대가 좋아했던 아내 곁으로 가는 것이지. 또한 싸움에서 이긴다면 그대는 아내의 죽음에 복수하고 집을 되찾을 거야.”

원숭이가 악어를 위로하며 계속해서 말했습니다.

“내가 언젠가 경험 많은 여우에게서 들은 세상 사는 지혜에 관한 이야기를 그대에게도 들려주지. ‘겸손은 많은 이들의 존경을 얻기도 하고, 또한 적의 위협으로부터 벗어날 수도 있네. 용기 있는 행동은 교만한 상대를 물리칠 수 있는 효과적인 전략이 될 수 있네. 또한 가난한 이를 위해 베푼 작은 선의는 반드시 좋은 결과를 가져온다고 했지. 그리고 동등한 권력은 쟁취해야 한다.’고 했어.”

악어가 되물었습니다.

“예를 들면 어떤 경우가 있는가?”

16. 꾀 많은 여우

숲에 사는 여우 한 마리가 며칠 동안 아무것도 먹지 못하고 굶주린 채 먹이를 찾아다니고 있었습니다. 그러던 어느 날, 죽은 코끼리를 발견하고 배불리 먹을 수 있다고 생각하며 행복했습니다. 그러나 여우의 이빨로는 도저히 두꺼운 코끼리 가죽을 뚫을 수가 없었습니다. 그때 사자 한 마리가 어슬렁거리며 다가왔습니다.

여우는 재빨리 사자 앞에 엎드리며 말했습니다.

"숲의 왕이시여! 나는 당신의 충성스런 신하입니다. 당신의 명령에 따라 당신이 오기까지 이 코끼리를 지키고 있었습니다. 이제 오셨으니 마음껏 드시지요."

여우는 사자가 강한 이빨로 두꺼운 코끼리 가죽을 뚫는다면 고기를 얻어먹을 수 있겠다는 전략이었습니다. 하지만 여우의 말을 들은 사자는 다른 큰 사자가 코끼리를 사냥하고 잠시 다른 곳에서 쉬고 있는 것으로 생각했습니다.

그래서 여우에게 말했습니다.

"어이! 내 친구가 사냥했다는 코끼리를 잘 지키고 있었구먼. 나는 친구가 사냥한 것은 먹지 않으니 그가 오기까지 잘 지키고 있게."

사자의 말에 여우는 더욱 머리를 조아리며 말했습니다.

"역시 사자님들은 우애가 깊고 의리가 있으십니다. 이 숲을 다스리는 왕의 권위는 언제나 빛날 것입니다."

사자가 떠난 후 얼마 후에 호랑이가 나타났습니다. 여우는 두려웠지만 혼자 중얼거렸습니다.

"누군가는 나를 비굴하다고 할 테지만 감히 대적할 수 없이 강한 상대에게는 자신을 낮추는 겸손함을 보여야 하는 거지. 목숨을 걸 만큼 어리석지 않다면 말이야. 사자처럼 막강한 적의 위협에서 겨우 벗어났지만, 호랑이는 그렇게 호락호락하지가 않을 거야. 다른 전략을 써야겠어."

여우는 멀리서 다가오는 호랑이 앞으로 달려갔습니다. 그리고 사자에게 하는 것처럼 엎드리지도 않고 오히려 꼿꼿이 선 채 머리를 빳빳하게 들고 말했습니다.

"이봐! 거기 멈춰. 지금 이곳으로 오면 죽음의 길이야."

호랑이는 죽은 코끼리를 발견하고 먹으러 가는데 느닷없이 작은 여우 한 마리가 길을 막아서자 어이가 없었습니다.

"뭐야? 조그맣고 건방진 네 녀석은? 누군데 감히 이 호랑이의 길을 막고 까불지?"

그러자 여우가 씩 웃으며 대답했습니다.

"분명히 내가 경고했어. 나는 사자님의 부하야. 지금 사자 형제가 코끼리를 사냥하고 지쳐서 저 뒤 큰 나무 그늘에 쉬고 있는데 말이야. 혹시라도 호랑이가 오거든 알려달라고 했지. 지난번에도 저 사자 형제가 사냥한 코끼리를 호랑이가 훔쳐 먹었다고 가만두지 않겠대. 아마도 자네를 기다리는 모양인데 말이야."

여우의 말을 들은 호랑이는 큰 코끼리를 죽인 사자 형제를 당해낼 자신이 없었습니다. 호랑이가 여우에게 말했습니다.

"어이! 친구 알려줘서 고맙네. 사실 나는 그 호랑이가 아니지만 사자들이 오해를 할지 모르니 내가 여기 왔었다고 말하지 말게나."

여우의 협박에 겁을 먹은 호랑이가 오히려 여우에게 부탁을 하며 서둘러 도망을 갔습니다. 여우는 교만한 호랑이를 상대하려면 비굴한 것보다 오히려 용기를 내야 한다는 생각이 적중하자 기뻤습니다.

호랑이가 떠나고 얼마 후에 늑대가 나타났습니다. 여우는 늑대가 날카로운 이빨로 충분히 코끼리 가죽을 뚫을 수 있다고 생각했습니다. 그래서 늑대에게 먼저 말을 건넸습니다.

"어이! 친구 자네는 아마도 먼 곳을 헤매고 다녀서 지금 무척 배가 고프지?"

늑대는 사실 배가 몹시 고팠습니다.

"그래, 그런데 무슨 문제지?"

여우가 다시 대답했습니다.

"자네는 우리 사촌이니까 이 코끼리를 조금 나눠줄게. 어서 서둘러 먹고 떠나게."

514

늑대가 고개를 갸우뚱하면서 물었습니다.

"아니! 너처럼 작은 덩치의 여우가 이 큰 코끼리를 사냥한 것처럼 말하네?"

여우가 속삭이는 목소리로 말했습니다.

"이봐! 친구, 시간이 없어. 저 코끼리는 사자 형제가 사냥을 했는데 지금 나에게 잘 지키고 있으라고 명령하고 강으로 잠시 목욕을 갔지. 그들이 돌아오기 전에 사촌형제인 자네가 너무 배가 고픈 것 같아서 내가 조금 허락한 거야."

그 말을 들은 늑대가 펄쩍 뛰면서 물러났습니다.

"자네의 호의는 고맙네만 괜히 저 코끼리를 건들였다가 나까지 사자들의 먹잇감이 되고 싶지는 않네. 배는 고프지만 나는 오래 살고 싶다네."

여우가 말했습니다.

"자네도 참 걱정이 많네 그려. 내가 있잖은가. 저기 산등성이에 서서 망을 보고 있다가 사자들이 강에서 목욕하고 나오면 알려줄 것이니 어서 서둘러서 먹고 가게나. 자네는 지금 배고픈 내 사촌이니까 불쌍해서 그러네."

그렇게 말하고 여우는 산등성이로 달려갔습니다.

늑대는 망설이다가 여우가 망을 보는 것을 확인하고는 날카로운 이빨로 코끼리 가죽을 물어뜯었습니다. 멀리서 늑대가 코끼리 가죽을 찢는 것을 본 여우가 '우우' 하는 긴 울음소리를 내었습니다. 늑대는 사자들이 돌아오고 있다는 여우의 신호라고 생각하고는 살덩이를 한입 베어 물고 서둘러 도망쳤습니다.

이런 식으로 강한 적들을 물리친 여우는 늑대가 찢어놓은 코끼리 살덩이를 여유롭게 먹을 수 있었습니다.

그때 다른 여우가 나타나 말했습니다.
"어이! 여기는 내 구역인데, 내 먹이를 먹고 있다니 어서 꺼져."
자기보다 더 덩치가 큰 여우였지만 지금껏 고생하며 지켜온 먹이를 내줄 수는 없었습니다. 동등한 권력은 싸워서 쟁취해야 한다는 말을 기억한 여우는 새로운 여우와 싸워서 물리쳤습니다.

이야기를 마친 원숭이가 악어에게 물었습니다.
"자! 비록 작은 여우이지만 자신의 것을 지키기 위해 강한 적들

을 어떻게 물리쳤는지 알겠지? 그대 또한 자신의 운명 앞에 닥친 적
을 피해서는 안 되지. 침략자를 용서할 수는 없는 일 아닌가? 하지
만 기억하시게나. 그대는 고향을 떠난 들개처럼 주의해야 할 필요
가 있지.”

악어가 물었습니다.
“그 개는 어떤 일을 겪었는지 말해줄 수 있나? 나는 이제 무엇이
든 듣고 배울 준비가 되었다네.”

원숭이가 빙긋 웃으며 말했습니다.
“좋아! 이야기해주지.”

17. 외로운 들개

어느 나라에 큰 가뭄으로 먹을 것이 없어 사람은 물론 많은 개들이 굶어 죽었습니다. 들개 한 마리가 마을을 떠나 다른 도시로 먹을 것을 찾아 떠났습니다. 다행히 자기가 살던 마을에서 멀리 떨어진 한 도시에서 먹을 것을 구할 수 있었습니다.

부유한 상인의 집에는 먹을 것이 풍족했는데 상인의 부인이 가끔 부엌문을 잠그지 않아 매일 몰래 들어가 음식을 훔쳐 먹을 수 있던 것이었습니다. 하지만 그 집에서 나오자 다른 들개들이 자기를 죽이려 공격했습니다.

부상을 당한 들개는 더 이상 힘들게 싸우면서 음식을 먹을 수 없었습니다. '이곳에 오는 게 아니었어. 내가

살던 곳은 비록 먹을 것이 부족해도 여기처럼 싸우지는 않았지. 돌아가야겠어.' 들개는 부상당한 몸으로 터덜거리며 예전에 살던 마을로 돌아왔습니다.

살아남은 동료들이 모여들어 물었습니다.
"자네가 갔던 도시에 대해 말해줘. 거기는 어떤가? 먹을 것이 많던가?"

들개가 대답했습니다.
"이곳과 그곳을 비교해서 말할 수는 없네. 그냥 부주의한 여자가 부엌문을 가끔 열어놓아서 음식을 훔쳐 먹을 수 있었다는 것이지. 대신 다른 개들과 목숨을 걸고 싸워야 한다는 점은 말해줄 수 있네."

악어는 원숭이의 긴 이야기에 감동을 하면서 아내를 죽이고 집을 빼앗은 큰 악어와 싸우기로 결심했습니다.
"자네가 들려준 긴 이야기에 나는 이제야 어리석음에서 조금 벗어날 수 있었네. 친구를 배신하고 해치려 한 나를 용서하고 오히려 너무 큰 선물을 주어 감사하네."

원숭이가 말했습니다.

"그대가 선한 본성을 잊지 않았기에 내 조언을 들을 수 있었다고 생각해. 그래서 친구인 그대에게 마지막 조언을 하지. 현자들이 말하기를, 노력하지 않고 얻은 행복은 오래가지 않으며, 진정한 행복이 아니라고 했어. 심지어 늙은 황소조차도 거친 풀을 뜯어먹으며 살아남았다고 하지. 자기가 어떤 존재인지 생각하면서 소중한 것이 무엇인지 잊지 마시게."

원숭이의 조언에 악어는 용기를 내어 아내를 죽이고 집을 점령한 큰 악어와 용감하게 싸워 그를 죽이고 자신의 집을 되찾았습니다.

이것으로 비슈누샤르마의 네 번째 탄트라, 지혜를 담은 이야기보따리, 원숭이와 악어의 대화를 마칩니다.

경솔함으로 인한 갖가지 실수

PANCHATANTRA
판차탄트라5

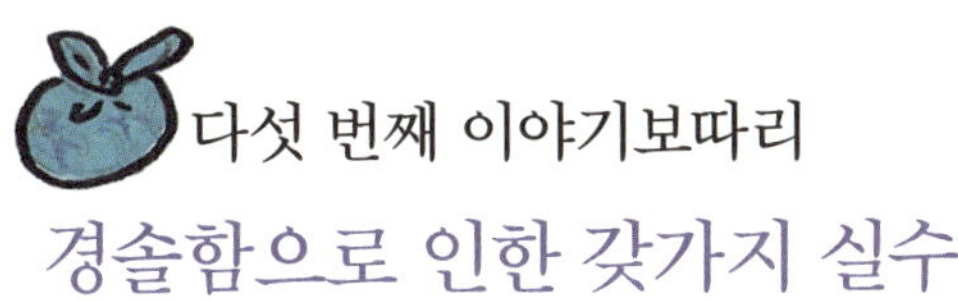

다섯 번째 이야기보따리
경솔함으로 인한 갖가지 실수

다섯 묶음의 지혜로운 이야기 마지막 보따리를 풀면, 맨 먼저 이런 구절이 나옵니다.

'상황에 대한 냉철한 판단이 없는 이는 어리석은 이발사처럼 헤어날 수 없는 절망에 이르게 됩니다.'

이 구절을 풀어보면, 신중하지 못한 경솔함을 경고하는 의미입니다. 여기에서의 경솔함은 사리분별을 하지 못하는 무분별한 태도를 말합니다. 이 장은 경솔하지 않고 침착함을 유지하는 지혜를 담은 이야기보따리입니다.

이제 다섯 묶음의 지혜 중에서 다섯 번째 '경솔함으로 인한 갖가지 실수'라는 이야기보따리를 펼칩니다.

1. 경솔한 행동의 결과

먼 옛날 인도의 남쪽 작은 왕국에 가난한 상인이 살고 있었습니다. 하는 사업마다 망하고 재수가 없어 늘 누군가를 원망하며 우울한 나날을 보냈습니다. 그는 끼니를 걱정할 만큼 가난했으므로 자신의 처지를 비관했습니다.

어느 날 밤 문득, 남들을 원망하기보다는 무엇이 잘못되었는지 자신의 상태를 되돌아보기로 했습니다. 많은 생각들이 그의 머릿속을 스쳐 갔습니다. '우유부단한 성격 탓일까? 내가 더 참지 못해서인가? 남에게 겸손하지 못했던가? 아니면 좋은 가족관계를 갖지 못해서였나?' 여러 생각들을 떠올려봤지만 뚜렷하게 잘못된 것을 찾을 수는 없었습니다. 다만 그에게는 이 깊고 어두운 가난의 그늘에서 벗어나야 한다는 생각만이 간절했습니다.

가난한 상인은 가족의 생계를 유지해야 하는 환경을 만들지 못한 책임이 컸습니다. 지금의 상황은 생존의 절박한 무게감 때문에 삶의 가치가 메마른 호수처럼 삭막하기만 했습니다. 생각해보니, 부유한 사람은 대부분 큰 선행을 하지 않았다 해도 신분의 고하를 막론하고 남에게 비난을 받지 않았습니다. 하지만 자신처럼 가난하다는 이유 때문에 남에게 피해를 주지 않음에도 멸시와 책망을 감수해야 하는 것에 대한 억울한 마음이 컸습니다. 가난한 상인은 자신의 삶이 남에게 비난받을 만한 잘못을 저지르지 않았음에도 불구하고 마치 가난함이 범죄처럼 여겨졌습니다.

가난한 상인은 현재 상황에 대해 생각할수록 자신의 무능과 나약함이 크게 다가와 희망과 용기를 잃고 말았습니다. 결국 그는 죽음만이 이 긴 절망과 우울에서 벗어나는 길이라고 생각했습니다. 자신을 돌아보다가 죽음이라는 결론에 이르자 허탈한 마음으로 가난한 상인은 깜빡 잠이 들었고 꿈을 꾸게 되었습니다.

그의 꿈속에 벌거벗은 수도승이 나타나 말했습니다.
"가난한 상인이여! 부디 자기 연민에 굴복하지 마시오. 나는 그대의 조상들이 했던 선한 행위들로 이루

어진 금불상이오. 내일 아침 그대를 찾아갈 것이니, 그대가 막대기
로 머리통을 치면 금불상으로 변할 것이오. 그러면 그대는 가난을
벗어나 행복하게 살 수 있으니 부디 조상의 은덕을 잊지 말고 선한
행위를 실천하면서 살아가도록 하시오.”

아침이 되어 잠에서 깬 가난한 상인이 눈을 꿈뻑거리며 중얼거
렸습니다.
'하! 이게 무슨 꿈이란 말인가? 아무래도 내가 가난에 슬퍼하니
조상님들이 안타까운가 보구나. 그래도 참 생생한 꿈인데 말이야.
아마노 내가 재물에 대해 집착하다 보니 환상이 보였나 보군.'

그에게 자신의 상황을 더욱 비참하게 만드는 어떤 문구까지 떠
올랐습니다.
'아픈 사람, 슬픔에 빠진 사람, 실연당한 사람의 꿈은 이루어지지
않는다.'

그때 누군가 대문 밖에서 마른기침을 하는 것 같아 문을 열어보
니 아내가 초청한 늙은 이발사가 이른 아침부터 대문 앞에 와 있었
습니다. 아무리 가난해도 가난한 상인을 포함하여 가족 전체 머리
가 너무 길어서 손질을 할 필요가 있었기 때문입니다. 그리고 그 옆
에는 어젯밤 꿈에 보았던 수도승이 서 있었습니다. 두 사람을 집 마

당으로 안내한 가난한 상인은 꿈에서 본 내용이 생각났습니다. 혹시나 하는 마음에 두리번거리던 상인은 마당 한구석에 놓여 있던 막대기로 수도승의 머리를 툭 때렸습니다. 그러자 수도승은 커다란 금불상으로 변했습니다.

가난한 상인은 꿈속에서 보았던 일이 현실이 되자 놀라면서도 자신의 절망을 벗어나게 해준 조상들의 은덕에 감사를 올렸습니다. 머리를 다듬기 위해 밖에 나와 있던 가족들 모두 금불상을 보자 손뼉을 치며 기뻐했습니다. 이제 부자가 된 상인은 이 상황을 지켜본 이발사에게 새 옷과 돈을 주면서 다른 사람에게 오늘 일에 관해 소문을 내지 말아달라고 부탁을 했습니다.

가난한 상인이 갑자기 수도승의 머리통을 막대기로 치니 느닷없이 금불상으로 변하는 것을 지켜보았던 늙은 이발사는 밤새 고민에 빠졌습니다.

상인에게서 소문을 내지 말아달라는 조건으로 옷과 돈을 받았지만, 그렇지 않았더라도 누군가에게 말하고 싶은 마음은 애초에

없었습니다. 왜냐하면 자기도 큰 부자가 될 수도 있을 거
라는 상상을 했기 때문입니다. 곰곰이 생각해보니 아
마도 상인이 가진 그 막대기가 신비
한 힘을 가진 마법의 막대기인 것
같았습니다. 그래서 그 막대기를
꼭 훔쳐야 되겠다고 마음먹었습
니다.

다음 날, 늙은 이발사는 부자가 된 가난한 상인의 집으로 다시
찾아갔습니다.

"제가 어제 경황이 없어서 가족들의 머리를 손질해야 하는 제
할일을 잊어버리고 돌아갔는데, 오늘이라도 손질을 하고 가겠습니
다. 아무래도 방안에서 하면 어둡고 머리카락도 날리니 마당에서
하면 어떠신지요?"

상인의 가족은 약속을 지키려는 이발사가 고마워 차례로 마당
에서 머리를 손질했습니다. 이발사는 머리를 깎으면서도 어제 보았
던 그 마법의 막대기가 어디 있는지 살폈습니다. 굳이 두리번거리지
않아도 막대기는 어제 그 마당 귀퉁이에 아무렇게나 버려져 있었습
니다.

'옳거니! 저 마법 막대기를 저렇게 두다니. 아무래도 내가 가져

가라고 하는 하늘의 뜻인가
보다.'

　가족 모두의 머리를 다
손질한 이발사에게 상인의
아내가 말했습니다.
　"어제 우리가 가진 돈을 당신에게 다 드려서 오늘
은 돈이 없는데 며칠 후에 드려도 될까요?"

　늙은 이발사가 손 사례를 치면서 대답했습니다.
　"아니, 아니지요. 돈은 이미 제가 어제 다 받았는걸요. 굳이 주시
겠다면 마침 제 빗자루가 부러졌는데 저 구석의 막대기나 주시면
빗자루로 쓰겠습니다."

　상인의 아내는 굳이 사례비를 받지 않고 나무 막대기를 원하는
이발사에게 가져가도 좋다고 했습니다. 늙은 이발사는 막대기를 품
에 꼭 껴안고 집으로 돌아가면서 뛸 듯이 기뻤습니다.
　'아! 훔쳐오지 않아도 당당히 마법의 지팡이를 얻었지 뭐야. 나도
이제 큰 부자가 될 거야.'

　다음 날, 이발사는 목욕재계를 하고 깨끗한 옷으로 갈아입은 다

음 인근의 수도원으로 갔습니다. 그곳은 금욕생활을 하며 옷을 입지도 않고 청빈하게 살아가는 자이나교[1] 수도원이었습니다.

이발사가 생각하기를, '맞아, 엊그제 그도 자이나교 수도승이었어. 괜히 다른 수도승을 때리면 일이 잘 안 될 수 있으니, 제대로 해야겠다.'

이발사는 자이나교 사원의 경내에서 불상을 향해 엎드려 사람들이 들으라는 듯 큰 소리로 외쳤습니다.

"아! 자이나교 수도승들에게 영광이 있으라. 누가 정욕과 탐욕을 외면할 수 있으리오? 오직 자이나교 수도승만이 승리자다. 이곳은 욕망이 사라지는 곳, 자이나교를 세우신 종주를 찬양하는 입과 보시하는 손길에 축복이 있으리라."

큰 소리로 기도를 마친 이발사는 수석 수도승을 찾아가 축복을

---

1) 자이나교 ; 불살생, 불탐욕을 근본교리로 삼고 벌거벗은 채 수행하는 불교와 유사한 종교. 불교보다 먼저 태동하였고, 교리를 엄격하게 따르는 나체수도승은 물론 일반 재가 신도들도 생명을 취급하는 농민보다는 상인들이 많음

구했습니다. 수석 수도승이 늙은 이발사에게 물었습니다.

"그대는 어떤 연유로 이곳에 와서 기도를 하였는가? 알다시피 이곳은 자이나교 신도들만 오는 곳이고 모두가 옷을 입지 않는데, 그대는 무슨 일로 이곳의 축복을 구하는가?"

늙은 이발사는 준비해두었던 말을 수석 수도승에게 했습니다.

"스님, 저도 이곳은 자이나교 신도들만 오는 곳으로 알고 있습니다. 하지만 제가 이제 늙고 병들어서 그동안 모아두었던 모든 재산을 이 사원에 헌납하고 신도가 되려 합니다. 부디 허락해 주십시오."

주위에 모여 있던 수도승들이 감탄한 듯 고개를 끄덕이자 계획이 착착 들어맞은 이발사는 더욱 신이 나서 말했습니다.

"제 뜻을 보여드리려고 여기 수도승님들을 위한 음식을 준비했습니다. 수도승들께서 제 집을 방문하셔서 꼭 함께 드시고 가시기를 원합니다."

그러자 수석 수도승이 조용히 말했습니다.

"그대의 뜻은 가상하나, 우리는 아주 조금의 야채와 삶지 않은 곡식을 먹을 뿐이라네. 그리고 걸식하는 계율을 지키며 살지.

532

음식 초대는 당치도 않네.”

그 말을 들은 이발사가 실망한 얼굴을 감추며 말했습니다.

“아! 몰랐습니다. 하지만 제가 자이나교에 귀의하면 남은 가족들
은 살아가기가 힘들 것입니다. 그들을 위해 직접 오셔서 축복해 주
시면 안 될까요? 음식은 과일로만 준비하겠습니다.”

수도승들은 서로 얼굴을 바라보며 이렇게 절실
하게 귀의하겠다는 사람을 본 적이 없는
지라 수석 수도승에게 말했습니다.

“스승님! 저 사람이 저토록 절실
하게 원하니 저희들이 잠시 다녀오
도록 허락해 주십시오.”

수석 수도승도 고개를 끄덕이며 승낙했습니다.

“흠! 예외이긴 하나, 이것도 다 하늘의 뜻이라면 따라야겠지. 자
네 집으로 내일 수도승 다섯 명을 보내겠네. 자! 이제 돌아가게.”

늙은 이발사는 집으로 돌아오며 투덜거렸습니다.

“쳇! 겨우 다섯 명이라니, 보아하니 수십 명도 넘겠던데 다 보내
주면 좀 좋아. 하늘의 뜻? 내가 부자가 되는 것이 하늘의 뜻이지. 그
런데 금불상 다섯 개를 어떻게 옮긴담? 옳지! 미리 마차를 준비해서

불상을 들고 다른 나라로 도망가는 거야. 그곳에 큰 저택을 짓고 펑펑 쓰면서 살아야겠다."

이발사는 혼자 화를 내다가 웃다가 온갖 상상을 하면서 집으로 돌아왔습니다. 다음 날, 이발사는 가족 모두를 어딘가로 내보낸 후 집 뒤쪽에 마차를 준비해두고 수도승들을 기다렸습니다.

수도승들이 도착하자 이발사는 그들을 방 안으로 안내했습니다. 그리고는 문을 잠근 뒤 준비한 마법의 막대기로 한 수도승의 머리통을 갑자기 내리쳤습니다. 깜짝 놀란 수도승들이 이리저리 몸을 피했지만, 눈이 뒤집힌 이발사의 막대기 세례를 피할 수는 없었습니다. 아무리 머리통을 두드려도 금불상으로 변하지 않자 마음이 급해진 이발사는 수도승들의 머리를 멈추지 않고 사정없이 내리쳤습니다.

사방으로 비명소리가 울리자 마을 사람들이 달려왔고 금방 치안을 담당하는 관리가 와서 잠겨있는 문을 부수었습니다. 그곳에는 머리가 피투성이가 되어 쓰러져 신음하고 있는 수도승들과 피 묻은

막대기를 든 늙은 이발사가 혼자 뭐라고 중얼거리며 서 있었습니다.

'이럴 수 없어. 이럴 수 없어. 마법의 막대기가 바뀐 건가?'

사람들이 멍청하게 서 있는 이발사를 붙잡았고, 치안관리는 그를 감옥으로 끌고 갔습니다.

이 사건을 맡은 판사가 사건을 판결하며 청중들에게 말했습니다.

"욕심에 눈이 멀어 애꿎은 수도승들에게 몽둥이질을 한 늙은 이발사는 벌을 받아야 합니다. 그리고 남편에게서 꿈 이야기에 대해 설명을 들었던 가난한 상인의 아내는 막대기에 욕심을 내는 이발사에에 꿈 이야기를 왜 하지 않았습니까?"

자초지종도 모른 채 이런 일을 벌인 이발사의 경솔한 행동은 마치 궁정의 광대 원숭이가 왕을 죽인 것과도 같습니다.

2. 왕을 죽인 광대 원숭이

어느 왕국에 왕에게 사랑받는 궁정 광대 원숭이가 있었습니다. 왕실 사람들 모두 재주를 잘 넘는 원숭이를 좋아해서 왕궁의 어디든 자유롭게 돌아다닐 수 있었습니다. 광대 원숭이는 화려한 모자와 옷을 입고 왕을 따라다니며 침실까지도 들락거릴 수 있었습니다.

어느 날, 왕이 낮잠을 자고 있는데, 파리 한 마리가 왕의 가슴에 앉았습니다. 원숭이는 파리를 쫓아냈지만 몇 번이고 다시 날아와 왕의 흰옷 위를 이리저리 자리를 옮겨가며 내려앉았습니다.

원숭이는 화가 나서 파리를 어떻게든 쫓아내거나 죽이고 싶었습니다. 그래서 왕의 탁자에 있던 단검을 집어 들어 파리를 향해 힘껏 날렸습니다.

파리는 윙 하고 날아가 버렸지만 잠들어 있던 왕은 영문도 모른 채 원숭이가 던진 단검을 가슴에 맞고 죽었습니다.

이야기를 마친 판사가 청중들에게 말했습니다.

"여러분! 의도하지 않았지만 경솔한 애완 원숭이에게 왕이 죽음을 맞을 줄 어떻게 알았겠습니까? 우리는 자신의 행위가 어떤 결과를 가져올지 사리판단을 정확하게 해야만 합니다. 그렇지 않으면 궁정의 원숭이처럼 주인을 죽이거나, 자신을 따르던 애꿎은 몽구스를 죽이는 잘못을 하게 됩니다."

3. 말 못하는 죄

옛날 외딴 산골에 늙은 농부 부부가 살고 있었는데, 늘그막에 아기가 태어나자 무척 아끼고 정성스레 돌보았습니다. 어느 날 저녁, 농부는 일을 마치고 돌아오다가 길 잃은 새끼 몽구스 한 마리를 발견하고 집으로 데려왔습니다.

농부는 아내에게 새끼 몽구스가 자라면 외롭게 지낼 아들에게 좋은 놀이친구가 될 거라고 말했습니다. 하지만 불과 몇 달 지나지 않아서 몽구스는 완전히 커버렸지만 농부의 아들은 여전히 아기였습니다. 다 자란 몽구스는 반짝이는 두 눈과 복슬복슬한 긴 꼬리를 가진 귀여운 모습이었습니다.

어느 날, 농부는 일을 하러 밭으로 나가고 농부의 아내와 아기, 그리고 몽구스만 집에 있었습니다. 농부의 아내는 잠든 아들을 작은 요람에 눕혀두고 멀리 떨어진 마을의 시장에 가기 위해 장바구니를 들고 길을 나섰습니다.

농부의 아내는 집을 나서기 전, 몽구스에게 말했습니다.

"몽구스야! 지금 나는 시장에 가야 하니 네가 잠든 아기를 좀 돌봐주렴."

말 못하는 몽구스는 알아들었다는 듯이 까만 눈을 깜박였습니다. 한낮이 되어 농부의 아내는 바구니 가득 먹을 것들을 사가지고 십으로 돌아왔습니다. 대문 밖에서 그녀를 기다리고 있던 몽구스가 농부의 아내를 보자마자 달려왔습니다.

농부의 아내는 반갑게 꼬리를 치는 몽구스의 얼굴과 발이 빨갛게 물들어 있는 것을 보고 비명을 질렀습니다.

"아니! 이게 뭐야. 피잖아? 네가 우리 아들을 죽였구나!"

농부의 아내는 울부짖으며 까만 눈으로 올려다보고 있던 몽구스를 무거운 시장바구니로 내려쳤습니다. 그리고 정신없이 곧장 아기가 있는 곳으로 달려 가보니 아기는 요람에서 여전히 편안하게 잠들어 있었습니다. 잠시 정신을 차리고 살펴보자 요람 아래쪽에 검은 독사 한 마리가 찢겨져 피를 흘린 채 죽어 있는 것이었습니다.

무슨 일이 있어났는지 비로소 깨달은 농부의 아내는 밖으로 나가 몽구스를 찾았습니다.

"몽구스야! 네가 독사를 죽였구나! 네가 우리 아기를 구했어."

그러나 몽구스는 그녀가 내리친 무거운 시장바구니에 머리를 맞아 차디찬 땅바닥에 누워 있을 뿐이었습니다.

농부의 아내는 그렇게 성급하게 행동했던 자신을 후회하며 말했습니다.

"몽구스야! 무턱대고 말 못하는 너를 해쳐서 정말 미안하구나. 내 잘못을 용서해라. 그리고 다음 생에서는 꼭 말하는 사람으로 태어나렴."

농부의 아내는 미안한 마음에 눈물을 흘리면서 까만 눈이 귀엽던 몽구스를 가만히 껴안았습니다.

이야기를 마친 판사에게 누군가 물었습니다.

"판사님! 누구도 앞날을 내다보는 능력은 없습니다. 옳고 그름 또한 마찬가지 아닙니까? 어떤 기준으로 그것을 판단해야 하는지 우리는 알지 못합니다."

판사가 빙그레 웃으며 말했습니다.

"기준과 가치는 상황에 따라 달라지기에 언제나 영원하지 않습니다. 신의 말씀이나 진리가 아닌 한 세상사에서 일상은 벼하는 것입니다. 현사늘일지라도 누구나 사람은 늙고 병이 들면, 머리카락과 이가 빠지며, 제대로 듣고 볼 수 없고 몸의 기능은 쇠약하지만 욕망은 쉽사리 늙지 않기 때문이라고 했습니다. 그의 몸에 있는 모든 것은 쇠약하지만 욕망은 결코 늙지 않기 때문이라고 말했습니다.

이제 나는 정확한 법이나 기준보다도 경솔한 판단이 가져온 불행한 몇 가지 이야기를 들려드리겠습니다. 여러분이 이 이야기들에서 어리석음과 지혜로움, 그리고 상식적인 것에 관해 각자 판단을 해보시기 바랍니다."

4. 하늘을 나는 거북이

커다란 연못에 사는 거북이에게 두 마리의 거위 친구들이 있었습니다. 거위들이 연못으로 자주 놀러와 함께 많은 시간을 보내며 수년 동안 행복하게 지냈습니다. 그런데 큰 가뭄이 들어 오랫동안 비가 내리지 않아 강과 연못이 모두 말라 버렸습니다.

새들은 물이 있는 곳을 찾아 날아갔지만, 땅 위의 동물들은 물이 없어 고통스러워했습니다. 두 거위도 가뭄을 더 이상 견딜 수가 없어서 이 연못을 떠나기로 결심했습니다.

거위들은 거북이에게 작별인사를 하려고 찾아갔습니다.

“나는 여기 죽게 내버려두고 너희들만 떠나겠다는 거야? 너희는
내 친구들이잖아. 나도 살고 싶어.”

거북이가 울먹이며 말하자 거위들은 마음이 아팠습니다.

“우리가 뭘 해줄 수 있을까? 우리는 날아서 세상 어디든 갈 수 있
지만, 넌 날 수가 없잖아.”

그러자 거북이가 말했습니다.

“내가 너희들처럼 날 수 없다는 건 사실이지만 함께 갈 수 있도
록 너희가 도와줄 수는 있잖아?”

거위들이 물었습니다.

“우리가 어떻게 해주면 되는데?”

거북이가 대답했습니다.

“간단해. 나한테 막대기 하나만 가져다주면 내가 막대기 가운데
를 꽉 물고, 너희 둘이서 막대기 끝을 부리로 물고 날면 돼. 이 가뭄
을 피해 안전한 곳으로 함께 가자고.”

거위들은 거북이가 말한 방
법이 괜찮다고 생각했습니다.

“그래, 자네는 오랫동안 친구로
지냈으니까 우리가 할 수만 있다면
도와줘야지. 그런데 네 계획에는 한

가지 위험이 있어. 우리가 날고 있는 동안 만약 네가 말을 하려고 입을 연다면 자네는 물고 있던 막대기를 놓쳐서 아래로 떨어져 죽을 거란 말이지."

거북이가 말했습니다.
"나는 그런 바보 같은 짓은 안 해. 하늘을 날고 있는 동안에는 한 마디도 하지 않을 거니까."

다음 날, 거위들이 튼튼한 막대기 하나를 가져와 부리로 양끝을 물고, 거북이는 막대기 한가운데를 꽉 물었습니다. 거위들이 거북이를 데리고 하늘높이 날아올라 산 넘고 들판을 지나 어느 도시 위를 지날 때였습니다.

도시 사람들은 전에는 한 번도 본 적이 없는 신기한 광경을 보면서 손뼉을 치며 소리쳤습니다.
"저기 하늘을 봐! 굉장해. 새 두 마리가 거북이를 나르고 있어. 다들 나와서 어떻게 저럴 수가 있는지 보라고!"

거북이는 사람들이 자기를 손가락질하면서 큰 소리로 떠들어대는 것이 마음에 들지 않았습니다.
"저 바보들이 뭐라는 거야?"

거북이가 이 말을 하는
순간, 물고 있던 막대기를
그만 놓치고 아래로 떨어져
버렸습니다.

5. 푸른 여우

어느 날 여우 한 마리가 숲을 어슬렁거리며 먹이를 찾고 있었는데, 운이 없어 하루 종일 먹을 만한 것을 하나도 발견하지 못했습니다. 여우는 지치고 허기진 채로 걷고 또 걷다 보니, 사람들이 많이 살고 있는 어느 마을까지 오게 되었습니다.

사람이 사는 마을에서 어슬렁거리면 안전하지 못하다는 것은 여우도 알고 있었지만, 너무나 배가 고파 음식 찌꺼기라도 훔쳐먹어야 했습니다. '빨리 먹을 걸 찾아야만 해. 이러다가는 지쳐 죽을 거야. 그나저나 사람이나 동네 개들에게 공격당하지 않았으면 좋겠는데 말이야.'

여우는 두리번거리며 주위를 살폈습니다. 여우가 걱정한 대로 개들이 짖어대더니 저 멀리서 쫓아오고 있었습니다. 여우는 붙잡히면 죽는다는 것을 알고 있으니, 달아날 수밖에 없었습니다.

정신없이 뛰다가 뒤를 돌아보니 개들이 바짝 뒤쫓아 오고 있었습니다. 다급한 마음에 여우는 마당이 넓은 어떤 집으로 뛰어들어 갔습니다. 그 집은 천을 염색하는 사람의 집이었습니다. 다급한 여우는 마침 마당에 놓여 있는 여러 개의 통 들 중 하나로 뛰어들었습니다.

개들은 통에 들어가 숨어버린 여우를 찾아내지 못하고 짖어대다가 떠났습니다.

여우는 개들이 멀리 떠날 때까지 한참 동안 염색 통 안에 있다가 기어나왔습니다. 통 밖으로 나온 여우는 자신의 몸이 파란 염색물에 젖어 온통 파랗게 된 것을 보고는 깜짝 놀랐습니다. 어찌할 바를 모른 채 여우는 서둘러 정글로 되돌아갔습니다. 그런데 푸른 여우를 보자마자 모든 숲의 동물들이 두려움에 떨며 달아났습니다. 이제껏 그런 색깔의 여우를 본 적이 없는 다른 동물들은 멀찍이 떨어져 지켜볼 뿐 가까이 다가오지를 않았습니다.

여우는 모두가 자신을 두려워하고 있음을 알아차리고 이 상황을 어떻게 이용할 수 있을까 궁리했습니다.

“여보게들, 왜 그렇게 도망치는 거지? 이리 와서 내말 좀 들어보라고.”

여우가 외치자, 동물들이 달아나다 멈추고 저만치 서서 푸른 여우를 바라보았습니다. 다시 여우가 소리쳤습니다.

“다들 두려워하지 말고 이리 와봐. 모두에게 들려줄 중요한 말이 있어.”

처음 보는 푸른색의 동물이 두려웠지만 호기심에 하나씩 둘씩, 동물들이 여우에게 가까이 다가갔습니다. 코끼리, 사자, 원숭이, 토끼, 사슴을 비롯해 많은 동물들이 모여들어 푸른 여우를 에워쌌습니다.

“모두들 나를 두려워할 거 없어.”

여우가 부드러운 음성으로 말했습니다.

"안심하라고. 나는 너희들의 왕이 되라고 보내신 신의 사자야. 이제는 내가 너희를 지켜주겠어."

동물들은 생전 처음 보는 푸른 여우의 말을 믿었습니다.

"신비한 빛깔의 존재여! 당신을 우리의 왕으로 받아들이겠습니다. 우리에게 왕을 보내주신 신께 감사드립니다. 이제 우리가 어떻게 하면 되는지 말씀을 해 주십시오."

여우는 속으로 쾌재를 부르며 더욱 엄숙한 목소리로 말했습니다.

"내가 너희들의 고민을 다 들어줄 터이니, 너희들은 왕을 잘 섬겨야 하는 것이 신의 뜻이야. 왕이 원하는 모든 먹이를 갖다 바쳐야 해."

동물들은 아무런 의심 없이 약속했습니다.

"물론이지요. 대왕님이 원하신다면 뭐든지 바치겠습니다. 또 우리가 해야 할 일은 무엇입니까?"

여우는 더욱 근엄한 목소리로 대답했습니다.

"너희는 항상 의심 없이 왕에게 충성을 다해야 해. 그러면 나는 적들로부터 너희를 보호해 줄 것이야."

자기들을 지켜준다는 말에 동물들은 여우가 원하는 갖가지 맛 좋은 음식들을 바쳤습니다. 그리고 푸른 여우를 왕으로 모신 동물들은 날마다 갖가지 문제를 해결해 달라며 찾아왔습니다. 푸른 여우는 처음 해보는 왕 노릇이 재미가 있었지만, 온갖 동물들의 요구 사항이 점점 지겨워졌습니다.

어느 날, 저 멀리 들판에서 시끄러운 소리가 들려왔는데, 그것은 한 무리 여우들이 울부짖는 소리였습니다. 아주 오랫동안 여우들의 목소리를 들어보지 못했던 왕은 귀를 쫑긋 세웠습니다.

동료들의 소리를 들으니 행복하고 어느새 두 눈 가득 기쁨의 눈물이 고였습니다.

"아! 너무도 정겨운 소리구나. 내가 지금 여기에서 무슨 짓을 하고 있는 거지?"

자신이 왕이라는 사실을 잊은 채, 푸른 여우가 머리를 하늘로 쳐들고 울었습니다. 그 모습을 본 동물들은 왕이 그저 보통의 여우일 뿐이라는 걸 알아차렸습니다. 그동안 내내 속아왔던 것에 화가 난 동물들이 왕을 죽이려 달려왔지만, 푸른 여우는 이미 동료들이 있는 들판으로 멀리 달아나고 있었습니다.

6. 수도승과 염소

어느 날, 한 어리석은 수도승이 염소 한 마리를 얻었습니다. 그는 행여 염소를 잃을세라 살아있는 염소를 등에 지고 집으로 향했습니다. 염소를 등에 지고 가는 우스꽝스런 수도승의 모습을 바라보며 사람들이 웃었습니다. 깔깔대며 웃던 사람들 중에는 몹시 배가 고픈 불량배 세 명도 있었습니다.

그들 중 한 명이 비웃으며 말했습니다.

"저기 좀 보게. 염소가 사람을 타고 가는 꼴은 처음 보는걸! 그 염소 참 토실토실 먹음직한데!"

또 다른 불량배가 건들거리며 말했습니다.

"그래 맞아. 저 정도면 우

리 세 사람에게 멋진 식사가 될 건데 말이야. 우리가 저 염소를 빼앗아 볼까?”

나머지 한 명의 불량배가 말했습니다.

“수도승에게 주먹을 휘두르면 안 되는 건 너희들도 잘 알지? 저 모자란 수도승이 염소를 포기하게 하면 우리가 가질 수 있어. 내게 묘수가 있는데 들어볼래?”

그러자 다른 불량배들이 궁금해했습니다.

“뭐, 어떤 방법이 있다는 말인가? 우리한테 말해주게.”

그가 다른 두 명에게 귓속말로 속삭이자 그들은 서로 킬킬대고 웃으며 하나둘씩 자리를 떠났습니다.

잠시 후, 불량배 하나가 염소를 등에 메고 힘들게 걸어가고 있는 수도승에게 다가가서 정중하게 말을 걸었습니다.

“수행자여! 당신은 왜 죽은 개를 등에 지고 가시는 겁니까? 수도승이 개를 지고 가는 걸 보다니, 정말 별스럽군요.”

수도승이 깜짝 놀라 소리쳤습니다.

“죽은 개라고? 대체 무슨 소릴 하는 거요? 당신 장님이요? 이건 바로 조금 전에 내가 선물 받은 살아 있는 염소란 말이요.”

화를 내는 수도승에게 불량배
가 빙글거리며 말했습니다.
"아니, 나으리, 그렇게 화내
실 것까지야 있습니까? 나는
단지 그저 본 대로 얘기한 것
뿐입니다. 더는 말하지 않겠
습니다. 이거 죄송합니다. 나으리."

그렇게 말하며 떠나는 불량배가 못마땅한 수도승은 혼자 투덜
거리면서, 염소를 등에 진 채 계속 길을 걸었습니다.

좀 더 길을 가다보니, 다른 한 명의 불량배가 그에게 다가와 염소
와 수도승을 번갈아 바라보고는 이상하다는 듯이 말했습니다.

"존경스런 수도승이여! 수행자라면 죽은 송아지 같은 걸 지고 가
시면 안 되지요. 죽은 동물을 지고 가는 건 수도승에게 수치스러운
일이지 않습니까?"

수도승이 깜짝 놀라 소리쳤습니다.

"뭐야? 죽은 송아지라고? 대체 무슨 헛소릴 하는 게요? 당신 장
님이요? 이게 살아있는 염소란 걸 보고도 모르겠소? 이건 바로 조
금 전에 내가 선물 받은 염소란 말이오."

화를 내는 수도승에게 불량배가 건들거리며 말했습니다.

"아니, 나으리! 그렇게 화내실 것까지야 있습니까? 살았든 죽었든 내 알바 아니니까 죽은 송아지나 지고 가시지요. 나한테는 아무 상관없는 일이니 더는 말하지 않겠습니다. 뜻대로 하시지요."

수도승은 계속 걸으면서 조금씩 의심이 들기 시작했습니다. 이따금씩 그는 등 뒤의 염소를 만져보며 고개를 갸웃거렸습니다. 멀리서 그 모습을 지켜보던 세 번째 불량배가 수도승에게 다가오더니, 머리를 설레설레 흔들며 나직한 목소리로 말했습니다.

"수행자여. 실례합니다만, 꼭 묻고 싶군요. 나으리께서는 왜 그다지도 온당하지 못한 일을 하고 계신 겁니까?"

염소를 등에 지고 걷다 보니 힘이 들어 땀이 비 오듯 쏟아지는 수도승이 걸음을 멈추었습니다.

"온당하지 못하다고? 대체 무엇이 온당하지 못한 일이라는 거요?"

따지며 화를 내는 수도승에게 불량배가 속삭이듯 말했습니다.

"아니, 저는 그저 수행자님을 생각해서 드리는 말이었는데, 화를 내시니 실례했습니다. 저는 단지 점잖으신 분께서 죽은 당나귀를 지고 가시니 온당하지 못하다고 말씀드린 것입니다. 수도승이라면 그런 동물은 만져서도 안 되는 것이지요. 그 정도는 아시지 않습니까? 행여 다른 사람들이 나으리께서 그걸 지고 가는 것을 보기 전에 어서 그걸 내려놓으세요."

수도승은 이제 화도 나지 않을 만큼 얼이 빠졌습니다. 이제까지 힘들게 염소를 지고 왔건만, 지금까지 만난 세 사람 모두 이 염소를 죽은 다른 동물로 말했기 때문입니다.

결국 수도승은 지고 있던 염소를 바닥에 내려놓았습니다.

'허참! 처음엔 죽은 개라고 하더니 그 다음엔 송아지, 이젠 당나귀라고! 어떻게 짧은 시간에 다른 것들로 변할 수가 있단 말이지? 그렇다면 이 염소가 도깨비나 악마라도 된단 말인가?'

의심이 꼬리를 물던 수도승은 어쩌면 사람들의 말이 옳은지도 모르겠다는 생각에 염소를 내팽개치고는 집으로 달아났습니다. 그러자 작전이 성공한 걸 기뻐하며 불량배들이 나타나 염소를 끌고 사라졌습니다.

다섯 번째 이야기보따리, 경솔함으로 인한 갖가지 실수 557

7. 희망의 부적

어느 한 도시에 네 명의 젊은이가 친구로 지내며 가난하게 살고 있었습니다. 시간이 지나가도 형편이 나아지지 않자 한 청년이 말했습니다.

"이보게들! 여기서 이렇게 힘들게 살 바에는 차라리 숲에 들어가 수행을 하면서 사는 것이 더 나을 것 같지 않은가? 희망 없는 이곳의 고통스러운 삶보다 마른 풀로 깔개를 삼고 나뭇잎으로 이불을 삼아 수행한다면 영원한 삶을 위해 살 텐데 말이야."

한 친구의 말에 모두 찬성을 하자, 다음 날 네 친구들은 세속에서의 삶을 포기한 채 살던 도시를 떠났습니다. 수행자의 삶이란 진리를 찾아 가족과 친지와 헤어지는 것을 슬퍼하지 않고 고향조차도 마음에 두지 않는 것입니다.

　네 명의 젊은이들은 다른 도시에 있는 큰 사원에서 큰 스승에게 가르침을 구하기로 했습니다.

　사원의 늙은 수행승은 찾아온 네 명의 청년들에게 여행의 이유를 물었습니다.
　"그대들은 어디에서 왔으며, 어떻게 이곳을 찾아왔는가? 그리고 어디로 가고자 하는가?"

　늙은 수행승의 질문에 한 청년이 대답했습니다.
　"우리는 희망이 없는 곳에서 왔으며, 이곳에서 큰 스승님의 가르침을 받고, 그것이 재물이든 영원한 삶이든 삶의 참된 희망을 찾고자 왔습니다."

　늙은 수행승이 껄껄 웃으며 말했습니다.
　"나에게서 희망을 찾고자 한다고? 그러면 내가 한 가지 물어보겠네. 젊은 자네들과 늙은 나와 누가 더 희망이 있겠는가?"

　젊은 청년들이 대답을 하지 못했습니다. 늙은 수행승이 다시 빙그레 웃으며 말했습니다.
　"그래! 자네들이 어디에서 왔는지 중요하지 않네. 다만, 그대들이 찾는 희망은 가만히 앉아서 기다린다고 오는 것이 아니네. 자네

들처럼 모험심을 가지고 때로는 목숨도 걸어가며 원하는 목표를 잊지 않고 찾아가는 것이지. 누구에게도 운명은 그 힘이 다할 때까지 멈추지 않는다네. 비가 내리면 우물이 가득 차지만 더 내리면 그 우물은 넘쳐흘러 연못으로 향하지. 이것이 자연의 이치지만 사람들의 열정은 필요에 따라 땅을 파내어 우물을 만들고 연못을 만들어 물을 채우기도 하지 않은가? 지금 자네들처럼 말이야."

젊은이들은 늙은 수행자의 말에 희망을 느끼고 용기를 낼 수 있었습니다.

"맞습니다. 그래서 저희들은 희망이 없는 곳으로부터 떠나온 것입니다. 부디 우리의 목표를 이룰 수 있도록 스승님께서 방법을 가르쳐 주십시오."

젊은이 네 사람의 진심이 담긴 부탁에 사원의 늙은 수행자는 네 사람에게 하나씩 부적을 들려주면서 말했습니다.

"이것은 보물을 찾아주는 신성한 힘이 담긴 부적이라네. 이것을 들고 히말라야로 떠나시게나. 부적이 손에서 떨어지는 곳에서 멈추고 그 자리에서 보물을 찾으시게. 그 보물을 가지고 고향으로 돌아가 행복한 삶을 살아보시게나."

네 명의 청년은 사원의 늙은 수행승에게서 선물로 받은 희망의

560

부적을 품고 멀고 먼 여행길을 떠났습니다. 히말라야로 가는 길은 멀기만 하여 매일 걸식하며 거친 들판에서 잠을 자야 했기 때문에 고통스러웠습니다. 하지만 그들은 희망의 부적을 가지고 있었기에 견딜 수 있었습니다. 세월이 흘러 그들이 히말라야에 도착했을 때는 다른 어떤 수행자들보다도 더 깊은 수행자들처럼 여위고 눈빛은 깊어지고 반짝거렸습니다.

어느 날, 한 청년의 손에서 부적이 떨어졌습니다. 그들은 늙은 수행승의 말을 떠올리며 그곳에 멈추어 땅을 파내기 시작했습니다. 그곳에는 많은 구리가 있었습니다. 부적이 떨어진 청년이 이것을 팔면 큰 돈이 될 것이라면서 구리를 지고 내려갔습니다.

남은 세 명은 계속 여행을 했는데, 또 한 청년의 손에서 부적이

땅에 떨어졌습니다. 그들이 그곳에 멈추어 땅을 파니 많은 은이 있었습니다. 부적이 떨어진 청년이 이것을 가져다 팔면 큰돈이 될 것이라면서 은을 지고 내려갔습니다.

남은 두 청년은 계속 산을 올랐고 한 청년의 손에서 부적이 떨어지자 두 청년은 그곳에 멈추어 땅을 팠습니다. 그곳에는 많은 금이 있었습니다.

세 번째 청년 '수바르싯디(Subarsidhi)'는 구리나 은보다 더 값비싼 금을 가져다 팔면 큰돈이 될 것이라면서 내려가자고 했습니다. 그는 네 번째 청년 '차크라다라(Chakradhara)'에게 이 세상에 금보다 더 비싼 것은 없으니 더 이상 고생하지 말고 함께 고향으로 돌아가자고 했습니다.

하지만 나머지 네 번째 청년 차크라다라는 자신의 부적이 아직 손에 남아 있다면서 고개를 흔들었고, 세 번째 청년 수바르싯디는 금을 지고 내려갔습니다.

마지막으로 남은 네 번째 청년 차크라다라가 더 높은 산에 오를 때는 너무도 지쳐 있었습니다. 그는 지치고 목마른 상태로 길까지 잃어 산을 헤매고 있었습니다. 그 와중에 벌거벗고 앉아 있는 어떤

사람의 머리 뒤쪽에 빨간 빛의 수레바퀴 같은 후광이 돌고 있는 것
을 보았습니다.

차크라다라는 놀란 눈으로 바라보다가 그에게 가까이 다가가 물
었습니다.

"수행자여! 당신은 누구이고, 이 수레바퀴처럼 휘도는 빨간 빛은
무엇인지요? 저는 너무도 목이 마릅니다. 혹시 물이 있다면 조금만
제게 나눠줄 수 있는지요?"

차크라다라의 질문이 끝나자 빨간 빛의 수레바퀴는 벌거벗은 수
행자의 머리에서 벗어나 그의 머리 위로 넘어왔습니다. 놀란 차크
라다라가 다시 그 수행자에게 물었습니다.

"이게 무엇인지요? 저는 단지 목이 마를 뿐입니다. 이것은 너무
고통스러운데, 이 수레바퀴를 벗을 수 없습니까?"

그때서야 벌거벗은 수행자가 말했습니다.

"나도 모르네. 이제 그 수레바퀴는 자네의 것이라네."

차크라다라가 물었습니다.

"나는 이 수레바퀴를 원하지 않았습니다. 단지 목이 마를 뿐이라고요. 당신은 언제부터 이곳에 계셨습니까?"

벌거벗은 수행자가 쓸쓸하게 웃으며 대답했습니다.

"내가 언제부터 이곳에 있었는지 모르네. '라마(Rama)왕[2]'이 통치할 때부터 지금 얼마나 세월이 흘렀는지 알 수가 없네."

수행자에게서 라마왕이라는 말을 들은 차크라다라는 깜짝 놀라 아픈 것도 잊은 채 물었습니다.

"뭐라고요? 천 년도 넘은 시간 동안 이곳에 계셨다는 말인가요?"

벌거벗은 수행자가 쓸쓸하게 웃으며 대답했습니다.

"자네 말을 들으니 내가 부적을 들고 이곳에 보물을 찾으러 왔을

---

2) 라마(Rama)왕 ; 인도 대서사시 라마야나에 등장하는 왕으로 유지의 신 비슈누의
   7번째 화신(化身;Avatar)

때부터 정말 긴 시간이 흘렀군 그래."

차크라다라가 다급하게 물었습니다.
"수행자시여! 그 부적이 어떤 것입니까?"

수행자가 바닥에 놓인 부적을 들어 차크라다라에게 보여주자
그는 깜짝 놀라서 외쳤습니다.
"내가 가진 부적과 같군요."

수행자가 말했습니다.
"그 부적을 가지고 온 사람이 내게 말을 걸어야만 그 수레바퀴가
그에게 넘어가서 내가 자유로울 수 있다네."

차크라다라가 일그러진 얼굴로 물었습니다.

"그러면 그 긴 세월 동안 누가 당신에게 음식과 물을 주었습니까?"

수행자가 대답했습니다.

"이곳은 부의 신 '쿠베라(Kubera)[3]'가 재물을 감춰둔 곳이라네. 자네는 나처럼 그의 보물을 훔치려고 온 것이고 말이야. 그래서 그의 저주로 이곳에 묶인 거지. 부의 신 쿠베라의 영역을 무단 침입한 사람들은 갈증도 배고픔도 없지만 그가 내린 벌을 받아 그 수레바퀴의 고통을 겪어야만 한다네."

청천벽력 같은 어이없는 이야기에 차크라다라는 울먹이며 말했습니다.

"저는 재물신의 재물을 탐내거나 훔치려고 온 것이 아닙니다. 그저 절망의 끝에서 사원의 큰스님에게 얻은 부적을 희망 삼아 이곳까지 힘들게 찾아왔을 뿐입니다. 그런데 다시 이 끝없는 절망은 무엇인지요?"

---

3) 쿠베라(Kubera) ; 부(富)를 상징하는 인도의 신

벌거벗은 수행자가 대답했습니다.

"이곳은 아무나 올 수 있는 곳은 아니라네. 자네가 가진 그 부적을 가지고 있어야만 부의 신 쿠베라의 영역에 들어올 수 있지."

차크라다라는 상상도 못한 현실에 말문이 막혀 아무런 말도 하지 못했습니다. 벌거벗은 수행자가 일어서며 그에게 말했습니다.

"자네가 간절히 재물을 원했으니, 재물을 가질 수 있는 부적을 받은 것이라네. 그 부적은 부의 신 쿠베라가 감춰둔 재물 창고의 열쇠이니, 자네가 이곳에 온 것은 그의 허락 없이 그의 재물을 훔치러 온 것이 되지. 누군가 다시 자네와 같은 부적을 들고 온다면 자네도 나처럼 홀가분하게 이곳을 벗어날 수 있겠지. 행운을 비네."

그 말을 남기고 벌거벗은 수행자는 그곳을 떠나갔습니다.

한편, 세 번째 청년 수바르싯디는 금이 담긴 보따리를 들고 내려가다가 두 가지 생각에 걸음을 멈추었습니다.

하나는 구리와 은 그리고 자기가 어깨에 지고 있는 금보다도 더 비싼 것이 무엇인지 아직 땅에 떨어지지 않았던 다른 친구의 부적이 궁금했습니다. 만약 더 크고 값비싼 것이라면 나눠 갖고 싶었습니다.

또 하나는 그동안 생사고락을 넘고 넘어 이곳까지 함께 왔는데

친구를 버려두고 혼자 내려가는 것이 마음에 걸렸습니다.

세 번째 청년 수바르싯디가 네 번째 청년 차크라다라를 찾아 산에 오르려 어깨에 짊어진 금 보따리를 땅에 내려놓자 보따리는 아무것도 없었다는 듯이 텅 비었습니다.

수바르싯디는 친구 차크라다라를 찾아 힘들게 산을 오르기 시작했습니다. 지치고 목이 마른 그는 머리 뒤쪽에 크고 빨간 수레바퀴 같은 후광을 쓴 채 고통스럽게 앉아 있는 친구를 보았습니다. 수바르싯디가 달려와 무슨 일이냐고 물었습니다.

차크라다라가 벌거벗은 수행자에게서 들은 이야기를 말해주었습니다.

"우리가 속았네. 여기는 절망을 희망으로 바꾸는 곳이 아니었네. 그 부적은 우리를 고통의 나락으로 떨어뜨리는 저주의 열쇠였다네."

수바르싯디가 한숨을 내쉬며 말했습니다.

"우리는 희망이라는 덧없는 꿈을 꾸며 지금껏 이곳까지 왔는지도 모르겠군. 우리가 원했던 희망이 신의 재물을 훔치는 것이었다면, 우리는 도대체 무엇을 하고 있었던 걸까? 우리는 그저 희망이라는 무지개를 따라 이곳으로 온 것일까? 우리가 가진 경험은 그저 욕망을 채우기 위한 허망한 시간이고, 진리와 지혜는 아직도 멀리 있다는 것인가?"

수바르싯디가 친구의 고통에 안타까워하며 쉬지 않고 중얼거리자 차크라다라가 그에게 말했습니다.

"친구! 너무 자학하지 말게나. 우리는 절망에서 벗어나려고 함께 희망을 찾아 나섰고, 이곳에서 재물을 얻었었지 않은가? 하지만 자네가 재물을 버리고 나를 찾아 이곳에 왔으니, 나에게는 구리와 은 그리고 금보다도 소중하다네. 많이 배웠다 하여 지혜로운 것은 아니지. 자네는 죽은 사자를 살린 친구들 이야기를 알고 있나?"

수바르싯디가 대답했습니다.

"아니 나는 알지 못하네. 어떤 이야기인가?"

8. 누가 바보인가?

한 마을에 네 명의 친구가 살았는데, 어릴 때부터 같이 뛰어놀며 많은 시간을 함께 보내며 친하게 지냈습니다. 어느덧 청년이 되어 세 명의 친구가 유명한 도사를 찾아 마을을 떠나고, 늙은 부모를 모셔야 하는 한 친구만이 외롭게 남았습니다.

마을을 떠났던 친구들은 각자 유명한 스승을 찾아가 열심히 공부했습니다. 스승들로부터 더 가르칠 것이 없으니 돌아가라는 말에 고향으로 돌아오면서 이제는 스승에게서 더 이상 배울 것이 없으니 자신들이 최고라고 생각했습니다.

그들이 배운 것이라고는 한 가지 특별한 재주였을 뿐이었는데도 겸손하지 못하고 교만했습니다. 그럼에도 불

구하고 고향으로 돌아온 그들은 잘난체를 하면서 집을 떠나지 못했던 친구를 바보라고 비웃고 따돌렸습니다. 하지만 남아 있던 친구는 비록 다른 친구들처럼 배우지는 못했지만 성실하게 집안일을 했고, 오랜만에 돌아온 친구들이 반가웠습니다.

어느 날, 세 친구들이 한자리에 모여 어떻게 하면 각자 배운 지식들로 돈을 벌고 출세할 수 있는지에 대해 토론을 하게 되었습니다.

친구 중 하나가 말했습니다.

"멀리 여행을 떠나 세상을 둘러보고 많은 사람들을 만나봐야 해. 그렇게 여행을 하는 동안 어쩌면 왕이나 귀족들의 눈에 들어서 유명해지거나 출세할 수 있을지도 몰라."

다른 한 친구가 말했습니다.
"좋은 생각이야. 그런데 말이야. 우리 세 사람은 많이 배웠으니 틀림없이 여행을 잘 할 테지만, 저 무지랭이 바보는 어떻게 하지? 저 친구는 아무것도 몰라서 괜히 우리들 짐만 될지도 모르는데."

그러자 또 다른 친구도

"그래 맞아. 그냥 집에 있으라고 해. 아무 쓸모없는 무식한 바보를 데려갈 필요 없잖아."

하지만 남은 한 친구가 말했습니다.

"저 친구는 우리들이랑 어릴 때 같이 놀던 친구 아닌가? 배우지 못해 무식할 뿐이야. 저 친구만 두고 떠나는 것은 아닌 것 같으니 데려가세나. 혹시 쓸모가 있을지 모르잖아. 같이 다니다가 엉뚱한 참견이나 한다면 혼자 집으로 돌려보내면 될 테니."

바보라며 놀림 받는 친구는 그동안 여행 한번 못 가본 처지라 친구들을 따라서 세상 구경을 꼭 해보고 싶었습니다. 그래서 네 친구가 모두 함께 가기로 결정하고 긴 여행을 떠나게 되었습니다.

어느 날, 네 명의 친구들은 울창한 숲 속을 지나면서 죽은 동물의 뼈가 땅에 흩어져 있는 것을 발견했습니다.

한 친구가 어깨를 으쓱거리며 말했습니다.

"이보게들! 여기서 그동안 우리가 공부한 실력을 시험해 보면 어떤가? 이 죽은 동물의 시체를 되살려 보는 거야. 나는 뼈를 잘 모으는 방법을 화장터에서 배웠거든."

두 번째 친구가 말했습니다.

"심심했는데 그거 재미있겠군. 나는 살과 가죽을 다루는 방법을 고깃간에서 배웠거든."

세 번째 친구가 말했습니다.

"나는 도사님한테 신비한 호흡법을 배웠지, 내가 저 죽은 동물이 다시 살아나도록 숨결을 불어넣어 보겠어."

그래서 첫 번째 친구가 뼈를 모으고, 두 번째 친구는 거기에 가죽과 살을 붙였습니다. 세 번째 친구가 막 이 동물에게 숨결을 불어넣으려 하자, 네 번째 바보 취급을 당하던 친구가 크게 외쳤습니다.

"친구들! 그러지 말게, 가만 보니 그건 사자라고. 다시 살아나게 해서는 안 되네."

그러자 세 번째 친구가 비웃으며 말했습니다.

"이봐! 아무것도 모르는 바보인 자네는 참견하지 말게. 자네가 우리들의 능력을 몰라서 그러는데 말이야. 혹시라도 우리가 이 동물을 다시 살려낼 수 없을까봐 의심하는 거지? 나는 할 수 있어. 자네는 그저 구경이나 하게."

그 말을 들은 무지랭이 바보 친구가 말했습니다.

"자네들의 실력을 의심하는 것이 아닐세. 오히려 믿으니까 그러는 것이지. 자네들은 지금 위험한 일을 벌이려는 거야. 정히 하려거든 제발 잠시만 기다리게." 하고는 큰 나무 위로 기어 올라갔습니다.

세 번째 친구가 죽은 동물의 코에 숨을 불어넣으니 죽은 동물의 몸이 빵빵하게 부풀어 오르고 이내 다시 살아나서 일어섰습니다.

그것은 무지랭이 친구의 말처럼 엄청나게 큰 사자였습니다. 다시 살아난 사자는 세 사람을 둘러보더니, 으르렁하는 포효를 하면서 세 친구들을 덮쳤습니다. 무지랭이 친구의 만류에도 고집을 부리며 배운 자랑을 하던 세 친구들은 모두 자기들이 되살린 사자의 밥이 되고 말았습니다.

사자가 떠나자, 그 무지랭이 바보 친구만 나무 아래로 내려와 고개를 흔들며 혼자 집으로 돌아갔습니다.

네 번째 청년 차크라다라의 이야기가 끝나자 세 번째 청년 수바르싯디가 말했습니다.

"자네가 한 이야기가 맞는 것 같네. 들어서 배운 것은 직접 경험한 것보다 못하지. 조금밖에 배우지 못했을지라도 상식에 맞는 행동이라면 조롱을 해서는 안 되는 것이야. 그러면 자네는 책에 쓰여 있는 구절만을 따랐던 네 친구들이 집으로 돌아가지 못한 이야기를 들어보았는가?"

네 번째 청년 차크라다라가 물었습니다.

"책에 나온 구절대로 따라했는데도 집으로 돌아가지 못했다니, 어떤 이야기인가?

9. 책에 써 있는 대로

옛날 어느 작은 도시의 수도원에 네 명의 젊은 친구들이 공부를 하고 있었습니다. 그들은 모두 공부를 많이 해서 세상에 나가 유익한 일을 하고자 했습니다. 그들은 수도원에서 매일 성인들의 경전을 읽으며 지식을 얻고자 노력했고, 소년이었을 때 들어와 어느덧 12년이라는 세월이 흘러 청년들이 되었습니다.

그들은 이제 학업을 마치고 집으로 돌아가기로 하고 수도원장의 허락을 받아 귀향길에 올랐습니다. 며칠 후 그들은 길이 몇 개로 나뉜 곳에서 어느 길이 집으로 가는 길인지 알 수가 없어 의견을 모으게 되었습니다. 그때 한쪽 길로 장례행렬이 지나가고 있었습니다.

첫 번째 친구가 재빨리 들고 있던 책을 꺼내어 한 구절을 읽었습니다. '길을 모를 때는 앞서 간 위대한 이들의 뒤를 따르라.' 그리고 다른 친구들에게 말했습니다.

"자! 이 책에 이렇게 쓰여 있으니, 저 앞서간 이의 뒤를 따르면 될 거야."

그때 당나귀 한 마리가 가까이 다가오자, 두 번째 친구가 책장을 뒤적이며 다음과 같은 구절을 읽었습니다. '그대가 어려움에 처했을 때 다가와주는 이가 그대를 도와줄 진정한 친구이다.' 그리고 말했습니다.

"자! 이 책에 이렇게 쓰여 있으니, 저 당나귀가 우리를 도와줄 친구이니 도망치지 못하게 붙잡게."

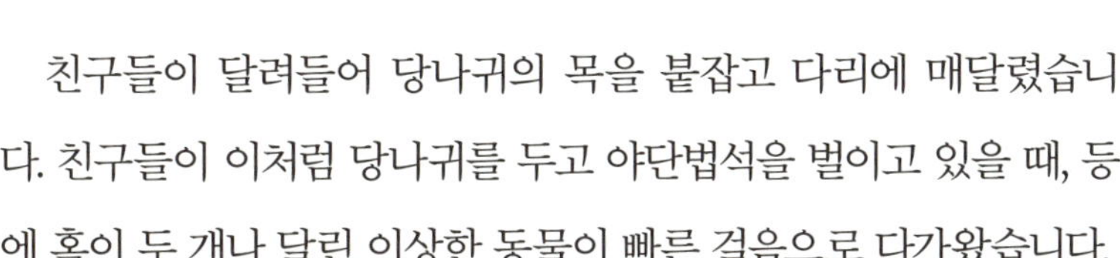

친구들이 달려들어 당나귀의 목을 붙잡고 다리에 매달렸습니다. 친구들이 이처럼 당나귀를 두고 야단법석을 벌이고 있을 때, 등에 혹이 두 개나 달린 이상한 동물이 빠른 걸음으로 다가왔습니다.

세 번째 친구가 책장을 뒤적이다가 다음과 같은 구절을 읽었습니다. '빠르게 움직이는 것은 유익함이 외부로 나타난 결과이다.' 그리고 말했습니다.

"자! 이 책에 이렇게 쓰여 있으니, 저 동물은 유익함의 결과이니 우리와 함께 있어야 하지 않겠나?"

그래서 네 친구들은 당나귀와 낙타를 붙잡아서 장례 행렬이 지나간 길을 따라갔습니다.

한편, 그 시각 갈림길에서 조금 떨어진 곳에는 상인들이 짐을 내려놓고 잠시 쉬고 있었습니다. 오랫동안 먼 길을 걸어온 탓에 지쳐 있는 당나귀와 낙타의 등짐을 내려놓고 마른 풀을 먹이로 주었습니다. 상인들이 잠시 한눈을 파는 사이에 목이 마른 당나귀와 낙타 한 마리가 강물 냄새를 맡고 그곳으로 왔던 것이었습니다. 그 당나귀와 낙타를 네 친구들이 붙잡아서 나누어 타고 가게 되었습니다.

친구 하나가 말했습니다.

"와! 정말 우리는 운이 참 좋아. 책에 있는 구절을 따르니 얼마나 좋은가. 이렇게 낙타와 당나귀를 타고 편하게 집으로 돌아가게 될 줄이야."

뒤늦게 당나귀와 낙타 한 마리가 없어진 것을 깨달은 상인들이 부랴부랴 당나귀와 낙타의 발자국을 따라 쫓아갔습니다. 하지만 그 사실을 알지 못한 채 네 친구들은 장례 행렬이 지나간 길을 따라 이미 멀리 와버렸고 큰 강이 나타나자 그제야 당나귀와 낙타에서 내렸습니다.

그들은 물 위에 떠 있는 큰 나뭇잎을 발견했습니다. 네 번째 친구가 이 강을 건너는 방법을 찾기 위해 책장을 뒤지고 있었습니다.
'물 위에 떠 있는 것은 물보다 가볍다.' 그런 구절을 읽은 친구가 "저 잎에 올라타면 강을 건널 수 있을 거야."라고 말하고는 물 위에 뜬 나뭇잎 위로 뛰어내렸습니다.

하지만 사람의 무게를 지탱하지 못하는 나뭇잎은 가라앉았고, 그 친구는 강물에 빠지고 말았습니다. 남은 친구들은 헤엄을 치지 못하여 물에 빠진 친구를 구해줄 수 없어 발을 동동 굴렀습니다. 그때 옆에 있던 당나귀가 갑자기 강물에 뛰어들었습니다. 당나귀는 물에 빠져 허우적대며 떠내려가는 친구를 향해 헤엄쳐가기 시작했습니다. 잠시 후 강물에 빠져 떠내려가던 친구는 다가온 당나귀의 목을 붙잡고 강에서 겨우 빠져 나올 수 있었습니다.

두 번째 친구가 소리쳤습니다.
"보라고! '어려움에 처했을 때 다가와주는 이가 그대를 도와줄 진정한 친구이다.' 이 구절이 정확하잖아? 역시 책 내용은 틀림없

어.” 그러자 모두들 고개를 끄덕였습니다.

그때 갑자기 커다란 소리가 들렸습니다.

“네 이놈들 꼼짝 마라! 네놈들이 우리 당나귀와 낙타를 도둑질
한 놈들이구나. 너희 같은 불
량한 산적들을 가만두지 않
겠다.”

뒤늦게 산에서 잃어버린
당나귀와 낙타를 쫓아 강가
에 도착한 상인들이 네 친구
들을 포위했습니다.

갑자기 몽둥이를 든 사람들이 나타나자 겁을 먹었지만 친구들
중 한 명이 용감하게 나서며 말했습니다.

“우리는 공부를 하는 학생인데 갑자기 도둑이니 산적이니 모함
을 하다니 도대체 어찌된 영문입니까?”

상인 대장이 나서서 말했습니다.

“흥! 이놈들이 멀쩡하게 생겨가지고 산적질을 하면서 뻔뻔하게
거짓말까지 하는구나. 네놈들이 우리 당나귀와 낙타를 도둑질해

580

서 지금 당나귀를 잡아 먹으려 강물에 씻고 있는 것을 우리가 보고 왔다. 그래도 거짓말을 할 테냐? 이보게들! 어서 이놈들을 혼내 주자고."

상인들이 몽둥이를 휘두르며 달려들자 겁에 질린 네 친구들은 바닥에 엎드리며 말했습니다.

"제발 우리의 말을 들어보십시오. 우리는 정말 공부만 하는 착한 학생들이란 말입니다."

상인 대장이 손을 들어 달려들던 상인들을 제지한 후 말했습니다.

"그래? 어디 한번 너희 네 도둑놈들의 변명을 들어보겠다."

네 명의 친구가 침을 튀겨가며 지금까지 일어난 일을 말하자 상인들은 어이가 없었습니다.

"뭐라고? 너희가 12년을 배웠다는 공부가 그 책에 나온 구절을 따라서 한 것이라는 말이냐?"

네 친구들이 모두 책을 펴들고 지금 일어난 상황을 지시했던 책의 구절을 다시 읽었습니다. 상인들은 도대체 이 청년들이 어디에서 무슨 공부를 했는지 한심하기만 했습니다.

상인 대장이 한숨을 푹 내쉬며 네 친구들에게 말했습니다. "아! 장례 행렬을 따라 집으로 갈 수 있다고 생각했다니, 너희는 구제불능이구나. 아무래도 너희가 이대로 고향에 돌아간다면 부모님들이 상심해서 눈물을 흘릴 것이다. 너희들은 우리의 일행을 따라다니면서 세상을 좀 더 배우고 돌아가는 것이 좋겠다. 너희가 도둑이 아니라는 것을 우리가 믿을 때까지 너희는 우리와 함께 다녀야 한다. 알겠지?"

청년들은 서로를 쳐다보면서 산적으로 오해받고 도둑으로 몰려서 죽을 뻔했다는 생각에 한숨을 돌렸습니다. 그리고 어차피 고향으로 조금 늦게 돌아간다 해도 문제될 것은 없다고 생각하며 고개를 끄덕였습니다. 상인들과 반 강제로 합류하게 된 네 친구들도 배를 타고 강을 건넜습니다.

얼마 후 도착한 마을에는 갈림길에서 보았던 장례행렬이 장례의식을 벌이고 있었습니다. 죽은 사람이 이곳 마을 출신이었는지 많은 사람들이 모여 음식을 나누고 있었습니다.

582

이 와중에도 상인들은 마을 사람들에게 필요한 물건들을 팔고 있었고, 네 친구들은 한 쪽에 앉아 있었습니다. 꾀죄죄한 몰골의 그들에게 마을 사람이 다가와 먹을 것을 내주었습니다.

"젊은 사람들이 먹지도 못하고 먼 길을 여행한 모양이군. 우선 이것으로 시장기를 달래시게나."

첫 번째 친구 앞에 국수가 놓이자, 그는 책을 펴들고 '길고 뾰족한 것은 몸에 상처를 낸다.'는 전쟁에 관한 내용의 구절을 읽고는 국수를 먹지 않았습니다.

두 번째 친구 앞에는 둥그런 밀떡 한 개가 놓이자, 책을 펴 들고 '전염병은 둥그렇게 한마을 전체에 퍼진다.'는 의학에 관한 구절을 찾아내고는 먹지 않았습니다.

세 번째 친구 앞에 도넛 하나가 놓이자, 책을 펴들고 '한가운데 구멍이 뚫려 있으면 실수로 빠질 수 있다.'라는 여행 안내 구절을 읽고는 먹지 않았습니다.

네 번째 친구 앞에 구부러진 바나나 한 개가 놓이자 책을 펴 들고는, '왼쪽은 부정하고 위험하다.'라는 제사의식에 관한 구절을 읽고는 역시 먹지 않았습니다.

상인 대장이 마을 사람들에게 물건을 팔고난 후 음식을 먹다가 네 친구들이 먹을 것을 앞에 두고 그냥 앉아 있는 것을 보고 다가왔습니다.

"너희들은 배가 고프지 않느냐? 왜 마을 사람들이 선의로 베푼 음식들을 먹지 않지?"

네 친구들이 책의 구절에 있는 대로 먹지 않는 이유를 말하자 상인 대장이 인상을 구기며 말했습니다.

"너희는 굶어죽어도 싼 놈들이구나."

그리고는 두 번째 친구의 넓적한 밀떡에 첫 번째 친구의 국수를 올려서 둥글게 말았습니다. 세 번째 친구의 구멍 뚫린 도너츠는 반으로 가르고, 네 번째 친구의 바나나는 왼쪽에서 오른쪽으로 방향을 바꾸었습니다.

"자! 이제 너희들의 책에 쓰여 있는 금지사항이 아니다. 이제는 먹을 수 있나? 책이 인생길을 알려주는 것이 아니다. 너희가 직접 보고 느끼며, 걸어가는 길이야말로 바로 너희들의 인생길이지. 너희들이 그 책을 버린다면 집으로 보내주겠지만 계속 가지고 있겠다면 너희는 집에 갈 수 없다."

그리고 오랫동안 네 명의 친구들은 집으로 돌아가지 못했습니다.

이야기를 마친 수바르싯디가 차크라다라에게 말했습니다.

"이 이야기는 사원에서 아무리 고상한 경전을 외우고, 책의 구절들을 읽는다 해도 상식이 없다면 세상의 조롱거리에 불과하다는 것이야."

하지만 차크라다라는 수바르싯디의 말에 동의하지 않았습니다.

"나는 사람이 한 생애를 살면서 직접적인 경험만으로는 세상을 이해하기는 어렵다고 생각하네. 진리에 다가가기 위해서는 스승이 필요하듯 경전과 책이 많은 이들에게 안내자의 역할을 한다고 믿네. 진리로 향하는 길은 인간의 노력과 감각만으로는 도달하기 어렵지. 운명 또한 그렇다네. 신의 도움 없이는 바꾸기 어려운 일이지."

수바르싯디가 말했습니다.

"자네의 말이 틀렸다는 것은 아니네만 운명은 신이 정해준 대로 무작정 따르기보다는 자기의 의지로 얼마든지 바꿀 수 있다고 나는 생각하네. 운명을 믿는 물고기가 어떻게 되었는지 아는가?"

차크라다라가 대답했습니다.

"아니 듣지 못했네. 이야기를 해주게나."

10. 물고기 세 마리

작은 연못에 큰 물고기 세 마리가 살고 있었습니다. 이 물고기들은 친한 친구 사이였지만 닮은 점이 없었습니다.

한 친구는 지혜로워서 무엇을 하든지 주의 깊게 생각을 한 후에 행동했습니다. 다른 친구는 영리하고 꾀가 많아서 문제가 생기면 유쾌한 해결책을 찾아냈습니다. 또 다른 친구는 운명을 믿었는데, 무슨 일이든 일어날 것은 일어나고 아무도 그것을 막을 수는 없다고 생각했습니다.

어느 날, 지혜로운 물고기는 연못에 나타난 어부들이 말하는 소리를 들었습니다.

"이 작은 연못에도 큰 물고기가 많구나. 내일 그물을 가지고 물고기들을 잡으러 오세."

어부들의 말을 듣자마자 지혜로운 물고기는 친구들에게 달려갔습니다.

"이보게들! 큰일이네. 내일 어부들이 이 연못에 그물을 치겠다는군. 어서 이 연못을 떠나세. 저 작은 물줄기를 따라가면 다른 연못으로 갈 수 있을 걸세."

그러자 꾀 많은 물고기가 말했습니다.

"그거 큰일이군! 하지만 나는 이 연못이 좋아. 다른 곳으로는 가고 싶지 않네. 자네들이나 떠나게나. 어부들이 온다 해도 내 목숨을 구할 방법을 찾아보겠네."

운명을 믿는 세 번째 물고기가 말했습니다.

"나도 가지 않겠네. 여기서 태어나 이제껏 여기서만 살았는데, 내가 왜 고향을 떠나야 한단 말인가? 무슨 일이든 일어날 일이라면 그렇게 될 뿐이야."

지혜로운 물고기는 위험이 닥쳐오는데도 연못을 떠나지 않겠다고 고집을 부리는 친구들이 야속했습니다. 할 수 없이 혼자서 작은 물길을 따라 연못을 벗어나 다른 호수로 떠났습니다.

다음 날 아침, 어부들이 와서 그물을 던지자, 연못을 떠나지 않았던 두 친구와 작은 물고기들이 그물에 잡혔습니다.

꾀 많은 물고기는 빠져나갈 방법을 생각해 내고는 죽은 것처럼 꼼짝하지 않고 있었습니다. 어부들은 죽은 물고기는 필요 없다면서 다시 연못으로 던졌습니다.

세 친구들 중에서 운명을 믿었던 물고기만 그물 안에서 펄떡일 뿐이었습니다.

수바르싯디가 이야기를 마치자 차크라다라가 말했습니다.

"잘 들었네. 그러나 교육을 받지 않고서는 혼자 지혜가 생긴다거나, 원하는 목적에 쉽게 도달하기 어렵다고 생각하네."

수바르싯디가 말했습니다.

"자네는 여전히 고집이 세구만. 그래도 친구의 충고를 무시하는 것은 현명하지 않네. 자네는 금을 찾았어도 만족하지 않고 그만 돌아가자는 내 충고를 듣지 않았지. 자네는 어리석은 당나귀가 여우의 조언을 무시하고 고집을 부리다가, 목에 맷돌을 걸게 된 이야기를 들어보았나?"

차크라다라가 말했습니다.

"들어보지 못했네. 어떤 이야기인지 말해주게."

11. 음치 당나귀

세탁하는 일을 하는 사람에게 늙고 볼품없는 당나귀 한 마리가 있었습니다. 당나귀는 비록 낮에는 무거운 빨랫감들을 날라야 했지만 밤에는 자유롭게 돌아다닐 수 있었습니다.

어느 날 당나귀는 들판에서 우연히 여우를 만나 친구가 되었고 함께 먹을 걸 찾아 돌아다녔습니다. 그러다가 마침내 그들은 잘 익은 과

일이 가득한 밭을 찾아 그 안에서 배불리 과일들을 먹었습니다.

밤마다 그들은 다시 그 과일밭에서 잘 익은 과일을 엄청나게 먹어치우고 돌아왔습니다.

얼마 지나지 않아 통통하게 살이 찐 당나귀는 예전처럼 배부르게 과일을 먹고 나니 기분이 좋아 여우에게 말했습니다.

"이보게, 친구! 오늘따라 밤하늘 달빛이 참 밝기도 하네 그려. 기분이 좋으니 노래 하나 부르고 싶네."

깜짝 놀란 여우가 말했습니다.

"뭐라고 노래? 안 되지, 그러면 골치 아파진다고. 농부들이 친구의 노래 소리를 들으면 달려와서 우리를 쫓을 거야. 우리는 이곳에서 몰래 과일을 훔쳐먹고 있는 도둑이야. 도둑들은 조용한 게 제일이거든."

하지만 당나귀는 고집을 부리며 말했습니다.

"이보게 친구! 오늘 밤하늘은 너무도 아름답고 나는 지금 기분이 좋으니 멋진 노래 한 곡조를 꼭 뽑을 거야."

무작정 노래하겠다고 고집을 부리는 당나귀를 말리며 여우가 말했습니다.

592

“안 된다니까. 그만두는 게 좋아. 거기다가 친구의 목소리는 그다지 듣기 좋지도 않다고.”

그러자 당나귀가 입을 씰룩이며 말했습니다.
“흥! 자네 지금 나한테 질투하는 거지?”
당나귀의 어이없는 말에 여우가 대꾸하였습니다.
“내말을 믿어야 해. 자네는 정말로 목소리가 좋지 않아. 그래도 노래를 부른다면 자네나 좋을 뿐 농부들이 듣고 달려올 걸. 농부들이 여기로 오게 되면 분명히 자네 노래에 대한 보상을 하겠지만, 그 보상이 결코 자네한테 좋은 게 아닐 거야. 그러니까 노래 부르는 건 좀 참아줘.”

여우의 진심이 담긴 충고에도 교만하고 어리석은 당나귀는 고집스레 말했습니다.
“친구야! 자네는 내가 듣기 좋은 노래를 부를 줄 모른다고 생각해? 자, 한번 들어봐.”

이렇게 말하며 당나귀가 머리를 위로 쳐들자 여우가 다급하게 외쳤습니다.

"그래 좋아! 자네가 원하는 대로 노래를 하게. 그렇지만 내가 이 밭에서 나가면 부르게나."

여우가 밭에서 나가자 당나귀가 노래를 부르기 시작했습니다. 난데없이 끽끽거리는 시끄러운 당나귀 울음소리가 한밤중에 들리자 농부들이 무슨 일인가 하면서 밭으로 몰려왔습니다. 그곳에는 소중한 과일 밭을 망쳐버린 미친 당나귀 한 마리가 울어대고 있었습니다.

화가 난 농부들의 몽둥이질에도 당나귀는 멈추지 않고 울어대다가 결국 쓰러졌습니다. 농부들은 당나귀를 끌어내어 목둘레에 무거운 돌덩어리를 묶어 두고 가버렸습니다.

밭 바깥에 나가 있던 여우가 다가와서 말했습니다.

"농부들이 자네 노래에 보상으로 돌덩이 화환을 걸어주었군. 축하하네."

그제야 당나귀가 힘없이 말했습니다.

"한심하게 되었네. 친구. 자네 말을 들었어야 했는데."

이야기를 마친 수바르싯디가 차크라다라에게 말했습니다.

"친구! 당나귀의 고집이 어떤 결과를 가져왔는지 알겠지? 친구의 조언이나 충고를 듣지 않는다면 친구는 그를 떠날 수밖에 없네."

차크라다라는 그의 말에 고개를 끄덕이면서 말했습니다.

"자네의 말을 들으니 언젠가 자기 선택에 자신이 없을 때 친구의 조언보다 욕심 많은 마누라의 말을 듣고 죽었다는 직공의 이야기가 생각나는군."

수바르싯디가 물었습니다.

"나는 그런 이야기를 들어보지 못했는데 얘기해주겠나?"

12. 직공과 도깨비

아주 먼 옛날 어느 바닷가 작은 마을에 조금 단순한 성격의 옷
감 만드는 직공이 살았습니다. 어느 날 열심히 옷감을 만들고 있는
데 실을 짜는 오래된 나무 베틀이 부서졌습니다. 직공은 하는 수 없
이 베틀을 새로 만들기 위해 숲으로 나무를 구하러 갔습니다.

적당한 나무를 찾아 이곳저곳 다니던 중에 해변 가까이 우뚝 서 있는 커다란 나무를 발견했습니다. 다가가 보니 큰 나무는 직기를 만들기 적합하게 말라 죽은 고목이었습니다. 직공은 혼자 중얼거렸습니다.

'내 평생 이렇게 좋은 나무는 처음 보는군. 바닷바람을 맞아서인지 아주 잘 말라 있고 말이야. 뗏목을 만들어서 운반하면 옮기기도 쉽겠어.'

만족한 직공이 도끼로 나무를 자르기 시작했습니다.

그때 나무에서 험상궂은 얼굴의 도깨비(Raksha)[4] 가 뛰어내렸습니다.

"누가 내 집을 부수는 거지?"

직공은 느닷없이 천둥이 울리듯 큰 목소리의 도깨비가 나타나자 깜짝 놀랐습니다. 직공은 험상궂은 도깨비를 보며 속으로는 겁이 났지만 이 좋은 나무를 포기하면 또 다시 더 깊은 숲으로 들어가 적당한 재료를 찾아야만 했습니다. 그러다 보면 도깨비보다 더 무서운 호랑이를 만날 수도 있고 집으로 가져가기도 쉬운 일이 아니었습니다.

그래서 손에 든 도끼를 흔들며 큰 목소리로 도깨비에게 대들듯

---

4) 락샤사(Raksha) : 야차로 불리던 전설 속 고대 반인반신 거인족을 뜻하며, 크고 흉측한 모습에 도깨비로 의역함.

이 말했습니다.

"뭐라고? 이 나무가 어째서 너의 집이지? 누가 너에게 이곳에 살아도 된다고 허락했어?"

도깨비는 전혀 겁을 먹지 않고 따지는 직공이 대단한 사람으로 보였습니다. 평소라면 사람들이 자기 얼굴만 보여도 괴물이라고 도망치기 바빴는데, 이 사람은 오히려 이 나무의 소유권을 묻고 있었기 때문입니다.

도깨비가 머리를 긁적이면서 말했습니다.

"이 나무에서 살아도 된다고 누구한테 허락받지는 않았지만 나는 이 숲에서 오래 살았으니 어디에 집을 지어도 내 마음이야."

도깨비의 대답에 직공이 다시 물었습니다.

"만약 살아 있는 나무라면 네 말이 맞을지 모르지만 죽은 나무는 임자가 없는 거야. 그것은 신들에게 물어봐도 알 거야. 그러니 내가 이 나무를 베어도 문제없다는 얘기야."

도깨비는 조금 겁을 주어서 귀찮게 하는 인간을 쫓아버리려 했는데, 자기의 말을 무시하고 나무를 베겠다고 하니 대꾸할 말을 찾지 못했습니다. 생각해보면 직공이 말한 것이 맞는 것 같기도 하고,

신들이 어쩌고 하는 바람에 조금은 마음이 걸렸습니다.

그러고 보니 갑자기 도깨비들 사이에 먼 옛날 '비마(Bima)[5]'라는 무시무시한 인간이 도깨비 왕을 도끼로 때려 죽였다는 전설이 떠올랐습니다. 그리고 앞에 도끼를 든 채 당당하게 서 있는 인간이 비마로 연상되면서 조금씩 겁이 났습니다.

그래서 낮은 음성으로 직공에게 말했습니다.

"선생님, 숲에는 말라 죽은 나무들이 많은데 꼭 이 나무가 필요하십니까? 제가 더 좋은 나무를 가져다 드릴 수 있습니다."

---

5) 비마(Bima) : 인도 대 서사시 마하바라타에 등장하는 바람신의 후예로 급한 성격과 엄청난 힘을 가진 전사.

직공은 갑자기 공손한 목소리로 바뀐 도깨비의 태도에 의아해 하면서도 이 나무에 무언가 약점이 있나 보다 생각했습니다.

"아니 숲을 다 뒤져봤지만 내가 필요한 것은 이 나무야."

물러날 기미가 전혀 없는 직공의 태도에 잘못하면 정든 집이 없어질 수 있다고 생각한 도깨비는 다급해졌습니다.

"선생님! 만약 당신이 이 나무를 베지 않고 다른 나무를 선택한다면, 제가 당신의 소원 한 가지를 들어드리겠습니다."

도깨비의 파격적인 제안에 직공은 내색하지 않았지만 뛸 듯이 기뻤습니다. 도깨비가 소원을 들어주어 벼락부자가 되었다는 전설을 들은 적이 있었기 때문입니다.

직공은 잠시 어떤 소원을 말할까 생각하다가 도깨비에게 말했습니다.

"좋아! 나와 너 둘 다 이 나무가 필요하니, 조금 더 생각해보고 다시 오겠어. 어때?"

도깨비가 환하게 웃으며 대답했습니다.

"그러시지요. 선생님."

직공은 일단 집으로 돌아가서 소원을 생각해보기로 했습니다. 직공은 집으로 돌아가는 길에 평소 친한 친구로 지내는 이발사를 만났습니다.

싱글벙글 웃는 얼굴의 직공을 본 이발사가 물었습니다.

"어이 친구! 무슨 좋은 일이 있었나? 얼굴 표정이 좋아 보이는군."

직공이 이발사 친구에게 어떤 소원을 말하면 좋을지 물어보기로 했습니다. 직공의 이야기를 다 듣고 난 이발사가 기뻐하며 말했습니다.

"자네는 행운아일세. 만약 나 같으면 왕국을 달라고 하겠네. 그러면 당연히 자네는 왕이 될 것이고, 친구인 나를 참모로 삼아 준다면 좋겠네. 그러면 우리 모두 행복하게 살 수 있을 거야."

직공이 이발사의 말을 듣고는 입이 더 커졌습니다.

"그래. 자네 말을 들으니 기분은 좋네 그려. 그래도 집에 가서 마누라에게도 물어봐야겠네. 내 마누라가 원하는 것은 무엇인지 궁금하구먼."

직공의 말을 들은 이발사 친구는 손사례를 치면서 말했습니다.

"그러지 말게. 여자들은 크게 생각하기보다는 좋은 옷이나 진주, 금붙이를 좋아하네. 자네의 부인이니 의논을 한다는 것을 막을 수는 없지만, 아마도 하지 않는 것이 나을 것이네. 어떤 결과가 되어도 나를 원망하지는 말게나. 나는 진정으로 자네에게 조언을 했다네."

직공은 이발사 친구의 충고를 뒤로하고 기쁜 소식을 아내에게 자랑하러 집으로 바쁘게 걸음을 재촉했습니다. 그리고 아내에게

숲에서 도깨비를 만난 이야기와 소원을 들어준다는 약속에 대해 말했습니다.

아내가 물었습니다.

"당신은 이 이야기를 나 말고 또 누구에게 했나요?"

직공이 대답했습니다.

"응! 집에 오는 길에 이발사 친구에게 말했더니, 왕국을 달라고 하라더군. 그리고 자기를 참모로 삼아달라고 했어."

그러자 직공의 부인이 화를 내면서 말했습니다.

"뭐라고요? 이런 중요한 얘기를 고작 머리나 깎아주고 있는 이발사에게 의논하다니요. 현명한 사람이라면 어린 사람이나 구걸하는 사람, 천한 직업을 가진 사람들과는 의논하지 않아요. 왜냐하면 그들은 가진 것이 없으니 욕심만 많기 때문이지요. 아마도 이발사는 당신을 이용해서 한몫 단단히 잡아보겠다는 생각인 모양이네요. 허참! 이발사가 왕의 참모라니."

직공의 아내는 벌써 마치 왕비라도 된 것처럼 낮은 직업을 비난하더니 말을 이었습니다.

"당신이 만약 왕이 된다면, 행복할까요? 왕국은 음모가 난무하는 곳이라고 들었어요. 아마도 당신은 욕심 많은 이발사 같은 사람들의 음모로 왕권을 빼앗기고 쫓겨날 수도 있어요. 당신도 아주 옛

날, 다섯 명의 판다바(Pandavas)[6] 형제들이
사촌형제의 음모로 왕국에서 쫓겨나 숲  
속에 숨어 살아야 했던 이야기를 들어
보았지요? 멍청한 사람이 아니라면 그
런 터무니없는 꿈보다는 가까운 가족을
위해 살아야 해요.”

　부인의 말을 듣고 있던 직공은 마치 자기가 무언가
큰 잘못이라도 한 것 같은 생각이 들었습니다.
　“그래서 당신은 내가 어떤 소원을 말하면 좋겠소? 당신이 원하
는 것은 무엇이오?”

　그러자 아내가 말했습니다.
　“당신은 매일 한 장의 옷감을 짤 수 있지요? 내가 만약 당신이라
면, 나는 두 장을 짤 수 있도록 두 개의 손을 더 만들어 달라고 하겠
어요. 그러면 음모와 반역이 난무하는 왕국보다 우리의 일상이 깨
지지 않고 조금 더 여유롭고 행복하게 살 수 있으니까요. 두 손으로
는 필요한 것을 만들고, 남은 두 손으로는 다른 것을 하면 돼요.”

---

6)　인도 전통 대 서사시 마하바라타에 등장하는 인물들로 당시 눈먼 현왕의 아들들인
　카우라바스 형제들의 사촌지간인 전왕의 자손 다섯 형제들을 판다바스라 호칭한
　다. 이들은 왕권을 두고 치열한 갈등으로 결국은 친족 상잔의 전쟁까지 벌여 비극
　을 맞는다.

그러자 직공이 물었습니다.

"두 손이 옷감을 짜는 동안 다른 두 개의 손은 누가 관리를 한다는 거요?"

직공의 아내는 간단하게 대답했습니다.

"그거야 머리도 하나 더 만들어 달라고 하면 되지요."

다음 날, 직공은 이발사 친구의 충고를 까맣게 잊고, 자기가 생각한 소원도 아닌 아내의 소원을 도깨비에게 말했습니다. 도깨비는 고개를 갸웃거리면서 두 개의 손과 하나의 머리를 직공에게 달아 주었습니다.

직공은 행복한 생활을 꿈꾸며 숲에서 나와 마을로 향했습니다. 그런데 마을에 들어서자 사람들은 괴물이 나타났다면서 돌멩이를 던졌고, 직공은 집에 가기도 전에 돌에 맞아 죽고 말았습니다.

차크라다라가 이야기를 마치자, 수바르싯디는 기다렸다는 듯이 말했습니다.

"그것 보게나, 친구의 말을 무시하고, 아내의 말만 듣다가 죽은 아둔한 직공 아닌가? 스스로 선택할 자신이 없다면, 좀 더 현명하고 진실한 사람과 의논을 해야 하겠지. 그리고 작은 욕심에 정신이 빼앗기면 정작 큰 것을 잃어버리고 남들의 비웃음을 사게 된다네. 마치 가질 수 없는 물건을 탐내거나 허공에 집을 지으려는 소마의 아버지처럼 슬픈 운명에서 벗어나지 못하는 것이지."

차크라다라가 힘없이 말했습니다.

"나도 현명해지고 싶네. 이미 늦은 것인지도 모르지만 말이네. 소마 아버지의 슬픈 운명은 어떤 이야기인가?"

13. 소마의 아버지

주변머리가 조금 부족한 수도승이 있었는데 너무도 가난해서 구걸을 하며 살고 있었습니다. 대부분 겨우 한줌이나 되는 음식을 먹어야 했고, 때로는 여러 날 동안 굶기도 했습니다. 그러던 어느 날, 그는 호밀가루가 가득 들어 있는 항아리 하나를 얻고 무척이나 행복했습니다. 항아리를 집으로 가져와 침대 가까이에 두고 침대에 누워 흐뭇한 눈길로 바라보았습니다.

"나에게는 항아리 가득 호밀가루가 있단 말이야."

그는 혼자 중얼거리며 즐거워했습니다.

문득 그는 걸식하는 수도승보다는 부자가 되고 싶다는 생각이 들었습니다.

"부자가 되면 여기저기로 구걸 다니지 않아도 되는데." 그는 자신의 본분인 수도승이 아닌 부자가 되는 생각을 하며 상상의 날개를 펼쳤습니다.

이 정도면 며칠 동안은 구걸하러 나가지 않아도 될 거야. 그런데 이걸 내가 그냥 가지고 있을까? 아니 팔까? 만약에 나라에 기근이 든다면 말이지, 나는 이것을 좋은 값에 팔 수 있을 거야. 시장에 가서 외치는 거야. '호밀가루 사려!' 하고 말이야. 그럼 사람들이 몰려들겠지?

한 사람이 '내가 그걸 10루피에 사겠소.'라고 말할 테지. 그러면 다른 사람이 나타나, '여기 15루피에 내가 사겠소.'라고 할 거야. 또 다른 사람이 '여보시오! 나한테 20루피에 파시오.'라고 말할 거고, 그때쯤 되면 그냥 그 사람한테 20루피에 호밀가루를 넘기는 거야.

자, 그럼 이제 20루피를 가지고 뭘 할까? 신발 한 켤레와 두루마

기를 살까? 아니야. 그런 것보다는 좀 더 괜찮은 것이 있을 텐데. 아!
그렇지, 염소 한 씽을 사야겠어. 그런 다음 염소들에게 풀과 나뭇잎
을 먹이면, 곧 염소들이 새끼를 낳게 되겠지. 그렇게 한 해가 지나면
나는 최소한 10마리의 염소를 갖게 될 거야.

자! 이제 열 마리 염소를 가지고 뭘 하지? 그래, 다시 시장에 내다
가 파는 거야. '염소 사려! 여기 살찐 염소들을 사시오.' 하고 외치면,
붉은 터번에 파란 셔츠를 입은 마을 사람이 말할 거야.
　'오! 내가 찾던 염소군 그래. 100루피에 내게 파시오.'
　그리고는 내 염소를 사겠지? 그래 좋아, 100루피. 자! 이제 그
100루피를 가지고 뭘 한다? 빨간 비단 외투를 살까? 아니면 낡은
이 침대를 버리고 멋진 침대를 하나 살까? 아니지. 소중한 100루피
를 그렇게 낭비하면 안 되지.

그래! 젖소 두 마리를 사는 거야. 젖소가 곧 송아지를 낳을 거고, 송아지들이 자라면 젖소가 되겠지. 그러면 젖소들은 더 많은 송아지를 낳을 거고. 엄청나게 많은 우유를 짤 수 있겠지. 그러면 나는 우유와 버터와 치즈를 파는 거야. 그리고 여러 가지 사탕을 만들어야지. 그러면 나는 사탕이 가득 쌓여 있는 가게를 하나 차릴 수 있게 될 거야. '사탕이요! 맛좋은 사탕 사세요!' 하고 외쳐야지. 그러면 꼬마들이 침을 줄줄 흘리며 손에 은화를 쥐고 달려오겠지. 물론 남자들이고 여자들이고 내 사탕을 사려고 줄을 지어 기다릴 것이고 말이야.

자! 이제 내가 이 큰 돈을 가지고 뭘 할까? 코끼리를 살까? 아니면 사원을 하나 지을까? 아니야! 그게 아니지. 그래 뭘 할지 알겠어! 보석장사를 해야겠어. 진주랑 다이아몬드 그리고 수많은 보석들을 사는 거야. 그래서 왕궁으로 가는 거지. 왕에게 보석들을 보여주면서 이렇게 말해야지. '왕이시여! 모두 최상품 진주와 다이아몬드, 루비입니다.' 그러면 '아! 마침 잘 왔소. 내가 왕비에게 사 주려던 보석들이오.' 하고 왕이 말하겠지. 진귀한 보석들을 왕에게 팔았다는 소문이 나면 돈 많은 귀족들이 내가 가진 보석들을 비싼 값에 모두 사갈 거야. 그리고 나는 엄청난 부자가 될 거야.

그러면 나는 넓은 잔디밭과 멋진 망고 과수원이 있는 곳을 사서 커다란 집을 지을 거야. 거기에 희귀한 장미꽃들이 피어나는 정원

도 만들고 빨갛고 파란, 또 노랗고 하
얀 연꽃들이 만발한 연못도 만들 거
야. 그러면 하얀 백조들이 날아와
내 연못에서 헤엄을 치겠지. 그
런 아름다운 곳이 알려지면 수
많은 부자들이 내게 와서 자기 딸
과 결혼해 달라고 애원할 테지. 그중 제일
예쁜 아가씨랑 결혼을 할까? 아니지, 아니야.
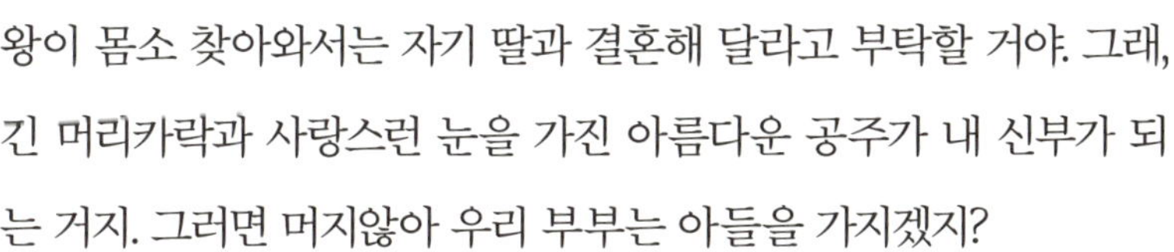
왕이 몸소 찾아와서는 자기 딸과 결혼해 달라고 부탁할 거야. 그래,
긴 머리카락과 사랑스런 눈을 가진 아름다운 공주가 내 신부가 되
는 거지. 그러면 머지않아 우리 부부는 아들을 가지겠지?

　나는 아들의 이름을 '소마(Soma)[7]'로 지을 거야. 아! 내가 소마의
아버지라니 기분이 너무 좋군. 소마 혼자라면 심심할 거야. 곧 동생
이 하나 더 태어날 거고, 그다음에는 예쁜 딸도 태어나겠지. 사랑스
런 아이들과 함께 하루 온종일 정원에서 놀겠지. 그러다 피곤해지
면 아내한테 부탁해서 내가 낮잠을 자는 동안 애들이랑 놀아주라
고 해야겠다. 그런데 만약에 아내가 다른 일을 하느라 바쁘면 아이
들이 날 따라오겠지? 하지만 쉬고 있을 때 애들에게 방해받는 것은

---

7) 소마(Soma) ; 고대 인도신화에서 신과 인간을 연결해주는 제사의식에서 빠질 수
　　없는 술을 신격화한 이름.

싫은데 말이야. 그냥 '저리로 가!'라고 소리 질러야겠어.

그렇지만 애들이라 내 말을 안 듣고 점점 더 말썽을 피우게 된다면, 나는 더욱 화가 날 거야. 그러면 나는 막대기를 집어 들고 애들을 때리고, 때리고, 때리고!

아이들을 때리고 있는 자신을 상상하면서, 수도승은 허공에다 손짓을 하기 시작했습니다. 그때 갑자기 쨍그랑! 하는 소리가 들렸습니다. 수도승이 휘두르는 손짓에 침대 옆에 두었던 호밀가루 항아리가 바닥에 떨어져 산산조각이 나 버렸습니다. 항아리가 박살이 나서 호밀가루는 모두 흙바닥에 흩어지고 말았습니다.

"어? 이게 무슨 소리지?"

항아리 깨지는 소리에 깜짝 놀란 수도승이 침대에서 벌떡 일어서서 주위를 두리번거렸습니다. 거기에는 예쁜 공주도, 커다란 집도, 아름다운 정원도, 망고 과수원도, 물론 아들 '소마'도 없었습니다. 그의 멍한 눈에 들어온 것은 애써 구걸해서 얻어온 호밀가루가 가득 담겨 있던 항아리가 깨진 채로 흙바닥에 뒹굴고 있을 뿐이었습니다.

수바르싯디가 이야기를 마치자, 차크라다라가 씁쓸하게 웃으며
말했습니다.

"사람은 누구나 욕망을 해소하려고 꿈을 꾸지만, 소마의 아버지
는 없는 아들을 만들 만큼 욕심이 끝이 없군. 그래서 슬픈 운명이라
고 말했던 것인가?"

수바르싯디가 대답했습니다.

"성인(聖人)이 되지 못하는 한 인간은 대부분 탐욕의 노예가 될
수밖에 없을지도 몰라. 자기의 잘못을 모른 채 오직 탐욕에 빠져
나중에 일어날 불행에 대해 생각하지 않는 사람이 많아. 자기의 행
위에 대한 결과에 무게를 두지 않는 사람은 찬드라 왕처럼 늙은
원숭이의 속임수에 빠져 많은 애꿎은 사람들을 희생자로 만들고

말지."

차크라다라가 물었습니다.
"찬드라 왕이 늙은 원숭이의 속임수에 빠졌다는 이야기는 어떤
것인가?"

14. 왕에게 복수한 원숭이

아주 먼 옛날, 작은 왕국을 다스리는 현명하지 못한 '찬드라(Candra)'라는 이름의 왕이 있었습니다.

어느 날 왕은 부하들에게 아직 어린 왕자들을 위한 애완용 원숭이 몇 마리와 작은 마차를 끌 염소 한 마리를 왕궁으로 데려오라고 명령했습니다. 그리고 하인들을 시켜서 원숭이들과 염소를 관리하도록 했습니다.

왕궁에 온 애완용 원숭이 중에는 경험이 많아서 눈치가 빠른 늙은 원숭이도 한 마리 있었습니다. 행여나 어린 원숭이들이 실수를 해서 왕의 미움을 받으면 어떻게 될지 몰라 항상 주의시켰습니다. 그래서 왕자들과 놀다가 손톱으로 할퀴거나, 자신들을 관리하는 하인들의 눈 밖에 나지 않도록 조심하라고 일러주었습니다.

왕자들이 타는 작은 마차를 끄는 염소도 처음에는 얌전해서 아무 일 없이 몇 달을 보냈습니다. 그런데 염소는 식탐이 워낙 강해서 하인들이 주는 먹이를 다 먹고도 먹을 것이 또 없나 여기저기 기웃거렸습니다. 그러던 중 왕궁의 열린 부엌문으로 들어가 요리에 쓸 야채들을 몰래 훔쳐먹었습니다.

요리사는 언제부터인가 음식에 쓸 재료가 부족해져서 곤란한 지경이 되었습니다. 하루는 야채를 훔쳐먹는 염소를 발견하고는 부엌에 있던 냄비며, 스프를 젖는 막대기 등 손에 잡히는 대로 던져 염소를 내쫓았습니다.

멀리서 그 모습을 지켜본 늙은 원숭이는 식탐 많은 염소와 아무거나 집어던지는 요리사의 소란이 오늘 하루에 끝날 것 같지 않음을 알았습니다. '어쩌면 저들 때문에 우리 원숭이들까지 위험에 빠질 수도 있겠어. 만약 또다시 저 염소가 부엌에 있는 야채를 훔쳐먹다가 요리사에게 들키면, 요리사는 아무거나 집어 던지다가 아궁이에 있는 불타는 나무를 던질 수도 있어. 염소의 털에 불이 붙은 채 저기 마구간 건초 더미로 뛰어들면 큰일이야.'

화상에는 원숭이 기름이 최고라고 한 왕궁 수의사의 말을 떠올린 늙은 원숭이로서 최악의 상황에 대비해야 했습니다. 늙은 원숭이는 흩어져 놀고 있는 어린 원숭이들을 불러 모아 식탐 많은 염소와 요리사가 부엌에서 다툰 일에 대해 말해주었습니다.

"저들이 더 큰 일을 내기 전에 우리는 이곳 왕궁을 빠져나가야 해. 저들 때문에 우리까지 위험해질 수 있어."

하지만 늙은 원숭이의 충고에도 어린 원숭이들은 귀 기울이지 않고 오히려 대들듯이 말했습니다.

"당신은 우리들한테 이것저것 하지 말라고 매일 잔소리를 합니다. 당신은 늙어서 걱정만 하는 것 같군요. 지금까지 아무 일 없이 잘 지냈는데 무슨 큰일이 일어날까요? 여기 왕궁에서는 맛있는 것들을 먹는데 숲으로 가면 다시 맛없는 것들을 먹어야 합니다. 비를 피할 곳도 마땅하지 않고요. 우리들은 가지 않겠습니다. 당신이나 떠나세요."

어린 원숭이들이 자신의 말에 따르지 않고 왕궁에 남겠다고 하자 늙은 원숭이가 실망한 얼굴로 말했습니다.

"너희들은 왕궁에서의 맛있는 음식과 편안한 것만 생각하고 그것들에 지불할 대가에 대해서는 생각하지를 않는구나. 다툼의 불씨가 시작된 곳에 평화는 오래가지 않아. 나는 너희들이 불행해지는

모습을 볼 수 없으니 떠나겠다.”

그런 말을 남기고 늙은 원숭
이는 왕궁을 떠나 숲으로 돌아
갔습니다. 어린 원숭이들은 매
일 잔소리하던 늙은 원숭이가
떠나자 더 자유분방하게 지냈
습니다.

그러던 어느 날, 늙은 원숭이가 염려하던 사건이 정말 벌어지고
말았습니다. 부엌에서 채소를 훔쳐먹던 염소에게 요리사가 아궁이
의 불붙은 막대기를 던졌습니다. 등에 불이 붙은 염소가 도망치다
가 마구간의 건초 더미로 뛰어들었던 것입니다.

마구간에 불이 나자 왕궁의 사람들이 불을 끄려고 모두들 물동
이를 들고 난리법석을 다한 끝에 겨우 불을 끌 수 있었습니다. 하지
만 불이 붙은 채로 마구간에 뛰어들었던 염소와 매어 두었던 말들
이 반절이나 죽고 남은 말들도 대부분 큰 화상을 입고 말았습니다.

불난 마굿간을 둘러본 왕은 화상으로 고통스러워하는 말들을
보며 매우 화가 나서 하인들을 불렀습니다.

618

"어떻게 관리를 했기에 왕궁에 불이 나도록 한 거지? 저 화상 입은 말들을 어떻게 해야 한단 말인가?"

왕궁 수의사가 왕에게 조심스럽게 말했습니다.
"왕이시여! 화상에는 원숭이 기름이 최고의 치료제입니다."
수의사의 말을 들은 왕이 부하들에게 명령했습니다.
"너희들은 당장 이 근처에 있는 원숭이들을 다 붙잡아서 기름을 짜고 말들의 화상을 치료하도록 해."

얼마 후 숲에 있던 늙은 원숭이가 자신이 염려하던 일이 벌어졌다는 소식에 몹시 괴로워하며 자책했습니다. '아! 내가 좀 더 잘 설득해서 어린 원숭이들을 데리고 왔어야 하는데 그러지를 못했구나. 아무리 그래도 저 나쁜 왕이 아무 죄 없는 우리 원숭이들의 씨를 말리다니.'

늙은 원숭이는 성격 고약한 찬드라 왕에게 복수할 방법을 생각하며 숲속을 방황했습니다. 이리저리 나무 위를 건너다니다 보니 목이 마른 늙은 원숭이는 예쁜 연꽃들이 피어 있는 연못을 보았습니다.

물을 마시려고 나무에서 내려와 연못 가까이 다가가던 늙은 원숭이는 고개를 갸웃거렸습니다. '어? 뭔가 이상한데. 동물들의 발자국이 왜 연못 쪽으로만 찍혀 있지? 되돌아간 발자국이 없다는 것은 저 연못에 무서운 악어가 있는 것이 틀림없어. 물 마시던 동물들이 악어에게 잡아먹힌 걸 거야.'

늙은 원숭이는 그렇게 생각하며 돌아가려고 했지만 지금 너무 목이 말랐습니다. 지혜로운 늙은 원숭이는 속이 비어 있는 잡초 줄기를 찾아내어 빨대 삼아 연못의 물을 마셨습니다. 그때 갑자기 연못에서 목에 보석 목걸이를 두른 입이 엄청나게 큰 괴물이 튀어 나왔습니다.

연못에서 튀어나온 입 큰 괴물이 늙은 원숭이에게 말했습니다.

"나는 천상의 요정들이 목욕하는 신성한 이 연못을 지키는 수호자다. 이곳을 더럽히려 한다면 누구도 용서하지 않고 다 잡아먹는다. 하지만 너는 연못에 들어오지 않고 물을 마셨으니 잡아먹지 않겠다. 너는 내가 이 연못을 지키는 동안 처음으로 연못에 들어오지 않았으니, 특별히 원하는 것이 있으면 들어주겠다."

늙은 원숭이는 놀란 마음을 진정시키면서 입이 큰 괴물에게 말했습니다.

"당신은 입이 굉장히 크군요. 한 번에 얼마나 많이 먹을 수 있나요?"

괴물이 자기 가슴을 탁 치면서 대답했습니다.

"나는 어떤 동물이라도 한 번에 수십, 수백, 아니 수천 마리도 다 삼킬 수 있지. 하지만 모두 이 연못에 들어올 때만 할 수 있어. 나는 연못 밖으로는 나갈 수 없거든. 그래서 연못 밖에서는 여우가 나한테 짖어대도 어쩔 수가 없어."

늙은 원숭이가 말했습니다.

"제가 원하는 것을 들어 주신다니 말씀드리겠습니다. 저는 우리 원숭이들의 씨를 말린 악독한 왕에게 원한이 깊습니다. 당신이라면 내 복수를 도와줄 것이라 생각합니다."

입 큰 괴물이 물었습니다.

"나는 이미 연못 밖으로는 나갈 수 없다고 말했는데, 내가 어떻게 너의 복수를 돕는다는 말이냐?"

늙은 원숭이가 대답했습니다.

"당신이 목에 걸고 있는 보석 목걸이를 빌려주신다면 왕과 그 부하들을 이곳으로 데려오겠습니다. 이 연못에 이 보석 목걸이처럼 보물이 가득 있다고 하면 모두 몰려올 것입니다. 그때 당신이 다 삼키시면 됩니다."

입 큰 괴물이 대답했습니다.

"그래 좋다. 너희 원숭이들을 다 죽였다니 참 나쁜 왕이로구나. 너의 계획대로 한번 해 보거라."

늙은 원숭이는 입 큰 괴물이 건네준 보석 목걸이를 목에 걸고 왕궁으로 향했습니다.

사람들은 눈부신 보석 목걸이를 한 원숭이를 붙잡아서 왕에게 데려갔습니다.

왕은 빛나는 보석 목걸이를 보자 탐이 나서 늙은 원숭이에게 어디에서 도둑질을 한 것인지 캐물었습니다.

"왕이여! 도둑질한 것이 아닙니다. 저 숲 연못 속에 많은 보물들이 있는데, 거기에서 하나 건진 것뿐입니다."

늙은 원숭이의 말에 왕이 눈을 크게 뜨면서 물

었습니다.

"그래? 그런 연못이 있다는 말이지? 거기에 보물이 얼마나 있느냐?"

왕이 쉬지 않고 물어오자 늙은 원숭이가 대답했습니다.

"그곳에 있는 보물을 다 건지려면 대왕님의 부하들이 모두 간다 해도 모자랄 것입니다."

왕은 연못에 엄청나게 많은 보물이 있다는 말에 참을 수 없는 욕심이 생겼습니다.

"지금 당장 그 연못으로 안내해라."

늙은 원숭이는 왕을 포함한 왕궁의 사람들 대부분을 데리고 연못으로 향했습니다. 왕의 일행이 깊은 숲속 연못에 도착하자 늙은 원숭이가 말했습니다.

"연못은 크지만 깊지 않으니 모두 한꺼번에 연못에 들어가 보물을 찾는 것이 나을 것입니다. 그리고 대왕님께 드릴 특별한 보물은 따로 있으니 저를 따라오시지요."

왕은 부하들에게 모두 한꺼번에 연못에 들어가 보물을 찾으라고 명령한 후 늙은 원숭이를 따라 큰 나무 아래로 갔습니다. 늙은 원숭이의 계획대로 연못으로 들어간 왕의 부하들 모두 괴물의 입으로 들어가고 말았습니다.

한참을 기다려도 연못에 들어간 부하들이 한 명도 나오지 않자 이상한 느낌이 든 왕이 늙은 원숭이에게 물었습니다.

"어떻게 된 것이냐? 연못이 깊지 않다더니 왜 보물을 건져 나오는 사람이 아무도 없는 거지?"

늙은 원숭이는 나무 위로 뛰어올라가더니 왕에게 말했습니다.

"포악하고 어리석은 왕이여! 당신 같은 나쁜 왕이 다스리는 왕국은 이제 없습니다. 당신은 아무 죄 없는 원숭이들의 씨를 말렸지요. 당신의 부하들은 저 연못에서 한 사람도 나오지 못할 것입니다. 당신도 나와 같은 고통을 당해봐야 합니다."

왕은 재물에 눈이 어두워져 욕심 부린 것을 후회했지만 이미 늦은 뒤였습니다.

이야기를 마친 수바르싯디가 차크라다라에게 물었습니다.

"앞뒤 가리지 않고 자기 욕심만 채우려는 사람의 결과가 얼마나 허망한 일이던가? 자네는 자신의 행동과 그 결과의 무게를 생각하지 않은 찬드라 왕의 불행을 어떻게 생각하는가?"

차크라다라가 대답했습니다.

"행위의 결과를 예측한다면 그는 지혜로운 사람이겠지. 우리 또한 마찬가지네. 우리도 희망을 찾아서 이곳까지 오지 않았나. 결국 쿠베라 신의 보물 창고에 갇힌 신세가 되었지만 말일세. 내가 가진 부적으로 먼저 고통을 받고 있던 사람을 자유롭게 했지만, 정작 나는 언제일지 모를 이 고통을 겪어야만 하네. 자네가 진정한 친구라면 어려움에 처한 친구를 외면하지 않겠지?"

수바르싯디가 대답했습니다.

"이보게! 내가 금 보따리를 들고 산을 내려가지 않고 자네를 걱정하면서 여기까지 올라오지 않았나. 자네와 함께 이곳을 벗어날 방법을 꼭 찾아보겠네."

차크라다라가 말했습니다.

"고맙네. 자네야말로 진정한 친구야. 자네 말을 듣고 있으니 처음

처럼 머리가 아프지 않구면. 우리는 서로 깨달음을 위해서 대화를
하고 우리의 마음을 합쳐야 해. 그러지 않으면 하나의 몸통에 머리
가 두 개인 새가 왜 죽을 수밖에 없었는지 모를 거야."

수바르싯디가 물었습니다.
"머리가 두개인 새가 죽은 이유가 뭔가?"

15. 머리가 둘인 새의 불행

옛날, 깊은 숲속에 몸통은 하나지만 머리가 둘인 '바룬다 (Bharunda)'라는 이름의 큰 새가 살고 있었습니다. 그동안은 머리가 둘일지라도 서로 대화를 통해 의견의 일치를 보면서 행동했기 때문에 살아가는 데 문제가 없었습니다.

어느 날, 먹을 것을 찾아 호수 근처를 돌아다니고 있을 때 맛있는 과일 하나를 발견했습니다. 과일을 먼저 발견한 오른쪽 머리가 말했습니다.

"역시 나는 눈이 참 좋아. 물론 나는 운도 좋아서 하늘이 나에게 이 맛있는 과일을 선물로 준 거야."

왼쪽 머리가 말했습니다.

"형제! 이 과일이 그렇게 맛있나? 나는 이제껏 먹어본 적이 없으니 한번 맛볼 수 있게 해줘."

오른쪽 머리가 말했습니다.
"뭐라고? 먹어본 적이 왜 없다는 거지? 지난번에 먹었잖아? 우리는 위가 하나니까 내가 먹든 형제가 먹든 아무 차이가 없어. 그러니 형제도 이미 이 과일을 먹어본 거야."

하지만 왼쪽 머리는 그 과일의 맛을 알지 못했습니다.
"나는 맛본 기억이 없어. 그러니 이번에는 내가 먹어볼게."

그러자 오른쪽 머리가 고개를 가로저으며 말했습니다.
"우리는 이 과일을 먹어봤으니까. 오늘은 하나밖에 없는 이 과일을 내가 좋아하는 새에게 줄 거야."

오른쪽 머리는 먹고 싶어 하는 왼쪽 머리의 말을 무시한 채 맛있는 과일을 자신이 좋아하는 암컷에게 가져다주었습니다. 왼쪽 머리는 무척 마음이 상하고 분했습니다. 어느 날, 왼쪽 머리가 독성분이 있다는 열매 하나를 발견했습니다.

왼쪽 머리가 말했습니다.

“나는 이 독이 든 열매를 먹고 형제가 지난번의 내 부탁을 무시하고 멸시한 복수를 할 거야.”

그러자 오른쪽 머리가 깜짝 놀라서 말렸습니다.
“형제! 그러지 말게나. 그러면 우린 둘 다 죽게 되는 바보 같은 짓이야. 우린 한 몸이잖아.”

왼쪽 머리가 쓸쓸하게 웃으며 말했습니다.
“한 몸이라고? 형제가 맛본 것이 내가 먹은 거나 같다는 말을 나는 인정할 수 없어. 내가 이 열매를 먹으면 어떻게 되는지 보여 줄 거야.”

왼쪽 머리는 오른쪽 머리가 아무리 말려도 독 열매를 먹고 말았습니다. 그날 이후 숲에서는 머리 둘 달린 바룬다라는 큰 새를 더 이상 볼 수 없었습니다.

이야기를 마친 차크라다라가 수바르싯디에게 물었습니다.
“자네는 마음까지 나눠졌던 머리 둘 달린 새의 불행한 결과에 대해 어떻게 생각하는가?”

수바르싯디가 대답했습니다.

"나는 오른쪽 머리가 형제라고 말하면서도 왼쪽 머리의 부탁을 무시하고 모욕을 준 것이 슬픈 결과를 만든 이유라고 생각하네."

차크라다라가 고개를 끄덕이며 말했습니다.

"자네 말이 맞네. 그 새는 몸이 하나인 운명 공동체인데, 평화를 먼저 깬 오른쪽 머리의 잘못이 크네. 하지만 결과를 뻔히 알면서도 증오심으로 죽음이라는 파국으로 몰아간 왼쪽 머리의 어리석음을 이해할 수 없네. 서로 존중하고 그동안 했던 것처럼 대화를 통해서 문제를 해결했어야지. 슬픈 이야기일세."

수바르싯디가 말했습니다.

"자네 말을 들으니 어쩌면 우리도 운명 공동체인지 모르겠네. 우리는 어릴 때부터 늘 함께 지내지 않았던가. 함께 뛰놀고, 공부하고, 고생하면서 이곳까지 여행을 했지. 재물이든, 깨달음이든 얻고자 하는 욕망도 같았고 말이야."

차크라다라가 말했습니다.

"자네 말이 맞네. 우리도 운명 공동체이지만. 자네는 나처럼 이렇게 속박되지 않았으니 자유롭게 집으로 돌아갈 수 있네. 그래도 자네가 진정한 친구라면, 나를 내버려두고 혼자 떠나지 말게나. 현자들이 말하지 않았던가. '맛있는 음식을 혼자서 먹지 말라. 모두 깨어 있을 때 혼자 잠자지 말라. 혼자 여행하지 말라. 어려운 결정을 혼자 하지 말라.'고 했네. 자네는 한 착한 소년이 어머니의 말을 잘 따라서 어떻게 위험을 벗어났는지 들어보았나?”

수바르싯디가 말했습니다.
“나는 자네의 친구일세. 내가 혼자서 집으로 돌아가려고 했으면 자네를 찾으러 애써 이 높은 곳까지 기어 올라왔겠는가? 자네를 데리고 내려갈 방법을 찾고 있으니 안심하게나. 자네가 갈 수 없다면 나도 내려가지 않을 것이네. 그 착한 소년의 이야기를 듣고 싶군.”

16. 착한 소년과 게

오래된 시골마을에 어른을 존경하고, 부모님의 말씀을 단 한 번도 거역한 적이 없는 착한 소년이 있었습니다. 어느 날, 소년은 공부를 하러 멀리 떨어진 수도원으로 떠나게 되었습니다.

먼 곳으로 여행을 나서는 아들이 걱정이 된 어머니는 아들을 불러 말했습니다.

"애야! 어른들이 말했단다. 먼 곳으로의 여행은 혼자 가는 것이 아니라고 말이야. 누구라도 좋으니 함께 동행할 친구를 찾아보거라."

소년이 대답했습니다.

"예! 어머니, 하지만 이번 여행은 수도원으로 공부를 하러 가는 길이라 이 마을에는 함께 갈 제 또래의 아이가 없어요. 집에 있는 당나귀는 아버지가 장에 나가실 때 짐을 실어야 하고, 염소는 젖을

짜야 합니다. 그 수도원에는 개를 데려갈 수
도 없어요."

아들의 말에 어머니는 잠
깐 생각을 하더니 뒷마당에
있는 우물에서 집게발이 큰
게를 꺼내어 작은 정향나무
상자에 넣었습니다. 소년은
거정하는 어머니를 안심시키려 게를 담은 정향나무 상자를 여행 보
따리에 넣었습니다.

"어머니가 염려하시니 여행하는 동안에 이 게를 제 동행이라고
생각하고 수도원까지 같이 가겠습니다. 그러니 이제 걱정하지 마십
시오."

어머니를 안심시킨 소년은 사원으로 가기 위해 집을 나섰습니다.
사원으로 가는 길은 멀고 여름날 햇살은 뜨거웠습니다.

어느 날 소년은 뜨거운 햇빛을 피해 잠시 큰 나무 그늘에서 쉬었
다 가기로 했습니다. 며칠 동안 힘들게 걸어서인지 피곤한 소년은
나무 그늘에서 쉬다가 깜박 잠이 들고 말았습니다. 그때, 나무 틈에
서 큰 뱀 한 마리가 기어 나왔습니다.

뱀은 소년에게 다가가다가 정향 냄새에 끌려 소년의 여행 보따리에 있던 작은 정향 상자를 삼켰습니다. 한참 후 잠에서 깨어난 소년은 자기 발밑에 커다란 뱀이 죽어 있는 것을 보고 깜짝 놀랐습니다.

소년이 가만히 죽어 있는 뱀을 살펴보니, 뒤집어진 뱀의 배가 길게 찢어져 있고, 어머니가 주신 작은 정향나무 상자가 보였습니다. 소년이 두리번거리자 보따리를 두었던 곳에서 게가 큰 집게발을 접었다 폈다 하고 있었습니다.

소년은 어떤 상황이 있었는지 짐작이 되었습니다. 게가 정향나무 상자를 통째로 삼킨 뱀의 배를 찢고 나와서 뱀을 죽인 것입니다. 소년은 옛 어른들이 '혼자 여행을 해서는 안 되고 꼭 동행이 있어야 한다.'라고 했던 말을 기억하며 어머니의 염려를 이해할 수 있었습니다.

소년은 어머니의 말을 잘 따른 결과가 위험으로부터 자신을 구했다는 생각에 고향쪽으로 감사의 큰 절을 올렸습니다.

또한 소년은 옛 어른들의 '마음이 넉넉한 사람은 고난에서도 고통을 받지 않는다. 그의 평화는 다른 사람에게도 전해진다. 그래서 여행길은 서두르지 않으며, 먼 길이 외롭지 않도록 동행이 있어 그 평화를 나누어야 한다.'고 했던 말을 떠올리며 빙그레 미소를 지었습니다.

이야기를 마친 차크라다라가 수바르싯디에게 말했습니다.

"동행이란 반드시 똑같은 조건을 가져야만 되는 건 아닌 것 같네. 여행길에 만난 세 사람 중에는 반드시 한 명의 스승이 있다고 하네. 그만큼 자기가 겪어보지 못한 것을 먼저 경험한 사람이 있고, 그에게서 배워야 할 것들이 있다는 것이지. 인생길도 마찬가지라고 생각하네. 우리가 비록 희망을 찾아서 이곳까지 왔지만 이제 나는 눈에 보이지 않아도 진정한 재물이 어떤 것인지를 알 것 같네. 곤경에 빠진 친구를 외면하지 않은 의리 있는 자네가 내 인생의 가장 큰 보물이라는 것을 이제야 분명히 알았네."

수바르싯디가 말했습니다.

"그래! 자네와 대화를 나누다 보니 동행, 운명 공동체라는 말이 이렇게 편안한 말인 것을 미처 몰랐네. 자네와 나는 운명 공동체이자 영혼의 공동체로 끝까지 동행하세나."

그렇게 말하며 수바르싯디가 차크라다라의 손을 잡는 순간, 차크라다라의 머리 위쪽에서 휘돌던 붉은 수레바퀴 같은 광채가 사라졌습니다. 그리고는 수바르싯디와 차크라다라의 머리 뒤쪽으로 아침이슬처럼 영롱한 무색의 은은한 후광이 생겨났습니다. 그들은 빛에 쌓인 듯 온몸에 광채가 어려 어둡고 음울한 풍경을 밝게 비추고 있었습니다.

그때, 멀리서 땅이 울리는 듯 큰 음성이 들려왔습니다.

"나의 보물을 지키는 충성스런 문지기를 구하는 부적을 세상에 내보냈더니 네 명이나 와서 좋아했었는데 내 계획이 빗나갔군. 욕심을 버린 자가 두 명이나 생길 줄이야. 나는 재물의 신 '쿠베라'이네. 자네들은 대화를 통해서 각성(覺醒)을 하고 욕망에서 벗어난 고

귀한 깨달음을 얻었도다. 혼자만의 이익을 추구하기보다는 동행의 의리와 모든 존재가 영적 공동체라는 것을 안 이상 인간의 욕망으로 만들어진 이 쿠베라의 보물 창고에 더 이상 남을 이유가 없네. 대신 자네들은 어떤 것에도 구애받지 않고 어디든 자유롭게 다닐 신선(神仙;Rishi)이 되었다네."

이렇게 하여 학자 비슈누샤르마가 아마라샥티 왕의 아둔했던 세 아들들에게 들려준 지혜를 담은 다섯 묶음 이야기보따리를 모두 마칩니다.

엮은이 배해수

엮은이는 인도 전통정신문화를 오랫동안 연구하고 실천해 온 요가 수행자이자 문화인류학자이다.

그는 요가의 주요 경전들을 체계적으로 묶은『요가비전』과, 수행의 역사 속에서 전승되어 온 인도 전통요가의 흐름을 정리한『인도 전통요가의 맥』을 통해 인도 사유가 지닌 내적 구조와 실천적 의미를 소개해 왔다. 더불어『바가바드 기타』와 라빈드라나트 타고르의『기탄잘리』를 '인도 정신문화 총서' 1·2권으로 편역하며, 고전 텍스트가 지닌 사유의 밀도를 현대 한국어의 호흡 속에 옮기는 작업을 지속해 오고 있다.

판차탄트라
Panchatantra

초판1쇄 발행 | 2026년 3월 7일

엮은이 | 배해수
삽　화 | 양다연
펴낸이 | 이의성
펴낸곳 | 지혜의나무

등록 | 1-2492호
주소 | 서울시 종로구 인사동7길 33(관훈동) 남도빌딩 3층
전화 | (02)730-2211
팩스 | (02)730-2210

ISBN 979-11-85062-67-9 03890